李克东 李品廉 编

李素伯文集

Li Subo Anthology

作家出版社

謹以此書獻祭於李素伯先生
一百一十周年誕辰

李素伯像，摄于1936年

▷ 李素伯与学生合影
▽ 李素伯与同事合影，摄于1930年夏

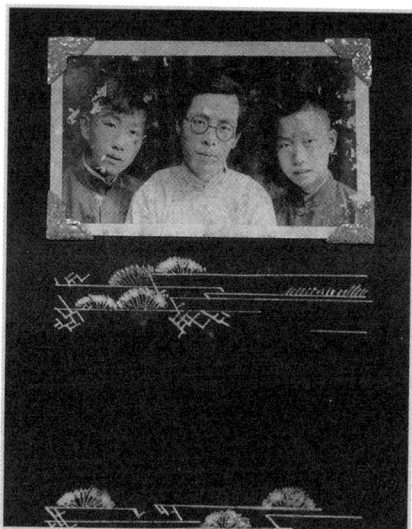

△ 李素伯与哥哥李文奎合影（坐者为哥哥李文
  奎，站者为弟弟李素伯），摄于1935年3月
◁ 李素伯生活照，摄于1934年10月

序　言

　　谈到中国现当代散文理论批评研究，李素伯是绕不开的一个人物。在我国学术界，散文研究始终是一个被人们冷落的角落。这和一个认知误区有关：虽然文学分四大类，散文也作为一类，但人们却认为散文可以任意搽抹，不是艺术。直到今天，专心致志研究散文者不多。正因为如此，我在踏上研究散文理论批评的漫长道路上，遇到李素伯，不由得肃然起敬。他虽然仅仅活了三十岁，但确实是应该受到我们尊敬的散文研究的前辈。

　　正因如此，二十世纪九十年代，台湾一个电视台的读书节目准备推出李素伯专辑，该节目由台湾师范大学教授，著名散文研究理论家郑明娳担任主持，她邀请我评说李素伯。当时我正承担国家科研项目"中国散文批评史"的研究工作，便欣然接受这一任务，和台湾同仁合作，拍摄了《李素伯》专题片。专题片制作精美，除我评说外，解说词基本上采用李素伯《小品文研究》中的一些重要话语。电视台复制了一份拷贝给我，但年代久远，几次搬家，怎么也找不到了，惜哉！

　　在拍摄李素伯的专题片时，我很感慨，当时大陆知道李素伯的人可以说是寥寥，可是台湾没有忘掉他，兴师动众为他宣传。一九九九年，我赴台湾东吴大学任教半年，亲身感受到他们对中国传统文学的整理和传承上，有许多可取之处。

　　李素伯的《小品文研究》出版于1932年，正是小品文热的时代。20世纪中国散文发展有些诡异，每隔三十年要兴起一个热潮：世纪初的杂感热，三十年代小品文热和九十年代散文热。李素伯的《小品文研究》是应运而生。几乎同时，还有石苇的《小品文讲话》和冯三昧的《小品文作法》面世。相比之下，《小品文研究》无论从学术性还是在体系建立探索上，其影响和作用都是非常特殊的。五四之后，散文兴旺，对散文理论有贡献的是周作人、鲁迅、朱自清等。但是，他们都是一些分散的零星之作，不成体系。以专著的形式，并试图对散文理论研究的体系建立进行探索的是李素伯。

在五四之后，中国散文理论研究逐渐形成三大派别，一是以周作人为代表的言志说散文理论批评，二是以鲁迅为代表的社会学散文理论批评，三是以朱自清、李素伯为代表的文本说散文理论批评。文本说散文理论批评特点是以散文史论、创作论和作家论的"三合一"的全方位研究，标志性成果就是李素伯的《小品文研究》。李素伯的《小品文研究》的主要理论资源是厨川白村的《苦闷的象征》和《出了象牙之塔》。他的研究呈开放型，以开放的心态博采众长，显示出特有的活力。在《小品文研究》中共引用了45位中外作家对散文的论述，中外的作家近乎一半对一半，借用他的一句话，他的散文研究是"东亚病夫"和"西方美人"热恋的结晶，是个很有生命力的"混血儿"。李素伯对散文的"体"的意识极为重视，这实在难得。他提出散文"是'个人的形式'的自由文体"，是有经典意义的。对体的重视，标志着散文研究从必然王国向自由王国的转变。就此而言，李素伯堪称是中国现代散文研究的拓荒者。我欣赏他的文字，《小品文研究》就是一篇优美的散文。现在许多研究论文面目可憎，语言乏味，云里雾里，不知所云，似乎这样才显得有学问。李素伯的文字，都有他研究的体温，如：

(小品文)不需要结构，也无所谓因果关系，只是不经意的抒写着个己所经验感受的一切。它所表现的正是零星杂碎的人生。在这里，读者虽不能愉快地领略到像在小说中表现的一切可歌可泣可爱可悯的有系统的人生的断面；却能出其不意的，找得在人生里随处都散布着的每颗沙砾的闪光，使你惊叹，使你欣喜，以为不易掘得的宝藏。

(小品文)触机即发，而不在乎"搜索枯肠"或是"吟安一个字，拈断数茎髭"的。

没有学究味，却有学术含量，对小品文评述到位，直到现在，它仍然是研究散文的一本有价值的参考书。李素伯生命很短暂，他没有结婚，没有孩子，但是他留下了《小品文研究》的精神儿子，这个精神儿子活力四射，有着永恒的魅力，一个人的人生能如此，足矣！

范培松

2018年3月于苏州

范培松　笔名艾袁，男，1943年7月10日出生，江苏宜兴人。系苏州大学教授、博士生导师，著名散文理论研究专家，享受国务院特殊津贴。曾担任苏州大学中文系主任、文学研究所所长、苏州市作家协会主席。

目　录

旧体诗词

文言小品

新 诗

现代小品文

文学论文

小品文研究

其　他

附　录

后　记

旧体诗词

子夜歌

其 一

郎约月上来，累侬立风露。
风露侬不怕，但愿郎相顾。

其 二

门前碧桃树，是郎亲手种。
花开游人多，郎去侬谁宠。

——作于 1922 年 7 月

九日感怀

五年作客当今日，九日黄花复此朝。
满眼江山羊祜泪，终身孤愤子胥潮。
无多忧乐华颠换，几许风霜髀肉消。
我欲登高愁怅望，燕云青紫黯魂销。

——作于 1922 年 10 月

晓 起

身逐朝禽起，东窗一派红。
行随径诘曲，衣沾露溟蒙。
菊润今朝雨，梧衰昨夜风。
芙蓉三两树，红过小桥东。

——作于1924年3月

月夜独立三元桥有感

中心一有触，辄觉万象丑。

悠悠六合内，吾生亦其偶。

人情如秋云，又如掺水酒。

有患方见真，无求自然厚。

一人只一心，一心憎多口。

观色定贬褒，可惧翻覆手。

宜具妙明心，逆来以顺受。

世途日以隘，道湮将谁咎。

沈思与冥会，不觉凭栏久。

薄雾笼水白，暝烟困杨柳。

一钩月东上，大星七八九。

夜凉风露多，神愉心无忸。

强归下帘卧，此境变梦有。

因知风尘苦，营营徒奔走。

宁与自然游，不为名利诱。

君子立其身，自守岂能苟。

不耻与时违，但羞随俗垢。

君看古君子，身殁名不朽。

——作于1924年4月

雾夜舟行

大地雾蒙蒙，舟行夜色中。
村灯和月白，渔火贴波红。
乡梦摇摇落，家山历历空。
归人眠未稳，坐听片帆风。

——作于1924年7月

海游操二首

甲子七月望海作

海天兮茫茫，
星月兮煌煌，
黄沙兮浩浩，
白浪兮荒荒，
怀君子兮天一方，
朔风疾兮心伤。

天有崩塌之日兮，
地有陷落之时兮，
彼巨海之茫茫兮，
水枯石烂，
岂无期兮。
嗟予生其何为，
历此沧桑之劫兮。
举世兮浑浑，
望君子兮何处，
叩天阍兮无路。

——作于1924年8月

秋日杂感二首

甲子八月

其 一

黄叶西风起暮烟，恼人最是晚秋天。
南云北雁常千里，秋蟋春鹃又一年。
作赋须追王勃后，执鞭要在祖生先。
幽思壮志谁堪诉，独立斜阳意渺然。

其 二

河山劫后草萋萋，蒿目时艰眼欲迷。
冀北群狼争鹿肉，江南哀鸿逐鸿泥。
荒原乌桕斜阳淡，战垒黄花秋水低。
六代繁华歌舞地，西风杨柳感凄其。

——作于1924年9月

触 目

残衫破帽蹇驴忙，百里归程路岂长。
云裹晚霞红啮黑，水连秋树白吞黄。
他乡羁旅悲摇落，故国苍茫半夕阳。
落尽书生忧国泪，中原大事费商量。

——作于1924年10月

秋夜独坐达旦

月黑露蛰鸣，疏星淡河汉。
池塘鱼暗跃，凉萤洒幽幔。
棕榈立窗外，披离鬼发乱。
湘竹逗秋雨，啾啾孤魂叹。
皮骨瘦支离，伶俜夜方半。
愁病互追逐，生死亲朋散。
残灯落碎花，泪眼眩晕灿。
危坐且支颐，曙光侵几案。

——作于1924年11月

寄孙永刚

常想江东日暮云，谁知年少是多文。
冷严性质君知我，活泼天真我忆君。
城北城南天咫尺，秋风秋雨雁离群。
天涯我是飘零客，漫对云山倚夕曛。

——作于1924年11月

言 怀

遭际风云亦偶然，闲愁消受自年年。
谁怜多病王僧佑，自羡能文谢惠连。
乱世无才原是福，文章憎命岂非天。
生成傲骨难偕俗，枉道无心铁石坚。

曾闻造物本无私，骨相清寒不合时。
愁重常生三月病，情多惯带几分痴。
尚能容我天还大，不可言人事莫为。
正是江南摇落候，强欢还道不须悲。

——作于1924年11月

春日早起偶作

乙丑三月

清露滴杨柳，晓风生水上。
残星耿明灭，朝霞闪溶漾。
披衣楼中人，搴帘一翘望。
清气沁肺肝，心神惬幽畅。
小鸟似唤人，关关竹间唱。
轻寒袭襟袖，吾心倏惆怅。
念慈悠悠身，百年孰无恙。
富贵非所能，名利易流谤。
江山恣啸游，天地容俯仰。
莫为嗣宗哭，且效渊明放。
今古一徘徊，驹隙难遽忘。

——作于 1925 年 3 月

塞下曲四首（拟唐人）

其　一

同云万里暗龙堆，八月交河冻不开。
觱篥数声山月黑，三军夜度李陵台。

其　二

酪浆饮罢闻驾鹅，雪急葱河水不波。
夜半望乡台畔过，月明齐唱望乡歌。

其　三

风逐黄云白昼昏，将军飞鞚出辕门。
阴山月落闻金鼓，血满滹沱水不浑。

其　四

雕盘大漠暮云酣，白草黄沙更不堪。
经过明妃青冢路，一时回首望江南。

——作于1925年4月

边庭四时怨（拟唐人）

十年征戍在边山，三月卢龙气当寒。
眼见草生青冢满，春风也度玉门关。

无定河边沙似雪，受降城上月如霜。
叮咛朔雁江南去，为道征人不望乡。

江南八月豆花肥，塞外萧条万事非。
料得深闺今夜月，满身风露捣寒衣。

千营夜静角声寒，风卷红旗百尺竿。
一夜冻云吹急雪，朝来没却贺兰山。

——作于1925年4月

拟祭江浙将士文①

呜呼战争，惟天之刑。

万物有戒，人独何任。

华夏堂堂，东亚大邦。

垂五千年，历史之光。

吁嗟今日，一蹶不起。

外患频仍，内讧无已。

瞵瞵鹰啄，眈眈虎视。

上贪下蒙，于以胡底。

江浙邻郡，势若连鸡。

唇齿相依，岂宜有违。

维彼枭獍，惟利自觊。

燕雀龙盘，豺狼虎踞。

东南富窟，中土所裕。

纷如蝗转，狡若鸠据。

哀汝小民，冥顽不灵。

杀之何辜，死而无名。

正义所在，何惜此生。

---

① 江浙战争，又称齐卢战争、甲子兵灾，是江浙地方军阀为争权夺利而进行的一场战争，自1924年9月初至10月12日，历时四十多天。这场战争，给江浙两省的人民造成了巨大的灾难。这场战争也波及长江以北，当时，李素伯所在的南通师范学校也因此而新学期延期开学。——编者注（本书中所有"编者注"以脚注形式处理，后同）

为虎作伥，魂其安宁。
谁无父母，以绤以寒。
谁无妻子，以糜以饥。
饥寒所逼，流为兵役。
遭逢时变，遂罹此酷。
或喻之去，泣莫能仰。
上将之命，不敢有抗。
或弟在彼，兄为敌者。
金警三鸣，弹如雨下。
各不相顾，有泪如泻。
昊昊苍天，曷其有且。
江南离乱，几见沧桑。
胭脂北地，金粉维扬。
秦淮春色，年年蔓草。
孝陵秋树，处处斜阳。
带甲一天，哀鸿满目。
石头无恙，风雨堪悲。
天堑依然，河山安托。
怨魄无归，离魂何着。
呜呼吁嘻，天之命兮。
魂无恫兮，餐风饮露。
相提携兮，各安其居。
无为厉兮，哀哉尚飨。

——作于 1925 年 4 月

题湖山烟雨图

两岸垂柳舶赶风，斜阳江上雨濛濛。
南朝千古伤心地，多少楼台烟雨中。

———作于1925年4月

自题画东坡像

巴山青，蜀江碧，一线飞流万马奔。
两岸高峰千仞立，巴蜀江山自古称。

磅礴孕育生豪杰，君不见唐朝李白号谪仙，美酒一斗诗百篇。
千载狂名犹耿耿，幻灭不随风与烟。

又不见子美当年鬓有丝，况逢天宝乱离时。
江山生色诗千首，故国伤心酒一卮。

东坡先生亦生峨嵋之山麓，文章慷慨嵚奇而磊落。
岂是天公有意生才贤，故使江山不寂寞。

欧公文字占千秋，犹让斯人出一头。
此日声名动阙下，他年书剑到黄州。

穷边海外多奇境，发泄必待第一奇才领。
琼岛从来蛮獠窟，天遣我公沉醉此邦不须醒。

繁华原似浮云过，指迷莫笑春梦婆。
历遍杭湖更黄夏，头白归来卧东坡。

回首从前真可笑，醉歌醉舞多潦倒。
旧时江水只东流，年去年来人已老。

千寻石壁临江峙，三国争雄思创霸。
羽扇纶巾本有谋，清风明月原无价。

最怜铜雀尽荆丛，横槊临江一世雄。
千古词华称绝调，至今人唱大江东。

——作于1925年5月

中秋夜月甚明玩赏久之慨然有作

他乡看月易关情，况复中秋分外明。
杨柳烟疏秋在水，芙蓉露冷夜闻筝。
新愁落叶浑难定，旧恨残潮未肯平。
客子摇摇今夜梦，清砧无赖伴余醒。

秋在明河百尺台，夜深风露独徘徊。
支离皮骨赢诗句，破碎河山想霸才。
千里梦魂今夜度，百年怀抱几回开。
卷帘莫笑嫦娥独，碧海青天更不回。

——作于1925年6月

登三元桥远眺感而赋此

秋来城郭气萧条，郭外长江接海遥。
山外夕阳鸦点点，水边寒荻雁萧萧。
西来淮水浮图影，东去风帆落叶飘。
谁识天涯游子意，乡思今夜梦魂劳。

——作于1925年9月

乙丑重九后四日十八初度感赋

花未开残月未圆，庄严色相我非仙。
破天风雨三千古，堕地浮沉十八年。
闭户羞为陈正字，虚名敢羡杜樊川。
酒酣那觅封侯处，独自长吟宝剑篇。

年事人事两相催，且为浮生倒碧罍。
落花因寒随雨尽，黄花为我冒霜开。
百年忧乐穷途恨，一往清狂薄俗哀。
九点齐烟如在掌，青山长往此心灰。

聪明从不合时宜，到底聪明尽化痴。
满眼惊尘家国恨，百年亲友死生悲。
清狂一往终还我，事业如今欲让谁。
惆怅所思人不见，横流沧海付群儿。

秋鸿社燕去来频，郁郁愁云黯嚣尘。
四塞河山低淡日，满城风雨立萧晨。
斡旋天地无来者，排击风霜有此身。
怕读蓼莪无限恨，老亲颜色梦中寻。

——作于 1925 年 10 月 30 日

祭沈宗礼文

呜呼宗礼，吾党精英。
弱冠通才，头角峥嵘。
学以立人，不务时名。
恂恂讷讷，修德以诚。
稚驹力健，雏凤声清。
年方终贾，气盛幽并。
君体素健，纠纠干城。
一游维扬，藉甚扬鹰[1]。
堂堂华夏，地崩天倾。
如蝈如螗，如沸如羹。
每一念及，泪下沾襟。
相期奋发，为祖国荣。
言犹在耳，痛岂忘心。
穷途歧路，自古难胜。
多才早夭，于今盖征。
天道茫茫，岂云可问。
大地博博，愁非可平。
吾思故人，尽为棘荆。
当其生时，蚁战蜗争。
无贤不肖，克克竞竞。
既劳其形，遂摇其精。
春雨萧萧，春鸟嘤嘤。
万物有托，人生何营。

日月沮谢，寒暑代更。

方听秋蟀，又聆春鹂。

黄粱难熟，朝露堪惊。

君何不达，而伤厥生。

大好河山，魂其犹萦。

荐君清醑，冉冉心怦。

披君兰惠，食君杜蘅。

休过汨罗，防遇灵均。

莫随陈思，游芙蓉城。

吾不君哀，君其安宁。

有愧太上，不能忘情。

哀哉尚飨。

[1]　扬州联合运动会沈君曾得锦标。

——作于1926年2月

挽宗礼①

　　与君相逢自小，记曾共学崇川，春风同桌，秋雨连床，花前读书，月下谈心，形影相随将十载。虽然斯世纷纭，觉兴亡之有数；今古蜉蝣，知死生虚为诞。惟是高堂年老，幼弟无知。青云有路，化作一场春梦；反哺无时，难免老泪龙钟。方富贾傅之年，遽短颜回之命，我欲哭矣。

　　如我风尘落拓，从此飘零江河，杨柳牵愁，桃花惹恨，孤鸿嘹亮，落叶峥嵘，姓名尚未有千秋。须知此生缥缈，本升沉之无定；人海茫茫，独知己为难逢。可怜倚玉何时，模金宛在。山上蘼芜，空感再逢之难；东国桃梗，恐被漂流之笑。休吹桓野之笛，罢弹伯牙之琴，君其知乎？

——作于1926年2月

---

① 此为一副长联，上联为宗礼感伤，下联叹知己难逢。

立春日野望

物候交寒暖，风光转绿萍。

冰凝诸涧白，霜落一峰青。

气自今朝变，春从昨夜醒。

斜阳留雁背，烟外柳丝冥。

——作于1926年2月4日

过旧送别处

柳碧伤心树，桃红无赖春。
空余旧年色，不见旧年人。

——作于1926年3月

早春寄永刚

昨夜红梅一枝吐，春风暗至无人处。

环佩归时正月明，霜轻水浅惊仙羽。

试问春从何处来，春慵不语花如慕。

风雨残红点碧苔，枝头又是春归路。

春来春去自年年，客中望月几回圆。

春江隐隐春流涨，送尽归人下水船。

嗟予飘泊何时息，美人不见空相忆。

手折梅花欲寄谁，日暮城南望城北[1]。

[1] 孙君就学七中，位在城北，予则在城南师校，故有此句。

——作于1926年3月

春 晴

时雨连三日，初晴万象融。
门香湖草碧，村暖杏花红。
梦落江湖阔，春归寒暖风。
客愁消未得，并在夕阳中。

——作于1926年3月

题 画

峰回径窄翠屏开，万柄琅玕夹涧栽。
满地白云苔欲冷，月明可有鹤归来。

几叠晴岚翠滴空，溪边楼阁小桥通。
谁人得似渔翁乐，日在山光水色中。

——作于1926年4月

春夜怀人

独坐念离群，闲身形影分。
暮钟沉暗水，旅梦隔春云。
树老生香气，琴佳多断纹。
衡阳风雨夜，胡雁落纷纷。

——作于1926年4月

后楼望雨

碧云四野垂，万木静入定。
轻飙海上来，银竹森然迸。
田田荷跳珠，纷纷花落径。
楼窄不堪眠，窗小聊可凭。
冥心天地初，涵如山水兴。
了然去来意，何须驮背证。

——作于1926年4月

读散原精舍诗有作

支撑乾坤一遗老，斡旋江海几篇诗。
黄陈以后此余绪，虞揭之间独探骊。
微觉奥莹出妩媚[1]，终怜激荡但哀思。
萧然钟阜容高卧，几见中原沉陆时。

[1]　我诵涪翁诗，"奥莹出妩媚"，先生句也。

——作于1926年5月

读海藏楼诗有作

长吟阅世心全倦，短笔忧时气未降。
书近元章欹取势，诗如安石瘦为腔。
云开钟阜晨当阁，秋送涛声夜入窗。
却后乾坤难放眼，还将白发卧沧江。

——作于1926年5月

采桑曲

江南四月熏风暖，陌上阴阴桑叶满。

盈盈十五髻如云，素腕攀枝续续剪。

晓日初生露未干，欲剪不剪沉吟间。

谁家玉貌马上郎，一见相怜欲求欢。

心知郎意真，归迟蚕将饥。

郎去逢尚易，蚕饥无好丝。

郎若恋侬作后期，丝成织郎身上衣。

——作于1926年5月

柳 絮

无赖韶光又一年，飞花飞絮总惘然。
香消白下风前影，春老金陵雪后天。
万里江山纷暮雨，六朝往事渺苍烟。
行人莫问临春树，犹在斜阳古岸边。

江南有客惜芳菲，叹息飘零春事非。
有梦只随流水去，无家空逐落花归。
纷纷晚日飘晴雪，点点闲阶衬藓衣。
一语嘱君须记取，画帘深处莫频飞。

怪渠无绪复无情，薄命偏能解送迎。
宿雨河桥偏历乱，好风帘幕最分明。
啼残杜宇醒归梦，化作浮萍过此生。
指点故园春又去，天涯回首暗心惊。

饯别东风几怅然，酒醒人困絮飞天。
楼头暮雨催归日，渡口斜阳送别年。
飘泊无言情脉脉，轻匀贴地草芊芊。
踏青人倦归来晚，点点含情上翠钿。

轻狂故态尚依依，想到前生梦已非。
春事三分流水去，东风一径夕阳稀。

怀人楼上缤纷落，送客江头烂漫飞。
最是青溪三月暮，红桥西去影霏霏。

水边何事任低昂，色相空时亦自伤。
飞到纷纷春欲老，飘残点点日初长。
虞兮肠断命何薄，白也魂归性太狂。
我与杨花同落拓，羡他只有一春忙。

漫天柳絮堕濛濛，南北东西任转蓬。
如梦如烟三月里，逐风逐雨一年中。
枇杷门巷迷来路，杨柳楼台隐去踪。
莫道春归堪痛惜，此花也合泣途穷。

风泊鸾飘暗自惊，可堪梦断任纵横。
随风逐浪原轻薄，乍落还飞欠老成。
拼倩莺儿衔别恨，相逢燕子话浮生。
东皇似惜春归寂，故遣无情送半程。

——作于1926年6月

野 步

乘兴闲行随水转，乱山延步伫斜阳。
泉声石咽闲闲落，人影花扶渐渐长。
古庙僧挑诸葛菜，断桥犊啮召南棠。
澹烟秀木春江外，目极吴云是故乡。

——作于1926年7月

念周纪念亭夜坐①

长廊悄坐水生烟，露冷蛛丝湿可怜。
郁郁荷香萤熠乱，层层柳影斗星悬。
浮沉亲旧干戈外，俯仰恩仇醉醒边。
残月断云回首处，分明秋色又今年。

——作于1926年秋

---

① 本诗为题照诗，录自李素伯的相册，自注为"丙寅旧作"。

公园桥夜步有感二首

澹荡明河闲接地，狰狞暗柳欲攫人。
江湖空□①□□梦，一夜西风老白苹。

隔水笙簧笑语频，河桥灯火暖如春。
冯栏历历□□影，谁识迎风抹泪人。

中秋夜，约二三同学携瓜果就北公园观万流亭赏月。忆九年之秋，与沈复初、杨君固登此，忽忽六越寒暑，复初已谢世，君固亦远客东台。

——作于 1926 年 9 月 21 日

---

① 因原手稿撕落一角，五字无法恢复，以□代缺字。

睡味

睡味入春宽，冥冥花气寒。
忧天余涕泪，阅世剩心肝。
热血终凝碧，奇愁欲化丹。
横流飘梦去，魑魅一相搏。

——载1929年3月11日《南通报副刊·文艺》第6号，署名：素伯。

别施韬

聚时落落不甚惜，小别依依剧有情。

肝胆沉沦缘负气，文章贫贱为无声。

倘来事业云如絮，后夜相思月更明。

挂眼江湖芳草绿，流离踪迹往还轻。

——载1929年3月15日《南通报副刊·文艺》第7号，署名：素伯。

采桑子·渡江至润州

江南自古销魂地，
金粉全非，
风雨凄迷，
不见楼船满眼归。

纷纷割据浑如梦，
天外鸿飞，
江上潮回，
北固山头有落晖。

——载1929年3月27日《南通报副刊·文艺》第10号，署名：素伯。

浪淘沙·登燕子矶

江上有青山，
烟雨荒寒。
我来风景已阑珊。
茫茫六朝兴废事，
虎踞龙盘。

人世亦良难，
说甚悲欢。
灵均耿介尾生孱。
终古寒潮呜咽去，
似诉心酸。[1]

[1]　传常有青年男女愤世嫉俗，或有身世之隐痛，辄赴此自沉，故云。

——载1929年4月4日《南通报副刊·文艺》第12号，署名：素伯。

春夜怀人

别久思逾切，书来意倍勤。
暮钟沉暗水，旅梦隔春云。
浮世萍踪聚，关河雁影分。
独寻苔畔路，蔼蔼月同氲。

——载1929年4月8日《南通报副刊·文艺》第13号，署名：素伯。

十九初度自题小影

文章空作不平鸣，郁勃肝肠太瘦生。
如此山川容俯仰，湛卢且住凿龙声。

欲寻海上成连岛，何处人间广武原。
回也如愚身槁木，轮囷肝胆向谁论。

——载1929年4月16日《南通报副刊·文艺》第15号，署名：素伯。

晓　步

枕上听残雨，朝光破碧阴。

竹摇闻露响，鸟语觉春深。

感此冥冥意，清予窈窈心。

会须夜来月，花下置鸣琴。

——载1929年4月20日《南通报副刊·文艺》第16号，署名：素伯。

剔银灯

兀兀秋心独抱，
瘖瘝里踽游鸿杳。
毁弃黄钟，
争鸣瓦釜。
斯世儒冠堪溺，
玉箫声绕，
低吟乐府凄凉调。

犹是青春年少，
仗剑叱咤邯郸道。
横海鲲鹏，
干霄芽蘖。
莫便莓苔闲扫，
悲歌长啸，
梦痕历历江山好。

——载 1929 年 4 月 28 日《南通报副刊·文艺》第 18 号，署名：素伯。

自题画松

我生狂简世不容，破烂万卷横寸胸。
兴酣落笔目无物，突兀眼前双黑龙。
蛟螭直上三千尺，穿破青天逗秋雨。
星斗摇摇真宰愁，魑魅化石僵无语。
绚乎绚乎何太愚，曰归曰归养其迂。
安得种松三百树，虚堂夜雨读阴符。

——载1929年5月2日《南通报副刊·文艺》第19号，署名：素伯。

重九感怀

年年负笈事长征，每到重阳暗自惊。

入梦乡关增客感，打窗风雨助秋声。

恨无藉手丁年过，徒使雄心子夜生。

黄菊也因同气味，栖栖篱畔意难平。

——载1930年上海《建中》第1卷第1期，署名：素。

拜采桃源墓

不尽英雄感，孤愤三尺留。

茫茫衰草徧，瑟瑟白杨秋。

血化苌弘碧，鹤归丁令愁。

墓门一掬泪，沧海正横流！

——载1930年上海《建中》第1卷第1期，署名：素。

飞 絮

春风一夜过横塘，吹得杨花百样狂。
只是一生爱漂泊，因风沾着舞衣裳。

——载1930年上海《建中》第1卷第1期，署名：素。

寒食得兄书悲愤交集怃然有作三首

其一

十载坟头树，孤儿未一攀。
春风吹宿草，昨夜梦青山。
喘月貙狸狡，嘘云翁仲顽。
幽忧欺绿鬓，再到换朱颜。

其二

贫贱有兄弟，艰难复乖离。
诗书得穷饿，少壮乃羁栖。
重以猖狂骨，宁为世俗知。
中原成画晦，何处啜残糜。

其三

吾亦偷生耳，其知来日何。
心肝能几副，眼泪已无多。
欲共巫咸语，还愁魍魉呵。
挂旗风引在，唏发问阳阿。

——原载1930年南通某报，后编入广陵古籍刻印社1990年版《李素伯诗词集》。

伤春怨

白日飘飞絮，
错认江南烟雨。
最怕倚阑干，
杨柳丝丝乱舞。

酒边歌金缕，
肝胆凭谁付。
门外有青山，
遮断夕阳归路。

——载1931年4月16日《南通报副刊·文艺》第19号，署名：所北。

浣溪沙

花外斜阳柳外楼，
一重帘幕一重愁，
孤帆望断水空流。

夜月自窥金锁钥，
晓风惯送木兰舟，
人生有恨几时休。

——载1931年5月1日《南通报副刊·文艺》第22号，署名：所北。

玉楼春

春风又绿鸳鸯浦，
目断江云无尺素。
花前絮后记同行，
月冷灯昏成独坐。

思量别有愁千缕，
燕燕归来难以诉。
青枫有梦愿相随，
红萼无人谁作主？

——载1931年5月7日《南通报副刊·文艺》第23号，署名：所北。

十六字令

情，酒欲消时梦欲醒。卿怜我，我自怜卿卿。

愁，无计抛除闷复兜。难堪处，风雨满西楼。

痴，眼底眉头有梦知。无人问，病过杏花时。

——载1931年5月21日《南通报副刊·文艺》第26号，署名：所北。

抚朽道人稿并次原题韵①

雨过千山绿，云归万木青。
小桥人不到，凉意满空亭。

素伯抚朽道人稿并次原题韵时客古沙

——作于1932年3月

---

① 此为题画诗，是李素伯在自己画作上的题诗。诗题为编者所加。该画作于1932
年，后李素伯于乙亥年（1935年）初夏将其赠与管劲丞。画上有李素伯的补题：
"劲丞夫子大人四十寿辰即持旧作以献藉表贺忱并允教正 乙亥初夏 素伯又识。"

素伯念五自述集龚之一①

子云壮岁雕虫感，狼藉丹黄窃自哀。
今日不挥闲涕泪，九州生气恃风雷。

——作于1932年10月

---

① 这是一首题照诗。

壬申重九后四日念五初度自述八首（集龚）

秋心如海复如潮，尘劫成尘感不销。
猛忆儿时心力异，万千哀乐集今朝。

骨肉荆榛不可论，山坳指点旧家坟。
起看历历楼台外，迢递湖山赴梦魂。

夜思师友泪滂沱，其奈尊前百感何。
万恨沈霾向谁咎？侧身天地我蹉跎。

少年哀乐过于人，文字缘同骨肉亲。
今日帘旌秋缥缈，童心来复梦中身。

子云壮岁雕虫感，狼藉丹黄窃自哀。
守墨守雌容努力，料无富贵逼人来。

著书都为稻粱谋，俭腹高谈我用忧。
天问有灵难置对，人间天地署无愁。

莫嗔仓颉不仙才，万马齐喑究可哀。
今日不挥闲涕泪，九州生气恃风雷。

颓波难挽挽颓心，吟罢江山气不灵。

别有狂言谢时望，莫抛心力贸才名。

——作于 1932 年 10 月 12 日

——载 1933 年《南通报文艺汇刊》，署名：所北。

——同题书法作品又载 1933 年上海《文艺茶话》第 1 卷第 9 期，署名：素伯。

思往事八解

调寄江南好

思往事，往事一般般。生小病愁缘静好，长从忧患诟痴顽，欲理已无端。

思往事，依约影都迷。惨绿衣裳骑竿日，流苏结于簸钱时，好梦渺难追。

思往事，孩耍几曾经。深柳粘蝉高举竹，短篱捕蟹暗移灯，何处觅童心。

思往事，凄绝首重回。楼上高寒灯影小，相逢不语夜迟迟，似梦只依依。

思往事，患在为人师。一片天机唯笑谑，十分亲爱为憨痴，我亦少年时。

思往事，漂泊感缠绵。叔宝神清原共命，育长影好亦相怜，憔悴自年年。

思往事，欲语只寻常。三月看花成换绿，十年种树待回黄，哀乐两相忘。

思往事，往事已成空。点点凉萤流照恨，盈盈眉月暗窥侬，惆怅更谁同。

——载1933年12月1日上海《艺风》第1卷第12期，署名：所北。

感赋一章答谢勋阁师赠言即依原韵

我生渺孤寄，才啬命亦奇。

人世意多惑，道纷路复歧。

瞻顾靡所骋，蹉跎少壮时。

濠上得重来，勉为童子师。

杖履喜追随，乃辱瑶华辞。

春风一以厉，景若睹晨曦。

玄言发幽想，犹虬龙在池。

云涛不可即，魑魅经娱嬉。

奥援探天人，伊古垂今兹。

曳尾岂能狂，绕指仍难移。

张望竟异说，簸之复扬之。

骸骨非迷恋，俭腹用自嗤[1]。

神奇出腐朽，芥子纳须弥。

有涯逐无涯，徒伤神志堕。

俯仰空六合，下视帝庭卑。

聊作蝇声细，怒吼待神狮。

[1]　先生赠诗有"维新亦守旧，好古仍因时"之句。

——载1934年4月南通《学艺》甲戌卷之一，署名：素伯。

附：

赠李素伯

曹勋阁

素伯吾弟子，离众为孤奇。

治学本之性，宁定无所歧。

维新亦守旧，好古仍因时。

今更处濠上，并吾为人师。

吾将何以赠，还意当年辞。

釜蒸气葱郁，熊熊瞻朝曦。

美哉子故里，海波腾天池。

浴光数摇动，云霞晨与嬉。

大文在天地，无古无今兹。

境广无弗蕴，山重安能移。

人一渺小物，全神周回之。

为作宜僚弄，一丸翻可嗤。

与子试化佛，高身低须弥。

天高亦惊愕，无奈来相堕。

身空病皆失，气壮天为卑。

无徒默然坐，奋起追雄狮。

——载1934年4月南通《学艺》甲戌卷之一，署名：君觉。

补成尤无曲丁守谦合作山水画并题①

拄杖看归鸟，秋林不著花。

停云空怅望，山外夕阳斜。

甲戌三月

——作于1934年4月

---

① 该诗据作者画稿编入，原诗无题，由编者酌加。该画作于1934年，由当时人称
"南通画坛三杰"的李素伯、尤无曲、丁守谦合作完成。李素伯在画上题诗，并在
诗后题写："无曲守谦合作素伯补成并题。乐淘兄留念。"该画现藏南通博物苑。
尤无曲（1910—2006），名其侃，字无曲，江苏南通人。诗书画印兼擅，且精通园
艺。晚年创"笔墨水融"说，艺惊画坛，被誉为"南宗山水画的最后守护人"。丁
守谦（1907—1984），即丁吉甫，原名丁守谦，江苏南通人。书法家，擅金石篆
刻，兼擅中国画。

绮怀十绝句

集定公①诗词

画梁燕子已无家，身世依然是落花。
香草美人吟未了，怀人无奈碧云遮。

碧桃花底醉春游，好梦如云不自由。
病蝶凉蝉狂不得，一身孤注掷温柔。

天风已度五更钟，如梦如烟一万重。
为数春星贪久立，矮桃花压石玲珑。

香雾无情作薄寒，红栏杆外夜阑珊。
生愁一点朝云散，万劫千生再见难。

红豆年年掷逝波，风云才略已消磨。
啼花恨草无重数，谁写长天秋思图。

梅花四壁梦魂清，玉女窗中梳洗成。
多谢小鬟传好语，小屏红烛话冬心。

---

① 定公，即龚自珍。

浩荡离愁白日斜，断无只梦堕无涯。
才人病后风情死，不看人间顷刻花。

少年三五等闲看，情话缠绵礼数删。
我自低迷思锦瑟，春山佳处泪阑干。

黄金华发两飘萧，但有秋魂不可招。
银烛心多才有泪，不如被冷更香消。

不能雄武不风流，凤泊鸾飘别有愁。
独自凄凉还自遣，他生缥缈此生休。

甲戌春假，痼疾复发，寂处楼头，倍极无聊。风雨如晦，爱而不见，时动酸楚之怀，不无秋水之思。偶读定公诗词，摭成绮怀十绝，词近侧艳，譬诸口淫，风怀难求其本事，锦瑟无劳乎笺注。哀乐无端，笑啼皆幻，亦曰梦呓而已。五月八日抄录一过，爱识数语。素伯于乐无知室。

——载1934年7月1日上海《艺风》第2卷第7期，署名：素伯。

柳　絮①

为感东皇晚遇恩，春归寂寂傍朱门。
红楼有梦人千里，流水无声月一痕。
杨柳池塘风黯淡，梨花院落夜黄昏。
自怜摇荡靡所骋，常为防愁倒酒樽。

飞扬困顿任风吹，只悔当时一念痴。
相见还疑前度梦，重逢已是隔年期。
斜阳芳草销魂候，细雨春风落魄时。
谢却名花余倩影，可怜憔悴也难支。

怪渠无绪复无情，薄命偏能解送迎。
宿雨河桥还历乱，好风帘幕最分明。
啼残杜宇醒归梦，化作浮萍过此生。
指点故园春又去，天涯回首暗心惊。

疏疏密密复蒙蒙，堕溷飘茵只由风。
如梦如烟三月里，逐风逐雨一年中。
枇杷门巷迷来路，杨柳楼台隐去踪。
莫道春归堪痛惜，斯花也合泣穷途。

——载1935年4月10日南通《爝火》第5期，署名：悔存。

---

① 其中三、四两首原作于学生时代，发表时略有改动。

次韵谢怡师赠言

流光如水事如烟，濠上重来亦偶然。
风景不殊人健在，依稀好梦忆髫年。

风雨重阳思故家，登临不用插黄华。
先生腰脚胜年少，落帽还应笑孟嘉。

之乎的吗说文章，各有时宜各短长。
不薄今人偏爱古，离骚读罢又蒙庄。

树人树木百年事，春风春雨千载心。
但使春光长普照，花还成果叶成荫。

——载 1935 年 5 月 1 日南通《爝火》第 1 卷第 6 期，署名：素。

附一：

赠素伯

顾怡生

戊辰级友散如烟，得汝归来一莞然。
濠上流波天上月，照人肝胆胜当年。

巨海当门汝旧家，朝暾日日沐天华。
天人因应华成果，人益坚强果益嘉。

有书有画有文章，诗亦时抒新旧长。
道艺一元曾记取，庖丁妙解拜蒙庄。

珍爱师门自艺林，几人共抱岁寒心。
鬓花我已伤憔悴，看汝新培尺木荫。

——载1935年4月10日南通《爝火》第1卷第5期，署名：怡生。

附二：

和怡师韵赠素伯兼题《爝火》

管劲丞

往事前人总化烟，新编入手辄欣然。
遥知果实当春孕，重为中年爱少年。

小品高文各一家，儿童心里有菁华。
于今久不闻鸾凤，以鸟鸣春亦可嘉。

万方多难启文章，异代萧条孰短长。
我信人间新手笔，会融班马沁骚庄。

独为乔木萃为林，种树先栽百年心。
且把生机好培育，他年萌蘖自成荫。

——载1935年5月1日南通《爝火》第1卷第6期，署名：劲。

重来濠上

癸酉作

一

绿槐高柳乱鸣蝉，濠上重来恰十年。

握手肺肝清若雪，惊心岁月渺于烟。

旧盟绰约山光迥，昔梦依稀塔影圆。

更踏念周亭畔路，花犹灼灼叶田田。

余于民十二①入校修学，十六年离校。今复重来，其间相距恰为十年。风景不殊，师辈健在，握手欢言，乐也可知，徒有慨与岁月之骎骎耳。

二

海宁修水不相接，怅望风流意有如。

元曲殷文成绝学，银钩铁画自名家。

儒冠斯世原堪溺，士气于今亦可嗟。

积习难删才力薄，空惭巧慧病烟霞。

海宁王国维（静庵）、修水陈衡恪（师曾）两先生，曾先后掌教母校。王先生于元曲及殷墟文之研究，开现代之新学风；陈先生精绘事，著《文人画之研究》一书。惜王先生于民十六革命军北伐时忧谗畏讥，自投昆明湖。陈先生亦于癸亥之秋奔母丧金陵遘疾卒，中道殂谢，未竟所诣。予生也晚，

---

① "民十二"为民国十二年简称，即1923年。下同不注。另本诗题中"癸酉"为
 1933年。李素伯于1923年（民十二）考入通师，1927年（民十六）毕业，1933年
 （民二十二）再次回母校通师任教。民十二到民二十二，正好10年。

于二先生未能亲炙，而固心向往之。窃思继轨前修，但苦学无根底，才力过差，抑亦徒有斯志耳。

三

寿松堂上坐人豪，下邑经营亦善刀。
策上米盐忧未尽，望穷山海仰弥高。
文遗九录言何补，校有千龄今始朝。
亡后图存唯教育，鸡鸣风雨思滔滔。

啬公曾有"亡后图存唯恃教育"之语，国难日亟，上无教，下无学，贼民兴，丧无日矣。盖至今日而益觉其言之可念焉。

——载1935年5月17日南通《爝火》第1卷第7期，署名：绚。
——又载1935年南通《学艺》乙亥卷之二，署名：素伯。

偶 成

亦有闲情未许吟，但怜止水作琴音。
鸾凤漂泊凭弹指，难寄江湖一片心①。

世事留情惊故鬼，文章经国竞新型。
待觅荒寒深结屋，好山无限眼中青。

病来还把嫁衣缝，度尽神针不计功。
辛苦春风裁剪后，回黄转绿可能同？

——载1935年12月南通《学艺》乙亥卷之二，署名：素伯。

---

① 李素伯曾将此四句诗题在学生吴迪敬所持的扇面上，吴迪敬在《怀念我师素伯先生》（载《启东文史》第九辑《李素伯专辑》）一文中提及此事。

挽庄弟

惯见存亡泪欲枯，为君一恸悔情过。
梦中觅路知何处，吊影青山落照孤。

神真若水愁无碍，慧岂防年命可知。
安得童心苦相照，飘零我亦少年时。

小谪人间十九年，上清重返礼群仙。
阿妳自信弥留语，纵道修文谎亦圆。

岳云湘水路千重，回首烟波渺绝踪。
魂魄有知凭指顾，青螺几点是琅峰。

——载 1935 年 12 月南通《学艺》乙亥卷之二，署名：素伯。

自灵隐寺至黄龙洞

初日明幽径，清风漾细沙。

行车过野岸，隔竹见人家。

曲曲泉如线，油油菜作花。

鸟啼不知处，吾欲问桑麻。

——载1936年10月2日南通《通通日报》艺文副刊，署名：质庵。

挽鲁迅先生联（三副）^①

是艺术家，亦是革命家，奋斗近卅年，自有精诚昭后世；
为文坛惜，更为国族惜，萧条当九月，竞挥热泪哭先生。

是世界文学革命家，嘱儿辈无为文学空头，使我玩索不已；
为文章劳动大众化，得先生嗟为大众吐气，何妨毁誉由人。

夕拾朝华，应信灵魂长不死；
南腔北调，从今呐喊永传声。

——作于1936年10月20日

---

① 1936年10月19日鲁迅先生逝世，据李素伯学生的回忆，李素伯当时亦正重病卧床。悲痛之余，他于次日在病榻上撰写了这三副挽联，叫人送到上海"鲁迅先生治丧委员会"。李素伯过世后，李素伯的哥哥李文奎在整理他的遗物时，无意间记录下了这三副挽联，使其得以传世。

赠稚松

虚怀何处挹清芬，落拓难攀冀北情。
人若无情原少累，天教有恨复多文。
风尘天地何生我，乱世才华独感君。
似我芜园真鄙鄙，仰君风采泪欣欣。

——录自黄稚松 1984 年 7 月 8 日所写书信《复王建白》，载 1988 年 9 月
《启东文史》第 9 辑《李素伯专辑》。

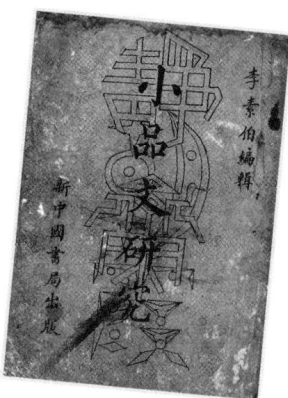

文言小品

双十节之感言

　　嗟夫，今日为十三年之双十节矣，吾人缅怀先烈，感慨岁时。玄鸟生商，姜嫄诞稷，此璀璨华严之民国，宜国人如何爱护之也。犹忆元二三年之双十节，歌舞赛轩，欢声雷动，胥视为纪念之盛典：洎夫四年，项城称帝，日本要求二十一条件；六年，张勋复辟；八年，因山东问题，发生抵货风潮；九年，直皖战争；十一年，奉直战争；十二年，滦匪发生，扰乱百姓。此数年中，内讧迭起，外患频仍，而双十节遂在凄风苦雨之中，天日黯淡，旌旗无色矣。光阴荏苒，转瞬又是十三年之双十节矣。江浙开战，引动全国；中山北伐，作霖南寇。国人正如惊弓之鸟，吊于未遑，胡敢言庆？徒以先烈之碧血，为军阀攘权夺利之资。际兹双十节，正宜痛哭流泪者也。嗟夫，白宫岑寂，辚辚来曹三之车；青燐隐见，翩翩飞烈士之魂。旌旗掩映，乐声凄咽，正地下鬼雄激昂悲语时也。

　　　　——载1924年10月10日南通《通海新报》3版，署名：素。

湘侨师传

师李姓，讳南苏，字湘侨。其先湖湘人，祖某，曾从其先贤文正公讨洪杨，官指挥。父春荣公，迁于通，遂家焉。师生而渊懿，长而好学，望之岩岩而即之温温，盖其所养者深而不外见如此。毕业两江师范校，任南通师范校国文科教授。博古通今，学兼新旧，识见高远，议论隽拔。凡六易寒暑，而曾闻教者皆心悦诚服。惟家素寒，内任反哺之供，外有负金之累，忧伤憔悴，遂于乙丑正月二十日得疾卒，年仅三十余耳。师于学无所不究，于前贤喜龚定庵。其自为文简古隽永，不失古人法度。而为年所限，不尽其才，可悲也。

赞曰：先生又善琴，尝应余辈请为操《平沙落雁》《汉宫春》二调。其音清越，其气苍凉，而其思也深，壹如其之为人，盖有古高士之风也。噫！有才如彼，有艺如此，先生又何以死哉！余为先生传，犹觉清越苍凉之韵，盈盈在耳也。

——作于1925年3月

书三君子事

陈策，宋建昌人。尝购一骡而不能鞍，命僮饲之郊墅待其自毙。策子阴与滑驵谋，有吏过，马暴死，磨骡之背而售之。策闻，急追吏告以故。吏以为策爱骡也，不之应。复请验之，信。策遂还金牵骡而归。

有嫁女购银器绮罗于危整者。整曰："无之。"曰："昔者亲见之，何云无？"曰："是某质于予者，历年多，丝已脆，不可用。"又出银器投诸炽炭，曰："恐其伪也。"盖以明其不欺且戒其侈为。

危整市鲍鱼，驵重其权而多与之。谓整曰："汝购五斤，今倍之。当报予以酒。"整闻，大惊，急追卖者数里。及之，告以故而还其半，复以醇酒饷驵，谓之曰："交易贵公平，奈何以口腹之故欺穷人哉？"驵大惭。

曾叔卿，陶贾也。尝集货欲运之河北，未发。有他贾并之，已纳值。叔卿问欲以之至何地。曰："如君前计。"曰："不可。今闻河北灾荒，君去必不利。"乃毁其约。叔卿固母老子幼饥寒交逼者也。

论曰："三君子之所为，皆不欺，而叔卿忘己之窭而为人计，尤为难能可贵。"呜呼，可以讽世矣。

——作于1925年5月

沈君复初传

余年十岁，自海门迁居南通垦牧乡，得交沈君复初。

复初长余三年，两家相距十余丈，檐牙相望，隔陇可语，以是过从甚密。越三年，余入师范附属小学，而君先已在，举凡学科规律处己待人之方，惟恃君导。寒暑休业，往返必同舟车，纵谈古今，尽所欲言。羁旅相慰，盖四载于兹矣。君体质素强，魁梧赳健。与人以和，喜怒不形于色，外讷而内醇，于余尤数数以身重于学为嘱。然竟不料君之遽早夭也，悲夫。

且余狷介不合时宜，又好古学，颇为世俗所嗤笑，复初不以人言易其意，且加励焉。嗟夫，人海茫茫，知音为难，余何幸而得此于复初耶？今知己云亡，此余之所以唏歔而不能已也。

独忆客秋夜与君漫步近郊，素月在天，晚烟笼水，君颇以国事之糜烂民气之嚣张为可念，慨然有用世之志。又尝同登五琅之山，纵眺大江，白练环绕，界神州为二，东瀛浩渺，目及无穷。君谓余曰："如斯山川，吾人将何以自振？昔太史公周游四海名山大川而为文益奇，余辈日处斗室，致蒙斗蛙之诮。他日有暇，当裹粮出游，北渡河，东上泰山，西历衡山、太行、太岳、嵩华而临终南，以吊汉唐之故墟；揽帕米尔之巅，顾盼欧亚，俯仰古今，将毋怆然于华夏之沉寂乎。于是浮江而下，出三峡，济乎洞庭，窥乎庐霍，循东海，历天台雁荡，过西太二湖，向往太伯子胥之遗烈，然后渡江而归，庶不负此大好河山，亦增我浩然之气，君倘能从乎？"余笑颔之。

今言犹在耳，而君竟长逝矣，岂不痛哉！若余一日能如君所言，飘然远游，念君之有志不遂，其能不悲生巫峡之猿而泪洒湘江之水耶？

——作于1925年6月

纪渔父言

　　有结茅于江渍插篓布罾而渔者，无妻子室家。舍无长物，壶一，泥灶一，灯一，竹篓一，环堵萧然。而晨夕举网得鱼，易米沽酒，洒然独酌，意甚得也。

　　梦秋子过而怪之，曰："奇哉，子之乐于渔也。今夫富贵之家，高甍连云，侍御夹道，珍馐满前，珠宝充塞，声势赫赫可惊。又或希迹圣贤，言必尧舜，规行矩步，风流自喜。才名盖世者，又不可凡几。是皆众人所慕者。而子独寂处荒江，宅芦苇而友鱼虾。时或风雨骤至，江涛腾踔，月黑星稀，鬼磷明灭，其无恐乎？抑有所不自得欤？"

　　渔父始而默，继而笑，终而叹，曰："予岂但乐于渔，予将终老于是也。夫富贵之家，高甍连云，何如予之长江万里；侍御夹道，何如予之天地一声；珍馐满前，何如予之鲈鲙时鲜，浊酒三杯；珠宝充塞，何如予之清风自至，明月长终。又安能去超然物外之趣，独来独往之适，以就彼规行矩步、希迹圣贤者哉？彼所得者，名也，利也；予所得者，心也，身也。名有时毁，利有时尽，而身心亦遂丧矣。且夫人生朝露，时乎不再，非身心之适，将安所求？以名利丧其身心，予不取焉。子休矣，予岂但乐于渔，予将终老于是也。"

　　梦秋子恧然而退。纪其言以自警，并以警人。

——作于1925年7月

字质庵说

宇宙万物莫不有文。日月星辰，天之文也；山川草木，地之文也；风雨晦冥，时之文也；阴阳寒暑，气之文也；傍及兽之毛、鸟之羽、虫之翼、鱼之鳞，莫不以文炫奇，藉文以应境。文之为用诚广矣。然文必与质并济。文为形，质为体。非形无以成体，非体无以成形。是文与质实相成而相须者也。尝以验诸文章之事矣，虞夏商周秦汉之文，质胜于文者也；魏晋南北朝而还，文胜于质者也。质胜文，其弊至于偏燥枯寂，少言外之意，意外之味；文胜质，则其弊至于浮夸嚣张，雕绘满眼，浮言盈纸，靡靡之音，可以堕志气，可以湮道德，其害可胜言哉。是以质必以文为辅，而后善益；文必以质为本，而后言之有物。故曰文与质实相成而相须者也。然与其以文胜，毋宁以质胜，何也？盖有质矣，欲美以文易易耳。即不文，其理义固已具矣。若徒有文藻，不思以质实之，则徒见其浮薄耳。狂言欺世，俯以趋时，负盛誉于一时，流遗毒于万代，余不知其可乎否也。近世学子，有文而无质，鲜务实以为学，喜空论以钓名，民气夸张，江河日下，其以此哉，其以此哉！余生而不辰，少更忧患，忽忽已届弱冠，恐遗质而趋文也，因以质为字，并为之说。

——作于1925年8月

桂花咏[①]

……纷靡，不畏萧条，盖亦花中之矫矫者也。余校植桂甚多，而以在时孙堂前者为大。今花正放时，芬馥之气，沁人肺腑，经其下辄魂醉神迷，徘徊不能去。

余自入校，见其放已三度矣。初见时，树秃且小，叶稀而黄，花时寥寥数枝而已。继见则较前为盛。今且叶如翠幄，花团团如球，蓬勃蓊郁，有独霸花园之概。噫！树与时增长，而余年亦渐大，顾视身心，反省德业，视树良有愧焉。且余生而多病，早失怙恃，忧患频加，日以憔悴。近且患虐，呻吟床笫之间。于以知树木惟雨露是滋，而人则天命为不可强。诵古人"年年岁岁花相似，岁岁年年人不同"之句，又岂能无感于中耶？余偶折一枝置之枕畔，于倚枕梦醒之时一闻之，不啻置身香国之中，其亦足以慰已。

乙丑八月七日，病中记。

——作于 1925 年 9 月 24 日

---

① 原作前半部分缺佚，亦失题。今由编者拟题。

府君述

余家世居海门之东南乡，距大江可二里许。时见沙鸟翱翔，风帆出没。崇明岛峙立江心，白浪中树影时隐时现，洵佳景也。而我先府君实生于此乐于此而终老于此者也。

府君讳选青，字飘庵，性廉洁，喜饮酒，不屑屑治家人生计。宅前有隙地数弓，暇辄携铲芟草，植芜菁之属，青翠肥泽。间植樱桃月季数本，甚茂盛。优游数十年，以嗜酒得疾，卒年仅五十有一。

时达七岁，犹记府君貌甚奇伟，鬒鬒有须，居恒默默不与人接，视其意，若有不可与人言者，岂其中有不自得者欤。

自府君之卒，家益落，乃迁于通之垦牧乡。母之亡亦六载矣。江滨旧宅，十年未尝再至，而水天之浑茫，帆樯沙鸟之往来，固未尝一日忘也。

乙丑八月，男文达谨述。

——作于1925年9月

《独赏集》序

余平居读古今人诗，择其有新意而合于诗之旨者别录之，于今二载，得诗四千余首，为卷十六，为册八，命工装订之。既竣，名之曰"独赏"，意谓余一己之所独赏也。

或有疑余之言者曰："夫诗所以道人之性情者也，人皆有情，应物斯感。拙于言者，有其意而词不足达；诗人达之，而拙于言者得以览也。是诗者人人之诗，而独之是私也。"余曰："是固然。然心亦犹面，人异其面，亦异其心。面为表，尚不可强同，况内心哉？是故我所好者，未必非人之所恶；人之所好者，亦未必非我之所恶。又岂能以我所好恶，强天下人尽同之？余唯不能强人之同我，是以独耳。"

或又曰："自汉魏六朝而唐而宋，以至于今，能诗者不可悉数。吟风弄月之篇，讽时怀古之章，美人香草之思，雄浑苍凉之气，无美不臻，无奇不有。是编所取，已尽古今奇美而无遗矣乎？"则曰："我惟以自适其意耳，非以之公诸于世也。只此一编，咀其味，会其神，味其意，采其精华而弃其糟粕，终身沾溉不尽，何必尽罗古今之奇美以自侈为。"

曾文正公有曰："嗜好趋向，各视其性之所近。犹庶羞百味，罗列鼎俎，但取适吾口者，哜之得饱而已。必穷尽天下之佳肴，辨尝而后供一馔，是大惑也。必强天下之舌，尽效吾之所嗜，是大愚也。"斯言得之。

且当今之时，新学潮流泛滥中国。一伧堕藩，群瞀随之；大雅不作，正音益渺。纵有一二先进，虑诗学之将亡，思所以提倡之。而佻达之辈以新学为头宗，吟咏之事，或薄之而不为，或为之而不专。尤甚者，于韵语中点缀一二新名词，自诩奇巧，斯真舛舌之音、骚坛之玷。子美所谓"尔曹身与名俱灭，不废江河万古流"者也。

嗟乎！大道悠悠，无往不复。斯世茫茫，知我者谁？是又余所以以"独赏"名斯集也。

乙丑重九前二日，梦秋李文达自序。

——作于 1925 年 10 月

寿松堂记

　　"寿松堂"者，师范校之后厅而啬翁之所名也。啬翁年五十，南陵徐太守乃昌赠松为寿，啬翁植诸校，因以名堂。时光绪二十八年也。

　　堂背池面，庭池植荷。庭薄阶交道为圃四，圃各植花木，间奇石以取势。花甚少，芍药茂于春，黄菊盛于秋，冬则天竹、红颗累累如贯珠，皆以时荣衰。而松独常绿，阴映四隅，庭景四时如一。夏日启北窗，碧伞万柄，红苞参差上下，清芬袭人，垂杨如围屏。当晨露微滴，凉蝉数声，冷然有御风之想。其西北，万屋沉沉，市声时至，远俗而不蹈空虚，依市而可以养恬。远俗而志旷，养恬而神静。志旷则达，神静则明，明与达之至仁也。

　　我闻诸仁者寿，然则于斯堂亦有合也。夫松，固物之寿而节者，耐岁寒，忍霜雪，盘根错节，励而弥光。吾辈学子宜若何？坚苦自励，不以时易操，不随俗俯仰，贫贱能安，富贵能素，以副啬翁之期望也乎。

　　抑予曩者读湘侨师《堂前花木记》，尝寄慨于人之不能自永其寿。今景物如旧，而先生不幸已归道山。偶过堂下，念及先生，辄怦然心动。然则寿者所以寿，又岂易言哉，又岂易言哉！

　　乙丑十一月八日记。

——作于1925年12月23日

寓言一则

黎丘丈人嗜酒，常酩酊而归。

其乡多奇鬼，能化人形而各肖其姿。一夕，丈人醉归，鬼幻其子而扶之。既抵家，苏，诃其子，而子实未尝往迎。因悟遭鬼戏矣，誓报之。

越日，复醉归，其子果来迎。丈人以为鬼也，奋剑刺之，死，意甚得。既知为子，乃大痛。

噫！何今日鬼戏之多也。峨冠自矜，逢迎万态，辨奸者只求之眉目之间，其不为丈人之续者几希哉。

——作于1926年3月

《伤春三叠》序

　　陌上花开，人归缓缓。楼中月满，春去堂堂。兰成不见，江南无可语之人；叔宝难逢，山水郁苍茫之感。杨柳丝丝，七十二长亭绿遍；桃花冉冉，一百五春信空赊。褰裳木末之楼，山真隐隐；维舟南浦之渡，水自迢迢。异秋士之多悲，怜春光而怆怀。仆也海曲畸人，陇西家世。潘仁工病，吴质长愁。少失怙恃，诵《蓼莪》而涕零；生而多情，吟《蒹葭》而遥想。空有六尺之躯，曾无一椽之托。有如萍梗，年年飘泊；无殊燕子，处处为家。阮籍穷途之哭，良有以也；杨朱歧路之悲，岂无故哉。而况华夏沉沦，中原鼎沸，带甲一天，哀鸿满目。贾谊有过秦之论，王粲作登楼之赋。天宝纷纭，杜少陵所以痛哭；宋室靡敝，陆放翁惟有悲歌。诗成甲子当编集（予学作诗自甲子始），生后庚寅合有辞。所谓未免有情，谁能遣此者也。且夫百年之短，积损已久；七情而外，愁复多端。丝苍丝黄，墨子见而兴感；有涯无涯，庄周因之寄慨。何不学仙，丁令威之华表归来；死生大矣，王逸少之兰亭觞咏。然而无有尔，则亦无有尔，先圣同其悲矣。往者不可谏，来者犹可追，前哲盖有谓焉。惟是精卫空劳，湛卢已失。鲁酒薄，不能消未来之愁；周骏速，不能追西驰之日。寒甚更无修竹倚，愁多思买白杨栽，亦有欣哀，未容相笑也。于是展桃花笺，然松烟墨，笔借江淹，书仿米颠，略赋其意，命曰伤春。衍作渭城三叠，仿佛阳春一曲。投笔冥心，即机自警。杨花入户，萦幽绪以俱扬；闲鹤啄苔，闻哀吟而延步。清风明月，岂是玉宇琼楼；流水落花，相逢人间天上。

辞附后

　　白日昭昭兮花无色，春阴漠漠兮青苔湿。昨晚月明兮乘白龙，梦上青天兮吹玉笛。天上之人兮不吾侣，憎予为狂且兮堕予于浊雾。天高高兮不能复上，尘混混兮不可以处。雾漫漫兮安所适，羌徘徊乎中路。有美人兮姝以修，欲与好兮无良媒。无良媒兮予心恫，人之心兮不予同。予惟永思而示以诚兮，或可鉴予情之信芳。春冉冉其将暮兮，独徘徊以惆怅。

　　披兰荃兮衣荷芰，参紫虎兮乘文螭。登高丘兮望故乡，云杳杳兮不可思。南山有豹兮路冥冥，西林有凤兮意惜惜。豹兮何不出，凤兮何不鸣。山有荆棘兮林有雾，宁寂寞兮安其身。

——作于 1926 年 3 月

追悼王、万、陈三君启

　　王、万、陈三君，笃生海邑，负笈崇川。映月能勤，囊萤不倦。品既醇于流俗，学复冠于同侪。请缨有志，比终童之博辩；登楼作赋，方王粲之能文。正驵骥之初骋，期青云而直上。岂意二竖为殃，百医莫救，十载寒窗，一朝奄忽。宗悫之长风破浪，此生已矣；谢庄之蓝田出玉，复安在哉？方富贾傅之年，遽短颜回之命，是造物者之忌才，而有心人所共悼者也。爰于夏历三月十四日下午，设奠五福寺，作招魂之举。凡属雅故，尚其莅止。

——作于1926年4月

有不为斋记

天下事有可为，有不可为。为所当为，不为所不当为，可也；为力所能为，不为力所不能为，亦可也。

孔孟生督乱之世，丁艰难之会，道丧文敝，民困俗靡。于是本仁义之心，倡道德之言，挽狂澜于既倒，拯百姓于水火，此所谓有为者也。历试天下，不能用，退而著书，以示后世，则为力所能为不为力所不能为也。严光之徒，身际盛世，宠礼有加，而俭身岩穴，膏育烟霞，等名利于浮云，视尊爵如草芥，盖无为矣。

事非尽可为，而亦非尽不可为。非尽能为，而亦非尽不能为。为所当为，不为所不当为。为力所能为，不为力所不能为。审时观势，切情依理，则无往而不适。惟是时有古今，理有偏正，可为与不可为，推测之际，微乎其难测也。

余年将弱冠，稍与世接，得略窥人情世故，辄以为难。尝诵人有不为句而善之，因以名其斋。斋无定在，随地榜之。朝励夕惕，冀有以自树焉。

噫！中原鼎沸，国运衰微。干戈无已，疮痍满目。当祖国转石累卵之日，正志士投笔请缨之时。然而才有不逮，力有不及，岂可徒托空言以欺人。则亦求为所当为而已，而有不为则其本也。

丙寅四月十一日，海门李素伯自记。

——作于1926年5月22日

书施雨亭

施雨亭，海门汲浜镇人，忘其名，以字行。博综群籍，尤精医道。中年即谢仕退居，热心地方公益，人以是都之。更喜佛典，究心庄老，规其家中，上下随之。设清德庵救济善坛于武庙，皈依顶礼，并实行戒杀、放生、惜字谷、印善书，盖十余年于兹矣。近闻释迦赐名了一。其长子燕嘉由宣尼判号归路。仲子艮斋，三子虎臣，则纯阳师赐呼涤尘、循善。某日艮斋合卺，全家老幼预制儒释道三界束装服之成礼。一家而兼三教，远近闻之，皆以为美谈云。

余因叹曰："异哉！何今日逃空虚者之多也。"曩者，本校校长江公谦喜究佛道，谈玄学。又闻徐师笠僧言，李叔同先生者，南京高师之音乐教授，工书善画，能篆刻，最精音乐，今之闻人也，近亦遁入空门。

噫！是何今日逃空虚者之多也！岂不以风尘瀱洞，豺狼当道，庸人扰之，愚民安之。而上智者目击心怵，深痛华夏之沈沦，又不欲争是非于庸徒。江湖满地，难留一叶之身；盘石长林，尚有枕栖之所。托意禅悦，非以超诸天，聊以遗远世俗，不同湛辈浮沈云耳。此灵均之醒而投汨，所以不如彭泽之醉赋归来。而晋末何晏之徒，尚清谈，喜玄虚，消声潜迹于梵音灯影之间。睥睨当世，赍志以没，岂无故哉，岂无故哉！

——作于 1926 年 7 月

姨丈沈公志辉家传

公讳汉庭，字志辉，世居海门。始生即失怙，六载而父亡，族姑母育之成人。

幼迫于生计，辗转佣贩间，以故不甚知文墨。而天性敦厚，唯诚信是的，虽知礼守法君子不如焉。清季营酤业于通海垦牧乡，于地方公益从事最力，如消防局、同善堂、水利局，不足则益于私财，即亏逋亦所不恤。人有缓急，告贷无不应，亦不急索。邑有纠纷者，辄诣公请排解，是非曲直必以情。甲子除夕，达书平易近人联于桃符，公顾之笑曰："尔得我心矣，余凡事胥遵是言，唯平易乃近人也。"其殁，士夫以至负贩佣保，莫不为之流涕，即妇孺亦且唏嘘太息，以为不可复得。公年五十时，里人以"太邱道广"四字额颂之，谦不受，固请，乃不却。

达幼失怙恃，依公者十年。嗟乎！生我者父母，育我者姨丈。姨丈在，我不知为无父之人也；而今而后，达真为无父之人矣。

略述十年来亲见公之行事以为传，亦以志其私也。公生于清同治十一年六月十五日子时，殁于民国十五年九月九日子时，年五十有五。子一，女三，嫁其二。

殁之后十日，甥文达谨传。

——作于1926年9月19日

祭沈公志辉文

　　维中华民国十五年十月二十日，甥文达谨以清酌庶馐之仪，致祭于志辉姨丈之灵。曰至德堪师，大泽溉乎下邑；独行有继，修名谦于中寿。北海之樽常满，座客犹存；太邱之道无亏，路人不少。恭维我公，悃幅无华，木纳有守。身不辱穷，燕赵立栾公之社；民思其德，弦歌荐王令之词。颂祖显，以长龄缉我荒土；称五王，曰慈父视彼农桑。急难足以先后，纷纠赖而叛释。纪纲惟类，九族同其饥寒；亲疏无间，千钟皆所周给。常谓："道在平易，不以高远难行为奇；心宜正直，要当勿欺无愧而明。"盖一乡善士，百里贤人，仅见于今，当求之于古者也。

　　达幼侍杖履，长蒙培育。比楼台之近水，知德独深；似花木之向阳，感恩尤切。方其硕果延年，常沾雨露；乃朽质未成，先摧绳铎。今者素幡高举，渺兮音容；罗帷低垂，杳兮馨①欤。言犹在耳，慨伟抱其未竟；视不可含，知遗恨之尤多。从此满城风雨，佳赏空赊；所愁匝地疮痍，明神何托？

　　嗟乎！玉在山辉，珠存川媚。斯人云亡，匪躬之瘁。涕江海兮安尽，灵翩然兮来格。

　　呜呼哀哉，尚飨！

——作于 1926 年 10 月 20 日

---

①　查李素伯笔记本，此处为"馨"字。但疑似乃作者笔误，应为"謦"。

铭文四篇[①]

一、琴铭

波起湘阴，叶下洞庭。若有人兮，薜萝深深。
缘云千里，露湛月明。乃凝吾神，乃正吾情。

二、镇纸铭

纸之卷，犹可直也；心之过，不可涤也。

三、笔铭

厥祖管城，脱颖而出，毋华而晥五色，以自戕贼，而蹈正平之辙。

四、砚铭

砚田可耕乎？奈何从古学者多贫而少富。砚田可弃乎？将使凡民愚而为黔首。民不可愚，富不可久，遵道以知命，人与天何尤。

——作于1926年10月

---

① 此原为四篇短文，由编者合而为一，并加标题。

《海门耆旧传》序

海门于三代为扬州之域,汉为海陵东境,后周立县,以后名属屡更。元、明圮于海,寄治通州。清乾隆三十三年部议:即古县址新涨沙置海门直隶厅。厅、县本非一地,非今昔之异名也。

地临险要,上汇江淮,下吞东溟。翘首东望,苍茫万里,涛声澎湃,诚壮观也。民风淳直不阿,志习朴实,劳而好义。耕凿为生,鱼盐为利。士读书而耻奔竞之风,商为市而无图射之巧,殆庶乎犹有古者存也。

余尝怪今世何寂寂无闻人,岂以俗醇而湮其进取之风欤?然历览志乘,则自明季迄今,凡以忠孝、名节、文学、技隐之名于世者百数十人,其所以成美俗者盖有在。而今之所以蹶而不振者,盖老成凋谢,闻前哲芳躅沦而不张,不足感发兴起之也。诗曰:"维桑与梓,必恭敬止。"言乎迩也。

余既悼末俗之陵替,惧文献之放失,因不自揆,乃旁罗载籍,荟萃旧闻,为耆旧传二卷,附列女传一卷。所以赓扬前烈诱迪方来,吾党之士,倘亦有闻风向往勉力继轨者乎?是余之志也。

余李姓,唐尚庵公于武氏之乱起义扬州,不克,偕骆宾王宵遁海上。中宗复辟,征赴阙。寻归,子孙隶海门。自后代有闻人,至达将二十余世。今为此传,强半我宗,附膺自问,不觉汗下。既以自励,又欲令异世之承学治国闻者得以览焉。

——作于1926年11月

曹君觉先生五十寿言

南通僻处江海之交，俗朴质多古风而鲜闻人。清同光间有范公肯堂者，从武昌张廉卿、桐城吴挚甫受文法，独以文章名。弟仲林、秋门皆才士，世所称通州三范者是也。范公文敛肆不一体，往往杂瑰异之气，而长于控抟盘旋，绵邈而往复，不规规为制举之文，终不第。以诸生遨游南北，而公卿争延致之。自是士子多兴起为学，而曹君觉、徐逸休、顾怡生、顾贶予四先生并起为邑之能文章者。岁癸亥，绚年十六，始肄业师范学校，于是始识君觉、怡生两先生。两先生肫笃敦厚，有长者风，因私幸有所依归。曹先生授诗古文辞四部皆撷其精华，绚于是略知学术途径。而先生渊穆冲淡之趣、闲旷超朗之度，尤罕觏者也。绚年少气盛，遭境坎坷，为文多抑郁愁苦之语，先生则以为他日当得占文章一席地，而少年当有朝旭熊熊之气，不宜以幽忧自贼。绚不敏，谨志之不敢忘。丁卯夏，国府奠定，学校改组，绚遂转南通中学，则逸休、贶予两先生实主讲席。数载之间，所谓四先生者，绚皆得亲炙而请益，则愈自庆幸。徐先生讷讷寡言，治诸经皆贯通，循循悔不倦。见徐先生如见先生，于以知先生之所养，盖有范公启于前，而平日相与扬榷砥砺者固又有在也。今年春正月九日，为先生五十生辰，家人欲为寿，先生固辞。介弟铸渊、竟全两先生乃刊先生自述诗，散诸朋好友及弟子，求文字以寿先生。绚之文不足为先生重，于先生文更不敢赞一辞，而窃以为先生之文乃先生之所以自寿，涵养于内者深，日造于自然，视范公之雄放，盖又异其致焉。百里之途，行才及半。先生待[1]太夫人之侧，且益忘老之将至。绚不敏，犹思负笈远游，冀不负先生昔之所

---

[1] 此处疑应为"侍"。

勖。他日效梅伯言之颂惜抱，含识知归，抒情宣德，当肃肃翼翼，如短发
髯鬈执经请益时也。

——载1928年8月20日《南通报副刊·文艺》，署名：素伯。

附：

谢李素伯赠言

曹文麟

曾逢老辈生嫌晚，后起承流劳溯源。
二十年来几弟子，百千言为壮单门。
文寻隽味林边雪，神有华光海上暾。
愿祝它时君五十，云霄嗤我囿笼樊。

——载2004年南通市文学艺术界联合会《觉未寮文汇——曹文麟诗
文集》。

李素伯的山水画《抚朽道人山水图》（现藏南通博物苑）

李素伯的山水画（现藏南通博物苑）

挂枝青嫩鸟秋林不著花傅雪
空帐望山外夕阳斜
尤曲守谦合作素伯补成并题
集阁无留合

上世纪三十年代南通「画坛三杰」李素伯、尤无曲、丁守谦
合作的诗、书、画合璧的画作（现藏南通博物苑）

李素伯的花鸟画 《恐飞红吹到他边去惹伊泪落》，载1934年1月1日上海《艺风》杂志第2卷第一期

新

诗

镜子和影人

（一）

团团儿的明镜，
放在屋的中央，
它终日瞪着眼睛，
向着一切人张望。

它的目光闪闪，
它的睛儿明亮，
瞧着一些人，
顿时印成一个画像。

这面走来一个男子，
对它左斜右斜相了一相。
那边来了一个女郎，
对它用手将发掠了几掠。

匆匆走过去许多人影，
它急忙收拾起影片张张。
它打开秘密的宝库，
将影片儿深深的①收藏。

---

① 此为李素伯原文，今为"地"。20世纪初白话文兴起之初，没有严格规范的"的地得"之分而多统用为"的"，同时，"的"也常与"底"混用。

（二）

隔了几多时候，
过去的人影又走上它的门墙。
这男子朝它看着往日的英姿，
只觉得他已经皮皱——面黄——
那女郎也来比较她往日的娇貌，
也不禁满头儿降雪——飞霜——

男子对它几声叹息，
女郎几番把脸儿苦丧；
问声镜儿你可曾知道，
为什么转眼有此沧桑？

镜儿默默的无言，
越发表现着他们悲境凄凉。
他们无限的懊恼，
他们更无限的彷徨。

他们不久登了天国，
他们竟也登到天国的上方；
他们已忘记了从前，
他们也忘却他们从前的形状。

（三）

宇宙从此幽寂了，
再听不到夸美——争强——
一切从此消灭了，
再见不着悲恼——苦恼——

一切灵魂自在的游戏，

一切快乐充满了欢肠，

一切人我化成为虚空，

一切愁哀化作为火灰飞扬。

来来，去去，

悠悠，荡荡，

识神充满了时间……空间的地盘，

与无量幸福之神舞唱。

镜儿笑了，

"人影那里去了？"

万物在它的心中变迁，

万象在它的深处收藏。

镜儿笑了，

"人影那里去了？"

它任宇宙生，住，异，灭的纷扰，

它只是依旧儿无恙。

——十六、十一、二九①

——载 1932 年 6 月 24 日南京《时代公论》第 13 期，署名：达。

---

① 此为杂志上原文落款，应为"民国 16 年 11 月 29 日"之意。

妈妈倚着门槛在望

"我要回去了，妈妈依着门槛在望。"
夕阳斜照粉墙，浮映淡黄的金光。
留不住的归心，早飞去妈妈身上，
我不该自私呵，为我自己的凄凉。

看他提着书包走出门，何等松爽？
妈妈已望久了吧？——他定在这样想。
我目送着他，待他的影子遮没于围墙。
涂了金的柳丝，在晚风里瑟瑟地摇漾。

涂了金的柳丝，在晚风里瑟瑟地摇漾。
我背着手独自回来，拖起条黑影修长。
他已抱在妈妈的怀里，——闻着香香？
明明的灯光里，笑声与歌声交响。

我不该自私呵，为我自己的凄凉；
留不住的归心，早飞去妈妈身上。
夕阳斜照粉墙，浮映淡黄的金光，
"我要回去了，妈妈依着门槛在望！"

——载1933年10月1日上海《文艺茶话》第2卷第3期，署名：所北。

春之夜

像是一张懒猫的睡脸，
这默默地蓝腻腻的天；
无力地睁开惺忪之眼，
柠檬黄的月描成一线。

梨花有不胜哀怨的梦，
冰冷之颊没一点笑容；
温清虽慰青春之葬送，
偷吻的是那轻薄的风。

丁香苦孕着忧郁的胎，
紧抱了相思之结莫解；
等待如酥春雨的飘洒，
古井之波早封上绿苔。

仿佛从幽谷流来木鱼，
青草池塘里蛙打着鼓；
捣碎了的心没法弥补，
无底的寂寞伴着虚无。

——载1934年4月1日上海《艺风》第2卷第4期，署名：所北。

信

一

等待着信的这颗心，
像是熔炉里的一块铁；
可是消息的湮沉，
却好比是秋后的落叶。

心弦绷得紧紧的，
当我瞥见绿衣人的影；
猛然一声弦断了——
你听见么，这一声碎?

二

一张纸上画着几个字，
说是深印着你的心和意。
没有色没有香也没血腥，
这是墨水不是你的泪!

我读了想了又闻了，
没有色没有香也没有血腥；
抛下了信我凝望着青天，
天上飘过一朵彩云。

——载 1934 年 4 月 1 日上海《艺风》第 2 卷第 4 期，署名：所北。

落叶之梦

飘零的落叶之梦
呻吟着
给西风摇醒了

依旧是苔铺石径
白头宫女呢
悲哀的蟋蟀之声啊

给西风摇醒了的
落叶之梦
已消受一世的豪华了

——载1935年1月1日南通《爝火》第1卷第2期，署名：绚。

街之夜乐

夜的街是一道白银之流
狂乱的音乐风吹泛又吹泛
银流里吞吐着人的潮汐
一片片市招吸住一只只血眼

贪婪之眼巡游于光色的旋涡
吝啬的手紧紧地插在裤袋里
消化了黄面的饥肠咕咕地响
滞销的百货店患着消化不良

银流里吞吐着人的潮汐
播音机里的曲子一遍又一遍
店伙们袖起双手踱着方步
成群的看客闲闲地过去了

——载1935年3月1日南通《爝火》第1卷第4期，署名：所北。

獨賞集序

余予居讀古今人詩擇其有新意而合於詩之旨者

別錄之於今二載得詩四千餘首為卷十六為冊八

命工裝訂之既竣名之曰獨賞意謂余一己之所欣

賞也或有疑余之言者曰夫詩所以道人之性情者

也人皆有情應物斯感拙于言者有其意而詞不足

李素伯手迹《独赏集·序》

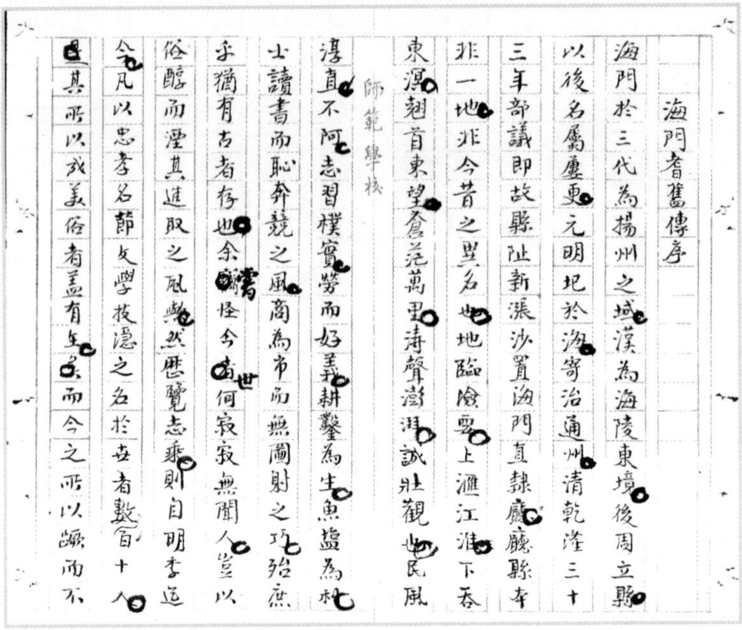

海門耆舊傳序

海門於三代為揚州之域漢為海陵東境後周立縣以後名屬屢更元明圮於海寄治通州清乾隆三十三年部議即故縣址新漲沙置海門直隸廳廳本非一地非今昔之異名也地臨險要上遡江淮下吞東溟翹首東望蒼茫萬里濤聲澎湃誠壯觀也民風淳直不阿志習樸實勞而好義耕鑿為生魚鹽為利士讀書而恥奔競之風商為市而無圖射之巧殆庶乎猶有古者存也余竊怪今世何寂寂無聞人豈以俗醇而湮其進取之風歟然歷覽志乘則自明季迄今凡以忠孝名節文學技藝之名於世者數百十人是其所以成美俗者蓋有在矣而今之所以蹶而不

師範學校

李素伯手迹《海门耆旧传·序》

祭沈公志輝文

維中華民國十五年十月念日甥文達謹以清酌庶羞之儀致祭於　志輝姨丈之靈曰至德堪師大澤溉乎下邑獨行有繼修名歉於中壽北海之樽常滿座客猶存太邱之道無虧路人不少恭惟　我公悃愊無華木訥有守身不辱窮燕趙立榮公之社民思其德絃歌薦王令之祠頌祖覬以長齡續我荒土稱五王曰慈父視彼農桑急難足以先後紛紛糾賴而料釋紀綱惟類九族同其饑寒親疎無間千鍾皆所周給常謂道在乎易不以高遠難行為奇心宜正直要當力耿無愧而圖蓋一鄉善士百里賢人僅見於今求之於古者也達幼侍杖屨長蒙培育比樓臺之近

師範學校

李素伯手迹《祭沈公志辉文》

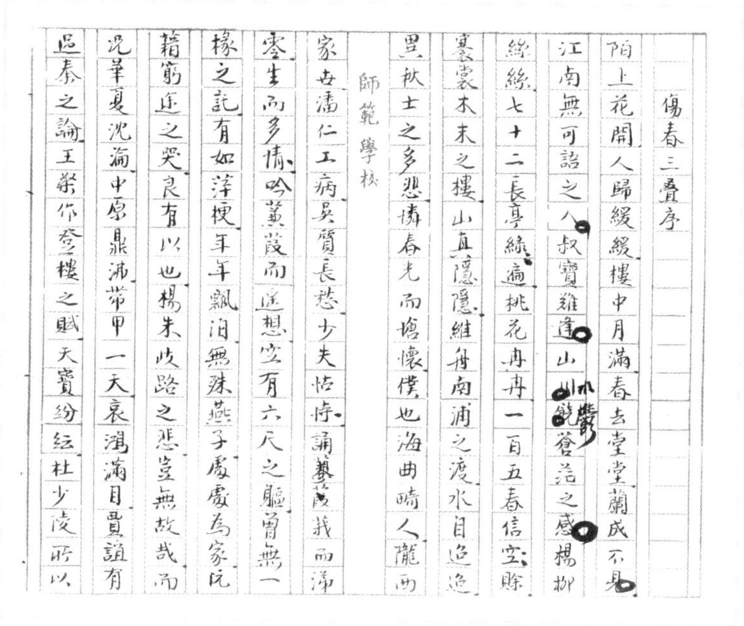

李素伯手迹《伤春三叠·序》

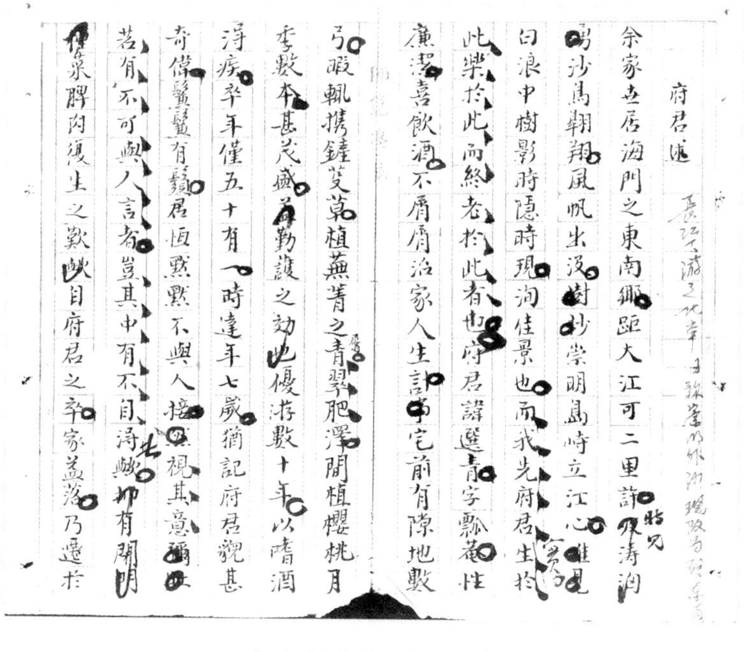

李素伯手迹《府君述》

臣年五十有七回頤萬事已畢佳碧壽手掌天惟見日虹貫日

去夏六月廿七霽度一生與陸但與嚴心肉春秋頁同人開花甲

研盡一生情種胸中性地靈光吉袖興參文佛麻衣泣拜寫皇

手著遺文千卷為存副立名山正學藝書六出乎南心史難刪

慧業降生文人此去不凋隻字惟浮生孝臣忠　貽與世間見志

張煌言蒼水甬東道上詩

又飽斉詩

國亡家破欲何之西子湖頭有我師日月雙懸于氏墓乾坤半壁岳家

初慚將在手分三弟特為母心惜一枚佃旦素車来渐远　怒涛竟必是鴎夷

海甸縱横二十年孤臣字竟泛桐江口新子嚴光釣襄澤難迴　沅緒船

生比鴻毛猶勾國元當碧血研支天臺戈草橫将題曰敢望千秋青史傳

石達開詩

李素伯手迹《石达开诗》

现代小品文

黄泥山下看桃花

——苦茶草之一

  想起前人"饱食桃花不种田"的诗句，觉得虽是十分风雅的韵事，却不免有点痴呆相；不但此也，细细想来，且大有煞风景之嫌哩。"朝饮木兰之坠露兮，夕餐秋菊之落英。"这是只有我们争光日月蝉蜕尘埃的屈大夫才配有此高洁之癖，而吾辈凡夫俗子不得与焉。何况他也只是饮"坠露"而餐"落英"，既坠既落，则饮之餐之亦不为过，那有囫囵吞枣地嚼起娇嫩香艳的桃花朵儿来还算做风雅的韵事；这犹如猪八戒吃人参果，谓非杀风景而何？

  但是我们不要冤我们的古人，真正嚼着桃花朵儿不想吃饭，虽然"细嚼梅花当点心"也正有先例在。所谓"食"之一字，是有种种说法的：把东西放下嘴去咀嚼，随后咽到肚里去，固然算是食；看在眼里，听在耳里，闻在鼻里，甚至只是印入脑里，记在心里，在另一意义上的诠释未尝不是食呵。譬如我们偶然在路上瞧见一个漂亮姑娘，回来在月记簿——指袖珍日记，预备写了出来以藏诸名山传诸后世的当然要不得——上写着"月日，路遇一姝，秀色可餐"几个字，秀色真可餐吗？即使可能时——倘使你已经同她发生了恋爱——你当真能把她的秀色狼吞虎咽地当一顿饭吗？聪明的读者，当知其不可。佛家的修持，最紧要的是六根清净，对于诱惑沾染那六根的色，声，香，味，触，法，是等量齐观，并未出主入奴；且其本原只是一种的现实相，无甚分别。再一说，我们欣赏一幅名画时，不曰"看"而曰"读"，明明是"看"而偏偏叫做"读"，这正因为说"看"不能尽其致而得其神理，对于爱之入骨的东西，如仅仅说闻着、看着、听着，即使说刻于骨，镂于心，也终如雾里看花，有隔一层之嫌；还是剪截了当的说"食"或是"嚼"来得透骨，痛快。——话说回头来，如真有可餐的秀色时，我也不惜做那样有点痴呆相而近乎杀风景的风雅的韵事的，想来也不过是"望梅止渴""画饼充饥"之类的玩意儿罢哩。读者明乎此，则于我古人"饱食桃花"而可以

"不种田"之心理，思过半矣。

有一回，我遇着可餐的秀色，我非但起了"不种田"之念，且愿终老是乡了。——读者一定要问，是什么乡呢，温柔乡吗？是的！有着可餐的秀色的温柔乡。我不但已经"饱食"，且已沉酣地陶醉在那儿了。趁此刻闲着没事，不怕烦腻，把那段艳遇追写一番，聊以自乐；写得好不好，我可不管。谁又肯为自己的文章作兑现的呢？

古人描写桃花的诗句，我是最爱那"野桃含笑竹篱短"和"竹外一枝斜更好"两个断句：为能表出萧疏野逸之神而无轻佻妖媚之态。这都是东坡先生的妙手写出的，天才毕竟不凡！钝拙如余，也会胆敢做出"堕粉燃脂抹鬓鸦，凝妆一树醉流霞"那样恶滥的句子来玷恶我们的桃花姑娘，真有点儿唐突西子了。但这一枝一树的桃花，大家都看见过，即使如何娇艳，见了也不会使你目眩口哆；可是现在我要想告诉你的，不是一枝一树，而是锦簇簇的密层层的迤逦绵延到几里长的桃林。在文章上读到过有所谓"三秋桂子，十里荷花"，那境界自然不坏，这里却没有十里，但不瞒也不夸，三里长是足足有的。就这么三里长已够使你真个消魂了——这犹如穷书生突然被围于明艳的群姝，柔体在怀，脂香在鼻，将使你如何的张皇失措而忘其所以呵？你想想看！

我记忆力最好的小朋友当还记得：那一回的远足五山，为着贪看桃花，信步走去，竟沿着山麓的清溪直到江堤，把黄泥山绕了一个大圈，才登上山去。路是走错了，脚下也乏了；但好景终给我们饱赏了，秀色也为我们所饱餐了。谁说世间的便宜事，傻子和酸丁便没有分儿，又几曾见"赏心乐事"，赶着光顾聪明的人们呢？"吃力不讨好"这句使人避嫌而实是躲懒的俗谚，在此似乎也就要发生动摇；"懒人自有懒人福"，这也许是"几生修得到"的好运，只能算做例外，肯"吃苦"总是有"好"可讨的，我想。——至少在这一回的事情，我们总得承认是如此。

走下"江天一览"的支云塔，转过狼峰西北山嘴，一片桃林便在望了。小朋友排起一字长蛇阵浩浩荡荡向着桃林进发，我便做了殿军。远远望去，只是漫天匝地的团团霞彩，下面是碧草的地，上面是黄土的山，在这中间横亘着一条明艳绝伦的绯色腰带，不宽也不窄，紧紧地抱着山腰，渐远渐细，似红非白，接着一片银光闪闪的江涛。这仿佛一个古装美人，杏黄衫子绿罗裙，束起条香妃缎带，飘漾临风，倍见楚楚堪怜。我想起薄命诗人黄仲则

"晚霞一抹映池塘，那有这般颜色作衣裳？"的词句，不禁羡山灵之艳福了。

昨夜微雨，朝暾开霁。这时恰过午，淡云笼着暖日，温煦的阳光，烘得"脸儿嫩难藏酒晕"的桃花姑娘粉腻脂流，香汗淫淫，如闻兰息，越觉容光焕发了。我们隔着清溪，走着看着，花光扑面，芳菲袭袂。一树树剪绮裁锦，雕琼刻玉，靓妆盛服，照水弄姿。唉！这么个"娇娇嫩嫩，亭亭当当人人"！我们欣幸来得不早也不迟，春色恰恰已到了十分酣畅的时候了；而且足足的十分，全在枝头，流水和尘土，还没有分儿安排春之别筵咧。偶有见妒于风姨而无可奈何地撒下嫣红点点，乱点芳茵，闲随流水，但我却"颇觉少陵诗吻薄"而丝毫没有目之为"轻薄"的意思。

行尽清溪，山势迤平，桃林忽断，面前展开空阔明净的大江。我们略伫立眺望了一回，又从斜蜓着的绿草掩覆的小径跑上山去，这时桃林在我们的脚下了。远望着绯色腰带，已变做一大幅横陈的锦衾。我想跳下去，躺在这如锦的香衾里做一番甜蜜的梦，就沉酣在这温柔的香海里不用醒来了！让它零落时的阵阵红雨，将一瓣瓣的芳馨重叠地覆盖了我的贱躯，"何须更乞胡麻饭，饱啖桃花便是仙"呵！这是人间吗？不，已经是天上了吧！我岂仅不再起"种田"之念呢，早却是沉醉软玉温香里，不愿再返那急攘攘乱茫茫的尘世了。

看我文章的诸君或者要疑惑这陶醉的味儿究竟是怎么的，几乎令我牺牲了宝贵的生命——这是应该留着干革命工作的！——最具体的说法，也许可以借用岂明老人形容贵同胞的遗老或遗少们读诗读古文，尤其是八股文时那种得意陶醉在抑扬顿挫的歌声中间，差一点儿就要三魂渺渺七魄茫茫的了，而这据说是和抽大烟的快乐有点仔相近的（见《骆驼草》周刊）。这个形容也只是仿佛如此，不但周先生自己申明没有抽过大烟，即在下也并未捧过烟枪，语曰："多闻阙疑"，这也只好存而勿论了。

倘是如日本思想家厨川白村氏的意见，以为人生的意义是在有缺陷，"月有丛云花有风，月和花这才有兴趣。叹这云的心，叹这风的心，从此就涌出人生的兴味，也生出'诗'来。"那末，我的陶醉实在是多余的，简直有点傻。但是他又说："一到完全之域，生命已经就灭亡。"这却正是我所体验了的。因获得"完全"而使自己生命灭亡，这不仅是值得牺牲；且亦不得谓之牺牲。人生的兴味与意义虽在有缺陷，而"完全"却是"缺陷"的永远的憧憬。多情的才士才女们自然要在水流花谢的当儿，呫墨含毫，赋得落花一百韵以夸其才思；或是"手把花锄出绣帘"，扮一出"黛玉葬花"，好做首葬花诗，卜①得那假山石子背后的同情的哭声——是否也是狠心短命的？——这当然算得是有心人了，多少总得带些仙骨的！若夫生来是俗骨头的我，反觉得"花好月圆"的境地，万不能轻轻放过；"人寿"倒尽可不必。——即使你能巴望到长命百岁，还好意思轧在小伙子队里去惹脂弄粉么？"夕阳犹复恋桃花"，虽然老犹放诞的随园主人曾以此解嘲过，"设想英雄垂暮日，温柔不住住何乡？"狂士定盦也作如是想，那不是成了"一树梨花压海棠"了么？喔！这是怎样说的呢。

野马跑得太远，我得续写我们的游踪。山半有虞楼，碧甍朱栏，稳踞山腰，这是乡先哲张啬公所建，似专以观赏桃花的。吟啸并江声竞爽，醉颜与花光相映，当日风流，犹可想见。今则楼空人去，不免零落之感；即南通模范县之称，亦将随以逝去，"人亡政息"，其然，岂其然欤！我忽然想起他老咏落花的一首诗来："半跌泥途半水沟，泥嫌污浊水嫌流；东风若解如人意，除是还吹上树头。"词意缠绵，可见此老亦非能忘情者。

无限好的夕阳斜睁着发火的眼光催我们回去，跟在它背后的暮色的苍茫和黄昏的黑影，使我们无可留恋。讲老实话，即使能如"刘阮"二小子的造化，采药入天台，巧逢仙子，暂作勾留，也还是要蜗蜗凉凉地跑回来的呵！我们更何所恋恋呢？又何必恋恋呢！

孩子们毕竟太恣情而痴顽了。远看不好，从上面向下看也不好，定要走下山去，羼身群芳队里，要仔细亲一亲桃花姑娘的芳泽，在树跟头攒来攒去，抢得落下的花朵，揪得满掌满握的乱闻乱嗅。我不好干涉，也不想干涉，天真的孩子们，不会得罪了我们的桃花姑娘；而且，无论如何，这总较之委地沾泥，再受践踏要好得多。我催促着孩子们整队回来，孩子们一个个笑着跳着，在紫泥陌头，夕阳影里，我是默默然没有话说，连那时想着些什么，现在也已记不得了，想来无非不过是"能几番游，看花又是明"一类的感慨罢了。即使记起也无益，我是怅怅的归来了。

自那一回后，到现在是几个"明年"都已过去了，我至今未得与黄泥山下的桃花姑娘们重谋一面；花神有灵，当怨薄幸。天真的孩子们也已离散得"天各一方"，两三年不见，当已一变其跳荡痴顽的憨态，而成勇敢俊发的青

---

① 疑为"博得"之误。

年了罢！他们是否还记得那一回的艳遇，或者已再觏芳仪，我是不敢悬揣，只是近来听说江流拍激，波涛日夜的冲刷，堤岸坍得颇厉害，黄泥马鞍两山，有重入江底之虞；那末，桃林的存亡，当然也在不可知之数了。前度刘郎，他日重来，自然要"到此踌躇不能去"，而怅望江山，缅怀芳躅，其能免春风人面之悲欤？其能免春风人面之悲欤！

十八年四月游踪

廿年十一月追写

——载 1933 年 4 月 1 日上海《艺风》第 1 卷第 4 期，署名：所北。

说三民主义相互的关系

总理①所创造的三民主义，表面上看来，虽系三个主义，实际上却有相互的关系的，现在把它分为两方面来说明。

（一）三民主义是互为界限的，就是：

（A）民族主义是民权民生的民族主义，才不致流为国家主义与帝国主义。不然，只求自己民族的发展，不顾他民族的利益，则必是一民族压迫他民族。如英日等国是。故民族主义必要是民权民生的民族主义。

（B）民权主义是民族民生的民权主义，才不致流为现在西欧所流行的德谟克拉西②主义，或民主主义。不然，只求一民族的民权，则不惜压迫其他国内之民族，如英之撒克逊之于印度民族等是。只求少数人的权利，不惜奴隶国内其他多数人，如美国之民权虽发达，而多数工人亦得不到利益与权利。故民权主义是民族民生的民权主义。

（C）民生主义是民族民权的民生主义，才不致流为资本主义。不然，只求一民族或少数人的利益，而牺牲他民族或多数人的利益，则与资本主义又有什么分别呢？故民生主义必是民族民权的民生主义。

总上看来，三民主义是互为界限的，所以三民主义胜其他一切主义。

（二）三民主义是互为条件的，就是：

（A）民族主义是民权民生主义成功的条件，如果自己民族受压迫被侵略，不惟民权无由发达，民生也无从追求。反之，民族主义的成功，以民权与民生主义的成功为条件。即民权主义民生主义不成功，民族主义也不成功。

（B）民权主义是民族民生主义成功的条件，如果国内大多人没有民权，谁为实现民族主义与民生主义，被压迫民族与被压迫阶级，希望压迫民族与

---

① 此处指孙中山。
② 此为英语democracy的音译，汉语译作"民主"。

资产阶级为谋幸福，是万不能的事。反之，民权主义的成功，以民族民生主义的成功为条件，即民族受压迫，得不到民权；民生没有解决，也得不到民权。如印度的民权在哪里，工农阶级的民权在哪里？

（C）民生主义以民族民权主义的成功为条件，即如上所述，民族受压迫被侵略，生存问题是无由①解决的希望的。反之，民生没有解决，欲求民族的自由，民权的平等，也是不可能的事。

是以三民主义的成功，是互为条件的。

由上二者观之，三民主义实有一种连环性，不可分性，整个性。故三民主义的实现，必同时实现三个主义，若只民族主义或民权主义，不惟不可实现，也不能实现的。

——载1931年1月《安徽教育月刊》第2卷第1期，署名：李文达。

---

① 疑为"无有"。

所谓东亚门罗主义

日本自日俄战后，一跃而为一等强国，遂存雄霸东亚之野心。惟历年来西洋各国知其用意所在而倡门户开放机会均等之说以抵制之。华盛顿会议所订之九国公约，重申门户开放及尊重中国领土完整之义，更足以钳制日本之行动。乃近年日本以经济恐慌，工商凋敝，人民失业，政府收入锐减，不惜置公约于不顾，而以武力侵占满洲。一则以遂其雄据东亚之野心，一则以转移本国人民之视线：此去年九一八事变之所由来也。

日本自以武力占据满洲之后，利用溥仪为傀儡，创造其所谓"满洲国"；为所欲为，毫无顾忌。然恐世界舆论之责难，则倡所谓东亚门罗主义，以图抵制。其大意谓美国曾在美洲行门罗主义，前例俱在，日本自可行东亚门罗主义。世界各国未曾指责美国，而今独责日本，岂可谓平？言大而夸，巧而妄，今请词而辟之：

美国之美洲门罗主义，自有其特殊历史背景，与今日东亚之情形，绝不相侔。当美国总统门罗宣布门罗主义之时（一八二三年），欧洲各国之神圣同盟（成立于一八一五年），正盛极一时；神圣同盟之目的，在欧洲列强联合一致，以压迫其殖民地之革命。时"拉丁美洲"各殖民地，已脱离其欧洲母国而独立，宣布为共和国。欧洲各国由神圣同盟，而四角同盟，即欲假一致行动，以收复所失之美洲殖民地。美国此时距宣布独立时期，不过五十年，若让欧洲国家实行此种政策，则影响将及于其自身之存在。故总统罗斯福特宣布门罗主义，谓美国既不干涉欧洲之殖民地，亦不许欧洲用兵于美洲，所得新殖民地或收复旧殖民地。由是以谈，美国之门罗主义，原为自卫计。至其后美国间亦有违背门罗主义（一八九八年从西班牙手夺出古巴及

Ports Rico①是②），则为另一问题。

据上所述，则美国门罗主义之成立，其主要原因为欧洲各国欲以武力收复在美洲已失之殖民地或取得新殖民地。至于满洲尝为吾国之行省，并未为何国之殖民地，且他无他国有以武力夺取之计划。而日本自身先以武力夺取之，然后欲造东亚门罗主义之名以避世界舆论之指责，其谁欺乎？

抑更有进者，美国之物产、实业面积、人口文化等，为美洲各国之冠，其足为美洲之领袖本为事实，固无待门罗主义之提倡。日本则何如者？除工业化及军备外，有一足为东亚各国之冠乎？日本当局如其清醒，应尊重中国主权，不占吾寸地，竭力与吾华合作，以求共荣共存，而成立中山先生之大亚细亚主义，则日本之国运可长。今不顾事实，徒逞一时之武力，占据满洲，创造满洲国，而欲以东亚门罗主义，抵制世界舆论，不仅徒伤中日友谊及世界同情，而且穷兵黩武自促其亡。是其自为计，亦何其失耶？

——载1932年11月1日上海《商兑》第1卷第1期，署名：素。

---

① Ports Rico，即波多黎各，现为美国自由邦。波多黎各原为印第安人泰诺部落居住地，后沦为西班牙殖民地。1898年，美西战争爆发，西班牙战败，根据《美西巴黎条约》，波多黎各被割让给美国。
② 编者以为，"是"即"这个例子就是"的意思，指"美国间亦有违背门罗主义"。

我们的出路——实事求是

日本自"九一八"以来，迭在国际间痛骂我们中国。最初说我们是"无组织的国家"，其批评李顿报告书，又说我们是"无政府"。最近 Matsuoka[①] 在国际演说，更痛骂我们一顿。总之日本之辱骂我们，无非想世界各国赞同其侵略满洲之行为，我们是可以对他痛驳，以明是非。我们的政府和外交官已迭次痛驳他了。

但我们与日本对骂，只是一种外交。我们要真正收回东北，要真正自强，不仅不是外交所能做到的，而且也不是武力所能做到。外交和武力，全以我们内部的实力，和内部的组织做基础。我们整个的社会，没有坚固的组织，没有充足的实力，那外交和武力，会同纸老虎一样，马上会穿的。

有人拿什么国家主义或社会民主主义做我们的出路，我以为这些主义，固然好听，然我们没有坚固的组织和充足的实力，还是行不通。曹惠群先生说："我们做事，处处要求货真价实，不必挂新式口号，才是真正救国。"我是和他十分同意的。我曾主张过中国应立行工业化，但近来看见招商局和邮政储金中的黑幕，便觉悟到我们不实事求是，就是工业化，也是有害无益的。救国联合会何尝不是冠冕堂皇的组织？后来分裂为二，听说其中有黑幕。因为这种种耳闻目见的事实，我觉悟到单只"高谈阔论"，是不足以解决中国的问题的。我们要救中国，必先从我们自己救起，就是我们必事事"实事求是"。即尽职而不滥用职权，先责己而后责人，多尽义务，少享权利，严别公私的界限，认清自己的地位。这样一来，然

---

① Matsuoka，即松冈，为日本姓氏。此处据上下文语境，疑指松冈洋右。松冈洋右，曾任南满洲铁道株式会社副总裁，大肆鼓吹用武力解决满蒙问题。1931年"九·一八"事变后，由于中国政府的申诉，国际联盟在日内瓦召开临时会议。松冈洋右作为日本代表团首席代表，在会上竭力为日本的立场辩护，强词夺理地与各国代表辩论，并鼓吹其"满蒙生命线"理论。此处应即指此事。

后事事才有起色，工业像工业，商业像商业，其他各业都名副其实。必如此我们的实力才充足，我们的组织才坚固。我们的外交和武力，才有后盾，才有基础。同胞们！救国！救国！卑之无甚高论，请从"实事求是"做起。

——载1932年11月15日上海《商兑》第1卷第2期，署名：素。

读《铁甲车》

两年来，在我国文坛上，再没有比这更惹人注意的，要算是苏俄的研究了。尤其是最近，这情形更扩展开去，你看，政府在组织实业考察团了，而商界的要人们，也准备要到苏俄去观光。

关于文学作品，从苏俄介绍到中国来的，已经有了好几种。可喜的是苏俄的《铁甲车》也开来了两部。一是神州国光社出版的侍桁先生从①日文的译本。一是现代书局出版的戴望舒先生根据法文的译本。承朋友好意，两种译本我都有得读的机会。

《铁甲车》的作者依凡诺夫，在俄国是杰出的同路人作家之一。他善于用抒情的手腕描画出俄国农民的英雄，很自然地传达农民英雄的热情。《铁甲车》是描写着农民的游击队；从这儿我们可以看到暴乱的冒险的袭击，顽强的雄伟的农民英雄的姿态，和革命的热情的燃烧。

但是，要真正理解《铁甲车》，我们特别不能不注意到这一点，便是作者他用了很简单的语句，道尽了革命的社会解放的意义。虽然是语言习惯不同，利害关系很矛盾的各种民族，但在社会的与阶级的关系上，他们却有意识地或无意识地广大地团结起来，组织在一个共同的集团之下，在革命的反抗的斗争中成了坚不可破的一体。

其次，讲到趣味，在这里也是非常丰富。如捉到美国人那一段里，农夫们想"让他的脑袋里有一点东西"，用了种种方法使美国人懂得他们的意思，——这场面不仅是表现了社会的意义，而且也加强了艺术的趣味。还有描写中国人与女人不让泊克列伐诺夫出门的地方，都是饶有趣味的。

至于两种译本，我粗粗的对照了一下，我觉得，戴望舒的译本，无论怎

---

① 从，"根据"之意。

样都要比侍桁的译本来得流利些。

——载1933年4月上海《现代出版界》第12期，署名：素伯。

观万流亭之夜

——苦茶草之二

呈诗舟兄

　　"人散后，一钩新月天如水。"从《子恺漫画集》里读到这样一幅笔致飘逸、意境空灵的画时，便不自觉的惆怅起来。夜是美的，夜之国是诗人的国；所谓诗人往往就是野猫之流——这虽不免有点唐突前贤——但我们并非诗人却也爱那个夜，尤其爱那么个"一钩新月天如水"的夜，我们常常消受着这样美的夜，在观万流亭之上。——那是怎么也使我们忘不掉的一个好所在呵！

　　我可以毫不含糊地这样说，南通城之胜处在五公园，而五公园之胜则萃于"观万流"亭。它是"宛在水中央"的一个美人，由几十个绿发垂鬌、风姿袅娜的青衣使者簇拥着，捧出一座亭亭的八角形的玲珑的华盖，照影于回流的碧波，平视着其他的四个公园。亭的东面架起板桥，通过花畦，不过五十步光景吧，便接着马路，从这里向南过公园第二桥，桃柳荫中，东公园踞路之东，这是儿童们的娱乐场。转过弯向西，过公园第一桥，有东西两堤往南伸入河身，抱着一楹高楼，环拱着一个荷池，这便是消夏佳处的南公园。这一条半环形的马路，当春三二月间，桃柳争妍，游人如蚁，其盛况殆不减西湖上的白堤。路的尽头处是热闹而嘈杂的汽车站，所有在大江以北和南通接境的几县的陆路交通，都以此为枢纽。由此折而北，入西公园之门，这是仅存其名而无甚可看的。进里，通过板桥，四围绿树，亏蔽住一簇亭台，南北东三公园在望，和观万流亭隔着盈盈一水，这便是位尊九五的中公园了。这里虽也是在水中央，但毕竟太臃肿了，没有观万流亭的玲珑透贴，牵系人心的力量自然也就减少了。——不好！我在这里写《通城地理志》了，虽然这于不怕噜嗦的读者们不无裨益。赶紧打住，言归正传。

　　观万流亭之美在夜，尤其是在那个"一钩新月天如水"的夜，我重复着这样地说。在这场合，我们的踪迹真是难以指数的：白天来，黑夜也来，风里雨里也有时来；月夜当然是更不会放松，来的次数就更多，而夜景于我乃更亲切。这里悬着一副异常适当的联话，是黄山谷的诗句吧？道是："无客尽日静，有风终夜凉。"所以，在月白风清的夏夜，为占有这静，消受这凉，我们的踪迹，于是更频频了。

每回每回，我们总是兴头头地跑来，靠着藤床，倚着危栏，喝清茶，谈闲天，有说而且有笑，倘使你有时会沉浸在梦幻般的前尘里，独自沉默着，但大家的笑声话声，会使你的沉默不攻自破；有时谁在触枨着什么而愤懑着，大家便围起来揶揄得你无从沉默，或者破涕为笑，常常是这样的直待兴尽方始踯躅着回到校里。但是有这么一回，我所永远不能忘的一回，到此刻现在想起来，我们那时是的的确确经历着一番小小的酒阑人散，稍稍领略到江文通所谓的"黯然"的滋味，虽然并未"销魂"。我清清楚楚的记得，那是诗舟动身回南京的前两日，那一味淡淡的黯然的滋味，现在追想起来，真是一个梦呵。我们竟那样匆匆草草地别了咧！

在此我得插叙一段我和亭初次见面的弥可珍贵印象。那是十年以前的一个中秋之夜，我还是刚到南通进高等小学念书的时候，随着同乡的高年级同学沈杨二君在这里玩月。那一晚我记得是新雨初霁，暗蓝色的天空板着静默的面庞，绿柳梢头洒着渐沥的残滴，河面上笼着一层濛濛的雾气，白淡淡的如云之出窟，远处马路上挨班排着的黑郁郁的树荫里，和迤西一带中公园俱乐部等高耸的建筑物的楼头窗罅，柠檬黄的灯光映着惺忪欲睡的倦眼，越显得近旁水面的深黑。少焉，月出于东山之上，不，应当说是南山（琅山也）之旁。看！那个月亮儿呵，像一只圆睁的大眼，像一个弥陀佛的笑脸，不是一钩而是一轮。满满的，大眼里射出明媚的清辉：滟滟的，笑脸上流着恬适的光采。它收拾了天空里腻蓝色的幕布，扫荡了河面上白淡淡的雾气，更从柳缝里穿枝觅叶的射到亭中，于是，倚着危栏躺在廊里的我们，也都浴着皎洁的乳白的月光了。这时，只有东公园面前一带还是沉黑的；南望第一桥，平接两堤，曲栏枕水，人影绰约；远远的，又仿佛就在桥上，影捉捉的一痕眉黛，上面矗立着一个钢笔尖似的东西，那就是琅山支云塔了，在初月朦胧的光霭里，怪俊俏的。转过视线，迤西而北一带的临水楼台，早已在水光月光交映着的一片空明里揭去那薄黑蝉翼的面纱，露出庄严的色相；时时有阵阵丝竹和着的歌声透过帘幕骑在夜风的背上度水而来，这是异常容易引人走入缥缈的仙境里的梦里去的。再向西北一望，波面上静静的直挺的躺着一条有十三环拱的长桥，犹如一条蛰伏着的巨蟒。我想起"不雨何虹"的文句，觉得有和杜牧之同样的疑问。如果是在晴明的白天里，名以"跃龙"，谁曰不宜！桥堍是通明电气公司，灯火分外紧密，直接着城之西门，从这里望去，凉波不动，灯影历乱，恍若繁星闪烁的夜空；这令人想起夜里坐船进吴淞口，那两岸的光景很有些相像处。

这是我和亭初次的见面，这一次的见面，使我深深的惦念了他；虽然现在凭着记忆所写出的，多少掺入些后来的经验，而已非当时单纯可念的印象。此后每到秋节，我总想起他而且不自知的跑到那里去，物换星移，同来的人当然不会还是那么几个，所以，旧地重临的惆怅也是当然会有的！翻开我的诗词旧稿，在十五年的中秋节后，写着两首纪念那次同游而已是生离或死别的友人的近体诗，割爱很可惜，借这一篇多少有点关系的文章把它存下吧——

中秋夕观万流亭小集

忆民九秋节偕沈复初杨隐农同游，忽忽六易寒暑：复初已谢世，隐农亦远客东台，缅怀生死，怅然有作！

幽人喜觅清闲地，连袂城阴小辟筵。
白月脱云凉鹤梦，霜钟沉水警龙眠。
六年往事还朱槛，一角危亭堕晚烟。
回首童心磨灭尽，浮沉人海自年年！

袅袅西风瑟瑟波，依然无恙只明河！
离愁渐渐兼秋近，往事堂堂著梦多。
尽让江湖栖雁鹜，欲提肝隔饱鼋鼍。
伤离念远情何极，惆怅风帘一曲歌。

那时是我的诗的情绪之高潮，着实写了不少，但对于诗究竟应当怎样写法，却是十分泥古不化的。那时我最崇拜而且心摹手追的是清末陈三立一班人所倡的西江体，喜用奇字奥句而好为崛强。从上面的"霜钟沈水警龙眠""欲提肝膈饱鼋鼍"等句里，很可看出扎硬寨打死仗的那种古怪精神来——实在，我那时是初次感友朋间的生离死别的悲哀，抑不住情绪的奋涌——在家庭里，我已是"存亡惯见浑无泪"的了——隐农是我幼年最亲密的朋友，到现在，十年后的他，已经成家立业，想来还未忘却正在飘浪着的无家可归的童年之伴吧？复初的体格本很坚强，好运动，但忽然又用起功来，动静不协调，便致疾而逝。我永远忘不了他对我的爱护，仁厚和平的地母，原在你怀里永安他的灵魂！

　　——但是所谓生离死别的悲哀，只是事后追忆之情，虽觉惘惘不甘，终是稀淡得"草色遥看近却无"的；而这一回，这一回我们所领略到的黯然的滋味，虽也是淡淡的，却因为是当前所意识着的，便觉有不可言说的难堪了。若使诗舟看到我这篇小文，因之念起可怀恋的旧梦来，或竟是"心向往之"以至于"辗转反侧"，那我当然不负责任；进一步说，倘使读罢此文，雀跃而起，说是要再来见见久怀的胜地而说一声别来无恙，那在我们是"固所愿也"，诗舟其有意乎？

　　这是一个溽暑渐退、夕照将敛的夏晚。晚饭方罢，照例是无目的地出校散步。这一天我们似乎都怀着鬼胎，却谁也不肯告诉谁。我提议到北公园去乘凉，诗和谦都不表示意见的默认了，于是便无言地前后踱出校门跑了。经过西城门口，在水果摊上买了一包炒豆和一包花生米——这是我们常用的茶点——是谁做东道的却记不清了；在晚凉初送，尘沙不起的马路上悠然地踱进园里去，直上观万流亭，围坐着一张靠在东南栏杆角上的小圆桌——想是为先得月的缘故吧。茶役泡上茶来，并献瓜子满盘，这照理是璧返的，看官们不用怀疑，"既来之则安之"，这是阔少们的办法，坐冷板凳的我们却没有如此大方；——孰谓炒豆不如瓜子哉？

　　坐了一刻，我们都默默然想不起一句话来说，我自己反诘着：怎么今天要想着到这所在来的呢，这积着重重的梦影与前尘易惹怅触的所在呵！但我刚才的提议却真是有意思的，我得自己解释着说，为的是"相见时难别亦难"哩——这虽是无可解释的解释。

　　人们的遇合与聚散，实在是有点儿神妙莫测的。"郊路班荆""倾盖如故"，这些当然是要有夙契的；或者就因为"久闻大名如雷贯耳"，才会那样的"相见恨晚"。在我们倒反以为"物以类聚""声气相求"等说法，于辗转在彷徨的生活中的我们的偶然的投契，比较是真实可靠的因素，虽然近乎老生常谈。未相见时谁也不知道谁，既相见时谁都会了解谁，甚是忘了谁是谁，觉得真是休戚相关似的，到别后则谁都在念着谁；因相见时的投契见遇合之巧，因离散而悟夫遇合之非易与可贵；不求遇合而竟得同堂握手，生怕分飞乃忽遽赋骊歌。这里面自然有机会的凑拍，也有因果的相成，在佛家可以"缘"之一字了之，自然是顶顶聪明的辩解——也就是无可解释的解释；但老实说，卑之无甚高论，简简单单，的的括括①，这也就是所谓"人生"哩。君不见风中之絮，水上浮萍，还不是"雪上偶然留指爪，鸿飞那复计东西"的来去飘忽无定踪的吗？今日之吾不识昨日之吾，明日之吾复将今日之吾加以否认，而况吾之于人，人之于吾，人之于人，其间的一切穷通变幻，悲欢离合，莫不随环境的复杂的外缘以为之簸弄，安排，而现各各差别相，一切的缘法，也随着各各的差别相所投射于生活实际的幻象而显现其价值与意义，这又是多么缥缈而不可捉摸呵！关于"人生"这问题，我能说什么，我想要说，这也不过是"长于春梦几多时，散似秋云无觅处"的，这真是无可解释的解释。所难以抛撒者只是"人生几何"，能经得几番的酒阑人散？即使我们明达的古人，在"对酒当歌"的当儿，也不无有这样的空虚的 sentimental；而况以经历世故之浅，遇合投契之少，素心人一旦生生分开，从此江南江北路迢迢，未免有情，亦复谁能遣此，"忘情"者是"太上"，而我们不是，奈何，奈何！

　　这样无聊赖的凝想时，阳光早西匿，暮色渐浓，新月的幽辉在腻蓝的云幕后透出，上弦将满，月儿是肥肥的一钩。记得清代某作曲家的"咏月"套数里有"我初三瞧你眉儿斗，十三窥你妆儿就，廿三觑你庞儿瘦"之句，这时恰是眉儿已展妆儿欲就的光景，恍如十三四小女儿，虽已善解人意，犹娇怯怯不肯近前，紧紧地靠着小蛮的舞腰，露半面作明眸之睐。丝丝的凉风掠过长垂缕缕的柳丝，荡起片片绿波，月儿更盈盈，但微颤着似乎要"桃之夭夭"了。

　　市声已无闻，晚蝉噪着一声两声，非常短促而且不久便寂然，只有马路上哀嘶长唉的市虎，狂奔着过去，冲破夜的沉默。我们都默默然静观静听着一切，谁也不想开口。但谦似乎最敏感的提醒了我们，说：

　　——还有多少次呢，就这样只我们三个人在这里看月？

　　——谁又料得到，也许我们明天还要来的，也许这就是最后一次。——

---

①　此乃带有方言色彩的话，是"的的确确"的意思。

我总是这样冷冷地答着。

谦原想引起大家谈话的兴致的，却给我这一说，如打了个闷心拳，话接不下去，四周的空气是显得更沉寂了。

——要常常这样如我们三个人在这里看月，这那里能呢；但也不见得就是最后一次。

诗好整以暇地给我们解了围，我们见他开口，也似乎把离愁消减了几分。但总还是怀着鬼胎，一切都觉得不自然；大不像平日的有说有笑，甚至曼声柔调地唱起《乳娘曲》或《梅花落》来，歌声扬溢鼓荡于寥寂的夜气里，恬静的水面上——我重复沉浸在回忆的氛围里：

是两年之前的一个蒸郁的夏夜吧，实验小学初开办。我借宿在中学校园里办公，那里因为面着荷池，空气潮湿得很，黄昏时的蚊子真是成雷的，我只穿了汗衫短裤在案前写着什么，神气十足的姚先生带着一位陌生的客人来给我们介绍，并且说是将来的同事，说着便走了。我们坐下来攀谈着，并没多少话说，我是那样的不善于酬应的！但这位陌生的来客却也很老实，我觉得他虽是陌生而不过分生疏，客套，非常可亲近似的——这便是我和诗初晤时的印象，后来也屡屡谈起过，我想诗也还会记得的。我想问，但我并没有说出口，我们仍然是默默地坐着。

吱吱……一只蝉曳着残声飞过别枝，柳叶儿萧萧，我们从沉思中惊觉地昂起头来，明月已中天，露气浮檐，水风袭袂，"懔乎其不可久留"，不知是谁先站起来，不约而同的跑回去了。

我清清楚楚的记得，这是诗动身回南京的前两日，这到底是最后一次了，现在想起来，真是一个梦呵！"梦好却如真，事往翻如梦。"这是个真的梦，也是梦的真呵——我们竟那样匆匆草草地别了咧！

此后的一年中，我们虽也常常到亭上去玩赏，即使在冬天也会跑去吃西北风。但一面为着校事奋斗而操心，一面因人事的变迁引起心绪的纷乱，不知怎的再也难觅那时的欢笑了。风景依稀虽还是当年的，可是同来玩月的人呢？唉，"望美人兮天一方"！

又是一年的今日，正当"衰柳寒蝉，说西风消息"的时候，我独自追怀旧游，握管写此，我也已离开通城有六十里之遥了。六十里不算远，但你得知道，咫尺也就是天涯呀！诗舟回到虎踞龙蟠之都以后，想来台城的烟柳，钟阜的夕阳，秦淮的桨声灯影，莫愁的水色山光，旧欢把晤，乐更无穷。谦

《观万流亭之夜》，载 1933 年 5 月 1 日上海《艺风》第 1 卷第 5 期。刊发时附丰子恺的漫画《人散后，一钩新月天如水》（如图）

是蛰伏在他的家乡埋首工作，大概是做些刻石头之类的雕虫小技——在大时代之下的伟人们看来是如此——吧。他们俩倘偶一念及旧侣星散，此乐难再，亦萦怀于此一亭风月否？"袅袅西风瑟瑟波"，"依然无恙"的恐怕也只有"明河"了吧?!

二〇年九月写于古沙
二二年二月改定

——载 1933 年 5 月 1 日上海《艺风》第 1 卷第 5 期，署名：所北。

夏之乐曲三章

夜的巡游使者

现在是黄昏了。

夜之神披上黑色的蓑衣，太阳母亲为不忍别她爱的那世界上所有的孩子们即发出淡红凄恋的最后的惨笑时，很快地袭击了来，于是黑暗覆盖了整个的大地，一切都静静地，静静地，躺在夜的怀抱里。现在是黄昏了。

几株苍老高古的垂柳，蓬着长发，张着臂膊，支撑着沉黑的天空，环抱了一个满铺着浓碧的莲叶和稀疏的白莲花的小池塘，底下是停着厚腻腻的水，死水。晚风摇曳里，偶而①听得树叶轻悄的絮语，或一两片叶子翻响而堕跌击着水面的微音；四周是寥廓的旷漠似的沉寂着，一切都静静地，静静地，躺在夜的怀抱里。

白莲已沉睡了，在薄薄的黑纱似的夜色的帷幕里，透出来丝丝的微馨的娇喘。

这时，夜的巡游使者——萤，在暗香深碧里茫然的飘忽地往来飞舞，放射出细小的绿黝黝的闪闪的光。

他慢轻轻地盘旋着，放出闪闪的光，终于惊醒了站在较高处的酣睡的白莲；于是他们拥着，吻着，清风在他们周围披拂而抚慰着。

他们低低密语，是在谈论着黑暗的夜的秘密，与光明的太阳之未来的推测：

"我不喜欢你那样的忙着，你看，黑暗已统驭了一切，太阳是不会再来了。何等静谧的夜！我爱它，赞颂它。"这显然是酣睡醒来的白莲的口吻。

---

① 　此为李素伯原文，今应为"尔"，书中其他此类情况，保持原文而不再重复注释。

"不要尽做着好梦吧！在黑夜里，你将得到什么？可怕呀，夜的寂灭！我愿燃起我一盏小小的灯儿，为想逃出黑夜去找寻光明的人们引导。"萤不以为然的而且自负的答着。

白莲听了，又带着好意的苦劝，说："人们是安于黑夜的，怕有光明来照穿他的一切。聪明的蝉，在太阳光里力竭声嘶地呐喊着的，不已缄默了吗？好说闲话一向是高谈阔论的蛙，也不阁阁阁的诅咒这世界了。谁稀罕你这小小的光？人们是乐于在黑夜里摸索，挣扎，匍匐而且辗转；太阳是不会再来了。"

"咄！咄！"萤笑了。

"肯在黑夜里点着灯的是太少了。在黑暗住久了的人们，是把光明忘却了。有着光的，为什么不亮呢？哪怕是小得极其微细，总可窥破那黑暗的一隅；固然，我们确乎知道太阳是总会出现的。"萤一面宽解而又愤慨地说。又盘旋了起来，小灯儿摇晃着，闪着小小的绿黝黝的光。

舞了好一阵，好像舒一口气之后，又停在白莲的身旁，继续发表他的意见：

"你是赞颂着黑夜的！你以为黑夜能给你以平安，但你不知道光明更能给你以自由。生命的火如岩层下奔腾沸热的熔液，它需要热烈的燃烧，自由的爆发。隐忍苟且的平安，是可耻的庸人们的要求，他们永尝不到人生之味的。在黑暗里，你将得到什么？我们应该欢迎光明的到来，击退可诅咒的黑暗。世界是我们的，我们要个光明的世界！我们有着光，是要亮的啊！在黑暗里亮着，亮着，直到光明的太阳的照临。虽然人们大多还在沉睡着，太阳还在海天以外的那方。"

白莲无言地垂着头，颤抖着，显出欲睡的模样。萤知道她倦了，便轻轻地离了开来，盘旋而摇晃着，闪着小小的绿黝黝的光。

"我们有着光，是要亮的呵！"

他巡游着，巡游着，直到这可怕的黑暗的夜的尽头，迎接那光明的太阳的前卫——冲破黑暗的第一线的曙光。

蝉的呐喊

知了……

知了……知了……

太阳如火球似的运行着，烫得大地奇渴而发热。一株高杨树披着绿发伸长颈项在半空里喘气；在它因受不住蒸郁的氛围的紧压约束偶而想挣扎摇摆起来时，便散出丝丝的凉意，突破氛围，沁醒了在底下往来的人们底烦热。那些自以为无所不知有着异样的了不得的蝉们，便藏身在它含孕而鼓荡着凉意的深绿的浓荫里，此唱彼和地呐喊着——

知了……知了……

它们高踞着，俯视一切的人们，永远是这样自以为无所不知有着异样的了不得的呐喊着，唱着高调——

知了……知了……

晴空里起了霹雳，乌云四面凝聚，遮没了灼热的火球；老杨树预感着快乐的到来，疯狂似的颤抖——暴风雨来了！得意的蝉们紧抱着杨枝，噤得不敢发声，守着暂时的沉默。

他们再没有勇气呐喊，当着震撼天地的大欢欣，暴风雨的来临。

——仿佛他们忘掉了自己是无所不知有着异样的了不得的。

——可是，不久，风停了，雨息了。火球战败了乌云，剩下团团败絮冉冉的向远方消逝；天空是分外的明朗蔚蓝，老杨树更轻快的摇曳着。你听！他们毕竟是无所不知的，拔着嗓子更高兴地呐喊了，唱着高调——

知了……知了……

他们究竟知道了些什么而嚷嚷终日呢？——星辰的运行？暴风雨的来去？和平与战争？革命与恋爱？咖啡店里侍女的圆臀？捡煤渣的老婆子？Bourgeoisie①与Proletariat②？他们是无所不知的！他们高贵得不食人间烟火，只紧抱着杨枝吞那串串的清冽的露珠，所以真有点飘飘然，腹里空灵莹澈得渣滓全无。怪不得要老是高踞着，俯视一切的人们，并且拉起调子直喊——

知了……知了……

谁能惹他们呢，谁又不怕听那种自以为是的可憎的高调！倘是你偶尔无意间走过去，碰动了老杨树；或是淘气的孩子们，揣起粘有面精的竹竿，从疏枝密叶间偷偷地伸上去想捉得他们，他们便很快的吱的一声像射箭般从这枝穿到别枝，拖长嗓音喊着冤枉。当然也有被粘着了的，那更是尽平生之力而力竭声嘶的狂叫，直到不能再唱高调时，才默尔而息。

---

① 即资产阶级，中产阶级。
② 即（古罗马社会中的）最下层阶级，工人阶级，尤指无产阶级。

"黄叶无风自落，愁云不雨长阴。"——时候是秋天了！

老杨树的叶子，由浓绿而浅黄，焦黄，以至栗落而下坠，渐已藏不住它那在春夏的怀抱里用绿衫裹着的雪白的皮肤。如今，在薄暮的灵光里，归鸦点点，也会围绕着它那裸露着的权桠的瘦骨，噪聒着作最后的凭吊。

高傲的蝉们，失了庇荫，时代也已转换了，于是只好抱着这一副空灵莹澈无所不知的心肠钻进泥土里去，剩下串串的清冽的露珠，在西风里的黄叶堆头，敷上一层薄薄的霜气。

世界从此平静。

人们不久也将遗忘了那可憎的自以为无所不知有着异样的了不得的喊声——

知了……知了……

知了……

吮血者

在那溽暑蒸人的黄昏的灯影下面，我的躯壳便被包围而埋葬在轰然如雷的蚊阵里——它们密密的包围着，而且嘤嘤的哄闹着，犹如许多负刺探消息的新闻记者对付那些要人们的办法一样。

但它们却不只是包围而且哄闹，渐渐地逼近了我在它们看来庞然无匹的躯壳，而且会突然无情地向这庞然无匹的躯壳袭击了来。

嘤嘤的哄闹声里，我觉到有无数的针尖散兵线似的刺向我的皮肤，隔着仅仅一层薄薄的纱衫裤，我的皮肤在发麻，肌肉上也感到轻微的肿痛，慢慢的周身在痒，痒，这里在痒，那里也在痒；我对于这袭击起了恐慌，于是我开始想到要防御，抵抗。

我站起来，离了座，回旋地徘徊着；在斗室里，在昏黄的灯影里。我以四肢的摆动挥舞吓退我的敌人。可是，它们并不退却，嘤嘤的更响亮地哄闹着，从四围密密的袭击了来；我舞动得愈快，他们也更起劲地的呐喊而且紧紧的追逼，这会已是由散兵线变为总动员的向前线——我的庞然无匹的躯壳——奔赴，大有"灭此朝食"之概了！我因了焦灼，起了极度的恐慌，更迅疾地回旋徘徊着，在斗室中，在昏黄的灯影里。

可是，我立刻知道这样的战略是不够应付那些敢死的敌人的。我忽然心生一计，我是那么敏捷地抛下拖鞋，一跃上了床，落下帐门，严严地闭住了；这样，我算是暂时走入了安全地带，而且，我已布起细密的电网，把那些敌人给拦在网外。于是，我抚摸着肿起的或将要肿起的皮层上被螫的毒块，感到真是"莫予毒也夫"的仿佛胜利了似的轻声笑了。

"蟪蛄不知春秋，蜉蝣不知旦夕，你们这些微小的吮血者！"我这样得意洋洋地嘲骂着。

好奇怪呀！这时在我所布的电网以外的敌人们的哄闹声是更大了，不，分明是有组织有训练的一致呐喊。我敛起自己的笑声，凝了一下神，渐渐听得清楚了：

"去！去袭击那些可恶的人类，那吸尽一切有生无生之物的质液与膏血以自肥的人类！为一切被压迫的弱小者复仇！"

我惊讶又怀疑了：它们是为着向人类复仇而来袭击的吗？人类是如它们所指斥的那样可恶吗？人类有着超越一切的智慧和技能，所以也就操了一切有生无生之物的生杀支配之权，这不是自然的规律么？如它们这种一致的复仇的意识，实在是无聊并且有损于人类的尊严的，于是我不觉地高声叱责了：

"哼！你们那微小的吮血者！你们不懂得人类的尊严和天赋予人类的特权。人类这样的做着时，才使万物各得其所呵。因为那是造物主的吩咐，为什么是人类的罪恶呢。你们想打破自然的规律么，那是徒劳无功的事哩。你们这些微小的吮血者！"

"嘘！嘘！什么尊严，什么特权，什么自然的规律，这些都是你们无耻的自私的人类捏造出来的护身符，为恶的盾牌。人类从一切有生无生之物夺取了营养与力量，从而利用这力量吸尽它们的质液与膏血，想建造起地上的乐园和虚伪的文化，真是自然的叛徒呀！一旦造物主恼怒了，翻动他的巨掌，会把你们自诩为万能而超越一切的尊贵者化为齑粉！我们要吮吸你们从一切有生无生之物所取得的膏血，为我同类者或非同类者复仇，谁说不是应该的呢。"敌人们竟出乎我的意表的反辩起来，声音差不多是一致的。

哦！这就是所谓以其人之道还治其人之身的方法吧，我想。然而这总是有损于人类的尊严的，我故意缓和了声调带着讥嘲地说道：

"想想你们生命的短促吧！你们想以小小的毒针刺遍所有压迫你们同类以及非同类的人们，真是蜉蝣撼大树，可笑不自量哩。倘使秋风一起，你们将不待人们的扑灭而自趋灭亡了。真是，你们的生命是太短促了！"

又是一阵哄闹声，声音差不多是一致的："要说生命的短促，我们反为你们人类叹息呢。在大千世界里，万劫不就是一瞬，一瞬不也就是万劫么，不满百的人寿和不知旦夕的我们的生命，相去能有几何？而且，我们自有生生不绝的后继者，到了明年此时，我们将有更大的群，更强的力，带着一切的灾祸与毒害，向你们这些可恶的人类袭击；破坏你们的安宁和秩序，同归于尽！"

我悚然了！独自细味那"万劫就是一瞬，一瞬也就是万劫"的话，渐渐地朦胧入睡了。留下那些敢死的敌人们依然拦在电网外面哄然如雷的喧闹着，在斗室中，在昏黄的灯影里。

二十一年七月

——载1933年7月1日上海《艺风》第1卷第7期，署名：所北。

世界一周间

自伦敦皇宫的园游会之后，国际政治上起了激烈的变化，这些变化，在我们看来，丝毫也不觉得稀奇，因为这是必然的过程。

如胡培根之说贴，虽经德当局之否认，然而事实决不如此简单，如果说是胡培根之个人意见，在逻辑上亦不通，何以呢？胡培根系参加世界经济会议德国代表团中之一员，以此资格所发出之外交文书，谓为个人意见，宁有是理乎？痛彻地说吧，这正是世界经济会议之真实的意义。

在"通货稳定"问题上，引起了法美两国尖锐的冲突，美帝国主义者为解救自身的危难起见，急速地走向"锁国政策"的道路，因之引起欧洲之震撼。法国众议院中之反对党，竟提出："法政府应申请大会延会至非金本位圆币已确切稳定而后已！"

世界经济会议既已走到"此路不通"的恶境，于是就不得不各自调换枪花！而"美俄复交"与"英俄接近"的呼声又喊得震天响！"英俄"或"美俄"亲善，这当然是笑话，那么所谓"美俄复交"与"英俄接近"之作用，至少是含有"欧美互相威吓"的意味！

墨索里尼于《四强公约》①签订之后，于是又提出所谓"多瑙河经济联盟"。多瑙河流域系包括匈牙利、奥大利亚②、塞尔维亚、罗马尼亚和保加利亚五国，多瑙河经济联盟之实现，单就法国来说，是能给德国以严重的打击，可以打断德奥两国政治上经济上的关系，就整个的欧洲来说，又是一条反俄战争之有力的防线！

在这一周中远东的暹逻居然经过了一度革命（？）③，并且不流血的成功

---

① 《四强公约》，1933 年 7 月 15 日，英、法、德、意为解决相互间的意见分歧和建立反苏统一阵线而签订的协定。
② 此指奥地利，民国时期"奥地利"多被译为"奥大利"，此处的"奥大利亚"有可能为其他译法，或者误加一"亚"字。
③ 大概是作者对其"革命"性质存疑的意思。

了！这真是大开革命的新纪录了！其实这只是费巴虎代表进步的资产阶级之军事的政变罢了！丝毫也没有什么革命的意义。

日本对于这次在英美法三国把持下的世界经济会议，本来不存在什么奢望，更因为美法冲突的恶化，英国又在其东非殖民地禁阻日本棉织品的推销，作为妨碍日本经济势力之深入欧非，其所属委任统治地亦将继起排日，这不能不使日本愤懑填膺，日本外务省发出对其所派代表团的训令是"遇必要时可以采取自由行动"。这意思是表示日本不必对会议的前途存什么奢望，如果美法不各自退让其私利的立场，英国不谅解日本在其属地所有的经济利益而给予日本严重的打击时，或伦敦方面另外构成一条反苏俄阵线经济势力使日本更加为难时，日本尽可不受任何牵累而单独行动。日本的经济外交已足够应付一切，因为日本自从伪满洲国成立之后，已经筑成亚洲通货市场的中心势力，从这里的发展，日本的经济外交尽可周旋欧美冲突的尖锐化。

——载1933年7月8日上海《大声周刊》第1卷第15期，署名：梦秋。

希特勒往何处去？

当经济恐慌的魔鬼出现于世界之后，全世界布尔乔亚都陷于极度的恐怖之中，而苦于《凡尔塞①和约》束缚的德国，更是苦无变身之术，在这一条件之下，希特勒就乘机高举着"卐"字旗，大声疾呼，要拯救德意志之灾难。

在经济恐慌的洪涛威吓之下的一部分失了主宰的德意志人民，就群集于希特勒的"卐"字旗下，企图逃脱恐慌的追击。因此，一九三〇年九月德国之总选中，希特勒党获得六百万选民，较一九二八年增加了八倍之多，至一九三二年三月之总统选举中，希特勒党获一千一百余万票，是年七月之国会选举，希党共得一千四百万票。

希特勒一方面不断地向人民签发空头支票——如对外修改和约，对内解决失业。一方面则以极其卑劣之阴谋，压迫敌党，因此，德国之政权，就必然地落于希特勒之手。

希特勒一登台之后，即借其统治的淫威，把一切右倾政党熔于一炉，同时即以极其毒辣之手段，扫荡其国内的一切进步的组织，甚至于学术文化团体，亦遭摧残，焚书坑儒，无所不为，把科学前锋的德意志，何止开上三百年前的倒车，其手段之恶辣，可谓至于尽矣！然而我们要问："逃脱了恐慌的灾难没有？""失业问题解决没有？"

正因为如此，希特勒就急速地把人民的目光转移到外交上来，在四强公约的谈判中，在世界经济会议中，就不断的放空炮！要求修改和约，恢复旧时失地，军备平等，等等。

但结果都遭到惨痛的失败！

---

① 今多译作"凡尔赛"。

不用说，希特勒是将更进步①，以其全国人民的血祭来维持他那狂妄的统治！他的残暴、凶恶将与日俱进！一直到德意志火山之爆发为止！

希特勒之暴行一步一步向前踏进，使德意志之危机一日一日地加深！而火山爆发之期，也就一天一天地迫近。

在希特勒半年来的暴行之下，除造成其国之恐怖局面及诱发世界之战争外，一切不兑现的支票，已郑重地教训了德国的人民并昭示了全世界的大众。

希特勒往何处去？伟大的事实，在明显地答复我们。

——载1933年7月15日上海《大声周刊》第1卷第16期，署名：梦秋。

---

① 此"进步"非彼"进步"，不是褒义的"向前发展"的意思，乃中性词"进一步"的意思。

留学生的义务律师

　　我既不是留学生，却偏偏要替留学生辩护，况且我根本就不是研究法律，而又强要当义务律师，岂不唐突?!"是非皆因多开口，烦恼只为强出头。"这两句古训名言，我曾思之再四，但是，如果有话不说，硬把它闷在心窝里，我危惧着心脏病的爆发，总以一吐为快。

　　我虽然不是留学生，然而留学生——特别是留日学生的生活，我知道颇详细。记得三年前在一位朋友家里看到一本《留东外史》，其中便是描写留日学生的风流艳史。留日学生之浪漫行为，虽然写得惟妙惟肖，但这种记载，当令我们一读三叹。

　　但我所知道的留日学生的生活状况，却不如《留东外史》所说的都是那么荒唐，我们知道，无论在任何"人"的集团中，我们可以找到少数优良的份①子，同时也可碰到少数特别的败类，一般说来，善良的分子占多数。留日学生自然也不能例外!

　　不说别的，五四运动以来，中国文化运动的领导者，大半是留日学生，一直到现在为止，文坛上有名的作者，总不得不承认鲁迅、郭沫若、郁达夫、茅盾等在中国文化运动中的努力!

　　第一，我们说到留学生在求学时代之不努力于学术的研究，而一味糊涂地跳舞喝咖啡闹恋爱，他本身当然是错误的，然而严格说来，是不能不归罪于社会的，譬如郁达夫的《沉沦》，我们该闭着眼睛，责备郁达夫吗？遥望祖国，河山破碎，环顾自身，贫困压迫，加之亲历帝国主义之侮辱。宜其激愤之余，不跑到广东去革命（一九二五至一九二七），就必然消极沉沦!

　　第二，假使我们说成群结队博士、硕士、学士归国之后，极少对于国家社会有任何贡献，当然，我们承认"不学无术"者大有人在（但这到底是少

---

① 今应作"分"。

数），然而政治不上轨道，百业不振兴，却是主要的原因！

我们就退一百步说，留学生对于学术没有精深的研究，所以回国后毫无建树，然而这又不能不归咎于国内基本教育之不良以及留学生管理之不善。所以归根究底说来，政治上轨道，教育之整顿，才是根本的办法。

——载1933年7月29日上海《大声周刊》第1卷第18期，署名：梦秋。

心理的优越

时代的推移，物质的进步，杀人的利器亦日见其日新而月异。如果依照优胜劣汰弱肉强食的废话，则弱者自应归于淘汰，但天下事有不尽然者。盖弱者自有弱者的操持，故强者为弱者之所乘。

到了近代，物质的文明愈见发达，而战争的利器亦日见进步。就表面看来，似乎物质优越的国家，所操的胜算更多，但就事实说来，而物质优越的国家的可败的地方亦逐渐增加。何以言之？盖优于物质的必绌于心理，故愈文明的国家，愈是资本帝国主义的国家，愈近代化的国家，其心理上的缺点必更多，如人心的趋向物质享乐而缺乏勤苦忍劳的性格，思想的复杂化左倾化，国家民族观念的浅薄，都是给予他人以可乘之点：这种可乘的缺点，就是现代新国家的崩溃的最大原因。

世界上历史上的革命事件，失败的固然不少，而成功的亦占多数。如果就革命者与统治者的形势来看，则统治者的物质势力，当然远胜于革命者。如果有物质优越必能争胜的原则，则革命是永不能成功的。然而陈胜吴广的"斩木为兵，揭竿而起"，终能战胜拥有百万雄师的暴秦；土耳其国土已被分割，血战三年，在粮械两绌，艰难困苦当中，卒能战胜希腊，以达到民族解放的任务。像这样的，都是心理战胜的实例。

日俄战争以前，日本还是一个弱小的海岛国，并不为人所重视，其地位不过与荷兰、葡萄牙相等而已。日本在对俄作战的时候，如果就日俄两国的物质比较起来，则日本当然远不如俄国。但是，日俄战争发生以后，日本人以必死的决心，去力争祖国的光荣，攻旅顺的时候，父送其子，妻送其夫，至嘱其不必生还，卒以著名的"肉弹"阵，战胜强俄，因一跃而为世界一等强国。如果日本在开战的时候，自馁于物质的不如人，因而屈辱求和，因而愿作城下之盟，因而持不抵抗主义，则日本不特没有今日的地位，亦很难于立国。但日本当时持心理战胜的决心，终能一战成功，其间当非悻致。

日本战胜俄国，称世界第一强国，并极力整顿海陆军，到了今日，已达到帝国主义的极致，而且一切世界上最新式的战争利器，在日本帝国主义都应有尽有了。现在，日本帝国主义如果实施战争，应该实力更强，而无坚不摧了。然而，旧岁上海战事发生，日本帝国主义将近代的新式利器，如坦克车、飞机、重炮等悉数应用。其作战兵力亦在十二万人以上，十九路军及第五军额虽五师，实数不及四万，而且器械窳劣，设备简陋，给养困难。鏖战一月有余，终使强日屡战屡北。及最近暴日侵热，陆空并进，气焰之盈，尽可以惊走不抵抗的东北军队，但碰到宋哲元部"大刀之神"，利器便失其作用，倭奴均束手受刑，整万的死尸，继续不断地载回国去。这又是什么道理呢？这就是暴日虽占些物质的优胜，但十九路军及宋哲元部的心理的优胜，可以抵抗暴日而有余。

暴日的物质设备，虽比较日俄战争时，有长足的进步，但心理的优点，则完全消失了。日本帝国主义自日俄战争以来，二十余年，却以强取豪夺，占着优胜地位，而且资本主义的经济组织，有长足的进展，在这两重的关系底下，一方面使日本帝国主义失去战斗的素养和准备，增加了营利致富的享乐心理和行为，他方面从资本主义经济的机构底下，对于统治阶级压迫剥削的意识日见明了，而且生活的争斗消磨了国民的民族的观念，同时左倾的思想又像洪水一般，在失业与痛苦的人群中爆发出来。换句话说，就是日本帝国主义在物质上虽日见完备，而在心理上则缺点日见滋生，这种现象，就是日本帝国主义崩溃的现象，是我们所应急切注意的。

我们已明白了日本帝国主义的心理的弱点，则我们要和日本帝国主义作战，应该如何培植我们的所长，去攻击敌人的弱点呢？十九路军以孤军抵抗日本帝国主义，虽受着日本帝国主义的物质的压迫，尚能支持至一月有余，其支撑点亦就在此！宋哲元部以大刀寒敌胆，使敌势不得逞，亦全在乎此！

现在，我们所可恃与强敌周旋的，只有心理的优越，我们只有努力培植这种心理的优越，使全国抗日的意志化为一德一心，才可以取得胜利，才可以争回国家民族的光荣。

——载1933年上海《持志》创刊号，署名：达。

燃起了守岁烛

——苦茶草之三

分明无事夜，

也作不眠人。

是一个凄清的寒夜。风还不大，只从窗罅里偶而穿进一丝丝来，高挂着的白洋纱窗帷，便轻微的动荡起来，仿佛初春的和风，掠过那流渐方泮的池面，漾起如可爱的小姑娘的浅笑的涡纹。街巷是已沉寂无声了——也许因为这校舍离街远，听不见夜市的喧闹；但远远近近噼噼啪啪的传来了阵阵的炮竹声，震破了沉寂的夜空，警告人们以一年将尽，时间的齿轮，已匆匆地滚上新的轨道了。

人们毕竟是恋旧的，幼年梦幻般的过年的快乐，是谁都不会忘掉的吧？即使不能再回到那境地里去痛快的享受一番，但藉着想象以追寻往事之痕于万一，也算是慰情聊胜无呵。本来，在"等是有家归未得"的我，原是无可无不可的，何况，忝为智识阶级？无奈还是未能免俗——我想起了守岁烛！

我于是特地燃起了两支长长的红烛，插上铜烛台，分开左右安置在一张铺有纯白绒毡的书桌上，映着粉垣，恬静的光，增加了室中的暖意。艳艳的红，亭亭的影，橄榄般大小的火焰，向四面辐射着，晕成一轮淡红隐隐的光圈。我歪身在榻上，凝视着，屏息的沉思着，想从这淡红的光圈里寻出些美妙的前尘昔梦，以点缀这将废的除夕，客中的残夜。

人是在回忆里生活着的；在他挣扎着现在，希望着将来时，每每会往溯到过去，回味那以往；从这里安慰了现在，生发出将来，虽然所谓回忆往往是含着血泪的苦味之杯。但是在不堪回首的我的过去，有什么是值得回忆的？我偷偷地到了这攘攘的人间，又偷偷地度过了念①几个的春秋，深印在我心头的是些什么呢？——父母的死亡，家门的衰落，亲朋的奚落与白眼，

---

① "念"是"廿"的大写，当时使用频率较高。

自身的孤单而飘零：那镂心刻骨的哀愁，那血和泪所酿成的灰色的生命，什么是值得回忆的！想到旁人有着美丽幸福的童年，绚烂在生命历史之首页，足够终身甜蜜的回味；我几乎要不承认我是已经有了这二十年的灰色的生命，我将撕掉这生命历史上的最初几页——满涂着泪痕和血迹的几页，永埋在"忘却"的坟墓里，再不用"回忆之铲"来发掘它！此刻，在这样凄清的寒夜中，这样明艳的烛光里，我这孤独的飘零者，凝视着，屏息的沉思着，走向回忆之国，在乱麻般的往事里搜寻，我的美妙的前尘昔梦究竟在那里呢？我悔不该自寻烦恼！

可是，我终于长大了，从悲哀与痛苦之茧里挣扎着长大了。泥缝里久经风吹雨打的一颗小草，于是昂起头来；我从这时起，才知道世界上有个我，而且我是在生活着，我从此便得了新的生命。——这是在我插足到天真队里以后的事。

出了中等学校的门，饥来驱我，便像煞有介事的"粉条黑板作讲师"了，然而我从此得了新生。圆胖的小脸，红润的双颊，灵活晶莹的眼珠，不完全的语句，幼稚的憨痴与娇态：这一切，都包围着我，使我欢忻，使我融化。我于是高兴地在这真的世界，爱的空气、美的供养里淘跳着，跑着，说着，笑着；放情地唱着歌，自由地读着书：使我忘掉过去，执着现在，希冀将来。我回到了我的童年，回到了我所未尝享有过的可赞美歌颂的童年。我何尝有过满涂着血迹和泪痕的灰色的生命，我的眼前是何等绚丽而灿烂？"以前种种譬如昨日死"。我已是另一个了，是我的新生！

我觉得我虽是个人世孤独者，虽然没有家，没有亲人，没有一切人们应享有的爱，但我自信有我所爱的而也是爱我的小友们，这是在我不幸中犹引以自傲的。自然有时我也为这得着烦恼，这是已没有办法的事，他们的影子占据了我的心，无从抛却，也不能抛却。现在有许多孩子离开我了。只要几天不见他们来，我的心便悬着，起了轻微的焦躁，还蒙着一层淡然的悲哀。再沉思时，更感到空虚，冷淡得一无挂碍：但这只是刹那的激悟，而悲哀和焦躁，终是盘据了我整个的心田，也许，这真有点痴吧？有人说做教师的如娼妓，应当专以送往迎来而无所留恋的；至于学生，一班去了又有一班来，以娼妓例之，自无留恋的可能。但我究没有堕入平康，对于略有关系的人，还不能漠然于他们的去留；也还做不到"天寒袖薄，暮倚修竹"那样的幽闲贞静的品格，无所爱憎地超越着而不执恋着一切；我正同平凡的人一样，爱着自己所喜的，同时也憎着自己所恶的。不过太猖傲了这一点，自己也觉得，对有所恶者嫉之如仇的脾气，一直没有改，将来也不会改。而对于所爱者的执恋，正如嫉恶的脾气同样的执着，两不相下，这也就是一切烦恼愁闷纠结的根源。

——谁又想得到呢？生命的创痕与隐痛，是如泥里的草根一样"野火烧不尽，春风吹又生"的！当那昏灯摇影的独坐的静夜，远磬惊梦的孤眠的清晓，又或是红杏枝头喧闹着的春意，芭蕉叶上淅沥着的秋雨：梦影迷离，幽思无穷，勾起了灵魂深处的创伤，掀开了已逝的血泪之幕，自然是一番悲凉的意绪，引出丝丝的热泪。现在，在这样凄清的寒夜中，这样明艳的灯光里，我这孤独的飘泊者凝想着，屏息的沉思着，不用说，回忆的悲哀是当然会有的，我又为什么定要遮瞒呢。

这时我所想起的，不是"秉烛夜游"和"洞房花烛夜"的赏心乐事；也不是"只恐夜深花睡去，高烧银烛照红妆"的细腻风光；更不是"故乡今夜思千里，霜鬓明朝又一年"和"蜡烛有心还惜别，替人垂泪到天明"的黯黯乡愁，依依别恨。却只是迷茫的，绵邈的，一叶心舟无主地飘浮于空虚之海里。不知不觉的，有一种莫名的淡淡的哀愁袭击了来；渐渐地浸到我的眉头，眼底，心田，以至全身。仿佛一只小虫，也许是一只有爪的手指，轻轻地从我的心上爬过，不觉得痛，也不觉得痒，只是萦然的烦乱，如一把搓揉过的头发团，凛然的痉挛，如负伤的兽作最后的挣扎。这样的在混漠里呆坐了些时，慢慢地清醒了过来，哀愁的面影也渐渐显现了，是辛辣的，不复是淡淡的了。于是如久离母怀骤得相见的婴儿似的，满腔委曲，只有付之一笑了！潸然的清泪，扑簌的流落，是辛酸的，同时也是痛快的，呵！凄清的寂寞之感与孤独的悲哀呵！

在平日，谁都羡慕我的飘然一身，得如野鹤闲云般的自由；在有着家室之累而桎梏了个人自由意志的朋友们。这在我自己也觉得，有时且引以自慰，自由而宁静的心灵，是多么难得而可贵呵，我似乎非常可以傲岸。但这终于是主观的片面的观察，人的这面心镜，往往是明朗的照着旁人而留着黑暗面遮住自己的。即如眼前此刻，夜静天寒，残年向尽，独影幢幢①，百感丛集，悲思之来，有不能自已者，固不待"人言愁，吾始欲愁"了。虽然循

————————
① 疑应为"烛影憧憧"。

环着的年复一年的来去匆匆，已并不能引起我对它怎样的注意。人都是有家的，都得去寻求欢乐，平日围绕着我追嬉觅笑的天真的孩子们，也不会再到我的身畔来了。糖果满握，灯光如雪的境地，那比得学校的寂寞与清冷？爸妈姊弟围炉欢聚，语笑温存里，谁还忆起流浪者的孤单与飘零？这又那里怪得，小小的他们。——我哀悼我那依旧虚空的新生！

回去吧！我真想回去了。可是，又回向何处去呢？厚着脸说："我也有个家里，我也要回到我的家里去！"但是，在那里没有我心爱的人，也没有真心爱我的人！我贮满了盈眶热泪，这泪是我几年来孤单、飘零、痛苦的生活所酿成的，我要在真心爱我的人的面前尽量的挥洒，我想从这里得到我的报酬和安慰。可是，我向何处去找真心爱我的人呢，我的盈眶热泪，又待洒向何处？孤单、飘零、痛苦的生活，将终我的一生，弱小的我，何能避免命运的鞭策！真心爱我的人或者还有，但是，上帝呵！我将怎样去找寻呢？

窗外一阵寒风吹过，送来一片噼拍[①]的爆竹声。窗帷飘漾起来，烛光摇摇欲坠，我从沉思中醒来，感到悚然透骨的寒冷。定神一看，依然是艳艳的红，亭亭的影，橄榄般大小的火焰，向四面辐射着，晕成一轮淡红隐隐的光圈。我不敢再看，我怕再见那惨淡的童年，灰色的生命，虚空的新生！

"春蚕到死丝方尽，蜡炬成灰泪始干"，无泪可落，有愁欲泻，我于是提起笔来——

> 我流泪了，在一个凄清的夜里，
> 死的沉默笼罩着我，和我的影子；
> 也想借颤抖的烛光，温起我心灰的暖意，
> 这悲哀不知来自何方，只潜伏在我的心头不死。
>
> 这悲哀不知来自何方，只潜伏在我的心头不死。
> 我已无法记起：那粉红色的梦玫瑰花般的紫；
> 那青青的一段，也已在寂寥孤独之中消逝；
> 剩下的铅灰一片，混茫里浸漾着心的疲敝。

----

① 今应作"噼啪"。

剩下的铅灰一片，混茫里浸漾着心的疲敝；
闭着眼呷完这酸杯，舌端留得淡淡的甜味。
掉过头来，我得正视——这万花筒的甜；
爬上了生命的竿头，也不容默尔而退！

爬上了生命的竿头，也不容默尔而退，
求沉下去！——古井的波，心头的泪。
引满了希望的弓弦发出力的箭矢，
我想这样说："谁谓荼苦？其甘如荠？"

——载1933年12月1日上海《艺风》第1卷第12期，署名：所北。

念五自序

——苦茶草之四

一

自家今年二十五岁——这是依照旧法，生下来过了一个年头就是一岁，如实算起来，还是不足此数的，但这麻烦的工作，且待将来有编我编年谱的人来做，倘使我有这福气。——知非之年方及其半，若真能人寿百年的话，则才度了四分之一，正是"来日方长"哩。在静默无声的时光的消逝里，痴长——玩点文应该说是虚度——到念五岁，也实在不是容易的事：家庭的变故且不说，想到这短短的二十五年的光阴，是在怎样的一个国度里怎样的一个时代之下生存而安度着的，也真觉得不但不易且是非常可贺的了。

夏目漱石说过如下面这样的话："在人世住了二十年方知人世有居住之价值。二十五年，方悟到明暗一如表里，太阳照到的地方，同时一定会有阴影。三十年的今日，这样地想——喜悦深时，忧愁亦愈深，快乐多时，苦痛亦更多。"（从崔万秋《草枕》译文）这样地想着的是夏目漱石那样近了中年的人，但在二十五岁的我却也颇有同感。二十几年来带水拖泥的肮脏生活，在潮湿阴暗的污窟里永远不会有阳光来照临，"存亡惯见浑无泪"，人生之味确也尝到了一些些，不，老实地说，在我的看似被着青春的光辉的那躯壳里面的灵魂，不复是泼剌①而活跃的，颇感到了秋意了。我的哀愁颇不似少年的吧，着实有点萧瑟味儿哩。这也并非是生来便多愁善感的别有怀抱——也许有几分，但我相信这先天的成分并不大也不会大的——现实的遭逢当然要负全责，"别有怀抱"者是"古之伤心人"，而我的哀愁却是现实的。"今丘

---

① 今应作"泼辣"。

焉东西南北之人也"，我盖有圣人之叹焉，悲夫！

二

"……学窗的傍晚，病院的长夜中，我从言语和书简里感到朋友的交情，深深的沁到身里去了。但是不知怎的，我不曾能够像许多朋友一样，亲密的尝过恋爱的滋味。有一个朋友批评我说，这是因为你太谨慎，常常过于警戒着的缘故。或者如此，也说不定。别一个朋友说，因为从早到晚，没头于书卷堆里全然不和社会接触，所以没有这样的机会。或者如此，也说不定。又有一个朋友说，因为全然成为知识的奴隶，养成冰一般的冷酷的心的缘故。或者实在如此，也说不定……"读着这日本短命作家石川啄木（死时年只廿七岁）在《两条血痕》（周作人译）一篇回忆体的小说里写着的这样一段话时，觉得非常亲切而动听，不只是偶发的同情，简直是先我而说，"于我心有戚戚焉"，也就深深的沁到身里去了。

真的，我是寂寞地过了这青春的一段，没有花，没有光，也没有爱；另一面呢，那真不忍说了。仿佛是易哭盦曾经主张说，人的一生，少年当在温柔乡中过，中年当在游侠场中过，老年则当在仙佛场中过。这主张倒真是怪有意思的，倘能如是实行，也可算不枉此生了吧。可是易先生到了老年，反而逸兴遄飞，沾花惹草，大做捧角诗，重行走到温柔乡里占了少年们的光，真有点像冬行春令，自号哭盦，大概也是大有苦衷的。念五岁的我，距中年还远（即使以"而立"为中年之始），将来是否一箫一剑，游艺中原，还未可料；眼前此刻，依易老之说，实在应当在温柔乡里占个地盘较为得体。说到这里，我又记起周作人先生的话，他在《中年》一文里说道："本来人生是一贯的，其中却分几个段落，如童年，少年，中年，老年，各有意义，都不容空过。譬如少年时代是浪漫的，中年是理智的时代，到了老年，差不多可以说是待死堂的生活罢。"所以周先生的主张是："恋爱在中年以前应该毕业，以后便应用经验与理性去观察人情与物理。"人生的各个段落既不容空过，而恋爱又必须在中年以前毕业，那末①，像我这样除纯洁的友情以外，连恋爱滋味也没有尝过的，殊非识时务者，其能免石川啄木之感且悔乎？感虽不

---

① 同"那么"。

免，悔却未必，如石川先生的朋友们所举所以使其远离恋爱未得Aphrodite①之青睐的原因，诚然是不错的，最大的原因，恐怕也还在自己并未感到迫切的需要，因而无意去追求。我的朋友们有些已是"儿女忽成行"了，近来也还不时的喝着朋友们的喜酒，关心我的婚事或愿为系红丝者也大有人在。我只有感激，并未能有动于中，对于找个对象实行同居的事，觉得这也并非什么了不得的不易解决的问题，倘使我自己高兴如此做的话。故乡有句俗谚："年到二十五，衣破无人补。"挖苦未婚者的可怜相而慨叹出之，实有风人之旨；但下一句可不免露骨了，说是："再过二十五，骨头要打鼓！"这犹如季隗对重耳说的"我二十五年矣，又如是而嫁，则就木焉"。在麻木者诚不啻当头一棒。青春难再得，行乐当及时，我乃压根儿连学校都没有进，其去毕业之期自属远哉遥遥，更复视以为非当务之急，则虽所谓麻木亦且无得能称焉，我其将为阿木林乎？吁嘻！

三

"全然为智识的奴隶"，这也并不怎么上算，有人说，"名教中自有乐地"，但我们也可以说人生自有幸福。郁达夫先生曾劝过成仿吾说："仿吾！我说你还是保守着独身主义，不要想结婚的好，恐怕你若结了婚，一时要失掉你的这孤独之感，而这孤独之感，依我说来，便是艺术的酵素，或者竟可以说是艺术的本身。"为了想在艺术之宫里筑起宝座来而牺牲掉"红袖添香夜读书"的艳福，有意去尝那孤独的寂寞而凄切的滋味，这种精神，虽未必有耶稣背十字架那样的伟大，自然也是颇为正当而体面的好题目。何况孤独之感，实有它的艺术之美，消受这种美感的，也得应有欣赏的态度，虽然在消受的当时，却一味是酸溜溜的令人难受。我们古人的经验之谈是"欢愉之辞难工，愁苦之言易好"；某作家也说"创作总根于寂寞"，也可为上说之一证。但我却还不想用这过高的陈义与非人情的态度来掩饰我现实生活的真面目，以埋藏我的苦痛的创伤，这是难于令人置信的。在我，也许因为不无有些爱好艺术的倾向罢，使我拙于生计之谋，懒作世故之周旋，直截了当的说，我是不会做人———一般人认为应当那样做法的"人"。我不能做到和而

---

① 即阿芙洛狄特，古希腊神话中爱和美的女神。古罗马神话称其为"维纳斯"。

不同的地步，也唯有若将浼焉的嫉恶如仇了，因此，虽然是"且与时人度日"，难免有"自怜怀抱谁同"之叹，这也并非所谓"不合时宜"，因为我还未做到"动而得谤，名亦随之"的那样了不起的人物。我耽于自由宁静的生活，愿悄悄地不受人注意，这似乎也不可能，我将摆脱那并非必要的累赘，这是由得我作主的，我想。可是，抱独身主义者常受人非难，不说是生理上有了变态，便指斥为民族或人类的罪人，这罪名真是难以担当的。仿吾先生的有没有接受郁先生的劝告我不知道，但总之是"为艺术的"这个题目过于体面，不敢轻于自许，独身主义的罪名也怕担当，人生的故事有时也许似乎觉得应该照例的演他一会，在这里大概已走到了歧途；而妻孥之为累赘的事实，即使结了婚而且幸福的人也不会绝对否认。所以我相信培根Francis Bacon①的话："有妻子的人们，仿佛交了抵押品给机运；因为她们是障碍，对于无论为善或作恶的大事业。"但是他又说："妻是青年人的情侣，中年人的伙伴，和老年的保姆，所以一个男子当愿意时尽有结婚的理由。"对于这话，我也完全的同意。（你看，这是多么矛盾！）

四

在所谓浪漫的少年时代，其出路普通大概有两条：一是恋爱，另一条便是革命——此外自然还有路，例如专心读书或者做苦工之类，此特指其著者耳——这就是所谓"不入于扬则入于墨"。但这现象是好的，能恋爱则少年时光既不空过，能革命则可建伟业而早立修名，所可惜者颇闻这两者间常会冲突而不可得兼。有的为恋爱失败遂去革命，有的却以革命为获得恋爱的手段，有两头弗着实者，自然也有名利双收的。我对于这样的青年们只有羡慕，觉得他们正如老太婆念着阿弥陀佛的安心诀，有了信仰，算是幸福了。我呢？既是恋爱的低能儿，又非革命的同路人（这三字用其本义，谓同路走的人也），人生之味虽尝了一些些，此心尚无所归止，"路漫漫其修远兮，吾将上下而求索"，自知这不是道学，也非假撒清②，假若有人硬派为"没落"了呢，我也不想反对。今年萧伯纳到中国来，在香港大学对学生说："如汝在二十岁时不为赤色

---

① 即弗朗西斯·培根，英国文艺复兴时期散文家、哲学家，实验科学的创始人，近代归纳法的创始人。

② 疑似有误，应为"撒清"。

革命家，则在五十岁时将成为不可能之僵石，汝若在二十岁时成一赤色的革命家，则汝可得在四十岁时不致落伍之机会。"（见鲁迅《伪自由书·颂萧》一文）萧是革命家，他这话自然是有道理的，人虽然不见得个个活到五十岁，但为免致"落伍之机会"而"成不可能之僵石"，应当趁早做个革命家——而且是要"赤色"的。但不知"落伍"之后，是否还容许做人，倘如我们的党国元老吴稚晖先生的主张，以为四十岁以上的人都应枪毙，则即使先前曾经革命而到了那时仍要"成为不可能之僵石"的，连改过自新的机会也没有了，"四十五十而无闻焉，则亦不足畏也已"，岂但不足畏呢？也大可不必畏了。

人的一生因了年龄推移，社会环境的荡摇，思想也就因之有转变；但转变之方向的为由"浮起"而"没落"，抑由"没落"复反"浮起"，是没有准儿的。但人生是多方面的，造物主也容得他所创造的儿女们各行其是。社会环境的力量固可怕，历史的遗传与自然律的支配更不可侮。熙熙攘攘的人们，有的听造物主的吩咐，快快活活的生活着，"今朝有酒今朝醉，明日无花明日愁"，流年光景，怅惜朱颜，可得造物主的抚爱，这是一种；有的觉斯世之多艰，哀我生之靡乐，发奋为雄，顾盼一世，也可得造物主的赞许，这又是一种。我们于此觉得都未可厚非。独是那惯于"空持罗带，回首依依"或是"身在江湖，心存魏阙"的第三种人（恕我也借这新名词用一用），处于这种境地里的，那才真觉得可哀唯有人间世哩。他的"没落"是命定的，然其有味于人生之哀乐，乃在酸咸之外，而"革命家"与"僵石"盖犹不得与焉，则亦何乐而不为"没落家"哉（倘使这也能成"家"的话）。

五

谁也知道，生命是短促的，人生是应该严肃的，并非儿戏，也不容玩世，说老实话，能像样的认真的活下去，总是我们所乐意的。"浮生虽多途，趋死惟一轨"，从生之门走向死之路，其间的距离当然各有修短，但人们都是朝着这方向走是不错的。在跋涉这长长或短短的旅程时，我们都悬着一颗幻灭刹那间袭来的颤抖的心，兢兢业业的彳亍着，所以必得放下一副正经的面孔，像煞有介事的忙碌着，这是应当的——这不是儿戏。进一步说，死不可知，生则尚有可为，以有涯求永恒，固可；以无益遣有涯，亦无不可，要各行其心之所安而已。生命之道的两旁，布满了香花异卉，布满了诱惑，使我们时时反顾，处处留连①。一面又得赶着自己的路程，于是我们觉得太匆匆了，不但匆匆，而且也是草草，来不及欣赏，来不及回味，我们只得藏过忧郁，装出微笑，兴高采烈的活下去，这也是应该的——这不是儿戏。总而言之，能够像样的认真的活下去，总是我们所乐意的，此外一切都是废话——废话应该少说，我这自序也就此暂告结束。可是，我还得这样的说一遍，在这样的国度里这样的时代之下安度而生活着，却实在不易而且可贺，虽然是这么短短的二十五岁，而况哀乐难忘，梦痕易逝，恋爱尚未成功，革命仍须努力，我也得打点我的前程；偶然看见英十九世纪诗人兰得（Lander，Walther Sauage②）的几句诗，取殿我文，非以自重，聊示心之所向，不敢不勉云耳。

> 我不追求什么，因为什么都不值得追求，
> 我爱自然，次于自然，爱艺术；
> 我将两手在生命的火之前取暖，
> 生存下去，我便预备上旅途了。

廿二，十一，二八，写成

——载1934年1月1日上海《艺风》第2卷第1期，署名：所北。

---

① 同"流连"。
② 即瓦特·兰德（Walter Savage Landor），英国诗人。其广为中国读者熟知的诗作《生与死》创作于晚年，有多个中文翻译版本，其中以杨绛先生译文最为传神。

春的旅人①

　　春天一到，杨柳放出青眼，桃杏露出笑靥；风是演奏爱的曲调的琴，雨是滋润青春之心的酒：伴着这一切，作为春之舞台的尊贵的来宾而又是极活跃的主角那样地翩然莅止的，有那春的旅人的燕子。

　　那是勇敢的流浪的旅人呵，那有着小小的双翼，身量不能盈握的燕子。

　　据说，他们的家，是在海外的海，洲外的洲，那里有的是最青的青天，最碧的碧海。可是，这也不能诱抑下那颗旅人的流浪的心，他们要的是自由的流浪，向着那春天的去向。

　　每年，每年，当春到人间的消息传到那些地方时，他们便成群结队的从那辽远的天涯，无际的海角，鼓起两翼小小的可是异常劲健的翅膀，开始他们迢遥的艰辛的旅程。凌驾着万里长风，超越着千重山海，穿越浓雾的氛围，掩蔽汹涌的涛澜，终于到达了这温暖的国土，景色明媚的江南。

　　他们是随侍着春之神一同光临了，那勇敢的旅人，流浪者的燕子！

　　春的江南真是够徜徉的：暖洋洋的空气，碧粼粼的春水，步步芳草，处处莺歌。在风斜雨细的清晨，在柳暗花明的薄暮，都不会缺少那春的旅人们的轻俊的倩影，或是"贴地争飞"的可爱的姿态。他们也会筑起临时的家室，生育着子女，度着自由无虑的日子，如一群吉卜西的人们。不问是雕梁画栋，或是竹屋茅檐，几茎草，几口泥，便是旅人们最好的安身之处。是"王谢堂前"抑是"寻常百姓家"，在他们是无分轩轾，随遇而安。"可怜处处巢居室，何异飘飘托此身"，在他们这也并无颠沛流离之苦，这正是生活的趣味；"长向春秋社前后，为谁归去为谁来？"这在他们看来也许真是个愚问。他们，要来就来了，要去就去了，这是有着完全的自由的。"为了'谁'呢？为的是自由呵！"春的旅人们也许要如此回答。他们要的是自由的流浪，流浪的自由。

---

① 本文在20世纪30年代曾被编入上海开明书店的《活页文选》，作为学校国文补充教材。

这样，直待那饕餮者的秋风，如疯狂的恶魔似的把春夏所辛苦安排的丰美的筵宴一扫而空，秋阳忍不住惨笑，落叶唱起了哀歌，大地显得狼藉而萧条，那些旅人们也开始动了归思，络续地依然鼓起两翼小小的可是异常劲健的翅膀，重上了辽远的征途。来，或是去，在他们是完全的自由，永远的新鲜，也便是生活的趣味。年年有春来，春来时他们就又来了，只要春天常在，他们是可能的永远的旅人了。春的旅人的燕子，是有着这样的完全的自由的！

可是，我们，在寂寞的重围里度着止水似的生活的我们，却正缺少那样的完全的自由，不，是缺少那样一颗可贵的旅人的心。我们爱我们的家，也爱我们的乡土；我们都相信离乡背井是痛苦，生于斯葬于斯则是幸福；我们懂得"出门一里，勿及屋里"，也懂得"树高千丈，叶落归根"；我们不理会除掉自己庭院顶上的一块天以外还有多大的天，自己的门槛以外还有多大的地。我们情愿在寂寞中衰老，在止水里沉淀。总之，我们不晓得什么是新鲜，什么是趣味，我们缺少的是那样一颗可贵的勇于流浪的旅人的心。

流浪吧！如小燕子似的自由的流浪吧！

你说这春光美么，为什么我只能闻得血腥？你说这止水不久会变明净么，为什么我只能看到些沉滓的发酵的恶臭？朋友！这还能耐么？我愿有一只小燕子似的劲健的翅膀，不必定是可爱的绿洲，是幸福的岛屿，是伊甸的乐园；也不必定是柏拉图的乌托邦，陶渊明的桃花源。飞呵，飞呵，自由的飞呵，如小燕子似的漂流着吧！

背着水袋徒步于椰林参天的赤道之国也好罢，荡着小舟漂浮于惊涛骇浪的海面上也好罢，跨着骆驼跋涉于辽阔无垠的沙漠中也好罢。摆脱这寂寞的氛围，逃出这止水似的生活，向远方去，如小燕子似的永远追求着春的去向而流浪吧。

流浪吧，如春的旅人那样自由的流浪着吧！

三，九，一九三四。①

——载1934年《中学生》总第44期，署名：所北。

——又载1935年6月上海开明书店发行《中学生杂志丛刊》第24期
《没字的书·随笔集》，署名：李素伯。

---

① 应指1934年3月9日。

我们应该怎样应付酝酿中的世界大战

在日内瓦的军缩会议奄奄一息的时候，列强军备的竞争，几乎每天都出现新纪录。第二次世界大战的方式，究竟是帝国主义联合向苏联进攻，或者是帝国主义间相互的火并，虽然还在不可知之列；而第二次世界大战必然要在最近的将来降临人们的头上，都已经是无可否认的结论。

在第一次世界大战的时候，中国总算"微天之幸"做了一个"隔岸观火"的闲人，除了日本帝国主义进占青岛的时候，曾给我们一些刺激外；中国反能以打"落水狗"的方式参战，占得若干的便宜。这酝酿中的第二次世界大战，它的性质就完全不同了。不论论它的爆发点在什么地方，也不论它的方式是怎样，远东问题都必然是战争中待解决的问题，而中国必然是重要的战场之一。日本帝国主义的占据东北四省和在东北四省的整军经武，以及最近布置沿长城察哈尔以图推进内蒙古的战线，都是使中国战场化的铁一般的事实。

日本帝国主义向苏联进攻的策略，是"一箭双雕"的——进可以攻击苏联，退亦可以囊括中国。只有"认贼作父"的人，才会说日本没有侵占领土的野心。也只有准备出卖民族的官僚，才会自欺欺人的说：日人在察东的军事布置，专在对苏俄，与中国无关。在"一箭双雕"的策略之下，无疑的日本帝国主义已经认定中国是它的进攻的目的物——过去占夺东北的事实，更是官僚汉奸们无从替他们的主子辩护的铁证。到了别人已经划定了我们的土地做战场，而还认为和我们无关，这种人的断送民族，真可说是宽宏大量。少数的官僚汉奸固然预备出卖民族，四万五千万的民众，恐怕未必甘于被人出卖。所以谈谈应当怎样对付的问题，即使不是新鲜的问题，依然不失为重要的问题。

中国依然想在第二次大战当中"打落水狗"吗？要认清中国自身就必然是"落水狗"之一。依然想"隔岸观火"吗？要认清别人正是在我们的房子上放火。教我们目下"力持镇静"等到大战开始的一天，我们就可以得着生路；那是官僚们骗人的鬼话。要晓得大战开始之日，正是中国民族大难临头之时。官僚们的金钱财产，在帝国主义保护下的租界里面；他们自然可以"隔岸观火""说风凉话"，战场里的老百姓和整个的中华民族，却只有做牺牲品。中国要想得着出路，是要消灭第二次大战的祸根——最低的限度也要不许别人划定我们的国土做战场。做了别人的战场还说是有出路，那只有"隔岸观火"的官僚才会说得出。

怎样消灭第二次大战的祸根呢？帝国主义是战争的制造者；战争的目的是在市场的夺取；而市场的夺取，却是处理剩余商品的必要的手段——资本主义就是这样的必然要帝国主义化，而帝国主义也就是这样的必然要制造战争。我们要避免在第二次大战中做牺牲品——做一个被解决者，我们必须立刻反对帝国主义划定我们的国土做战场。而要做到这个，也决不是空言所能成功的；我们必须发动一个反帝的民族革命。

中国民族过去在广州和英法帝国主义的斗争，在汉口，九江和英帝国主义的斗争，是民族革命的一个标本；过去斗争的胜利更明示我们民族革命发达的光明。有些人认为这样未免牺牲太大，却没有见战争中的牺牲要比这个大百倍以至千倍。不肯坐以待毙的人们应该赶快起来！

——载1934年5月1日上海《新社会》第6卷第9期，署名：无言。

血写的历史①

我们的五月，是我们民族的血写成的历史底一页。

血的潮，血的海，造成了这惨淡悲凉的"多难之月"，我们的民族，也就在这血海的涛头中浮沉，挣扎。

这一个五月里，虽说有那含有国际性的世界劳动者纪念日"五一"，有那作为我们民族的文化复兴运动纪念日的"五四"，以及中山先生就任非常大总统纪念日的"五五"：那都是艰苦的奋斗的成功，是光荣的纪念。然而，"五卅"上海南京路上的扫射，"五三"济南城中的屠杀，帝国主义者的枪弹所打出来的确是驯羊似的无抵抗的我们同胞的鲜血，这些暴行和血迹，该不会被我们后死者轻易地淡忘了的；更何况还有"五九"，袁政府所承认的丧权辱国的廿一条。

五月在欧洲，据说是个快乐的甜美的月份，"五一"并且是个热闹的著名的令节？仿佛是我们的清明。这一天，士女②都游行原野，摘鲜花以为饰，唱着美丽的五月之歌，欢欣鼓舞，笑语而归。可是，这较之于劳动者要求三八制的成功纪念，则后者自更有其伟大的意义。人类为了生活的解放与自由的获得，不惜以血肉之躯向压迫的巨魔肉搏，牺牲固然值得，流血也有代价，因为这是为后来者开路的工作。先驱者的死亡，会增加后起的人的决心和勇气，踏着血迹迈进。

血写成的历史的污迹仍得以血来洗涤，我们当前所需要的便是这足以澌雪民族史上可耻的污迹的一种真实健全的力量。

谈中国现代史的，往往以表现知识阶级不迷恋骸骨而接受西方文化的"五四"与表现民族意识的觉醒向帝国主义作正面反抗的"五卅"为划时代的伟大的壮举，这是多少有点夸张的说法。"五四"的启蒙运动只是对充满封建思想的旧社会掷了个猛烈的炸弹，有破坏而无建设，这早已有人为之估

---

① 本文在20世纪30年代曾被选作学校国文教材。
② "士女"在古代指已成年而未婚的青年男女，后泛指成年男女。如《楚辞·招魂》云："士女杂坐，乱而不分些。"

价的。——这炸弹似乎没有发生作用，那些暂时隐蔽起来的古怪精灵不但未肃清，近且渐已如沉渣似的泛起，僵尸似的重来了。要举例吗？真是不胜其繁多。"五卅"的惨剧也只是所谓的"困兽犹斗"的忍无可忍的消极抵御，是一时的敌忾的表现。力量不坚实，所以不能持久。不过经了这两次的大事件，我们的青年确已有了活跃的生气，前进的精神，不再委琐以自持，不再苟安于现状，认识自身的责任，负起应负的使命作实际的奋斗，这是多么可贵的新生的力量！这正是我们民族的唯一的生机，我们得扶持培养这成为一种真实健全的力量，以救亡图存，以复兴民族。谁说这不是应该的呢？然而，这三年来，始之以"九·一八"的东北失守，继之于"一二·八"的沪战媾和，国难益深，覆亡堪虞。热血的青年们虽然受着强烈的刺激，却无奋起努力的机会。长久郁闷的结果，是使青年们逐渐无视于先烈的血迹，麻醉于虚矫的民气，忘怀于敌人的耽视；虽然梦想着祖国的复活，而精神却从沉默中衰老，向人类的舞台告退，麻麻木木的苟活以至糊糊涂涂的灭亡。

我们得知道并确信，我们国家和民族的存亡的重责，无疑是担在现代的一班有着新生力量的青年们的肩上。我们不能妄自尊大，也不可妄自菲薄，自以为国家之瑰宝而骄纵自恣，那是愚妄；若自以为是命定的奴胚，延颈受戮，也太卑怯。时至今日，青年们不应当再躲在研究室里窥探万花筒似的现实，流着眼泪慨叹；或是憧憬于未来的幻梦以自慰。我们需要的是真实健全的力量。这力量是由我们所有的青年们以清晰的头脑，丰富的常识，炽烈的热忱，勇敢的胆量团结而成的一种不可轻辱的阵营；踏着坚实的脚步，领导群众，向一切危害我们国家和民族的仇敌进攻。

不错，这是一个伟大的时代，也是有为的时代，怎样有为以成其伟大，则全赖我们青年的努力。少数的牺牲是难免的，流血也无用畏惧，为了挽救将亡的国家，垂危的民族；为了自由意志的发展，人类文化的推进，我们要尽我们为人类一员的责任，完成历史的使命。

血写成的历史的污迹仍得以血来洗涤。但是，青年们，我们的力量在哪里呢？

四，五，一九三四。
——载1934年《中学生》总第45期，署名：所北。
——又载1935年6月上海开明书店发行《中学生杂志丛刊》第24期《没字的书·随笔集》，署名：李素伯。

谈读书

丹黄郑重万珠圆，
阅尽词场意惘然。
怜我平生无好计，
一灯红接混忙前。

　　　　　　——集龚之一

　　时至今日，人们对于读书那件事，意见似乎颇不一致。有的提倡读书无用论，以为"一为文人，便无足观"，甚且说："人生识字忧患始。"把一切人生的烦闷苦恼，概归罪于读书。但也有人主张在这个年头，无事可做，有话难说，还是闭户读书较为得体，这可算得是一种不可为而为之的精神，也自有其苦衷。至于更积极更乐观的读书论者，则相信读了书除掉前人所谓"书中自有千钟粟，书中自有黄金屋"那种"禄在其中"的希望以外，且是救国的唯一良方。较之航空、念经，更有"意想不到之效率"。当今在位者之所倡导，青年之所遵循，即此种积极的读书论；无怪乎十字街头，日渐冷落，而研究室与图书馆，则有充斥之患，这真是到了"文士关门养气时"了。

　　间曾思之，在某种现象上，读书确是一件有危险性的事情。萧伯纳在香港大学演讲说道："假使我有儿子，也要劝他上学，我要送他上大学而对他说，'你们要谨防他们给你装上一副机械的头脑，至于他们要你读的书，切不可读。'一本学校教科书，照界说讲，就是读不得的书。"读书可以使人智，也可以使人愚，契诃夫Tchekhov曾说过："大学培养一切的能力，连愚鲁也包括在内。"教育的力量实在微弱得可怜，你曾看到过一个头脑不清的人进了大学就决定地会好起来吗？能够认真读书而成为博学的人自然也有，但差不多占了多数的是脑海给别人做了跑马场，成了两脚书柜，正如"戈壁的沙漠的吸流水一样，吸受了知识，却并非一泓清泉，也不能喷到地面上"

（鹤见祐辅语）。确也是个大大的悲剧。"读书十年，方知不通"，这个"不通"的觉悟，是以十年的工夫换得的。其实这个"知"，又何尝靠得住呢？再读十年书也许还是个不通；通不通，倒不是在书本子上去求的。"三日不读书，则鄙吝自生。"这一半是真话，一半是装腔。鄙吝存乎天性，修养恃乎环境，所谓书卷气这不可捉摸的东西，倘不是生有自来，得天独厚，即使满口之乎者也，自命风雅，还是俗不可耐的。谚有之曰："不怕文人俗，只怕俗人文。"此之谓也。所以，"士别三日，便当刮目相看"，这也不能一概而论。旧有联云："世事洞明皆学问，人情练达即文章。"却是怪有道理的话。《红楼梦》里众清客称道宝玉说："二世兄天分高，才情远，不似我们读腐了书的。"虽然是奴才们有意的谀阿主子，讨得欢心；仔细想来，也倒是句真话。给书腐蚀埋葬了的，从古以来这数量也该很可惊人，自然这当中也有为媚上求荣而故意走到牛角尖里去讨生活，但无意入彀的实在是多数。一个人倘使果真"天分高，才情远"，要做个像样的人是很可能的。只要时代环境能容许他发展，读书不读书有什么关系呢？

然而，读书救国论者的主张也自有其历史的依据。古来帝王虽多来自田间，出身草莽，以马上得天下，究不能以马上治天下，那就得请教一般熟读圣贤书的士子了。叔孙通制朝仪，千余年为世沿用；赵普以半部论语治天下：读书之效，可得而言。当今"出有敌国外患"而"内无法家拂士"，武力不足以攘外，文治大可以安内；攘外必先安内，则舍折节读书，以保大国风度，提倡旧道德，以严夷夏之防外，救国之道，复何在哉！而且，"读书便是救国"，把青年们一概关进研究室，既免招摇生事，庶可天下太平。至于读些什么书的问题，这也并非难题，"礼义廉耻"算是新生活，那么，四书五经当然是新学问。祀孔已在实行，圣道不难光复，青年们从此舜言禹行，渐渐纳入正轨，自然再不会"不入于扬则入于墨"，为邪说所感①了。但近来又忽然厉行军事训练，把青年学子赶出教室，在烈日暴雨下掮枪跑步，演习打靶，到必要时，似乎又要请他们上前线，当头阵，青年之为用大矣哉！

自小从读"人手刀尺"的新教科书起，《三字经》《千字文》等却未读过，现在很想补读，以免落伍——到现在总算读了近念年的书，自"诗云子曰"至"声光化电"，自"格致博物"至"天文地理"，有东西文化思想，也

---

① 疑为"惑"之笔误。

有中外伟人的点鬼簿，上天入地，博古通今，仿佛真觉得"天地之间，惟我独尊"。可是到现在生财无道，做官乏术，满口柴胡，一文不值，只落得教鞭一枝，清风两袖，欲饱五侯之鲭，其奈三脚之猫；聪明未尝误我，黑墨实能磨人。想当年仓颉造字，而有鬼夜哭，殊有先见之明也。

或曰，读书人之无用，由于不肯脱下长衫，所以孔二先生也被讥为四体不勤五谷不分。似乎脱下长衫，便一切都有办法，犹如布袋和尚那样"行也布袋，坐也布袋"，一旦"放下布袋"，便可"自在"了。然而居今之世，做个读书人、文人，固然算是"择术不慎"，如安徽大学教授们祭朱湘文中所云；但用处是有的，历史的前例很可效法。秀才们的"厄运"虽为古今中外所难免，只要你愿做应制诗文，革命八股，也自能飞黄腾达，功成名遂。君不见希德拉之在德国乎？文人学者之被放逐者固多，而谀阿领袖，高说法西，得领袖之眷顾而甘效奔走者也未尝乏人；可见"没落"也还是自取的。脱了长衫虽未见得便有办法，但宝爱长衫，死也不肯脱掉的结果，却是不堪问了——这使我想起了孔乙己。倘使不是长衫而是班禅活佛的法衣，那倒真可宝爱，人们且尊敬之不暇，决不鄙视，可惜长衫还是长衫，长衫里面也别无什么，实在不过是件"皇帝的新衣"罢了！爰仿布袋和尚之偈为之赞曰："行也长衫，坐也长衫，脱下长衫，依然光干。"光干者，穷光蛋也。

——载1934年8月11日上海《人言周刊》第1卷第26期，署名：李绚。
——又载1935年5月1日《爝火》第1卷第6期，署名：无言。

怀永定

——苦茶草之五

在寥若晨星的我的友好之中，张永定君是我所最不能忘掉的一个。尤其是当得知他正陷在痛苦的沉疴中的最近半月来，我的惦念是更其深切了。

他具有一副使和他初次见面的人生不起好感，甚至觉得可憎厌的面相与神态：个儿是高高的，颈项拔得很长，黑黑的瘦削的脸上安着炯炯的两颗眸子，大声地说着话，像在和人争论什么。在初次，他所给你的印象是粗暴，刚愎，不近人情，更是异样的不漂亮。然而，这仅仅是他的仪态，是外表，是浮面的观察；在另一方面，他正具有和这外表绝不相称的绝艺和好性格。他会镌很好的印章，写得一手好字——也许有人要说这是"雕虫小技壮夫不为"，就算不足道罢。他读书很多，浸淫于儒佛两家的书，说话做文章，都有独特的见解，不同流俗，这在认识他的人都会知道。倘使你同他能够相处得久一点，你就会觉到他的看似粗暴，却正是他的豪爽；看似刚愎，正是他的坚毅；看似不近人情，也就是他的妩媚可爱处。可是在交浅者自然要目之为怪人，避之若将浼焉了。

想起我们的相识，还是在母校（通州师范）读书的时候，到现在也有十年以上了。他在做学生时，便抛开一切，专心致力于书法篆刻。那时就落落寡合，和别的同学不很交谈。过从较密的也只有在那时比他下两班的乐、谦和我以及另外几个爱好艺术的同志。我们那时还是小孩子，不懂什么，他照拂爱护，真诚而且和气，如一个大哥似的，我们就称之为大哥，他也不客气的以此自居。毕业后，就在他故乡（海门）的一个初级小学校里执教，当然不能展其所长，不过兴趣还好。等到我们也由学校出来，在各处服务，相见的机会很少，书信的往来是未尝间断的。我们很觉得如他那样造就的人，不应该蛰伏乡里，遂以湮没，我们也时时留心着替他设法，可是适当的机会很难找到。

去年此时，我已回到母校来任教，寝室是在楼上。楼下院中，栽着四棵壮大的桂花树，西风初起，香气四溢，因为太多了，香味异样的浓郁，浓得甜腻腻的，闻了头里发胀，我便在这当儿发起旧病来。我写信告诉永定，说这病的起因恐是课务忙繁，否则便是闻香太过所致，他的回信说："吾弟善刀临牛，何致一忙成病，自是疾发有时，或诚闻香太过。闻之，香烈则毒甚；叶大士（？）①以粪臭治花香为疾者。哥谓不必言毒，凡事宜之为福，过则成弊，曼理皓齿，岂不可人？其弊乃至倾覆，故杰②纣幽厉为天下笑。吾弟以病香为高致，窃未敢同……"这段话是很有趣味的。而所谓"宜之为福，过则成弊"，也许就是永定的人生哲学罢？然而表现在他的行为上的，却偏偏是那样的不合时宜！

也有几次我在信里劝他到外边去走走，不要躲在家乡。且以今之名士，多盗虚声而少真才，以彼造就，不难于艺苑争一席地为言。回信却慨然地说："能盗虚声，亦即真才，吾弟谓哥能乎，否耶？则所谓海上立足，即哥书艺可当，而难不难仍未易言也。"从这里很可看到他狷傲的个性，不过这并不是矫情。实在，他是并不情愿以一个艺徒了此一生的，这有他另一次信里的话为证。他说："你说要我到外面去走，这我亦在想着，不过你要我拿书艺篆刻去露头角，至多博个艺术家的徽号，老实说，也许五六年之前，有时我存这个想望，现在这个想望早掉到九霄云外去了。我现在想的是要做就得邑心如意的做一下，不做就让他和一个水泡般在相当的时间里寂灭到大海里去……"是的，他具有佛的睿智和革命者的热情，如果仅仅希望他成个艺术家，那真是深入浅测了。

——接着，他又鼓励着我说："你有机会叫我出去么？或一同出去么？请你告诉我，你不是约我'万水千山自打包'的么？我真想望得很！光阴容易，约个日期来！"提起这个约言，确是有的，那是在八年前当永定毕业时随手写了作为纪念的一首诗里的话。还记得那首诗是这样的几句：

> 入抱蛟龙恣郁律，蟠胸铁石自槎枒。
> 酒肠历历成孤往，行路茫茫阅岁华。

---

① 此问号可能表示写信者对自己引用的典故并不确定，有"好像是"的意思。
② 杰，旧同"桀"。此指夏朝末代君王桀，为中国历史上有名的暴君。

白眼何多君又去，青山常住我无家！

　　打包好订他年约，万水千山共泛槎。

　　现在呢，我也拖着病的身子，为了温饱，自以心为形役；虽然年纪还青①，世味也略尝了点，顾世路之崎岖，瞻四方而靡骋：想起少年时信口高歌，不知忧乐的狂态，真有不胜今昔之感！

　　去年的秋末冬初，永定还到通来过一次，在城的朋友们都遇到了，很是欢畅的叙了数日才回到他最近掌教的一个新垦区的小学里，据说那里人烟稀少，荒凉得极，亏他耐守得住。但到将放寒假时接到他的来信就说，"忽患喉痛，前日开刀，出脓至一大碗许。精神不罢，饮食自在，当易收功……"以后就回家疗养，可是迁延着一直没有痊愈。我们去信劝他到通诊治，他又不肯，偶有信来，说话很少，也不详示病况，有时索性提也不提起，这样已经拖了有八九个月。我和乐、谦好几次想看他去，但以路稍远，各人忙着各人的事，不克成行。直到今年暑假后开学，才从他的叔叔树楠先生那里得知他的病象，已是异常沉重。喉头流脓不止，下部已失知觉，他脾气又坏，什么人的话都不听，只请走方郎中配些药吃吃，家里又少人照应，希望是很少的了。我们这才着了急，就在中秋那一天，由乐和谦还邀了一位熟识的医生同去探视；我因为自己有病在身，惮于跋涉，只写了几句话托他们带去。他们当夜就回来了。据说，诊断的结果，是肺病，喉痛便是喉结核的发作，已到了第三期；人是瘦得不堪，肢体不能动弹，看样子一时也不好硬劝他到城来。安慰了些话，医生告诉他要注意日光和空气，吃点滋补的东西。他的神气似乎也好些。

　　他一向的狷傲，我们是知道的；年来的抑郁不自聊，我们也是知道的。怀抱利器，有志莫伸，这岂仅永定一个人的悲哀？我们应得为现社会中无数热血的青年同声一哭！一疾之发，听其缠绵半载有余，以致不治；从他坚毅倔强的个性来测度，我们很可能的怀疑他是自抱消极，有意糟蹋有用的身子。我在给他的信里以陶潜的"世短意常多，斯人乐久生"的话劝慰他，并且说，"造物虽不仁，总不必自以为命定的刍狗而作徒然之牺牲"，谦说他看了信只是流泪，神情却并不怎么激动。嗟乎永定，难道你就真愿如一个水泡

---

① 今应作"轻"。

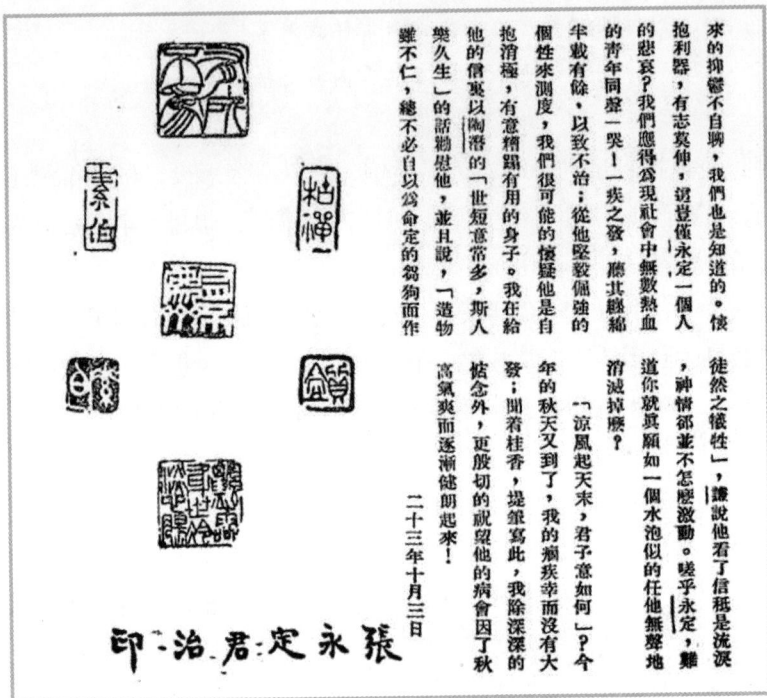

《怀永定》，载1934年11月1日上海《艺风》第2卷第11期。该文刊发时附张永定君治印7枚（如图）

似的任他无声地消灭掉么？

　　"凉风起天末，君子意如何？"今年的秋天又到了，我的痼疾幸而没有大发；闻着桂香，提笔写此，我除深深的惦念外，更殷切的祝望他的病会因了秋高气爽而逐渐健朗起来！

二十三年十月三日

——载1934年11月1日上海《艺风》第2卷第11期，署名：所北。

关于席勒

德国目前的文坛各方面，是冷落得可怜的。比较好一点，也是比较得人欢迎比较有希望的作家们，不是被专制魔王希特勒置之狱中，便是流亡于国外。我们想到当十八世纪末十九世纪初两颗辉煌灿烂的文星——歌德（Johann Wolfgang von Goethe）与席勒（Johann Christoph Friedrich Schiller）正以其万丈光芒照耀全世界的时候，不禁抽了口冷气。

本来十一月十日是席勒的一百七十五岁的诞辰，中德文化协会特地为他出了一个特刊。当然，德国民众的热狂是不言可知的，好久以前的报纸上便已经用很大的标题登载着这件事。

我想写一篇短文，来纪念这位潦倒一生并不丧失奋斗的勇气的世界艺人。我觉得，他的奋斗的勇气是值得人效法的。

席勒死时候是四十五岁，当然比起他的好友歌德来，他的确是短命。可是同一般伟大的诗人相比，他是并不能算为短命的。因为我们知道许多伟大的诗人在二十岁外死掉的是很多。不过我们可以说，假若席勒也享到同歌德同样的高龄，他遗留下来给我们的作品，能挑动我们心弦的作品，一定是更多更伟大。

从儿时直到死，席勒无一天不是在极艰苦的生活中挣扎着，一个懦弱的人处在他这样的环境是会自杀的，很少的人会依然保存着他生之勇气。然而我们的席勒呢，他咬紧牙关，将毕生的精力完全寄托在写作上，终于将自己造成一个万古不朽的艺人。

或许有人说，席勒是一个国家主义者，是的，席勒是爱他的祖国的，然而他决不是一个狭义的国家主义者，他所爱的是全世界的人类。而且我们可以说，一个不知道爱他的祖国的人，是决不会爱人类的；同样，一个不知道爱朋友的人，他又怎样知道爱他的祖国呢？所以爱国决不是一桩可以鄙夷的事，只有那没有真挚的情感的人，他才空口说一些爱大众爱人类的话。

所以，我们纪念席勒，不应该仅仅说一些颂扬的话，那是不足以增加席勒的真价值的毫末的。我们纪念席勒，应该去学习他的坚苦卓绝的精神同爱祖国爱人类的热情才对。

　　　　——载 1934 年 12 月上海《新垒月刊》第 5 卷第 1 期，署名：素秋。

江亢虎存文救国

近年来什么救国，什么救国的截答题，总算出了不少，可是再没有像最近江亢虎所喊的"存文救国"离奇！

谈到江亢虎，我们对于他所谓"存文救国"，还不当以笑了之。因为他底自身也就是一个截答题，说不定截答题外还有截答。他从前是社会党的领袖，后来居然上奏章作复辟的劝进，等到复辟无望，挂不出"中华帝国"的招牌，于是跑往美国，装学者去，最近又转过身来喊"存文救国"了。他是这样东扯西拉、反反复复的人。

他现在喊"存文救国"，究竟要存些什么文，且不去管它。但我们不要忘掉他曾经存过危害中华民国国体的文——就是他存在他的主子溥仪先生身边，后来在清宫内检查出来的。他现在要不要再存那一类的文？是不是另想救我们的国？这全然是疑问！

我所以要怀疑，并非仅仅根据他底以往做推想，在他近来的言行，也不难看出蹊跷来：他在台湾讲演"文艺复兴"，开宗明义就说："对于汉民族，可悲的不是失掉了台湾和满洲。"[1] 最近他在《申报·春秋栏》发表一篇《〈三国演义〉谈》，他以为三国人才辈出，本来任何一国是可"成统一而致太平"，终于不能成功的缘故，乃因为其他二国也有相当相等的人才，互相做相抵相消的工作。这在他，认为很可惜的。所以他慨叹地说："向使三国人才合一，则东汉早已中兴。而人才分属三国，是天之未欲平治天下也。"

我们依照通例，看史论该看作时论的变相。那么，在这里，可见江亢虎是如何的向往于"成统一而致太平"了。可是当时的三国底人才，偏偏互做抵消的工作，难怪他要慨叹是"天之未欲平治天下也"。若问人才合一该合一于那一国，他虽然不曾写出偏向的说明，似乎任何国是可以。其实这是对于强国最合适的说法。至于三国人才合一了，为何反而使得东汉早已复兴？那就不可以词害意，以意逆志倒是极通的，这等于说，早成统一就早致太平，与其各分了各不太平，倒不如并把一国——当然最方便的是强国。早一点享太平。统一太平了，是东汉非东汉还不是一样？现在说什么东汉复兴，是表面上不得不如此云尔。大家如果了解这一点，同时就可以了解失掉台湾和满洲的所以不可悲了。因为要这边失，那边才会"成统一"。要看"致太平"，只好说"王业不偏安"，那能再顾到上句"汉贼不两立"呢？

以上这些说话，分散来看，仅不妨说他是"欠通""谬妄"，终以一笑了之。如果合拢来看，却又一贯得怪有意思。江亢虎所谈的三国在那里？他心里所希望"成统一"的是那一国？细心的读者大概总容易从言外得解了吧？

江亢虎除"存文救国"以外，现在也很"尊孔"；我们再合拢来看，更怪有意思。他底主子底主子那边，不正在用五十万元建造孔庙吗？铜山西崩，洛钟东应，我们该料想到江亢虎究竟想存什么文？救谁的国？

[1] 这所引都摘用《太白》二卷二号胡风先生底《存文》篇所引。圈是后加的。

——载1935年5月1日南通《爝火》第1卷第6期，署名：力一。

庭院之春

在学校里，虽说是住在楼上，而楼也确实算得高敞的，但因为楼的前后左右，都有等高的楼屋围着，一眼望去，白的墙，黑的瓦，青青的天空，以及天空里偶而浮游着的几朵白云，或是飞鸣而过的小鸟，此外不能再有什么看到。偶然从楼屋缺处望到校外围道和濠滨的绿柳梢头，白杨树顶，也就眼为之明，真是觉得苍翠可爱极了。然而可喜的是楼的下面，前后都有一个并不过小的院落，更有些花木点缀着，尤其是楼前的院里，栽的都是花树，开放的时期也不挤在一起；闲步楼廊，凭栏俯视，倒也生趣盎然。

这庭院约有四丈见方，四面是回廊，用砖砌成二尺多高的阶沿，中间是十字形的交着两条铺了碎石的走道，这样便把这院落很整齐的划成四个小圃，书带草很茂盛的镶着每个小圃的边，叶子软软的，一条条的蜷伏着，如小孩子头上的髼鬈的乱发。花树最多是牡丹和桂树，各四株，均匀的分配在四个小圃里，还有是海棠、紫荆、紫薇、腊梅各一株，分滕于桂树之旁。这似乎是一个有意的安排，当最初栽植的时候，也许有人要说这样的安排太整齐，显得呆板，然而，整齐也未尝不是美呵。

当芳香的腊梅摇落后的不久，春风解了冻，海棠便出着嫩的叶芽儿，紫荆的挺直的枝梢，缀上一粒粒深紫色的蓓蕾，牡丹也从泥里冒出紫芽姜似的新芽；"桂树冬荣"，从霜雪中奋斗过来的它，仍然是绿油油的团团如盖的矗立着，只是脱落了些败叶，略显得清瘦些；唯有紫薇却还是不动声色，灰白色的细枝杈桠①地欠伸向天，它是不愿受那"东皇"的恩宠的。今年的春来得太迟，过了花朝节，还下了一场雪，晴和的日子很少，风更峭厉，一切的花草也就被寒气所勒，不得踊跃争荣了；虽然暗中都在舒展着生机，不肯落后。直到旧历的二月梢三月初，气候稍稍和暖些，外面园里的洁白光耀的玉

---

① 今应作"杈丫"。

兰已由烂漫而阑珊了；这里的紫荆的蓓蕾，才细小的一朵朵的放开，紧紧贴着枝干；海棠也从嫩的叶柄间，垂下缕缕的红丝，每一根红丝的下端，荡着个骨都①儿，隐现于青枝翠叶间，如碧空里的星星，饱含春意，但谁也不肯先期的泄漏春光，默默含情地等待那雨的滋润，风的煦拂。在这当儿，清晨薄暮，或是工作之余，总要在楼廊里踱着，仔细观察它的生机的舒展，关心着阴晴风雨，看到那深红色的骨都儿，逐渐放大，舒绽开来，颜色也由深红逐渐淡成鲜红、绯红，心里感到莫名的高兴。春假期间，因找不到同伴，没有能外游，同事们有家的都回去了，楼上剩下我一个人。天气是嫩晴的时候多，薄薄的轻阴笼罩着，海棠正开到了十分，明艳极了，那闲闲的春昼，便往往从痴痴的凭栏中消磨了去。独占一庭春色，竟忘掉自己是孤零零的留在静似太古的楼头。

春假一过，海棠也盛极而衰，再加清明时节的斜风细雨，那泄尽了生命之力显尽了色相的花瓣，自然一片片的纷纷飘坠，与春泥为伍了。这一来，却苦了负扫除庭院之责的夫役，因为花瓣是阵阵的缓缓落下，慢慢积起，那就得时时扫除，这是他们奉公守法的精神，觉得地上不留一片花瓣，才算清洁，也就是尽了责，虽然在枯黄的泥地糁上点点落英，也未见得就是何等的不洁，或是不雅。这里的夫役的尽责分明是过了分的，他们每天一次或两次拿了一把长扫帚，有时还带一把小铲，把每个小圃扫得干干净净，除花树外，不留一茎小草。阴雨后自然长起的青莎，也得铲去，努力地做着"刮地皮"的工夫；于是这几棵花树，枯寂地仿佛栽在沙漠里，倘若它们是有知的话，那么也该觉得缺少那些卑微的小民的拥护，自己的英雄气概也就无可显耀了吧？然而这是夫役的美德，没有读过"绿满窗前草不除"的诗句的他们，自然不会懂得什么叫"生趣"，也是难怪的。我想告诉他们：光光的泥地太枯燥，留几茎青草也好，为着景物的调和起见，还有人特别觅了苔衣铺地或粘上假山石呢。然而这是于他们的职守有妨的，说不定被事务员发现了未被铲尽的野草，便可加以不尽责的处分，甚至打碎了饭碗。我只好闷在肚里不说，让这些可爱的花树长在沙漠似的光赤的泥土上。

一天的午后，我坐在房间里改文章，学生都关在教室里上课，四围静寂中，我忽然听见院中花树摇动起来，枝叶猛烈的相撞，发出籁籁的响声。走

---

① 今应作"骨朵"。

出一看，原来正是那尽责的夫役一手持帚，一手抓住海棠树干在起劲的摇，残花便如密雨似的洒落。不用说，他是感到扫除落花的频繁而想用人力使之一次肃清，省些麻烦。我立刻觉得他的举动是太杀风景了，喝住了他，对他说："让它慢慢地自然谢落不好么，你怕麻烦，可以不必勤扫的！"他才住了手不摇了，拿起扫帚低头便扫。我带着余怒回到房里，坐下了一想，怒气渐消，忽然觉得自己的无聊：在我看来，摧残花树之为杀风景，正与"焚琴煮鹤"相类，当然不能容忍，而且一切生命，听其"乘化待尽"才是正理，强令消灭，则是残酷，非人道，何况这株海棠，长期的慰予岑寂，对于它开落的匆匆，已弥为感叹，更何忍目睹它遭意外之劫呢？可是，这在被我喝住的夫役的心里，不会这么想，他只晓得花残了便该落，落了便该扫，扫得干净便是他尽了责。他也许正在暗地里笑我，残花有什么好看？不摇它不仍是要落完的么？这真有点呆气！我的态度是欣赏的、艺术的，而他的却是实用的、功利的，在这里便有了冲突。我自以为惜玉怜香，自命风雅，而以他的功利观为杀风景；他又何尝不可以说我的惜玉怜香是肉麻当有趣，自命风雅是不切实际，是精神变态呢！于是我完全消失了先前的怒意，自己不自然的笑了一笑。

现在，海棠固然已是"绿暗红稀"，我也不再凭栏观赏它。但牡丹快要开放，再后一些时，"能放半年花"的紫薇也要绚烂起来，暑假里如果仍然住在校里，炎炎的长夏该不会过分寂寞了吧。

廿四年四月二十日

——载1935年《中学生》总第56期，署名：所北。

国庆之话

今天又是第二十四年的"双十节"国庆日了，值此大典，似乎应该"庆"一下。但看到意阿的战争，意大利的飞机无情地向阿比尼西亚轰炸，以及东北数千万同袍的呻吟，和在黄水洪涛、枪林弹雨之下发青变紫腐烂残缺肿胀的尸体，骨瘦如柴挨饥受冻的灾民，设身处地的想一下，真令人惨然。纵是目前还有"国"可"庆"，也不禁令人有起想"庆"无"国"之感。不过天下事例外的多得很，也有些人想借此大典来"狂欢"一下，同那些想从水灾赈济中去沾一点油水的慈善家，和想从残酷屠杀的战争中接到大批军火定货单的人们，则又作别论。

但历史总是真实的，"双十节"虽说是我们民族翻身的日子，连阿Q那类人在那个时候也有些沾沾自喜和飘飘然的，想跟赵太爷排班辈，平地位，过一下做主子的瘾。可是革命之后，民国以来，阿Q终于在残酷的历史中破灭了，临了遭到示众斩首的结果；做主子的还是那班反正过来的举人、把总、假洋鬼子、赵太爷这班人；但这班主子的主子，已不是满清皇帝，也不是假洋鬼子，却是真洋鬼子了。

这廿几年来，阿Q固然是老早死了，但阿Q的精神却还活在有些人的身上。不过现在有许多跟阿Q同样出身的人，和阿Q所瞧不起的那些下人们，却比阿Q更清醒明白了，他们不会再上假洋鬼子和赵太爷的当，他们晓得自己要怎样去做主人了。

所以，人只能上一次的当，受了一次欺骗之后，他终会在历史的发展中认清现实。目前虽有许多洋鬼子想用"傀儡"和"汉奸"再来麻醉我们，但这幕戏我们是看穿了。

然而在这国庆纪念日，当然是值得我们纪念的，这日子是作为我们民族革命，"倒清灭洋"反帝反封建的举义日。但我们也值不得盲目的欢喜，因为中华民国以来，我们大众得到的好处是没有，所受到的灾难是更深。真正的主人还没有做到，压在我们头上的仍然是悲惨奴隶的命运，从我们身上所除去的只是拖在头上的一条辫子，而不是缚束在我们身上的锁链。所以我们今天要更严肃地认清历史——只有被压迫的殖民地大众自己才能粉碎这些奴隶的锁链，和争取自己做主人的力量。但在历史的决斗中，我们不要忘记揭穿假洋鬼子、赵太爷这些"傀儡""汉奸"们的假面具！

——载1935年10月上海《生活知识》创刊号，署名：达。

家

"总得有这么一个家，你的生活方可安定一些，也温暖一些。"

关心我的朋友们相见时常要提到这样的话。对于这好意，我不能有什么适当的表示，只好报之以感激的微笑。

"像你那样的生活才是理想的，没有家室，无挂无碍，是多么自由呵！"

像这样的羡慕的话我也常会听到。对于这羡慕，有时确也引以自慰，所以当听到时，也偶然会露出似乎同意的微笑。

实在，我除微笑外还能有什么适当的表示呢？我相信这样看似相反的两种话实在都出于好意，而且都有至理。但这些自然是属于纯粹的主观的。那一个从家得了安慰的便觉得家的可爱；反之，从家得到麻烦痛苦的，也就觉得有家是一种累赘。以自身的经验献给别人做某一件事的参考，虽然是主观的见解，也总是一种好意。一个单身汉便有接受这好意的资格；然而，他也就因此得着迷惑，他将徘徊在家与社会之间，贪恋独身的自由，也憧憬于家庭生活的温暖。

作为人不可无家论的最好的说法，我可举出 Washington Irving[1]的话作代表，他在一篇题作《妻》的小说里写着：

"一个结过婚的人遇遭坎坷，比较一个单身汉要容易恢复他在世界上的地位，一半因为他的无助而可爱的人们需要靠他生活，会鼓励他努力，但是最主要的，还是因为他的精神有家庭温煦的安慰和补救，而且他的自重心也很活跃，觉得外面虽然是黑暗和屈服，但是仍然还有个小小的爱的世界在家庭之中，在那里他就是一位皇帝。反过来说，一个单身汉是最容易自暴自弃的；总想着自己的孤独和放纵，他的心很容易沦为废墟，像一所荒凉的屋子，因为缺乏一个住户。"

---

① 即华盛顿·欧文，19世纪美国著名作家，号称美国文学之父。

Francis Bacon 则对于独身者加以蔑视地说：

"独身的最平常的主旨在乎自由，尤其在贪图快乐。脾气古怪的人们，他们对于各种束缚的感觉是这般锐敏，他们几乎以为他们的腰带和袜带，就是索链①和镣铐呢。"

所以他差不多肯定地说：

"未婚的人们是极好的朋友，极好的主人，极好的仆役；但未必总是极好的国民，因为他们易于逃亡。"

在说法上，Bacon 的幽默的讽刺较高于 Irving 的正经的说教；但贪图自由的独身者有时较之已婚的人们更能牺牲为公，或是冥心独往于学术上面，却也是事实。他的奋斗、挣扎，并非仅仅为了养活"他的无助而可爱的人们"；他的心怀将更广大，眼光也更辽远，他不能汲汲以为名、孜孜以为利地做个平凡的人。他也许很"放纵"而且"脾气古怪"，但这多半也还是因为人们不能了解他。人们能够了解一个乡愿，一个顺民，甚至一个走狗，然而很少能了解一个别有怀抱的冷面热肠的独立特行者。他有时也真会失掉"自重心"而"自暴自弃"吧，真会"逃亡"吧，那也不过是厌倦于平凡的生活，觉得那个地方不适宜于生存，想追求那新的刺激，以充实自己空虚的生命吧。他并非是有意要遗弃这社会，这人群。而且，在寂寞的人生的旅途上，我们所最感需要的是那可以披肝胆，可以共患难的朋友，那是为实现共同理想而矢忠心忘利害的仆役。然而，这些都不是可以从已婚的人们里容易找得出的。让那些把公民训条记得烂熟的绅士们去做"极好的国民"吧，我们又何贵乎这样的头衔！

不错，家是一个人的灵魂的住所，能叫人自爱，自重，可是它有时也会变成牢笼，把你的灵魂反锁在里面，不放出来，于是只好在社会上行尸走肉，招摇撞骗，像一个影子，没有真诚，没有力量；说自爱就是"躬身厚"，自重就是但知有己，不知有人。人群里面是不希罕这样的人的，哪怕他在家庭之中是"一位皇帝"。

用一点考据，"家，从宀从豕"，那就等于说一群猪子关在牢里，实在有点糟心。但又谁能否认呢？除非你不想结婚，一结婚，儿女便源源而来，非把这个家糟蹋得像猪窠不罢休。对于已婚的友人们，我从没有羡慕的意

---

① 今应作"锁链"。

思，即使是在潜意识中。也没有如 Charles Lamb[1]那样感觉着已婚的人们的行为之可憎恶，并且不惮烦的记载下来。我觉得在这种事情上，是不妨各行其是的。不过那些具有进取野心的友人们当结了婚以后那种患得患失的心情，看了倒不免会起怜悯，犹如他们有时怜悯我的单调孤寂一样。你读过鲁迅先生的《幸福的家庭》么？那是故事，并不就是现实，可是也未必现实所无。

在实际上，我现在也并非无家，但那是属于我的哥哥的。回到那里去，我是客人那样的被款待着，使我有"唤作主人原是客"之感，并不觉得可爱。可爱的倒是那深印在我的记忆里，而现在已是无法重现的儿时的家。我的父亲留给我的印象很浅薄，他永离我们时我还只七岁，但我还记得他的脾气很好，从没有和母亲淘过气；他整天在外，不很管我们，我们只有兄弟俩，没有小同伴，不会撒野。家里的空气是和暖的。可是最使我不能忘记的还是那个住所的环境的优美。那时的家滨临一泻千里的大江，在一条小港旁边，跨着港口有一架不很阔大的桥，桥两边有成排的瓦房，成了个小小的市集。最有趣的是江上的风光：在月光下一片浩渺如练的江波上，风帆飘渺，沙鸟翱翔。远远隐现着淡灰色的一点，那是峙立江心的崇明岛，明朗的日子，会辨得出那"如芥"的一团团绿树。偶然风雨横来，怒涛汹涌，也着实惊心骇目。在黑夜里，尤其是细雨迷蒙的黄昏，坐在自家屋里，从黯淡的油灯光中可以远望江岸沙滩上星星的鬼火，绿莹莹的一点点，飘忽上下，忽聚忽散，有时聚得很多，成了一团大火，熊熊地烧了起来，我们把这叫做"鬼烧窑"。那时我也不怕，并且很爱看，常常陪着母亲望到夜深方睡。江岸离我们的家不到二里路。坍得很厉害，泥土崩裂着，受不起江潮的冲激，便大块大块的陷落下去，我们常从睡梦中听到轰然的响声。十岁离开那里，几年后据传闻所得，那个小集市已整个迁移，小桥曲港，遗迹难寻，我的家当然也唯有永存在我的记忆中了。

倘使必得要有那么一个家，那也只有这儿时的才算是合乎理想，永留好感的。然而已过去了的事往往无法追挽，即使年光倒流，儿时可再，可是不但人事已非，便是那黄茅白板的江滨老屋，早随泥土湮埋江底，更从何处去觅那时的好梦呢！

---

① 即查尔斯·兰姆，十八、十九世纪之交英国著名散文家。

"匈奴未灭，何以为家！"这样好听的夸张的藉口我不敢说，也不好意思说。我倒常常以"等是有家归未得"那样的话据以自慰，且以谢关心我的友人们的好意。杜少陵不是有过这样的诗句么，道是"天地一沙鸥"，又道是"白鸥没浩荡，万里谁能驯?"这真是个好境界。我很爱这境界，别的什么辩解似乎都无须了。

——载1935年《中学生》总第58期，署名：所北。

秋 树

关于树，我是爱那秋天的。虽然初春杨柳的鹅黄、长夏梧桐的碧阴，也能予我以诱惑，不无可恋之处；可是总敌不过对那秋天的病态的黄叶与变态的红叶的情分那么深厚。要说出这里面的道理也是颇为难的。

一到秋天，心神上便感觉得轻松，似乎还有点激动，这大概因为刚从炎威逼人的溽暑得了解放而觉得此后还有"已凉天气未寒时"的一段好景光，便那样优游自适起来。倘遇连绵萧瑟的秋雨，阴霾的日子一长下去，也就会索然寡欢，闷损无聊，颇动了悲秋之思。但到底明朗的日子要多些，"秋高气爽"的一句老话并没有骗人。在这些时候，无论是凭窗闲坐，或是负手漫步的当儿，我便注意到那些树木，经风雨的吹打，霜露的浸染，渐渐的黄了，红了，紫了，往往是在一棵树上，青红斑驳，绚烂如锦，不同于"二月花"的轻艳单调。造物者的化工在这里最显得它的不肯掉以轻心，尽其所能的调排着装点着这秋容，为人们的赏心乐事预设了个如意的排场。

"秋是年青，快乐，顽皮——夏的欣欢的儿子——到处都呈出青春同恶作剧的现象。春是小心翼翼的艺术家，他微妙技巧地画出一朵朵的花。秋却是绝不经心地将许多整罐的颜料拿来飞涂乱抹。本来是留着给蔷薇同郁金香的深红同朱红颜色却泼在莓类上面，弄得每丛灌木都像着了火一样，爬藤所盖住的老屋红得似夕阳。紫罗兰的颜色是奇异地涂在放荡的簇叶之上；水仙同蕃红花的色料全倾倒在白柠檬同粟木叶上。我们的眼睛看饱了颜色的盛宴——青莲色，红紫色，朱砂色，深黄色，赤褐色，银色，紫铜色，古铜色，同暗滞的黄铜色。叶子是蘸上了浸透了如火的颜色。这位爱捣乱的'艺术家'非等到把每滴的颜料全用完时，是不肯住手的。"Roger Wray[①]（梁遇春译文）的这段话可谓先获我心。文中所举的植物有些非我们这里所有，但只

---

① 即罗杰，英国作家。梁遇春译《英国小品文选》中《秋》一文的作者。

就我们所常见的如枫、槭、柿、乌桕、银杏等类的树，以及许多不知名的灌木和野草，那秋容的繁华绚烂也就够你欣赏满意的了。我们的诗人总不离伤春悲秋的老调，春既可伤，秋更可悲。"悲哉秋之为气也"，一句随便的话，遂开千古怨端，于是一花一叶，尽化作恨蘖愁苗。实则如"洞庭始波，木叶微脱""亭皋木叶下，陇首秋云飞"之句，意境清寒而并不衰飒。"无边落木萧萧下"，气象竟很壮阔。至如"秋风吹渭水，落叶满长安""雨中黄叶树，灯下白头人"之类，乃有满目萧条、生命幻灭之感。所谓"志士多忧，闻黄落则气塞"，或即指此。但据我想，这些诗句，有时也还是在用字和色泽上的自然配合。黄色给人以和平的感觉，与白色的纯洁相称，如用红字就欠调和；红是兴奋之色，与黄白的清淡不同；再者作为"白头人"的最好的对比也唯有用"黄叶树"，这就是李日华所说"最饶意象"的所在。姚希孟《山中嘉树记》里倒有一段写洞庭秋树之美的文章，还可看看，现在抄在下面："橙橘凛秋高之气，肃然严冷。然深黄浅绛，遥映绿丛，如礼法大家，未尝不浓妆靓饰，而举止矜重，陷身自蔽。清霜既醉，色韵成酣，间以银杏之苍姿，枫林之炫色，遂使明沙净渚间，别开画图，远岫孤峰，转增缛绣。此秋山一时之美，独擅于洞庭，余所为选时而践也。"这样的境界当然只能见之于深山大泽，在我们则独树片叶，还算易得，要么锦屏风似的展玩可就难了。

关于秋叶的欣赏，阿英先生在《黄叶二谈》中曾引张大复《笔谈》卷八的一则："秋叶纯黄者上，斑衣次之，水红又次之。卉之品百，无丽于此。乃其憔粹之神，多在烂漫之际，其红鲜，以悖微缩；其绿腻，而紫暗；其黄独韵，然无余。篱落之致殆尽，而韶华不存，岂相家所谓色嫩者耶？老犹履霜，不安宁也。夏初乞之朗僧，甚早，不堪其忧；今盛敷荣，致足抚掌。持螫拍浮之酣十余日，岂顾问哉。"倘若这所论真系秋"叶"的话，则诚然如阿英先生评为对于黄叶的理解，较之李君实辈，是深入一些，而黄叶之所以为旧诗人珍视，确是由于这里所说的"无余"和"殆尽"。不过将这段小文细读数遍，如所谓"卉之品百，无丽于此"，似指花非指叶；"以悖微缩"句不甚可解；"篱落之致""老犹履霜"云云，则所论当为黄华；"夏初"以下几句系记乞种移植之经过，敷荣玩赏之欢乐，而"持螫"固亦赏菊不可少之物；以故颇疑大复文中，"秋叶"为"秋菊"或"秋花"之误。不过我这里没有《笔谈》这本书，是否写刻讹传，不得而知，只好"存疑"了。

诗人们的独注青睐于黄叶似乎便是因为它"有憔悴之神"，可是也并不冷落了红叶。"停车坐爱枫林晚，霜叶红于二月花"，杜牧之的这两句诗是谁都知道的，现在湖南的岳麓山还有个"爱晚亭"哩。陆龟蒙也有"行息每依鸦舅影"之句，鸦舅即乌桕。周作人先生告诉我们他所喜欢的"两株树"，一种是白杨，另一种便是乌桕。白杨秋来叶黄，也为我所爱，那是因它会发出萧萧渐渐的雨声。乌桕与枫都是红叶树，一喜近水，一多生山中，所以陆放翁诗云："乌桕赤于枫，园林二月中。"古代诗人往往把两者误合为一，这在周先生文中已说得很详细，这里可勿赘了。钟敬文先生曾比论黄叶与红叶，以为红叶的气味有些近于女性的春花，黄叶则只有令人感到孤冷清寒，所以黄叶是清高的隐士，而红叶是艳妆的美人。这比论是很近情的。红叶题诗已成了千古佳话，为它留下了好印象，那鲜红灼灼的颜色就予人以热烈、欢欣的感觉，叫人兴奋。"家在江南黄叶村"，扁舟容与的自然是个隐士而非美人。"晓来谁染霜林醉，总是离人泪"，这也只在离人的心目中是如此。黄叶可以寄兴亡代谢、幻灭无常之感，而红叶却会勾引起美妙的幻想，慰当前之寂寞。于此我们可以懂得古来诗人好用黄叶之故，而关于黄叶的名句较红叶自然要多了。日本厨川白村在其所著《东西之自然诗观》一文中，讲到东方和西洋的诗人对于"自然"的态度的不同，在一则全然离了自我感情，自然和人间合而为一；而一则是人间本位，将自然放在附属的地位上，并且举了一个例子。因为是关于红叶的，我们不妨引来看看：

"往年身侍小泉八云（Lagcadio Hearn）先生的英文学讲筵时，先生曾引用了阿尔特律支（Thomas Bailcy Aldrich）之作，题曰《红叶》的四行诗——

October turned my maple's Leaves to gold；

The most are gone now， here and there one lingers；

Soon these slip from out the twigs weak， hold，

Like coins between a dying mister's fingers

而激赏这技巧，然而无论如何，我总不佩服。将落剩在枝梢的一片叶，说是好像临死的老爷的指间捏着钱的这句，以表现法而论，诚然是巧妙的。但是，在我们东洋人眼中，却觉得这四行诗是不成其为诗的俗物。这就因为东洋人是觉得离人间愈远，入自然中愈深，却在那里觅得真的'诗'的缘故。"（鲁迅译文）

所以厨川氏的结论是"厌离'人间',而抱于'自然'之怀;于此再加上宗教味,而东洋的自然趣味乃成立"。这是个很有味的例子。这样的诗句,以耻言阿堵物的我们东方人看来当然会觉得铜臭太重而嗤之以鼻,即就表现法而论,也不能认为巧妙。在我们的诗人,一片斑烂的残叶,可以误认作秋后的蛱蝶,好像袁子才就有这么一首小诗,那是多么的富有趣味呢!我们的诗人对于自然是为欣赏而欣赏,无预于人事,所以能做到"手挥五弦,目送飞鸿"那样飘然遗世的超人境地。而西洋的笨伯却是两脚生根在地面,肉眼透不过天外,老在红尘里打滚。这一着,和我们"出言玄远"的诗人们相比就显得伧俗了。可是,倘使真有个造物主,那么,从"自然"一方面说,乐得有一班忘掉现世,倾心推爱的东方诗人们唱着赞美之歌,显出自己的超然的伟大;但从"人世"这一方面着想,多一个吟风弄月膏盲泉石的自然之子,就少了个持凿握锤建设地上天堂的工人。有一天大家都解脱俗胎而成仙骨,羽衣翩跹,道貌清癯,神游六合之内,心驰八荒之表,那么老聃绝圣弃智、归真返璞的主张才算是实现了。而所谓东方人里面的常以精神文明自炫的我们中国人,不更是得其所哉了么?但不知造物主是否也如今之帝国主义者那样爱有这一类唾面自干的顺民?

话说远了,归根结底,自家对于秋树的偏爱,多半的原因在于它们色彩的绚烂,自然也不免要受些古人诗词名句的影响,可并没有那种幻灭之感与无常之叹。可惜今年秋热特甚,秋节前后,炎威一如盛夏,所谓"木犀蒸",乃一直延至重阳以后,"重阳节近多风雨"的话也落了空。楼头遥望,远近村树,也还是一片暗绿深青,浓郁得很,颇感失望,仿佛是老天有意为难。李日华《紫桃轩杂缀》卷三有一节说到苏浙的气候的,说"吾地之热,多在立秋前后;至岩桂吐花,人犹喘汗不已。其寒亦在岁节,过二月中,直至谷雨始舒暖。唐人所谓'江春入旧年'与'玉阶夜色凉如水,卧看牵牛织女星'者,真成浪语耳。然宋时已有谚云:'苏杭两浙,春寒秋热',盖非一日矣。"据此,此间之春寒秋热,可以说自古已然,而却是于今为烈,或即大陆性气候南渐之征欤。现在白露已过,霜降将届,绿意虽渐减,而新红未繁,好景光尚在后面,不必性急,且等候着瞧吧。

——载1935年12月1日上海《艺风》第3卷第12期,署名:所北。

冠 语

这是，一些粗浅的觐见呈献。

蔚蓝的日子，夏，她有着高度的热力，高度的热情，并纯正蔚蓝的心。我们的婴儿诞生在这季节内，愿望他有高度的热力，高度的热情；不过，他早就先天的有着纯正的蔚蓝的心，和母体各种。

惭愧的，未曾有明确的表现，表现我们是生活在什么样的现阶段里。开始革命抗争的前夕，立将来临的世纪末日，经纬地编成现阶段组合，并且深陷在黑暗的淤泥中。

我们一群的人，每人都翼翼的抚养着我们底孩子。他底滋生，除藉他自身所赋的力量外，他需要环境的加意维护。

这是，一些粗浅的觐见呈献。

让他双月觐见一次，再看他长进了些没有。

——载1936年6月20日南通《南通文学》（双月刊发动号）第1期。

中国百科全书事业瞻望

最近上海举行了一个百科全书的展览会，引起我们对于中国百科全书事业更热烈的关怀。

中国百科全书事业目前非常黯淡：《中国国语大辞典》编纂处方面，工作才只开头，最近便好像荒凉起来了，只要看着北平中海该处庭院，漫草萦萦，气息沉沉，好一派凄凉光景，便有不少感慨，前途实在渺茫得很。世界书局方面想编一部伟大的（？）①《世界百科大辞书》（也参加了这次的展览会），我们实在不敢怎么厚望。

有的说是：中国现在，学术界这样幼稚，出版界这样落后，《百科全书》这种伟大的事业尚早。但我们不相信这话，不止不相信，而且认为非常错误。

欧美的百科全书固然是三百年两百年的辛苦，文艺的复兴虽则是四五世纪前的当年遗事，其实学术的昌盛也还不过是十八、十九两世纪的情形。他们的百科全书并不是等到什么学术都很成熟而后出现的，——学术逐渐进步，百科全书内容愈益完备。近看日本，学术界蓬蓬勃勃，亦不过"明治维新"以来的耳。"明治维新"才多少年？六十多年。然而《日本百科辞书》等等也早已经巍巍乎好几十册一部陈列于全世界各处藏书楼了。我们新文化运动以后，也二十年了，我们的遗产多么丰富，我们的参考多么广博，我们的人数（不一定都是人才）又多么大，我们的需要又多么急？难道谨慎发动都不能吗？

成熟的是成熟的货色。待熟的是待熟的货色。

不大在乎，那或者是实在的。

环顾我们微弱的出版界，不要说世界书局，即便商务印书馆、中华书

---

① 此"？"为原文所有，大概表示疑问。意为"中国百科全书事业目前非常黯淡"，世界书局却"想编一部伟大的"《世界百科大辞书》，"我们实在不敢怎么厚望"，只能存疑。

局、开明书店，什么，什么，联合起来，全力从事，也不易撑支这种庞大的工作，原因：半是眼光短淡，半是穷，此非一朝一夕之功，更非生意眼可以钻得进的。

这个急要的伟大的事业必需由全国文化学术界的努力才有希望。经济困难，全国每年文化教育经费中应该抽出若干，再由中英庚款董事会、中华教育文化基金委员会、中法庚款委员会、中比庚款委员会常年分派。人才只要集中，不能说太缺少，国立中央研究院，国立北平研究院，国立编译馆，中山文化教育馆，国立北平图书馆，国立中央图书馆，中国大辞典编纂处，各大学、各专门学校、各文化学术机关、各报馆、各书局、各杂志社、各私人通力合作。大家如肯努力合作从事，相信十年之内，可以产生一部得可应用的《中华民国大辞书》的！先有一个基础，再累年积月的经之营之，自然成之。

就怕总是不大在乎。就怕总是要等到学术成熟以后，那样等去，学术更不易成熟，成熟了大约还是缺乏一部关于中国的百科全书，仍然只好展览展览别国的成绩。

——载1937年3月上海《书人月刊》第1卷第3号，署名：素。

春 阴

晓来风，夜来雨，晚来烟：
是他酿就春色，又断送流年！

——张惠言《水调歌头》

这似乎是确实的，大好的百二春光，往往的总为那无情的风雨所断送了。当春风解冻以后，料峭的风，廉纤的雨，尽是延绵着，延绵着。人们如蜗牛躲在壳里舒不得一口气，偶而风停雨息，薄薄的灰白的云又老遮住我们想望中的澄蓝的天，高明的日；轻轻的烟霭，泛满了空间。不要说百草千花都隐在朦胧里辨不出色香，人们的呼吸也几乎为之窒息了。这轻阴，又流泛着，流泛着，弥漫整个的空间，永远如一个大铁锅般没有掀开它的大力。蛰伏在锅底里的人们于是以退为进的哀求着说，还是落雨罢，畅畅快快的落罢。这是以为雨总有落尽的一天的，那还怕看不到那可爱的"雨过天晴云破处"的一片嫩蓝，并且带来了耀目的和熙的阳光？说也奇怪，天也有时从人愿的，认真又淅沥索落地下起来了。可是细得如牛毛似的一丝丝，倚着风势左引右曳。静坐窗前默对着，真好像一桁帘子挂在檐前，仿佛曾有人这样比拟过。然而，这太吝啬了，人们当悲哀苦痛时，是要放声一号啕而后痛快的；这样细细的一丝丝的，简直把人类所有的愁绪都引出来挂在天空中了，而且这是越引越长的。这样的整个人类的愁绪所织成的网，也仍如覆盖着的大小铁锅一样没有卷起它的大力。嫩蓝的天，耀目的阳光，对于裹入愁雨之网的蛰伏于阴霾的铁锅下的人们是绝望了，如蜗牛一般地躲在壳里舒不得一口气。

你说这样的时光沉闷么？是的，我也承认，这是太沉闷了，沉闷的令人难于呼吸了。但我还要劝你平心静气地想一想，在如你所想望的春暖景明之日，风是软软的，太阳光是炎炎的，空气里仿佛羼了水，浓馥的花气，薰郁的草香，会使你浑身麻痹无力，好像骨骼都会给什么抽了去，只是支撑不住，懒懒地想瞌睡，不愿动弹，"整日价情思睡昏昏"，这才真是所谓"奈何天"哩。"甚天公作就慵时，有万种惺忪，十分凝仁。"你也许愿意，以为这是舒适，那你总算是有福的。我可是不能。这是在沉闷以外又加了烦躁，我没有这么能耐，我倒是另有看法的。我们固然憎厌秋日的凄风苦雨，也不耐冬天的寒风冻雨，于清明时节的疾风甚雨也并不怎么欢迎，但是，那种缠绵的凄清的廉纤的细雨，悠远而又飘忽的斜风，沾衣欲湿，吹面不寒，实在很有意思。它给予你的不是沉闷，不是烦躁，而是一种滋润的慰藉，苏醒的酣畅，惬心快意的感觉，和谐静谧的境界：这才算"最是一年春好处"，我们得领略这"别是一般"的滋味。

雨，细雨，有时真细得如烟，薄薄的烟，远望依稀，润物无声，一切都裹在鲛绡似的轻烟里，如一个朦胧的梦。无论是嫩绿鹅黄，是嫣红姹紫，都失了本相，融和在一种半透明的纯净的雾幕里，一切都是神秘的，缥缈的，滋润而又调和的。你会感到和谐、静谧，如沉浸在一个朦胧的美梦里不愿醒来了。假如说人生便是一个梦，那末，在这样和平温柔的梦里度着一生，也就够味儿的了。生活不能无变化，所以我们有时也爱云淡风清的晴爽明媚之气，对于"天外黑风吹海立，浙东飞雨过江来"的壮阔景象，也感得痛快！可是最理想的境界，总要算那忽风忽雨如梦如烟的阳春三月了罢。"无情最是台城柳，依旧烟笼十里堤"，"莫去依危栏，斜阳总在——烟柳断肠处"[1]。我们的诗人，从烟霭朦胧的柳色中憬然于人生的悲哀了罢？是的，在这样的境地里，我们是和我们所向不留意的生命之相站在对面，我们似乎看到了自己以及一般人生的面影，独立苍茫，也许会怆然而泪下了吧？但沉闷是淡散了，烦躁是静化了，悲哀是消融了，这也许便是所谓"超凡入圣"的境界吧！

料峭的风，廉纤的雨，黯淡的轻阴，以及在黯淡的轻阴里的清晨或夕暮，浮泛着的薄薄如雾的烟，确是把一般人们想象中的明媚的春光断送了；然而，它却意外地酿就了远胜于明媚的神秘、缥缈、和谐而又静谧的春光！

——载1937年4月15日上海《写作与阅读》第1卷第6期，署名：李素伯。

---

[1] 此为辛弃疾《摸鱼儿》中词句，一般版本作："休去倚危栏，斜阳正在，烟柳断肠处。"李素伯所引与通行版本有异，或属误记。

小品文研究

李素伯著

江树峰题

时任中华诗词学会副主席江树峰为1996年版《小品文研究》题签

学习李素白先生热爱教育事业的精神，为四化建设培养一代英才。

宋家新
一九八七年九月

时任启东市委书记宋家新为《启东文史》第9辑《李素伯专辑》题词

尊師重教

樂育英才

吳镕　敬題

一九八八年金秋

时任南通市委书记吴镕为《启东文史》第9辑《李素伯专辑》题词

纪念李素伯先生

李先生是我上一辈的人家懂二十几岁英逝寿命是短促的但他却为后人专享留下了许多造福於国家社会人民的事蹟和文迹我们将永远纪念他学习他

张绪武於戊辰

时任江苏省副省长张绪武为《启东文史》第9辑《李素伯专辑》题词

执教严谨 桃李满园

著文精萃留芳千秋

朱文涛

一九八八年八月

时任南通政协副主席朱文涛为《启东文史》第9辑《李素伯专辑》题词

书画家黄稚松为《启东文史》第9辑《李素伯专辑》题词

文学论文

关于散文·小品

一、新散文的派

最近在《新月》杂志《志摩纪念号》上看到周作人先生写的《志摩纪念》一文，对于惨遭焚机之厄的诗人徐志摩先生的著作、身世、为人以及思想的各方面，作一种亲切的回忆与嗟悼的追念，文字是那么的冲淡、朴讷，还如我们读到周先生已经发表过的作品一样。

这里面也提到散文，称徐志摩先生在散文方面的成就并不小，而他的死，是"少了一个能做精妙的文章的人了"，这也并非溢美之辞。周先生把中国现代的散文略分了几派，举出各派的代表而指出其特点，并且用了果品来作具体的比拟，这是很有意味的。我先把它抄在下面。

> ——据我个人的意见，中国散文中现有几派：适之仲甫一派的文章清新明白，长于说理讲学，好像西瓜之有口皆甜；平伯废名一派涩如青果；志摩可以与冰心女士归在一派，仿佛是鸭儿梨的样子，流丽轻脆，在白话的基础上加入古文方言欧化语种种成分，使引车卖浆之徒的话进而成一种富有表现力的文章，这就是单从文体变迁上讲也是很大的一个贡献了。

现代中国的散文有周先生所说的这样几派，是很对的，这几派所表现的特色，也确是如此，虽然周先生还客气地自认为"愚见"。但在这里使我想说几句话的，即是周先生却把自己忘掉了（这当然是周先生的客气避嫌），这是一个缺憾。周先生的小品散文是应当在这几派之外另成一派而且是当仁不让的做了现代新散文的盟主的。他是比适之一派的清新明白的文章更为深刻隽永，有含蓄；但没有平伯废名一派的艰涩奥曲，叫人难懂；也无须藻绘，堆垛，如志摩的"浓得化不开"。半农先生称周先生的为人是"温文尔雅"，他的文章也只是一味淡淡的，在淡淡里蕴着覃然的芳醇，"文如其人"的一句老话确是还很适用。这一部分因由于作者性格的自然表现，但学养的醇至也是旁人所及不来的。不嫌学样也想找一种果子来比拟一下，想来想去，适当的却很少，姑且说是枇杷吧。这理由是因为枇杷味淡而多汁，且有润肺的功效；不像西瓜的只是一泡水，在烦热时吞下去方始感得一阵凉爽，除凉爽外别无系人心处；也不象①青果的苦尽甜来，乡下人要想吃时听说是要爬去三间房子的（见橄榄的传说），须得有闲阶级躺在沙发里，雨前茶在左，淡巴菰在右，慢慢地含茹咀嚼。至于鸭儿梨，虽然既爽且脆，更是贵族化了，只有少爷小姐有福享受，不得不与无产者绝缘了。

这样说来，我们知道现代中国的新散文已有四派，但这都是不完全的。我们不要遗忘了一个横放杰出的杂感文作家——鲁迅先生，他，也须得另树一帜而非上述四派所能牢笼。他的辛辣的讽刺，深刻的嘲骂，犀利的笔锋，真堪横扫千人军；复有林语堂、钱玄同、刘半农诸先生泼辣的俗语文为之附庸，蔚为大观，在现代文坛上的影响也是显而易见的。这一派，若以果品来比拟，犹如杨梅，吃到嘴里非常酸，酸得牙痒痒的，但同时你可以感到痛快，满足。否则，比作青椒也许更切适吧，因为他是辣的，出奇的辣，然而，喜吃辣椒的人，据说身体是特别强健的。

九，二十，一九三二。

写好这一段小文后约一个月，又从《青年界》二卷二期上看到曹聚仁先生的《现代中国散文》一篇演讲，称周作人先生为小品的圣手，并且说："他的作风，可用龙井茶来打比，看去全无颜色，喝到口里，一股清香，令人回味无穷。前人评诗，以'羚羊挂角，无迹可求'来说明'神韵'，周氏小品，其妙处正在'神韵'。"又说："若把诗和散文分列左右两党，小品散文做个中央党，则俞平伯徐志摩中央偏左，鲁迅中央偏右，周作人才正立中央。其他作家，冰心和朱自清与周作人相近，林语堂陈源则中央偏右，孙福

---

① 今应作"像"。

熙丰子恺则中央偏左，大体的情形是如此。"这两段话颇可和我的那段小文参证，并作补充，故特录于此。至于以"龙井茶"来打比周先生的小品，则视我之以"枇杷"相拟者高明多多矣，实在，周先生对于"喝茶的艺术"也是颇有研究的哩。

十，二五，一九三二。

二、"遗珠"

我所编写的一本杂凑的东西《小品文研究》竟然"走到出版界"了，这在我确是意料之外的事，今天接到《新月》的四卷三期，在"书报春秋"栏里发见棠臣先生论及此书的短评，这更使我受宠若惊了。我想，这样一本不成品的书，又在这类著作充塞着出版界的今日，是不会有人肯赏光一读的，至于有人肯为批评，更非始望所及的了。这使我回忆起写这本书的经过。

前此的三年有半，我还在一个省立小学里做着与粉条黑板相依为命的"人之患"。为了自己的性之所好和职务上的需要，我陆续购买了也就看了不少关于小品散文的理论与创作。在愁病的年光里，繁冗的课务之余，有时也偶尔把所看到的中意的话随手摘录些，渐渐积得多了，便想整理起来，最初写成的便是现在书里面的第一、二两篇，曾在本地的《民报》上刊登了些时。接着因好友们的督促、鼓励，又写了些关于作法上的话；最后，因掇拾得的材料不忍割弃，便就自己所知道的论述了一些现代中国文坛上的小品散文作家和作品，作为介绍；结果，就成了《小品文研究》这样一本杂凑的东西。

想到开始写这本书是在我的一次大病之后，而写成付印之后不久，我又因下了决心要疗治那缠绵着的痼疾而重入医院之门，——这中间相隔整整有两年。所以说这本书是成功在愁病的年光里确是事实，令自己回忆起来感到惨痛的事实。也因了这，即使这样一本杂凑的东西，在我自己确是一个很好的纪念——过去三年的病的光阴的纪念，觉得很可宝爱似的。对于读者，我是不敢，也不想说有多大的贡献；漂亮点说，这也只是我个人的"悲哀的玩具"吧。但却只是凭着自己的兴趣去写，并没有受书店老板的委托而"奉旨编纂"，或是为等着买饭（不用面包，以不合国情也；虽然用面包来得"普罗化"）吃而东拉西扯来个急就章，捧出一锅杂炒。这一点，是可自慰而且告慰读者的。至于新中国书局的主人肯承印此书，使我了却一桩心愿，这当然是异常感激的。

棠臣先生并不以"只是就自己所知道的以及别人说的话，掇拾起来排列着"为可鄙，而认为"整理得有条理，很清爽，看起来不会使人沉闷"。是属于"编者的匠心"，因之在"类此的书，近来也还有几部；相形之下，不无逊色"的观点之下，肯为此书作一概要的观察，缺憾的指示，这使我既愧且感，而有空谷足音之喜。

棠臣先生是"不过想藉此机会，谈一谈研究当代文学的人所遇到的魔障，而这些魔障又是如何的难以克服而已"。所谓"魔障"，就是一，"研究者自己主观的好恶"；二，"作家们的相互推许，标榜"。而编者却正"未能克制这两重魔障"，所以棠臣先生必得在"第二部的人选问题"上"想说几句话"，认为是"确有遗珠"了。棠臣先生的"两重魔障"的话，实在是不错的。足以给"研究当代文学的人"借鉴或且铭诸座右，尤其在这新文坛上的诸将尚在角逐之秋。盖"文人相轻，自古已然"，不幸却是"于今为烈"，在作家们占首领争道统的相互标榜排挤之中，研究者是很应当放出眼光来观照一切而不为一切所蒙蔽的。《小品文研究》的编者的态度是"只是就自己所知道的几位作者，想到就写，并无轩轾于其间"的介绍着，"既不是板起脸孔像煞有介事的或者站在什么立场上的严格的批评；也不是探索什么思想，意识，做那作者传记里所有的工作"。（见原书 P₈₈）这也是棠臣先生所看得很明了的。我还没有著作中国现代小品文学史的野心，也没有拿起玉尺来衡量现代作家的勇气，想来也不会有人以道听途说的野乘据为正史的吧（只多①是参考而已）。"称心而谈"，这正是小品文的写作态度呵，那么，比诸"处士横议"好了，有何"著述体例"可言。至于所谓"人选问题"，更是匪吾思存了。因为这实在不过是大文坛的一角的小小记录，未来的天才，还待我们发现；再一说，抛开主观立论的文学史也就不多见，也许是不易做。即中国古代的文学家，到现在已有定评的也还不多，"仁者见仁，智者见智"还是句可用的话。所以，我先自申明"遗珠是想来不免的"，这也实在并不预备"免"的，却给棠臣先生拾到了——虽然，这也就是我的"主观"，"这

---

① 今应作"至多"。

李素伯文集

是很难了解的"!

现在来谈"遗珠"。棠臣先生所拾到的"遗珠"，主要的是"《西滢闲话》的不获入选"和"一位新起作家——梁遇春先生——也绝未提及"，附带的是孙福熙先生"有位老兄——伏园先生——似乎也有过些游记杂记之类的作品，按附传之例至少也应该提一下"。关于这，大致也如棠臣先生所说："也许多因为主观的标准不同，所以去取之间，亦有互异"，本不必有所申明，但不免还有点"主观"的意见要说。《西滢闲话》，我是拜读过的，恕我不客气的说，觉得没有什么好处。据棠臣先生的意见则认为"《西滢闲话》若照编者所引的厨川白村说明小品文的一段（文见本书P4）并没有什么不合"，而且"就是和鲁迅先生的杂感《热风》《华盖》诸集，也都是一类的文章"。我看《西滢闲话》，也许就因读了鲁迅先生的杂感之取来对照的，对照了看看，倒也有趣；但当我著录时，却请鲁迅先生坐了第二把交椅（第一把是让给他的老弟岂明先生的），而陈教授的《西滢闲话》则竟如棠臣先生所惋惜而认为"很难了解的"，"不但不能入上编之选，并不能在下编里得一介绍的地位"。但我觉得"难了解的"倒是听说鲁迅先生的杂感，在某一些读者是"看了也等于不看"，而且"看过了，就应该放进该放的地方去的"。乃棠臣先生竟说《西滢闲话》和《热风》《华盖》诸集都是一类的文章，这或许是我的有眼不识泰山，否则便是嗜痂之癖使之然了，但我同时还听得说"骂人"也是有所谓"艺术"的。倘若真要替鲁迅先生找个可以配配对的杂感文作者，免得鲁迅先生独当了"专家"的名，那么，写过一本《剪拂集》的林语堂先生，倒是不能忘掉。他也曾"祝土匪""咏名流"，甚至做"讨狗檄文"，颇有些激昂慷慨，这倒真是"和《热风》《华盖》诸集都是一类的文章"，编时可惜粗心，竟使他成了"遗珠"。

其实，西滢先生的《闲话》，也曾被人"推许"为"现代派主将"的"义旗"，而叫人买一本来欣赏欣赏的"战略"，那色泽当然是鲜明的了，我便因此破功夫读过他，乃竟以"遗珠"闻，这似乎倒可视为编者能"招架住""第二重魔障"的一个"'正'面的证明"。——紧要声明，这还是我的"主观"，只是说自己的话，我并非"某籍某系"或"某派"。——再者，当真我有心广为搜罗以充篇幅（为多卖几个字儿？）的话，也得将写了许多什么什么随笔日记书信的章衣萍君以及许多专说俏皮话的作者一并列入了，遗"珠"云何哉？

伏园先生写过游记是不错的，但我所知道的写有好的游记并出有专书的还不止孙先生一人，即如最近胡愈之先生的《莫斯科印象记》也是一部很好的书，这里既专讲小品，所以也就懒得提了。至于梁遇春先生（笔名秋心），却确是"遗珠"了。梁先生的文章，除《春醪集》，在《骆驼草》周刊上也看了不少，即梁先生所译《英国小品文选》一书，译笔颇流畅，也是我所爱读的。未曾提及之故，想来也因为那时不过是随意提出几位来介绍而并未通盘筹算注意到"人选问题"；却并不如棠臣先生的"大概是出于'新起'二字罢"的猜测。要说"新起"，则缪崇群君似乎也不是熟见的作家，编者是并无那样的势利眼而且也竭力反对那"文章是名家的好"的无聊崇拜的。

不过编者所最认为抱憾而且应向读者抱歉的，是竟遗掉了一颗煞可宝爱的"明珠"——冯文炳（笔名废名）先生。冯先生有诗人的气质，却写了许多小说，然而他的小说当作散文读是会使你更得益的。周作人先生就说过这样的话："我觉得废名君的著作在现代中国小说界有他独特的价值者，其第一的原因是文章之美。"（《〈枣〉和〈桥〉的序》）要问美在何处？则可以说是美在简练。冯先生的文章和俞平伯先生的同是著名难懂的，但最难懂的还要推冯先生的文章；原因是冯先生的文章太简洁，太凝练，简练得使无耐心的读者认为晦涩不通了，但这正是对现时专做流利脱熟的文章的青年最好的针砭。周先生也说："民国的新文学差不多即是公安派复兴，惟其所吸收的外来影响不止佛教而为现代文明，故其变化较丰富，然其文学之以流丽取胜初无二致，至'其过在轻纤'，盖亦同样地不能免焉。现代的文学悉本于'诗言志'的主张，所谓'信腕信口皆成律度'的标准原是一样，但庸熟之极不能不趋于变，简洁生辣的文章之兴起，正是当然的事。"（同上）一般青年把创作的事看得太容易，生吞活剥的写两段情史，风花雪月的涂几首歪诗，"朝脱于腕，夕镂于板"，便自命为文学家了。仿佛真可以"一觉醒来，已是名满天下"似的。当然，我不会那样傻气，希望大家都起来做那种非尽人能做的深奥文章，但简练的条件是必要的，这也不过是"要明白，要明白，但不可太明白"（蔼理斯 Havelock Ellis《感想录》[1]中语，岂明先生节译，见《永日集》）的意思罢了。话说回来，我是

---

① 哈夫洛克·霭理士（一译埃利斯，又译霭理斯），19世纪末20世纪初英国著名的性心理学家、思想家、作家和文艺评论家。《感想录》又译作《随想录》。

真的抱憾并向读者抱歉，竟把冯先生那样一颗大明珠遗掉了。真的"不独不能入上编之选，并不能在下编里得一介绍的地位"，想起来，这一点我倒实在"应该负责的"！

最后，我感谢棠臣先生给予此书善意的批评，使我得此机会说些关于此书的补充的话。其他的缺点当不少，我希望再有读此书的朋友们告诉我一些读后的意见。

十，十七，一九三二。

——载1933年4月30日上海《文艺茶话》第1卷第9期，署名：所北。

附：

评《小品文研究》^①

棠　臣

　　书分五编，但是可以综括起来分做两部。第一部是"小品文概论"或"小品文作法"一类的东西。内容也就是"只是就自己（编者自称）所知道的，以及别人说的话，掇拾起来排列着"，并没有多少新颖特异的处在——这类的著述，本就不会有什么新颖特异的。但是编者加以整理，整理得有条理，很清爽，看起来不会使人沉闷，这便是编者的匠心了。类此的书，近来也还有几部；相形之下，不无逊色。

　　第二部是"中国现代小品文作家与作品"，分上下编。上编是"大家所熟知的几个已有相当成就的小品散文作家"，"随便的排列着"有周作人、鲁迅、俞平伯、徐志摩、落花生、冰心、绿漪、陈学昭等九位。下编是几位"作品虽不多而也曾写过些小品文字的，或以他种创作见称于世而以小品随笔一类文字为其余事的；但零珠碎玉，别有精彩"的作家，"想到就写，并无轩轾于其间"地介绍了叶绍钧、郭沫若、钟敬文、王世颖、徐蔚南、孙福熙、郑振铎、丰子恺、缪崇群等九位。一共十八位。这里的内容，也还是"只是就自己知道的，以及别人说的话，掇拾起来排列着"的，排列得当然也还是有道理，很清爽，看起来不会使人沉闷。

　　使我想说几句话的，是第二部的人选问题。人选的去取，至少是编者自己的主张，所以这一点他应该负责。编者自己说过："遗珠想来是不免的"，我看的确是"遗珠"了。其实"遗珠"这问题，对于本书的价值，倒并不算怎样严重；就是对于被遗者，也毫无关系。何以故？因为本书原不是什么《小品文品》，像钟嵘的《诗品》那样的著作；其实就是《诗品》的品评，对于作家自身，又有什么关系呢？我不过是想藉此机会，谈一谈研究当代文学

①　本文系棠臣为李素伯编、新中国书局出版的《小品文研究》所作的书评。题目系编者所加。

的人所遇到的魔障，而这些魔障又是如何的难以克制而已。

第一重魔障，是研究者自己主观的好恶。当代的文学，好像一堆沾泥夹土的金砂，没有经过时代的洗汰，研究者就得负起这披沙炼金的全部责任。然而这工作谈何容易！一个人的主观的标准，那是未必靠得住的。因此真正的金砂，有时就得遭"遗珠"之厄。第二重魔障，是作家的相互推许，这在作家们自身说起来，实际也还是主观的好恶在作祟，也许不是有心的标榜。可是这对于研究者确是外来的一重魔障，内魔与外魔来一套里应外合，更叫人招架不住了。本书第二部在人选方面有"遗珠"之憾的根由，就因为编者未能克制这两重魔障。

我从本书第一部里面，可以看出编者对于小品文的观念是：用精确的观察，丰富的想象，生动的感觉，微妙的情绪，将事物的细小处，渲染润饰，使之富有闲情逸趣，而用有涩味与简单味的雅致的俗语文写出来的散文。这样的观念，我疑心是"小品"两个字的暗示。编者这种观念，从他的理论看起来固很明显；即从其所选录的作品和举示的例证，也可以推论出来的。于是，西滢的"闲话"不获入选了。其实西滢的"闲话"若照编者所引的，厨川白村说明小品文的那一段：

> 如果是冬天，便坐在暖炉旁边的安乐椅子上，倘在夏天，则披浴衣，啜香茗，随随便便，和好友任心闲话，将这些话照样地移在纸上的东西，就是Essay。兴之所至，也说些以不至于头痛为度的道理。也有冷嘲，也有警句罢。既有Humor（滑稽），也有Pathos（感愤）。所谈的题目，天下国家的大事不待言，还有市井的琐事，书籍的批评，相识者的消息，以及自己的过去的追怀，想到什么就纵谈什么，而托于即兴之笔者，是这一类的文章。

并没有什么不合，就是和鲁迅先生的杂感《热风》《华盖》诸集，也都是一类的文章。然而不独不能入上编之选，并不能在下编里得一介绍的地位，这是很难了解的。

下编里介绍过孙福熙，孙先生的《山野掇拾》《归航》《北京乎》诸作，我是看过的，的确是冲淡飘逸。但是他有位老兄——伏园先生——似乎也有些游记杂记之类的作品，按附传之例，至少也应该顺便提一下，然而未也。

这也许因为主观的标准不同，所以去取之间，亦有互异。然而有一位新起作家——梁遇春先生——也绝未提及，未免可怪。假如"小品文"就是翻译的英文 Essay 的话，那我敢坚持梁著的《春醪集》确乎是小品文，而梁先生确乎是小品文作家。再假如照编者所说：Essay 文学，在英国的文坛上，放着特殊的光彩的话；那么梁先生的散文便应该认作是小品文的正宗，因为他的作品，很明显的是英国 Essay 的风格。编者不知看过梁著的《流浪汉》那篇文章没有，那实在是一篇精心结撰的 Essay。梁先生现在是"已经成了古人了"，但是当本书出版的时候，梁先生固依然健在，则其不获入选也，当然不是什么著述体例上的关系了。那么为什么原故呢？大概是由于"新起"二字吧？这是第二重魔障反面的证明。

——载1932年北京《新月》第4卷第3期《书报春秋》栏。

"自己的话"

——"关于散文·小品"之三

——"说自己的话,老实地。"

俞平伯先生曾学着时髦提出过这样的"标语",并加注疏:"所谓'说自己的话',得加一种限制,'己所独有,可通与人'。'老实'则'想什么说什么,想怎么说怎么说'之谓。"(见《骆驼草》二十三期)这自是确实稳当的说法,虽然未见得怎么新鲜。古代的文学论者早已有"诗言志"和"修辞立其诚"的主张,也有"我手写我口"的办法,但见解尽管陈旧,在这"一切文艺是宣传"的口号风靡了一世而逼着所有的作者去写"公式"加"脸谱"的所谓新兴意识的创作之今日,这样的"标语"也不妨再写贴些,而且愈多愈妙,虽然这也不免近乎"宣传"。

中国的文人学士是向来善于做应制诗文、章奏状词、传单揭贴等的。受了主子的豢养,当然要替主子说话,这也许是大有苦衷的。但也不尽然,有些学者的尊周孔、道礼义,却别有居心,便是想继承道统,得备位于两庑之间,尝尝冷猪肉的滋味,那自然也是"胜业",倒不是尽人能为的。新时代的人们有了言论自由的保障,应该大家能畅所欲言地直白出自己的思想感情了,撇开了一切传统,忘掉了一切利害,说着自己的话。可是仍然做不到。统治阶级的主子们仍然要收买许多肯为御用的文奴(奴才也)给他们歌功颂德,粉饰升平;急功好利的秀才们(是民国的秀才)也仍然"惶惶如也"的忙于卖身投靠,出人头地。于是凡创作必有主义,讲批评先探意识(应该叫做意德沃罗基①?);文字未清通,已先自挂招牌;思想未成熟,辄复妄张旗帜;不为古人之鹦鹉,乃作西哲之叭儿狗(谓其惯于依偎膝下而善于吠声吠影也)。其尤甚者,朝三暮四,以为勇于转变;不惜以今日之我与昨日之我

---

① "意德沃罗基"乃ideologie的音译,即"意识形态"。

战，以示不甘没落。言论自由，乃适为此辈作解嘲，而真的声音，亦遂难于听到矣！偶有几个肯说自己的真心的话的，则不膏于统治阶级之斧钺，即为御用的文奴所憎嫌所诬陷，或为传道者所指斥以为旁门邪道，不得与于作者之列。甚矣，"说自己的话"之不易也！

小品文是个人的文学之尖端，是言志的散文，它集合叙事说理抒情的分子，都浸在自己的性情里，用了适宜的手法调理起来。（周作人先生《冰雪小品选序》中语）所以厨川白村氏说："在 Essay 比什么都要紧的条件，就是作者将自己的个人底人格的色彩，浓厚地表现出来。……乃是将作者的自我极端地扩大了夸张了而写出的东西，其兴味全在于人格的调子（Personal Note）……倘没有作者这人的精神浮动者就无聊。"这些话，就是说明小品文是最能说自己的话的文体，而也是以能说出自己的真心的话（直白自己的思想情感）为正则。但这样的文章，向来也就为正统派文人所嫉视，诋为小道。民国以来，随着白话文学的运动，这种言志的散文小品乃渐渐抬头，且骎骎乎推倒"选学妖孽""桐城谬种"而主盟坛，因之颇有些能手与好的作品出现，其特色也都在能老实地说自己的话。既无须以主义为标榜，复非奉旨写作之八股，盖不愿为御用之文奴，乃多称心的言论。这样下去，不但有内容充实技巧上达的作品会自然地产生，思想界也呈出活气，学术空气一浓厚，进步也就快了。但这也似乎不很行得通。近来已很有些人在预警着说小品文要"转变"了，"扬弃"了，也就是要"奥伏赫变"。这理由是因小品文为近代资本主义社会底产物，其作用在安慰、刺激那些生活在繁忙、挣扎、竞争激烈的社会里的人们，所以是个人主义的，逃避现实的，有闲的知识阶级的玩艺儿[①]，而现在却是一个伟大的时代的前夜，社会已在激烈的动摇、转变，文学作品既是社会的反映，小品文是文学的一体，也得替新兴阶级、新兴社会服务，为社会的集团生活的写照，不再作个人的自我表现了。这自然也是言之成理的。文学的本身原是无所谓的，为个人说话可，为社会服务亦可，既能"言志"，也就会"载道"；世道善变，有人觉得言志的文章写腻了，或是看腻了，要换换口味，原无不可。且倘使真已有了新兴阶级，产生了新兴社会，自会有那样写照或反映新社会的新文体新内容形成的，大可不必那样大声疾呼的作先知者的预言。民国以来小品散文的兴起、流行而为新文学的主潮，在当初似乎也并未有人有意

---

① 今应作"玩意儿"。

为之。一种新文体的产生、演变，是多少依赖着社会的背景而并非突然出现的，所以无论作者所表观的是自我，还是集团；是身边琐事，还是大众生活；是闲逸的趣味，还是战斗的情绪，其为现实社会之正面的或反面的反映实是一致的。个人的观照、体验，也就是这整个社会的部分的姿影，所以同样的也有社会的意义和价值。我们固然欢迎听到震撼天地的狮吼虎啸，感得伟大，但也不妨听听蚊蝇的小唱，因为这都是生命力的表现，有着它们自己的灵魂的独特的声音。我们与其听那岸然道貌的传道者或是道学先生宣扬他们所死抱着的圣经贤传，倒不如听一个落魄的娼妇的真实的哀诉与沉痛的忏悔。我们要的是忠实的自己的话，真的声音。晋朝流行清谈，文人习于颓放，后世论者以为国之亡即原于此，但我们读阮嗣宗的《咏怀诗》、陶渊明的诗和许多有趣的小品，觉得他们正是个热中的失意者，"弯弓挂扶桑，长剑倚天外"，"刑天舞干戚，猛志固常在"，何尝能把天下忘了？虽然终其身托迹岩阿，寄情诗酒，一个遇穷途而痛哭，一个想觅理想的桃源。我们不能不承认阮陶的作品是当时的社会背景的反映，也就是那时代有心人的真的心声。明末清初的一班非正统的文人如"三袁"、王谑庵、陈眉公、金圣叹、李笠翁辈也是吟风弄月，迹近颓放，但颇多愤激不平之声（或以谐谑出之），这也是真的声音。如今，当这大动乱的时代，我们不仅是能愤激，而且要能抗争；不仅要有革命的情绪，而且要有勇于临阵的战士。倘使战斗的法术中还需要笔写的文章的话，那末，这短小精悍无所不包的小品文自然是最适宜的工具。以之描写社会的剪影，描写集团的生活，描写机械的伟力，描写现代化的一切，如果这些是从你自己的观察或经验得来，而确具有真知灼见，那当然是时代所需要的。但如有另一部分的作者愿老实地诉说他个人所见所闻和所思索的，不虚伪，不矫情，是真的声音，我们也没有拒绝和蔑视的必要。即使那作者因生活环境的特异或是教养的不同，对于现实不无隔膜，也只要他的作品不会使年青的读者为之迷恋于骸骨，或麻醉于风雅，向着时代开倒车就好。当我们要想以文章来"言志"或"载道"的时候，却有人利用它来"念咒""画符"以之为谋生之具，这也未可厚非，我们觉得未便干涉，只好各行其是便了。实在，投靠主子，拜下师门，然后摇旗呐喊，沽名钓誉者的写作，比诸"念咒""画符"高明不了多少，虽然有时呼风唤雨，飞沙走石，也着实有点骇人，但葫芦只是一个，药也有时要尽的，那就要看你是否能"摇身一变"了。言志者，滔滔天下皆是也，这种戏法倒也是够瞧的！

岂明先生在《志摩纪念》一文里说："我们平时看书看杂志报章，第一感到不舒服的是那伟大的说诳，上自国家大事，下至社会琐闻，不是恬然地颠倒黑白，便是无诚意地弄笔头。其实大家也各自知道是怎么一回事，自己未必相信，也未必望别人相信，只觉得非这样地说不可。知识阶级的人挑着一副担子，前面是一筐子马克思，后面是一口袋尼采，也是数见不鲜的事，在这时候有一两个人能够诚实不欺地在言行上表现出来，无论这是那一种主张，总是很值得我们尊重的了。"自己未必相信，自然也难望别人相信，所可悲哀者是"各自知道是怎样一回事"而"觉得非这样地说不可"，而且往往在豪杰之士，这也不得免焉，岂不大可哀哉！所以有些读者要求着说：

"我要求你们的工作完全表现你们自己，不仅是一种意见一个主张要是你们自己的，便是细到像游丝的一缕情怀，低到像落叶的一声叹息，也要让我认得出是你们的而不是旁人的。"（叶圣陶《读者的话》）

一个作者（法国十六世纪散文大家，近世小品文鼻主 Montaigne[①]）在他自写的小品文集 *Essays*[②]序下说：

"我想在本书里描写这个简单普遍的真我，不用大言，说假话，弄巧计，因为我所写的是我自己。我的毛病要纤毫毕露地说出来，习惯允许我能够坦白说到那里，我就写这自然的我到那地步。……"

是的，"我们显然都从自己中心的观点去看宇宙，看重自己所演的角色"（蔼理斯语）。那么："说自己的话"实在是最最妥当的办法，即使是说谎，但也是个"忠实"的谎，不致令人感到空虚的难受。

我这篇小文的题目是"自己的话"，结果却引了许多别人的话以自圆其说，"借花献佛"虽不是如何体面的事，但总比"班门弄斧"较可藏拙些。岂明先生有言（又是别人的话！）："别人的思想，总比我的高明；别人的文章，总比我的美妙：我如弃暗投明，岂不是最胜的胜业吗？"博雅君子其谅之欤！

一九三三、七、廿六

——载1934年1月1日上海《文艺茶话》第2卷第6期，署名：所北。

——又载1934年4月南通《学艺》甲戌卷之一

---

① 即蒙田，16世纪法国著名作家，思想家。
② 直译为"随笔"，此书即著名的《蒙田随笔》。

小品与有闲

——小品文漫谈之一

论艺术创作产生之原因者，或以为苦闷之象征，或又以为生活余裕的表现。前者可谓之精神的条件，后者可谓之物质的条件，未可偏废。穷愁著书，由于对生活现状之不满，或有所爱，有所憎，有所希望，要亦藜藿能贫，箪瓢无缺，方可从容握管，非枵腹者所能为；若夫温饱无虞，闲愁欲写，嘲风弄月，说鬼谈狐，有闲者之事，所谓"精神的体操"是也。

近来谈小品文者仿佛都有一种见解，以为写小品文的都是有闲阶级；而有闲即是有钱，于是小品与有闲，成为必然的联系。实则今日小品随笔之类之所以勃兴而流行，正由于作者读者之无闲；作者生活缺乏余裕，不能专精构思，著为长篇大论，乃不得不选择方便的形式以为表现思感之手段；读者人事倥偬，无暇欣赏长篇大著，乃不得不转变其趣味倾向于短小精悍之小品随笔，观今日此类刊物之日增，可知读者嗜好之所在。此为客观事实的证明，虽曰流行之刊物足以影响读者之趣味，要不如说读者之趋向有以引起出版家之注意而投其所好为正确也。故与其视小品文为有闲之表现，毋宁说是苦闷的象征。

芥川龙之介氏有云："如以随笔为清闲的产物，则清闲为金钱的产物。所以在得到清闲之前，非先有金钱不行，或非超越金钱之外不行。但无论那一方面都是绝望的，于是除了新的随笔以外，要想产生道地的随笔也只有绝望。"处今之世，已不容许你痼疾烟霞，膏肓泉石，不要说入山不深，亦且无山可入；可知有钱未必就能有闲，而超越金钱以外的有闲乃更不可得。芥川氏所谓"新的随笔"，就是"老实地随笔写去，也就是纯粹的瞎写"。这自然是因为无闲的缘故。但瞎写的随笔中也未必绝对没有"道地"的，即就今日之中国文坛来看，少数生活比较优裕的所谓有闲者固然还在细磨细琢地雕刻着"小摆设"，使已经摧朽的骸骨借尸还魂；而更多的却是针砭时弊，观照人生，探求光明的泼辣粗犷的调子或清新锐利如匕首似的短文小品，虽然浅薄的粗制滥造的也不能说没有。生活的环境决定作者的意识，读者的趋向也是无疑的会支配了作者的表现手法。目前所需要的小品随笔决非以有闲者那种"悠然见南山"的态度写出而同时也只能供有闲者欣赏赞叹的东西，——陶渊明、苏东坡、黄山谷、陈继儒、袁宏道等古人的文章虽属"道地"，也只是适宜于表现那一个时代的，表扬之则可，趋天下人相率而膜拜之，模仿之，固难免迷恋骸骨之讥，且有助长复古之嫌。择术宜慎，居文坛高位者尤应注意及之。

看清了时代和环境，我们大可不必以"瞎写"为可耻，或有慨于道地的小品随笔之绝迹，而震悼斯文之扫地以尽；因为我们大家都非有闲。倘使你会侥幸得了航空奖券五万元的头奖，有了钱呢，那就不必再写牢什子的文章，自以心为形役；求田问舍，最为得计。大学教授可算得生活优裕的了，然而岂明先生还向我们诉苦说"有暇而无闲"，写不出文章来。

"桃花流水杳然去，别有天地非人间。"无奈我们总不能离开"人间"而觅得那"别有的天地"，那末，我们之所以只能写些不伦不类胡说八道的非正统的小文以自叹自乐，岂非命该如此么！

廿三年六月二十四日

——载1934年12月1日南通《爝火》第1卷第1期，署名：素伯。

旧调重弹

曾经高呼"老调子已经唱完"的鲁迅先生，在不久的以前发表的一篇文章里有过一首旧体律诗，记得是："惯于长夜过春时，挈妇将雏鬓有丝。梦里依稀慈母泪，城头变幻大王旗。忍看朋辈成新鬼，怒向刀丛觅小诗。吟罢低眉无写处，月光如水照缁衣。"这是纪念几个为革命而牺牲的青年的，愤慨之情溢于言表，真算得好诗；然而也可见"积习"的难忘，到了无可奈何时，只好"怒向刀丛觅小诗"，唱起"老调"来了。

最近《人间世》出世，刊有周作人先生《五十自寿诗》两首，冲淡蕴藉，杂以诙趣，虽属油腔，还算得是好诗；然而，从这里也可见得文人的积习；虽然周先生是最怕那易卜生所说的"小鬼"的"重来"的。

周先生年来意态消沉，这从周先生的著作中前后思想的径路看来，是极其自然的事，不得谓之转变。他自己也说，十三四年后的今日已没有"五四"当时的"浮躁凌厉"之气；我们看他由"谈龙""谈虎"的勇气之消减而渐走入"永日""看云"的境界，主张"闭户读书"，谈谈"草木虫鱼"，就知道这个话的不错。周先生曾引过戈尔特堡批评蔼理斯"在他里面有一个叛徒与一个隐士"的话以自况，在周先生的文章里也确有着这看似相反其实一贯的两面。在先说话比较自由，即使"浮躁凌厉"尚无大碍。时至今日，文网日密，则舍"谈鬼""画蛇"外更欲何为？由叛徒敛踪而为隐士，由臧否人物雌黄世事，转变而为玩骨董，讲趣味，正是极其自然的事。曹聚仁先生称这种思想上的变迁为"由孔融到陶渊明的路"（见《申报·自由谈》），不为无见。苟全性命是处乱世唯一的方法，然而"老去无端"，"闲来随分"云云，不无言外之旨；人们但见陶公"采菊东篱下，悠然见南山"之态度闲适，而不知尚有"刑天舞干戚，猛志固常在"之别有怀抱，岂得便以忘怀世事而责以为落伍为凉血哉？周先生与平伯书有云："……世事愈恶，愈写不进文中去（或反而走往闲适一路），于今颇觉旧诗人作中少见乱离之迹亦是难怪也。"这是很好的"夫子自道"。不过，在周先生偶尔高兴，油他一油，原无不可；但周先生在现代中国文坛上是有地位的，难保这种玩世（一般的看法是如此）态度不影响于后辈青年。大家摹篆刻，玩骨董，读庄子文选，作打油诗词，欲以"今雅"立足于天地之间，却是危险的事。明达者固能略迹原心，其如众口悠悠何！至如"桐花芝豆堂大诗翁"等之一和再和，油之不已，殊近无聊，其贤于解放词人之"打打麻将"者几希？昔之打倒"小鬼"者，今乃亲招之来，"老调"岂其永不会唱完欤！

周作人的风度是最近于晋人的，他自己也说于六朝人中最喜欢陶渊明、颜之推。我们读周作人书信中的许多小束，自然会想起晋人的杂帖来，他们的意态和趣味是那么相似，虽然如"白兰地""咖喱饭""啤酒汽水"等等新名词是古人所无的。世事轮回，历史往往会重演，这也可以说是一种思想上的倒流，但也是世态略同的结果，不足为怪的。昔人以晋之亡归罪于王何清谈，倘我们也以为今日国事之危，不由于将军之不抵抗，要人之拜菩萨，而由于学者之提倡幽默，文人之讲求趣味，也未免倒果为因了。王静安先生有诗云："寄语桓元子，莫罪王夷甫"，持平之论也。

然而，"旧调"总该不必再行"重弹"了吧！

——载1934年7月7日上海《人言周刊》第1卷第20期，署名：李绚。

小品与大品

——小品文漫谈之二

文有小品，则必有大品者在。释氏《辩空经》曰："详者为大品，略者为小品。"详略指内容言，似不仅视篇幅之长短而分大小。按诸实际，所谓小品文者大抵言简而意赅，辞炼而味永，亦犹赤水之藏玄珠，芥子之纳须弥，未可以小而忽之。廖柴舟选《〈古今小品〉序》有云："文非以小为尚，以短为尚；顾小者大之枢，短者长之藏也。若言犹远而不及，与理已至而思加，皆非文之至也。故言及者无繁词，理至者多短调。"又说："盖物之散者多漫，而聚者常敛。照乘粒珠耳，而烛物更远，予取其远而已。匕首寸铁耳，而刺人尤透，予取其透而已。大狮搏象用全力，搏兔亦用全力，小不可忽也。粤西有修蛇，蜈蚣能制之，短不可轻也。"此论殊警辟。短与小为小品之外形，透与远为小品之特质，此其所以可贵。且夫照乘足以显妖，匕首亦能惩奸，善为小品者物无遁形，有发必中，是以常为正人君子者流所深恶痛绝而不得与于作者之林也。

然而这样的小品实在不多见（在古代几乎难于找得），流传到今，被善怀思古幽情的新名流发掘出来，因而大出风头的什么派什么家的文章，也大多是些吟风弄月、玩物丧志的风凉话，以及臧否人物、自浇块垒的牢骚话。三百年前持反对论者有云："此辈小叙小记，颇足开颜；倘授以帝王本纪，名臣列传，便搁笔矣。与之言性言天能亹亹到底；与之议论天下事，能屡屡指掌，连续不断乎？譬如小匠、筑斗室、石桥、竹径，措置如意；一旦委以未央殿、承露盘，应袖手尔。"（严首昇平子语）此虽正统派文人之见解，不免迂谬，但实道出了那些小品作家之所长，盖在逃避现实，而努力于"小摆设"之制作。虽然也会从牢骚的讥刺里，偶一反映出时代环境的影子，但可不得谓之"寄沉痛于幽闲"。《帝王本纪》《名臣列传》，自有一般为主子豢养的帮闲文人去遵命撰著，我们犯不着抢他们的饭碗；"未央殿""承露盘"等专供统治阶级享乐或图谋长生不老的伟构，我们也实在敬谢不敏。可是专以谈性灵，讲趣味，编造风凉话为职业（做沽名钓誉的工具），也就未必真能贤于博弈了。

今之论小品文者有曰："言其小，避大也。世有大饭店，备人盛宴，亦有小酒楼，供人随意小酌……世有富丽园府，亦有山中小筑，虽或名为精舍，旨趣与朱门绿扉婢仆环立者固已大异……"或又以大品文为可充饥之"大饼"，而以"茶点"喻小品，此种比况，仍不脱以小品文为"小摆设"之观念。"茶点"非生活必需品，而要有就得精炼。酒楼自纳雅人，小筑亦宜隐士，避大即所以遗世，结果自然会躲到象牙之塔里写些茶经酒谱，"特别提倡和那旧文章相结合之点，雍容，漂亮，缜密，就是要它成为'小摆设'，供雅人的摩挲"。（见鲁迅《小品文的危机》一文）有"苍蝇之微"而不见"宇宙之大"，乃令人不禁兴"人间何世"之叹焉！实在，当作"茶点"用的小品我们也不拒绝。生活是多方面的，劳作之余要有休息，果腹之外也想消闲；只是不必为求精炼，忘掉实用；或但图美观，滥用杂料。所以对于这类小品文字，当我们接受的时候，还得附带有两个条件：一是言之有物，二是卫生。

向来正统派文人的看不起小品文也不一定是在它的"有刺"，那就是因为它的"不正经"。利口捷给，殊欠敦厚，既违体国经野之用，又乖圣经贤传之旨，实在看不上眼。其结果便如俞平伯先生在《近代散文钞·跋》里所说："把表现自我的作家压下去，使他们成为旁岔伏流，同时却把谨遵功令的抬起来，有了他们，身前则身名俱泰，身后则垂范后人，天下才智之士，何去何从，还用问吗？中国文坛上黯淡空气，多半是从这里来的。看那集部里头，差不多总是一堆垃圾，读之昏昏欲睡，便是一例。"在这样的空气中，便连有些小品写得很好的作者也不敢以此自豪，必得做些堂皇正大四平八稳的大品文为自己的集子做装璜①，想继承道统或是文统，得以"藏诸名山，传诸其人"；好像这大小两字，真有高下，偏正之别，怕被人目为旁门左道似的。是以汗牛充栋之著作，几乎统统为"遵命文学"，而能写《离骚》者，也只有一个屈原耳。

再来谈谈小品文的写作问题。要小品文写得好也实在不是易事。茅盾先生在他的散文集自序里就老实的说过："……太尖锐，当然通不过；太含混，就未免无聊；太严肃，就要流于呆板；而太幽默呢，又恐怕读者以为当真是一

———————————

① 今应作"装潢"。

桩笑话。所以就我的自己的经验而论，则随笔产生的过程是第一得题难，第二做得恰好难。"这确是经验之谈。古人写文章，不一定先要有题目，诗三百篇都是无题的，后人做诗，也有标以《无题》《漫兴》《偶成》的字样，作文也有《杂说》《漫录》《随谈》之体例，以示兴之所至偶然写下的一种无所为而为的态度，可算是未失古意。先有题目，然后作文，容易敷衍题面，反把真实的情思隐藏起来，做成类似"赋得"的东西。在这一点上，似乎不先立题目，比较可以自由抒写。但有时思绪太复杂了，找不出一个可以发挥的中心意思来，那么还以先有一个题目的为方便。实际上在未写之前以及写的当时，自己的思路总有所属，所表现的情思也总得显现其朦胧的意态，所以题目的先定或后加，并无多大关系。小品文的题材是颇为自由的，但要写好就不容易。Alexander Smith①在 On the Writing of Essays 一文里说："小品文作家运用其题材，有时幻想，有时认真，有时悲感凄怆……其最重要的天赋，是在乎能从很平凡的事物中，找出其暗示，从最无希望的题材中，找出其教训，而不至于粗心失之。已经有了重要的暗示是第一步，第二步便是避免触目的大题，也得拣选那种最琐屑的题目，从小处着眼，而渐渐涉及他们的想象最欢喜想的大题目……"（林疑今译，见《人间世》第二期）这是"小题大做"的一法。文章的变化是无穷的，大题固可以小作，小题也不妨大做。现在的真实有力的杂文小品之类，很有些是"大题小做"的，比之于画，所谓"尺幅之中有千里之势"。其原因，正如茅盾先生所说"大题不许大做，就只好小做了"。但这当然须要有大狮搏象那样的力量，不是俏皮，不是刻薄，也不是轻松的幽默，那是具有正视现实含茹痛苦的伟大精神的。这本领似乎还只有鲁迅先生能有。至于岂明先生呢，也真是能从平常的事物说出不平常的道理，把知识和趣味溶和②得那么好，所以就文章讲，倒要被推为小品文的正宗吧。

　　"一花一世界，一叶一如来"，这是小品文的理想境界。但如"吸烟论""西装不好论"之类是不足为例的。

　　——载1935年1月1日南通《爝火》第1卷第2期，署名：素伯。
　　——又载1935年4月1日上海《艺风》第3卷第4期，署名：所北。

---

① 　即亚历山大·史密斯，19世纪英国诗人、散文家。随后所引为他的《关于随笔写作》一文，李素伯所看到的林疑今译本将题目译为"小品文作法论"。
② 　今应作"融合"。

中国诗人与自然

日本文艺理论家厨川白村氏在其所著《东西之自然诗观》一文中比论着东西诗人们对于"自然"的态度的不同，以及表现在诗的作品中的倾向的差异，颇是一种有味的研究。他的结论是："东洋的厌生诗人虽弃人间，却不弃自然。即使进了宗教生活，和超自然相亲，也决不否定对于自然之爱。岂但不否定呢，那爱且更加深。……厌离'人间'，而抱于'自然'之怀中。于此再加上宗教味，而东洋的自然趣味仍成立。"这结论并没有说错。爱好自然耽溺于自然趣味，可说是我们的诗人最主要的特征；因而歌咏自然赞美自然也就成了诗歌的唯一的主题。在纯粹以自然景物为对象加以描写礼赞以外，所有作者的闲愁深恨愤世嫉俗之意，也莫不藉自然景物以宣泄之。于是，"自然"便往往成了厌世消极或别有怀抱者逃避现实的遁逃薮。自然趣味越浓，人间趣味就越淡，我们的诗人乃大都有飘飘欲仙之概。

说起来，我们古代的诗人倒较能注意于现实而肯作朴实的现状描写的。《诗经·国风》里的一部分诗，有着极浓的人间味，在三千年后的我们读来，也不得不为之感动。虽然也不乏描状景物的名句，如刘勰所称"'灼灼'状桃花之鲜，'依依'尽杨柳之貌，'杲杲'为日出之容，'瀌瀌'拟雨雪之状，'喈喈'逐黄鸟之声，'喓喓'学草虫之韵……"（《文心雕龙·物色篇》），但这只是用以为人事的比兴。"关关雎鸠"所以显"君子好逑"之心，"蒹葭苍苍"所以动"秋水伊人"之思，并非有意咏自然。楚国大诗人屈原宋玉作《离骚》《九歌》《九章》等，云车风马，天上人间，极光怪陆离之致，这已把自然美化，而且神化。如《山鬼》一篇，迷离悱恻，似真似幻，将自然有情化，便不免流露出泛神论的色彩。后来的游仙诗，即从这里演变出来的。汉魏诗人，从《古诗十九首》到建安七子的五言，多身世之感，别离之苦，死伤之戚，以及生命无常之叹，大抵是真性情的流露。词简意深，较三百篇固已自然疏放，而亦无后来泛滥无余之憾，最耐吟味。这一时期的诗人，对于自然并不见得怎么热心。到了两晋，便不同了。魏晋之际，君子道消，一般洁身自好的士大夫，但求苟全性命于乱世，老庄思想得以乘时而起，乃多悲观思想。或耽享乐，或图隐遁，或慕神仙，反映于文学中的，也不外这一类的消极思想。阮籍嵇康，诗多哲理，"目送归鸿，手挥五弦。俯仰自得，游心太玄"。那种精神，几乎与自然合而为一了。而所谓"至人鉴远，归之自然""冲静得自然，荣华安足为！"则与后来的田园派诗人陶渊明具有同样的见解，不过到了陶渊明才正式揭出"返自然"的主张，并且实行这主张，回到自然的怀抱里度着纯朴闲适的田园生活，遂为千古隐逸诗人之宗。然而陶渊明的"饮酒杂诗"，实在和阮籍"咏怀"，嵇康"述志"的故为玄远幽渺之词以抒抑郁并无两样，都是厌离乱世明哲保身的态度。爱好自然，歌咏自然，乃其自然的结果。可是这却启发了后人对于自然的注意，自然的描写逐渐成为诗中的主题，并且学得了这逃避现实的方法。这罪过当然不能记在陶公的账上，老庄思想的精灵，到现在不还是附丽于我们民族的生活行动中么？"宋初文咏，体有因革。老庄告退，而山水方滋。"（《文心雕龙·明诗》）其实老庄并没有真的告退，不过暂时避避风头，而山水诗确是大盛起来，那始祖，是谢灵运。他爱好游山玩水，他的世界，较陶渊明的"方宅十余亩，草屋八九间"大得多了，所为诗也完全咏歌山水为目的。中国之有纯粹描写自然景物的诗盖自陶谢始，而陶尚自然，谢工刻划①，对于后代的影响都是很大的。

"日本的文学中，并无使用'超自然'的宗教文学的大作，也没有描写'人间'，达到了极致的莎士比亚似的大戏曲。这也就是日本文学之所以出了抓得'自然'的真髓，而深味其美的许多和歌俳句抒情诗人的原因罢。"厨川氏的这段话，是同样可以用来评论中国的文学的。对于人生没有热烈执着的爱的人们，也不能相信他们会热烈的执着的爱那自然吧？他们的态度是超然的。游离的生活所反映的是游离的思想，这就是所以产生不出"超自然"宗教文学，也没有描写人间世达到极致的莎士比亚似的大戏曲的缘故。我们所多的是匍伏在造物主的脚下歌颂乞怜的自然的奴隶，享受着自然的现成的赐予，忘掉现世甚至忘掉我——即忘掉自己的存在，可是却"抓得了'自然'的真髓而深味其美"，这倒是精神文明的最高的表现，在艺术的成就上

---

① 今应作"刻画"。

自有其位置；而飘飘欲仙之概，也就为囚首垢面的俗众所仰慕不止的了。

　　"中国的隐逸都是社会的或政治的，他有一肚子理想，却看得社会浑浊无可实施，便只安分去做个农工，不再来多管……外国的隐逸是宗教的，这与中国的截不相同，他们独居沙漠中，绝食苦祷，或牛皮裹身，或革带鞭背，但其目的在于救济灵魂，得遂永生，故其热狂实与在都市中指挥君民焚烧异端之大主教无以异也。"（见《苦茶随笔》P₂₂）周作人先生的这段话说得颇为中肯，也可与厨川氏的说法相印证。西洋有献身宗教的热忱的教徒，中国则多的是遁世无门的超然的名士。严格的说来，其实中国是并无所谓真正的隐逸之士的。他们都是"身在山林，心萦魏阙"，或是"世莫足以为美政兮，吾将从彭咸之所居"的在政治上失败而因以灰心丧志的士大夫阶级，目击当道的胡为，生命的微贱，社会上又是"滔滔者天下皆是也"，徒有"谁与易之"之叹，而又感到自己的无能，缺少那种"知其不可而为之"的精神，同流合污既不情愿，含光浑世也不大易，于是只好想出种种办法，如喝酒、吃药、清谈、求仙、游山玩水，以逃避现实，麻醉自己。在上者的压迫愈大，文网愈密，在下者的消极反抗也愈演愈烈，此所以魏晋之际，个人主义极端发达，个性在黑暗的社会环境里反得到极大的解放，酿成中国历史上空前的浪漫风气。正始名士和竹林七贤为其代表，因之他们也最为后世正人君子所责难，说什么清谈误国，弁髦礼法，仿佛罪大恶极，其实非常冤枉。他们倒是极注意现实，关心世运的，但违碍太多，说话行事都不自由，老庄思想的乘机抬头和佛教思想的汇流，加之以社会政治的压迫，把他们不自觉的引到这条在统治阶级认为反动的路上来。杜牧之诗所谓"大抵南朝多旷达，可怜东晋最风流"，真能以旷达为风流，是还在晋室渡江以后稍为太平的时代才能有的。《晋书》阮籍的本传说："籍本有济世志，属魏晋之际，天下多故，名士少有全者。籍由是不与世事，遂酣饮为常。文帝初欲为武帝求婚于籍，籍醉六十日，不得言而止。钟会数以时事问之，欲因其可否而致之罪，皆以酣醉获免。"可见喝酒不过是为的装糊涂。他看见比他前一些的比较有思想有骨气的知识分子如孔融、何晏、祢衡，和他同时的嵇康，都为统治阶级藉端杀掉，觉得徒然牺牲了无益处，佯狂玩世或可幸免，所以在青年时代常以白眼看人的他，到后来竟也能做到"口不臧否人物"，得以正终。竹林七贤的行动方面最显著的特点，便是反对束缚人性的礼教，唾弃中庸主义的儒家思想，攻击以传统的礼法自守的陋儒和一班伪君子假道学。这固然由于道家思想与儒家思想根本上的冲突，但他们之所以出此极端的反动，大半也是社会环境有激而使然。譬如当时曹氏司马氏所演的篡窃的把戏，都假托尧舜揖让的美名，而所谓纲常名教，无非是欺人的工具。他们看不过去，乃一反而以放诞相尚，主张任性而动，无伪无饰，明无为而保自我，所以视那些"惟法是修，唯礼是克，手执圭璧，足履绳墨"的君子，如同虱子的"行不敢离缝际，动不敢出裤裆"。七贤中的刘伶更是个大酒糊涂，常常携童提铲以随，说什么死便埋我之类的疯话。甚至不穿衣服见人，人以为不雅相，他却说天地是我的屋子，屋子是我的裤子，谁叫你跑到我的裤子里来？这种玩世不恭的态度，我们看了也觉得好笑，在当时自然更是惊世骇俗；然而这并不是他们的本意，看似开玩笑，实在倒是因为他们把世事看得太认真的缘故。正如鲁迅先生所说："魏晋时代，崇奉礼教的看来似乎很不错，而实在是毁坏礼教，不信礼教的。表面上毁坏礼教者，实则倒是承认礼教，太相信礼教。因为魏晋时所谓崇奉礼教，是用以自利，那崇奉也不过偶然崇奉。如曹操杀孔融，司马懿杀嵇康，都是因为他们和不孝有关。但实在曹操司马懿何尝是著名的孝子，不过将这个名义，加罪于反对自己的人罢了。于是老实人以为如此利用，亵渎了礼教，不平之极，无计可施，激而变成不谈礼教，不信礼教，甚至于反对礼教——但其实不过是态度，至于他们的本心，恐怕倒是相信礼教，当作宝贝，比曹操司马懿们要迂执得多。"（见《而已集》P₁₃₈₋₁₃₉）竹林七贤的放达，既是有所激而然，自然有不得已的苦衷，所以并不希望别人去学他们。阮籍的儿子阮浑也想加入他们的群里，籍便对他说："仲容（籍之侄阮咸）已豫吾此流，汝不得复尔！"嵇康的《家诫》也说得极其琐屑平常，不愿儿子像他那样狷傲。总之，这班名士都不过是以旷达风流为愤世嫉俗的手段，其行瑰奇，其心乃良苦。遇穷途而痛哭，顾日影而弹琴，是真能味得人间苦者才能有这种的精神。"谁谓荼苦？其甘如荠"，中国的隐逸名士，原来大都是人类的受难者，也是时代的牺牲者啊！不过这也不能一概而论，如后世的以终南为捷径的处士，与纯盗虚声、高自标榜的名流之类，却不能作同样看法。

东晋而后，政治的压迫已不甚厉害，佛教流入，玄风大炽，知识分子承前代的遗风，竟以旷达为风流，而于自然界亦更接近了些，认真的爱好起来。《世说新语》一书，最可考见当时的风尚与名流的韵致，现在只就有关于自然的说说。在先，阮籍、嵇康与葛洪之徒，都好登山。嵇康的本传说：

"康尝采药游山泽，会得其意，忽焉忘返。樵苏者遇之，咸谓神。"阮籍也是一入深山，数日不归。不过他们的目的是采药，如黄精、芝术、松脂、石钟乳之类，服食养性以求长年，并非专为山水。到了王、谢门第的弟子，才专以欣赏自然景物为乐。王氏一门风雅，如王徽之的雪夜访戴，看竹无须问主人的故事，是大家都知道的；王献之也说："从山阴道上行，山川自相映发，使人应接不暇。若秋冬之际，尤难为怀。"于江南明秀的山水深致倾爱；至于领袖兰亭雅集的王羲之，更是个懂得欣赏自然美的人物。《晋书》羲之的本传说他："初渡浙江，便有终焉之志。会稽有佳山水，名士多居之，谢安未仕时亦居焉。孙绰、李充、许询、支遁等皆以文义名世，并筑室东土，与羲之同好。"聚这么几个志同道合者在"崇山峻岭，茂林修竹"之间，一觞一咏以畅叙幽情，自然无须乎"丝竹管弦之盛"了。"仰视碧天际，俯瞰绿水滨。寥阒无涯观，寓目理自陈。大矣造化工，万殊莫不均。群籁虽参差，适我莫非亲。"（羲之《兰亭诗》）"余少慕老庄之道，仰其风流久矣。却感于陵贤妻之言，怅然悟之。乃经始东山，建五亩之宅。带长阜，倚茂林；孰与坐华幕，击钟鼓者同年而语其乐哉！"（《世说新语》注引孙绰《遂初赋叙》①）是深得自然之乐者之言。为天下苍生所属望的谢安在高卧东山时也是羲之的好友，山水的知己。更后些时，到了谢灵运，简直把游山玩水当作正业，他"因祖父之资，产业甚厚。奴僮既众，门生数百，凿山浚湖，功役无已。寻山陟岭，必造幽峻；岩嶂千重，莫不备尽。登蹑常着木屐，上山则去前齿，下山则去后齿。"连游山水的木屐也是特制的；有时数百人明火执仗，呼啸入山，致令人疑之为山贼，也可见他的豪兴了。永嘉会稽，足踪殆遍，描写山水之诗也独多；可是好用骈偶的句法，如刘勰所谓"俪采百字之偶，争价一句之奇。情必极貌以写物，辞必穷力而追新"要不如陶渊明之"天然去雕饰"。所以胡适之说："谢灵运有意做山水诗，却只能把自然界的景物硬裁割成骈偶的对子，远不如陶潜真能欣赏自然的美。'此中有真意，欲辨已忘言'，这才是'自然诗人'的大师，后来最著名的自然诗人如王维、孟浩然、陆游、范成大、杨万里等，都出于陶，而不出于谢。"我们看谢的名句如"白云抱幽石，绿筱媚清涟""密林含余清，远峰隐半规"等虽极刻划之能事，以视陶公之"日暮天无云，春风扇微和""微雨从东来，好风与

---

① 此处所引孙绰《遂初赋叙》中的话，出自刘孝标为《世说新语》所做的注。

之俱""暖暖远人村，依依墟里烟"之句，真有仙凡之别。即以谢之最自然的诗句，如"池塘生春草""明月照积雪"，也有句而无篇，难与陶公之"结庐在人境""孟夏草木长"等篇争短长。这不仅是自宋以后诗文渐趋骈偶的风气使然，趣味和胸襟也是无可苟同的事。不过刻划也有刻划的美，犹之镶嵌细工和浑金璞玉同样的令我们生爱。施补华的《岘佣说诗》里有一节说："大谢山水游览之作，极为镌削可喜。镌削可矫平熟，镌削失却浑厚。故大谢之诗胜于陆士衡之平，颜延之之涩！然视左太冲、郭景纯已逊自然，何以望子建嗣宗之项背乎？"这可算是比较平允的批评。

关于"为千古隐逸诗人之宗"的陶渊明，要说的话还多，但我们能认识两点也就够了：一是他的爱好自然的人生观。他在替他外祖孟嘉做的传中说道："……又问（桓温问孟嘉）听妓，丝不如竹，竹不如肉。答曰：渐近自然。……"《归田园居》诗云："久在樊笼里，复得返自然。"《归去来辞·序》云："质性自然，非矫厉所得。"排除物质的享受，但求精神生活的满足。《自祭文》中所说"勤靡余劳，心有常闲，乐天委分，以至百年"这几句话，最足以表现他的高洁旷达的品格，也是他所以能写出这些深得自然之真与美的诗篇的主要条件。第二点是潜隐在他的冲淡和平的作品里的热烈的情感和不平的气概。他的不肯为五斗米折腰而赋归去来兮是因为"自真风告逝，大伪斯兴。闾阎懈廉退之节，市朝驱易进之心"。（《感士不遇赋》）不屑同流合污，只得洁身自退；可是并不能就此忘怀世事，豪情壮概，时有流露。如《读〈山海经〉》的"精卫衔微木，将以填沧海。刑天舞干戚，猛志固常在"，《杂诗》的"日月掷人去，有志不获骋。感此怀悲凄，终晓不能静"。他又崇拜田子泰、荆轲一流人，就可看到他的性格的另一面了。朱晦庵批评他说："陶却是有力，但语健而意闲。隐者多是带性负气之人。"顾亭林也说："淡然若忘于世，而感愤之怀，有时不能自止而微见其情者，真也。"是真能知陶公者。（读者如欲多知道一点，可翻一翻梁任公先生的《陶渊明》一书）归根结底说来，"中国的隐逸都是社会或政治的"。这说法，实在是无可否定的。以朝市为山林，等江湖于阙下，隐逸云乎哉！

还有，因为中国诗人大都以超然的态度观赏自然，所以诗中多的是"静趣"。又因为老庄思想支配着所有诗人的人生观，所以即使是在描写自然的诗中也多的是"哲理"。而自佛教流传到中国，在固有的儒道思想中又渗入了佛家思想，于是六朝、唐以后诗人的作品中，更多的是"禅味"。关于这些，留待以后有机会时再说，这里就此结束了。

（二十四年十一月二十四日草成）

——载1935年12月南通《学艺》乙亥卷之二，署名：素伯。
——又载1937年4月15日上海《写作与阅读》第1卷第6期，署名：所北。

漫谈新诗

一、过去的回顾

稍稍留心新文艺的朋友们相遇时，谈到新诗，往往觉得怀疑，对于它的前途，也不免怀着杞忧；实在，所谓新诗是已走到了它的十字路口，究竟该循着那一个方向走去，确是成了问题了。

但就表面的情形来看，自文学革命运动以来，小说方面要算最热闹了，成绩也不坏；新散文的产生与成长，是已公认为新文学运动的最佳的收获，戏剧的作者较为稀少；而新诗方面则以其作者的较多，变化的迅速，派别的复杂，较之它的姊妹行，实也并不逊色。从那脱胎于旧诗词曲"放小脚"式的尝试的初期白话诗，变为绝对废弃形式和音韵纯以散文行之的自由诗，从自由诗变为泰戈尔式的或是日本俳句式的哲理的小诗，又从小诗变为采用西洋诗——尤其是英国诗——的韵律为表现工具的所谓"新月派"的新诗，再变而为以内在的音节为主而玩着象征的手法的所谓"现代派"的诗，又有采用歌谣体力求通俗的所谓大众诗歌，更有做着谁也不懂甚至连作者自己也是莫名其妙的所谓意象派或是表现派的诗……五光十色，花样不可谓不多，还能说我们的诗坛不热闹么？你知道，这仅仅是十数年的时光呵！"穷则变"，变确是变了；"变则通"，这却未必。我们的诗人都还在各自摸索着杳茫的途径，有勇气有耐心的还不息的锲而不舍地尝试着，探求着；因了碰壁而停止前进，或转向到别的文艺部门去努力，索性抛弃了做诗人的梦想的固不在少数；索性向后转，以新诗人而重又唱起老调来的也大有其人。事实在说明着新诗确是走到了它的十字路口，它需要有个方向，为我们所熟习的，但又是全新的创造，这还须得以最大的努力来尝试，来完成。

在新诗人中，郭沫若以奔放的热情，唱过粗壮的调子；徐志摩以熟练的技巧，构成完美的形式；闻一多更注意于字句的精炼，显得创作态度的严肃与不苟且；戴望舒则以象征的手法表现东方人所特有的悒郁的气质；最近，更有青年诗人臧克家以劲健爽朗的句调和音节，内容的现实性与想象的丰富为时人所注目。这些作者，在文坛上都曾有过广大的影响，甚至形成了各种派别，有大群的青年作者站到各自认定的主帅的旗帜下面，兴高采烈的呐喊着。然而，这热闹，是并不能与新诗的成功混为一谈的。我们得感谢这些替我们开路的前锋，凭着他们的供献①与成就，使我们有了计程的路碑，错误的行不通的路可以不再去冒险，他们的筚路蓝缕的功绩将是我们前进的最好的指针。

二、作为诗人的主要条件

诗是文学作品中最高的形式，是人的心灵的最纯真的表现，是一种最精炼的语言。因而它有它的特殊的表出法。通过了作者的思想、情感，以及想象种种，用那最有力最富暗示性的字句配合成节奏自然的语调写出来，是极其经济的篇章，不缺少完美的形式，其感人的力量，刺激的效果，较之于散文、小说等等有过之无不及。当那所谓灵感（inspiration）活跃的瞬间，正如云空中的小鸟一掠即逝，你得把捉它，使抽象的实感具体化而被摄成个定型，那末，无疑的，诗是最适当的工具，散文小说对你没有多大帮助。但这是假设你的运用那特殊形式的手法已臻熟练了的话，如果还在尝试，或是并无惯用的现成的格式，那你当再在这些事实上费点精神。一个字的选择，一个句子的安排，一章或一首诗的整个结构的经营，都是极麻烦且是极困难的事。但是你为完成一件完美无疵的艺术品，你得有耐心克服这些麻烦和困难。所以普通看起来，所谓诗这东西，往往是不招自来，忘兴而得，所谓"文章本天成，妙手偶得之"，又所谓"诗是写出来的，不是做出来的"。可是有时确也有"吟安一个字，捻断数茎髭"的情形，那就是天才诗人所看不起的。然而也并不可笑，为的是忠于艺术。尼采说："艺术家们高兴使人相信突然的感悟，便是所谓灵感者。仿佛艺术品的情致，诗意哲学的基本思想，总是从天而降的慈光。其实是艺术家或思想者的幻

---

① 今应作"贡献"。

想，不断地生出有好的、中等的、坏的，但他的批判力非常敏锐而且熟练，抛弃着，拣取着，拼凑着，如我们现今在裴多汶①的手记本里面看到。他的最富丽的音乐调子，怎样渐次集拢，怎样由各种散记多次挑选而成……一切伟大者皆是伟大的工作者，不但汲汲于发明，也孜孜于抛弃、拣择、修改、整理的工作。"那末，所谓"灵感"这东西，究竟有没有呢？最好还是请尼采来解答："设若创作力有一个时期阻滞了，其流露为某种障碍物所阻，于是终于有那么突然的一种倾泻，好像是一种直接的灵感，并无以前的内心的工作。换言之，好像是完成着一种奇迹了。"由此我们可以知道，"灵感"并不是一种"奇迹"，而是"犹之资本，不过堆积了起来，并非一旦从天而降的"。在这里，作为一个作家，尤其是诗人，最根本的要图，是在于自己的知识、理解、趣味种种，总言之，即是全人格方面，得有深厚的修养。磨炼着，陶冶着自己，从生命的认识上，生活的充实上去努力，使自己具有作为诗人的主要的条件。至于形式与词藻等等表现法的研究与注意，自然还是次要的事。

三、关于韵律问题

在文学革命的初期，为了要推翻旧诗，不但攻击着旧诗所有的缺点，也一概抹煞了它所具有的优点。所以梁宗岱先生要说："新诗的发动和当时的理论或口号，——所谓'建设明了的通俗的社会文学'，所谓'有什么话说什么话'，——不仅是反旧诗的，简直是反诗的；不仅是对于旧诗和旧诗体的流弊之洗刷和革除，简直是把一切纯粹的永久的诗的真元全盘误解与抹煞了。"（见廿四年十一月八日《大公报·文艺》上《新诗的十字路口》一文）初期的词曲化的新诗和过度解放的自由诗，即稍后一些时专以俚俗语漫骂叫嚣的所谓革命诗歌，实在太天真了，即使作者自己回过头去看看，也难免不感到汗颜。胡适之的文学理论文章以及根据这种主张和眼光编成的《白话文学史》《词选》之类开了风气，于是新诗的作者，风起云涌，新诗集也陆续的出版，真够热闹；然而谈到成绩，实在幼稚得可怜。他们是揭竿而起的陈

---

① 即18世纪末19世纪初德国著名作曲家和音乐家，维也纳古典乐派代表人物之一贝多芬。

胜吴广，只这么一点革命的勇气，对于旧诗给予全盘否定而使后起者不再迷恋于平平仄仄腐烂空洞的老调，这一点功绩，是值得我们记忆的。这错误，这过失，到了稍后一些时期的《晨报副刊》《诗刊》上的一班作者，是给予了纠正和改造，同时，使这新诗在新文学的园地里立下基础，并且具有并不低微的地位，尤其是徐志摩、闻一多、朱湘这几个作者的努力是不可忘记的。"新诗有个问题，从初期起即讨论到它，久久不能解决，是韵与词藻与形式之有无存在价值。大多数意见都认为新诗可以抛掉一切（他们希望各有天才能在语言里把握得住自然音乐的节奏），应当精选语言的安排。实则'语言的精选与安排'，便证明新诗在词藻形式上的不可偏废。这问题到了上述几个作者时（按：即指徐、闻、朱等）是用作品或理论表示得很明白的。"（见廿四年十一月十日《大公报·文艺》上官碧作《新诗的旧帐》一文）上官碧先生的这段话并没有溢美之词，我们尽可相信得过。

关于形式韵律之与诗的关系，我还是引用梁宗岱先生的话来说明，因为在这点上，我的意见是完全与梁先生相同的。——"形式是一切文艺品的永生的原理，只有形式能够保存精神的的经营，因为形式能够抵抗时间的侵蚀。想明白这道理，我们只要观察上古时代传下来的文献，在那还没有物质的符号作记载的时代，一切要保存而且值得保存的必然地是容纳在节奏分明、音调铿锵的文字里的。这是因为从效果言，韵律的作用是直接施诸我们的感官的，由音乐和色彩和我们的视觉和听觉交织成一个螺旋式的调子，因而更深入地铭刻在我们的记忆上；从创作本身言，节奏、韵律、意象、词藻……这种种形式的原素，这些束缚心灵的镣铐，这些限制思想的桎梏，一个正直的艺术家在它们里面只看见一个增加那松散的文字的坚固与弹力的方法，一个磨炼自己的好身手的机会，一个激发我们的最内在的精力和最高贵的权能，强逼我们去出奇制胜的对象。正如我们的无声的呼息必定要流过狭隘的箫管才能够奏出和谐的音乐，空灵的诗思亦只有凭附最完美最坚固的形体才能达到最大的丰满和最高的强烈。没有一首自由诗，无论本身怎样完美，能够和一首同样完美的有韵律的诗在我们心灵里唤起同样宏伟的观感，同样强烈的反应的。"（同上，见《新诗的十字路口》一文）也许有人要说这些是形式主义者的论调吧？然而完美的技巧和适当的表现方法是任何艺术创作所需要的。自然，我们不会忘掉更得注意那内在的生命，这在前面是已经说过了的。

有志于新诗者，如果不忘记历史的教训，不不屑乞灵或借鉴于古今中外的伟大作者已有成就当作前进的引路的明灯；同时，不懈于培养自己超越庸俗的人格的成长，充实自己内面的精神的生活；更加以不断的努力，努力，以求技巧的上达，表现的自然，那末，新诗是自有其出路的。杞人忧天的怀疑是无益的事，我们还是鼓起勇气来努力的工作——做个忠实的艺徒罢。

——载1937年1月1日上海《文学》第8卷第1期，署名：李素伯。

李素伯先生纪念碑

先生讳文达又名均字素伯举一名欲东照人幼八年生一九三七年九尽世江苏省所北一九□□武家小学曾就诣于通高等小学于通州师范学校早年于丹新大学毕业楷括五口新思想作品傅插于各大报刊並为牧见于各大於刊並一苦打川品文通师行志生区任国文大贞等校因文大贞范长文教颇多忠实治学年贡缺诗书也均方造学展长说诗书李方造诣追求其理拜李只行业尚为正不阿其德通助贞学后生际先生特立碑永生晰根据楷通助特立碑永为纪念一九八七年三月二日门生宋周泌书

李素伯先生纪念碑碑文

小品文研究

第一编　什么是小品文

一、小品文的意义

"小品文"是散文里比较简短而有特殊情趣和风致的一种。在中国向来作为正宗发达着的散文文学里，颇多这类作品而且很出色的。不过都是无意地做着，传诵着，没有以此成专集流传后世；连"小品文"这个语词，向来也是不大流的。虽然也有人在古文里搜集些篇幅不长异乎古文义法的隽逸的文字汇印成集，如陈天定的《古今小品》，《明十六家小品》等，体裁和内容都庞杂而广泛：凡论说、序跋、传记、碑志各体都有，并且把诏令、箴铭也都列入，这和小品的意义实在不很适切。周作人先生在《美文》一文里曾说：

> 外国文学里有一种所谓论文，其中大约可以分作两类：一批评的，是学术性的。二记述的，是艺术性的，又称作美文，这里边又可以分出叙事与抒情，但也很多两者夹杂的。……读好的论文，如读散文诗，因为它实在是诗与散文中间的桥。中国古文里，记与说等，也可以说是美文的一类。
>
> ——见《谈虎集》

这里所谓艺术性的散文诗似的美文，实就是小品文，而从"它实在是诗与散文中间的桥"的一句话里，也很可参得所谓小品文的内容的朦胧的意态。同时，周先生也承认中国古文里的序、记与说等，也可以属于美文——小品文的一类，但并不像旧选的体裁的广泛了。

在西欧，原有一种Essay的文学，是起源于法兰西而繁荣于英国的一种专于表现自己的美的散文。Essay 这一个字的语源是法语的 Essayer，即所谓"试笔"之意。——见《出了象牙之塔》——有人译作"随笔"。英语中的 Familiar essay 译作絮语散文，但就性质、内容和写作的态度上，似乎以小品文三字为最能体现这一类体裁的文字。厨川白村氏说明 Essay 的性质有这样的话：

> 和小说戏曲诗歌一起，也算是文艺作品之一体的这 Essay，并不是议论呀论说呀似的麻烦类的东西。况乎倘以为就是从称为"参考书"的那些别人所作的东西里，随便借光，聚了起来的百家米似的论文之类，则这就大错而特错了。
>
> 有人译 Essay 为"随笔"，但也不对。德川时代的随笔一流，大抵是博雅先生的杂记，或者玄学家的研究断片那样的东西。不过现今的学徒所谓 Arbeit 之小者罢了。
>
> ——见鲁迅译《出了象牙之塔》

麻烦的论文，关于学术的零星的杂记，都不能算是小品文。这原因，便是小品文是须富有艺术性而不是如论文杂记之类枯燥的东西。不过在中国古人的杂记随录或谈薮里，却有不少清新婉丽的小品文字，如宋苏东坡的《短牍题跋》与《说林》，陆放翁的《入蜀记》，以及宋明清人的笔记日录，虽然也都杂有学术研究断片的记载。

那末，怎样才是小品文呢？关于这一点，厨川氏也有很好的说明：

> 如果是冬天，便坐在暖炉旁边的安乐椅子上，倘在夏天，则披浴衣，啜香茗，随随便便，和好友任心闲话，将这些话照样地移在纸上的东西，就是 Essay。兴之所至，也说些以不至于头痛为度的道理。也有冷嘲，也有警句罢。既有 Humor（滑稽），也有 Pathos（感愤）。所谈的题目，天下国家的大事不待言，还有市井的琐事，书籍的批评，相识者的消息，以及自己的过去的追怀，想到什么就纵谈什么，而托于即兴之笔者，是这一类的文章。

"兴之所至"的一义，实充分的说出小品文抒写时的自由与毫无顾忌的自我表现。冷嘲、警句、滑稽、感愤，是表现方法上的自由；自个人生活的记录至天下国家的大事，这是内容材料选择的自由。所以，把我们日常生活的情形、思想的变迁、情绪的起伏，以及所见所闻的断片，随时抓取，随意安排，而用诗似的美的散文，不规则的真实简明地写下来的，便是好的小品文。

二、小品文的特质

正如一切的文艺作品一样，自我表现为作品的生命；作者个性、人格的表现，尤为小品文必要的条件。

文学是不能离开人生而存在的，文学作家离了生活，也便没有真实动人的作品。厨川白村称文艺为"严肃而且沉痛的人间苦的象征"，所谓"人间苦"，就是"在内有想要动弹的个性表现的欲望，而和这正相对，在外却有社会生活的束缚和强制不绝地迫压着。在两种力之间苦恼挣扎着，由此发生的冲突和纠纷，就成为人间苦"。文艺便从这里产生。所以厨川氏又说："文艺是纯然的生命的表现，是能够全然离了外界压抑和强制，站在绝对自由的心境上表现出个性来的唯一的世界。……能做到仅被在自己的心里烧着的感激和情热所动，像天地创造的曙神所做的一样程度地自己表现的世界，是只有文艺而已。我们在政治生活、劳动生活、社会生活之类所到底寻不见的生命力的无条件的发现，只有在这里，却完全存在。"要是这样的纯然为作者个人的内在生命力的发挥，才是真的文艺，而读者对于作者所期待着的，也不外乎此。生活的感受是共通的，将这共通的感受艺术化的表现出来，虽是著者的主观的而仍不失其感人的效用，这就因为人类有着普遍的属于生的基调和融和，生出共鸣的感兴来，而作者固不失其为个人的生之色彩的表现。歌德因苦闷而有《浮司德》（Faust）[①]、《少年维特的烦恼》（Werthers Leiden）[②]，但丁因失恋流放而有《神曲》，屈原因怀才不遇而有《离骚》《天问》《九歌》。因了作者内心的痛烈的苦闷的呻吟，象征化的表现出来，同时也便深深的打动了读者的心。这就因为它是作者最真实的自我表现与生

---

① 即《浮士德》。
② 即《少年维特之烦恼》。

命力的发挥，有着作者内心的独特的体相，而不是肤浅的描写，无聊的酬应的缘故。

在纯以抒情为目的而不受任何内容或形式上的限制的小品，个性的流露，自我的表现，是极易办到的事。鹤见祐辅氏说："人的真实的姿态，是显现于日常不经意的片言只字之中的。"这是很容易证明的。我们读中国古代作者，如欧阳修、苏东坡的古文，颇具着庄严的道学脸孔，只觉他们是无感情的岸然道貌的学者，欧阳公且以道统自任的，令人不敢亲近。但我们如果再一读他们抒情的小词、短牍，那种活泼的赤裸的真性情的流露，狂傲梗直的全人格的显现，悱恻缠绵的情怀，清新高逸的辞句，几乎使人不会承认即出之于庄严的道学者之手。他们具有诗人的天才，充溢着生命的力而无处发泄，便在人以为小道的小品里不经意的偶然流露，而后世的我们，反可从这些断编零简里窥出他们的真面目，这正是非常可喜的事。在欧洲小品文是很发达的，尤其是在英吉利的文坛上，Essay 文学，放着特殊的光彩。这以培根（F.Bacon）的简洁直捷的论文为始祖，十八世纪如爱迪生（J.Addison）、斯台尔（R.Steele），十九世纪如兰姆（lamb）、米特孚（Mitforel）、吉欣（Gissing）、哈兹列德（WmHazlitt）以及新世纪的培洛克（H.Belloc）、契斯透顿（G.K.Chesterton），都有使人忘不掉的可爱的文字。厨川白村氏的论 Essay 文里说：

> 在 Essay，比什么都紧要的要件，就是作者将自己的个人底人格的色彩，浓厚地表现出来。从那本质上说，是既非记述，也非说明，又不是议论。以报道为主眼的新闻记事，是应该非人格（lm-personal）的，力避记者这人的个人底主观的调子（Note）的，Essay 却正相反，乃是将作者的自我极端地扩大了夸张了而写出的东西，其兴味全在于人格的调子（Personal Note）。有一个学者，所以评这文体说，是将诗歌中的抒情诗，行以散文的东西。倘没有作者这人的神情浮动者就无聊。……

又说：

> 作为自己告白的文学，用这体裁是最为便当的。既不像戏曲和

小说那样，要操心于结构和作品中人物的性格描写之类，也无须像做诗歌似的，劳精疲神于艺术的技巧。为表现不伪不饰的真的自己计，选用了这一种既是费话也是闲话的 Essay 体的小说家和诗人和批评家，历来就很多的原因即在此。

这两段话，从本质上指出小品文的特点，及为其他体裁的文艺所不能有的写作上的自由，即以为这类既是费话也是闲话的体裁的文字的作者的所以多的原因，也是很有理由的。

三、小品文与诗歌小说戏剧

这里，我们还要从广大的文艺的园地里，为这尚未为多数人注意而确能独树一帜的小品散文，在它姊妹行的文艺之花——诗歌、小说、戏剧——的领域内，割一席地，作为这后起之秀的它的发荣滋长的源泉。那就是说，所谓小品散文，和纯文艺作品的诗歌、小说、戏剧，究竟有着怎样的不同？无论是内容方面或是形式方面的，虽然在创作的原则与要素上，难有显然区别的地方，但我们为要更明晰的认识小品文的轮廓，关于这一点的探讨，也许并不是无聊的吧？

先看朱自清先生在《论现代中国的小品散文》的一文里的话：

（文学）体制的分别有时虽然很难确定，但从一般见地说，各体实在有着个别的特性；这种特性有着不同的价值。抒情的散文和纯文学的诗、小说、戏剧相比，便可见出这种分别。我们可以说，前者是自由些，后者是谨严些：诗的字句音节，小说的描写、结构，戏剧的剪裁与对话，都有种种规律（广义的，不限于古典派的），必须精心结撰，方能有成。散文就不同了，选材与表现比较可随便些；所谓"闲话"，在一种意义里，便是它的很好的诠释。它不能算作纯艺术品，与诗、小说、戏剧，有高下之别。

小品散文之与诗歌、小说、戏剧，确有许多难以显然区别的地方，在内容的要素上，抒情的自我的表现这一点，便是一切文艺作品所共通的。朱先

小品文研究　　257

生和厨川白村氏所说，也只是从体制的外形方面和写作态度的自由与谨严上，指出小品散文与纯文艺的诗歌、小说、戏剧的异点，即以确立小品散文特殊的价值。

好像渥兹渥斯（Wordworth）[1]就说过，诗与散文的文辞没有重要的区别。大多数的人认为诗与散文的区别，也只在韵（Rime）的有无这一点。但我们知道，有最好的散文，也有著显的韵律，几乎比平常的诗更高尚；而所谓散诗（Blank Verse）便是无韵的，仍不失其为最高尚的诗。小品散文的最美的，其意味更有超过散诗的，又哪能以韵律的有无来明其界限呢？施德利说："能成诗人与否，非关于音节，……不用音节，或可称为诗人，用音节者，未必能成诗人。"雪莱（Shelley）也说："诗人与散文家的区别，是世俗的谬误。……柏拉图是一位诗人，……培根也是一个诗人。"不过在诗歌，大多是有一定的较散文为和谐的韵律，并且有特殊的节句和形式，这在散文就不重要，而小品散文为抒写自由、表现的真切起见，这些限制，更是要不得的。倘从它们的文学的原素的成分上观察，其多少轻重，也不能厘然分析。汪静之先生说明诗歌与散文的区别，有下面的一段话：

> 大概地说，诗歌感情想像[2]的成分比较多一点，散文文学思想事实的成分比较多一点。诗歌比较注重情调，散文比较注重描写。诗歌比较近于音乐，散文比较近于图画。诗歌大多数是有韵律的，散文则无韵律。
>
> ——见《诗歌原理》

这用作诗歌与小品散文的区别，也还可以，原不过是比较的。美国加州大学教授盖利（C.M.Gayley）在他的《英诗选》的绪论里说："诗和散文不同的地方，就是散文的言语，系日常交换意见的器具，而诗的实质，系一种高尚集中的想像和情感表现。诗系表现在微妙的、有音节的如脉动的韵语里的。"这一段话，使我们对于诗的特质，得更深的了解。我们可以说，诗歌有独自的理想主义，而小品散文则较为近人情。换句话说，诗歌有神秘的不

---

① 即华兹华斯，18世纪末19世纪初英国著名的浪漫主义诗人，"湖畔派"领袖。

② 今应作"想象"。

可理解的幻想境地，而小品散文大都是日常人生抓住现实的记录，最多在表现上幽默或深刻些。

文学是表现人生、批评人生的东西，在一切表现的形式与方法中，能有系统的描写想像的事实而最富于普遍性的要算是小说了。小说表现的人生不是零碎杂乱的，是人生的一部分，片段而却能代表人生的全体的。因为有结构和因果关系，所以 Hamijton[①]说：“小说是蒸馏的人生。”又说：“小说的目的是包含一种人生真理在想像事实的系统之中。”编年的历史，流水账簿般的日记，不能称做小说，就因为没有结构与因果关系。至于小品散文，和这却正相反，它不需要结构，也无所谓因果关系，只是不经意的抒写着个己所经验感受的一切。它所表现的正是零星杂碎的片断的人生。在这里，读者虽不能愉快地领略到像在小说中所表现的一切可歌可泣可爱可悯的有系统的人生的断面，却能出其不意的，找得在人生里随处都散布着的每颗沙砾的闪光，使你惊叹，使你欣喜，以为不易掘得的宝藏。

但是有意的独立制作的小品文却不多，许多美好的小品文学，往往包含在长篇文学作品里，尤其是小说。为写作的自由，有许多自传体的小说便是用许多片断的小品连缀成功的。有名的长篇小说，如《儒林外史》中的荆元市隐、王冕放牛，《水浒传》中的武松打虎，《三国演义》中的三顾草庐，《老残游记》中的王小玉说书和大明湖桃花山等节以及近代作品，善于节取，随处可发现写景、抒情、叙事，或感想议论等各类的浑金璞玉似的短文小品。

戏剧是综合的艺术，兼有时间性与空间性而为一切艺术的大成。这包含诗与音乐、绘画、舞蹈、建筑的复杂的东西，和那单纯简洁的小品文，更有显明的区别。戏剧需要叙述、对话、结构、体式等繁剧的排布，在小品散文是无须乎此的。虽然也有偶然采取戏剧形式的如屠介涅夫（Turgenev）[②]的《工人与白手人》（*The Workman and the man with white hands*）（屠介涅夫的散诗我认为是很好的小品，所以引了来），一篇用对话式暗示先觉者被大家所误解而徒然牺牲。鲁迅先生《野草》集里的一篇《过客》，竟是纯然戏剧形式的象征剧了。作者为表现一种思想的方便，对于选择何种体裁与形式是可以自由的。即如库普林（Kuprin）的《晚间的来客》一篇，虽名为小说，而

---

① 应为 Hamilton，即克莱顿·哈密尔顿，20世纪美国著名的文学理论批评家。
② 即屠格涅夫。

实是很好的瞑想的抒情小品；冰心女士的小说，如《往事》《梦六一姊》《到青龙桥去》等都是清隽的小品，不能称为小说。所以只采取戏剧形式的小品文，不能即视为戏剧，因为它自有小品的特质在，并没有顾到在舞台上排演的实际的种种。

四、小品文举例

最后，举几篇比较短的小品文的例，便于看了上文的取证，即以为本章的结束。

> 黄昏时下雨，睡得极早，破晓听见钟声续续的敲着。
> 这钟声不知是那个寺里的，起的稍早，便能听见，——尤其是冬日——但我从来未曾数过，到底敲了多少下。
> 徐徐的披衣整发，还是四无人声，只闻啼鸟。开门出去，立在栏外，润湿的晓风吹来，觉得春寒还重。
> 地下都潮润了，花草更是清新，在蒙蒙的晓烟里笼盖着，秋千的索子，也被朝露压得沉沉下垂。
> 忽然理会得枝头渐绿，墙内外的桃花，一番雨过，都零落了——忆起断句"落尽桃花澹天地"，临风独立，不觉悠然！
>
> ——录冰心女士《往事》之一（写景的）

> 今早在床上时，看见映在窗槛上的太阳，便预料今天的热，于是赶紧爬起身，好享受那霎时间就要给炎威驱走的清凉晓风。
> 近中午时，果然热得教人耐不住，园里的树，垂着头喘不过气儿来。麝香花穿了粉霞色的衣裳，想约龙须牡丹跳舞，但见太阳光过于强烈，怕灼坏了嫩脸，逡巡的折回去了。紫罗兰向来谦和下人，这时候更躲在绿叶底下，连香都不敢香。
> 憔悴的蜀葵，像年老爱俏的妇人似的，时常在枝头努力开出几朵黯淡的小花。这时候就嘲笑麝香花们：如何？你们娇滴滴的怕日怕风，那里比得我的老劲！
> 鸡冠花忘了自己的粗陋，插嘴道：

至于我，连霜都不怕的。

群花听了鸡冠的话，都不耐烦，但谁也不愿意开口。

站在枝头的八哥却来打不平：

啧，啧，你以为自己好体面罢，像蜀葵妈妈，她还有嘲笑人的资格，因为在艳阳三月里，她曾出过最足最足的风头。你，什么蠢丫头也配多话！

鸡冠受了这顿训斥，羞得连蒂儿都红了。

八哥说过话，也就飞过墙外去，于是园里暂时沉寂，只有红焰焰的太阳依旧照在草木和平地上。

——节绿漪女士《鸽儿的通讯》之三（状物的）

二十四年了，年年除夕都在家里消磨过去，除了幼年的事已经忘去了，这若干不同的除夕，都在一般的锣鼓喧腾中过去了，永远地过去了。这个除夕，却在他乡作客，在先前是意想不到的。

人家很忙，而我却很闲散。我没有债务追迫，没有亲戚酬酢，落得我逍遥自在，不愁什么。下午，朋友余君来看我，邀我到他家去度岁。这在我是十分愿意的，我可以藉此一觇广州度岁的习俗，于是欣然应允了他。

朋友的哥哥是一位西医，他佐了兄弟谦逊地招待我。他们给与我许多肴馔，丰富地摆满了一桌，异乡滋味总有些不能下咽似的，并不是不好，只是调味有不同，硬质的食物多些罢了。最后，他们的母亲也出来招待，据说有大部分的年菜都是伊老人家手制的，这使我颇不安。伊说了许多我听不懂的粤语，龙钟态度，手上皱纹，都显示了伊做了一生底贤妻良母了。我感到不安，我真的感到不安！

饭罢，我们便出来到长堤旅馆里去，有的倡议到西堤去看蛋户，说是今天晚上伊们都装饰得异常好看，招揽狎邪客。我没有兴致，他们终于去了。

这天睡得颇早，——年年此日照例都是迟睡的——听爆竹四处环响起来，沿街上叫卖者用唢呐吹的调子也不断的送入帐里来，使我不能早早睡熟。

——王世颖《除夕》（叙事的）

朋友！欢乐是无常，人生竟这样匆匆，欢愉的时日总是比困坐苦海愁城更容易消逝，我是不得不归去了！江南秀丽的山水，留不住似箭的归心；江南细腻的风光，留不住我思乡的情绪！我要归我的故乡去，那儿有爱我的母亲，那儿有渴望我归来的弟妹。我，我要归去！

朋友！记否将别的前一夕，我们在草亭里饮酒谈心，如画的明月，从竹枝里流来数缕清辉，温馨的晚风，传来谁家的玉笛？我们畅谈，我们痛饮，我们低舞，我们浩歌。一片欢愉的谐音，惊起了亭外的栖鸟，我们忘记了明日的别离！

朋友！记否分别之晨，清新的晨光里，一辆车载着几个人狂奔。那，就是我们，一人远别，数人送行！

呜呜的汽笛催人离别，时时相印的只有我们系念友情的衷心！朋友，别了！

——节周开庆《归途杂记》之五（抒情的）

灯火渐渐地缩小了，在预告石油的已经不多；石油又不是老牌，早熏得灯罩很昏暗。鞭爆的繁响在四近，烟草的烟雾在身边：是昏沉的夜。

我闭了眼睛，向后一仰，靠在椅背上；捏着《初学记》的手搁在膝髁上。

我在朦胧中，看见一个好的故事。

这故事很美丽，幽雅，有趣。许多美的人和美的事，错综起来像一天云锦，而且万颗奔星似的飞动着，同时又展开去，以至于无穷。

我仿佛记得曾坐小船经过山阴道，两岸边的乌桕，新禾，野花，鸡，狗，丛树和枯树，茅屋，塔，伽蓝，农夫和村妇，村女，晒着的衣裳，和尚，蓑笠，天，云，竹……都倒影在澄碧的小河中，随着每一打桨，各各夹带了闪烁的日光，并水里的萍藻游鱼，一同荡漾。诸影诸物，无不解散，而且摇动，扩大，互相融和；刚一融和，却又退缩，复近于原形。边缘都参差如夏云头，镶着日光，发出水银色焰。凡是我所经过的河，都是如此。

现在我所见的故事也如此。水中的青天的底子，一切事物统在上面交错，织成一篇，永是生动，永是展开，我看不见这一篇的结束。

河边枯柳树下的几株瘦削的一丈红，该是村女种的罢。大红花和斑红花，都在水面浮动，忽而碎散，拉长了，缕缕的胭脂水，然而没有晕。茅屋，狗，塔，村女，云……也都浮动着。大红花一朵朵全被拉长了，这时是泼剌奔迸的红锦带。带织入狗中，狗织入白云中，白云织入村女中……在一瞬间，他们又将退缩了。但斑红花影也已碎散，伸长，就要织进塔，村女，狗，茅屋，云里去。

现在我所见的故事清楚起来了，美丽，幽雅，有趣，而且分明。青天上面，有无数美的人和美的事，我一一看见，一一知道。

我就要凝视他们……。

我正要凝视他们时，骤然一惊，睁开眼，云锦也已皱蹙，凌乱，仿佛有谁掷一块大石下河水中，水波陡然起立，将整篇的影子撕成片片了。我无意识地赶忙捏住几乎坠地的《初学记》，眼前还剩着几点虹霓色的碎影。

我真爱这一篇好的故事，趁碎影还在，我要追问他，完成他，留下他。我抛了书，欠身伸手去取笔，——何尝有一丝碎影，只见昏暗的灯光，我不在小船里了。

但我总记得见过这一篇好的故事，在昏沉的夜……

——鲁迅《好的故事》（瞑想的）

想到人类的灭亡是一件大寂寞大悲哀的事；然而若干人们的灭亡，却并非寂寞悲哀的事。

生命的路是进步的，总是沿着无限的精神三角形的斜面向上走，什么都阻止他不得。

自然赋予人们的不调和还很多，人们自己萎缩堕落退步的也还很多，然而生命决不因此回头。无论什么黑暗来防范思潮，什么悲惨来袭击社会，什么罪恶来亵渎人道，人类的渴仰完全的潜力，总是踏了这些铁蒺藜向前进。

生命不怕死，在死的面前笑着跳着，跨过了灭亡的人们向前进。

什么是路？就是从没路的地方践踏出来的，从只有荆棘的地方开辟出来的。

以前早有路了，以后也该永远有路。

人类总不会寂寞，因为生命是进步的，是乐天的。

昨天，我对我的朋友L说："一个人死了，在死者自身和他的眷属是悲惨的事，但在一村一镇的人看起来不算什么；就是一省一国一种……"

L很不高兴，说："这是Nature（自然）的话，不是人们的话。你应该小心些。"

我想，他的话也不错。

——鲁迅《生命的路》（议论感想的）

戈丹的三个贤人，

坐在碗里去漂洋去。

他们的碗倘若牢些，

我的故事也要长些。

——英国儿歌

人的肉体明明是一整个（虽然拿一把刀也可以把他切开来），背后从头颈到尾间一条脊椎，前面从胸口到"丹田"一张肚皮，中间并无可以卸拆之处，而吾乡（别处的市民听了不必多心）的贤人必强分割之为上下身，——大约是以肚脐为界。上下本是方向，没有什么不对，但他们在这里又应用了大义名分的大道理，于是上下变为尊卑，邪正，净不净之分了：上身是体面绅士，下身是"该办的"下流社会。这种说法既合于圣道，那么当然是不会错的了，只是实行起来却有点为难。不必说要想拦腰的"关老爷一大刀"分个上下，就未免断送老命，固然断乎不可，即使在该办的范围内稍加割削，最端正的道学家也决不答应的。平常沐浴时候（幸而在贤人们这不很多），要备两条手巾两只盆两桶水，分视两个阶段，稍一疏忽不是连上便是犯下，紊了尊卑之序，深于德化有妨，又或坐在高凳上打盹，跌了一个倒栽葱，更是本末倒置，大非佳兆了。由我们愚人看来，这实在是无事自扰，一个身子站起睡倒或是翻个筋斗，总是一个身子，并不如猪肉可以有里脊五花肉等之分，定出贵贱不同的价值来。吾乡贤人之所为，虽曰合于圣道，其亦古代蛮风之遗留欤。

有些人把生活也分做片段，仅想选取其中的几节，将不中意的梢头弃去。这种办法可以称之曰抽刀断水，挥剑斩云。生活中大抵包含饮食，恋爱，生育，工作，老死这几样事情，但是联结在一起，不是可以随便选取一二的。有人希望长生而不死，有人主张生存而禁欲，有人专为饮食而工作，有人又为工作而饮食，这都有点像想齐肚脐锯断，钉上一块底板，单把上半身保留起来。比较明白而过于正经的朋友则全盘承受而分别其等级，如走路是上等而睡觉是下等，吃饭是上等而饮酒喝茶是下等是也。我并不以为人可以终日睡觉或用茶酒代饭吃，然而我觉得睡觉或饮酒喝茶不是可以轻蔑的事，因为也是生活之一部分。百余年前日本有一个艺术家是精通茶道的，有一回去旅行，每到驿站必取出茶具，悠然的点起茶来自喝。有人规劝他说，行旅中何必如此，他答得好，"行旅中难道不是生活么。"这样想的人才真能尊重并享乐他的生活。沛德（W.Pater）曾说，我们生活的目的不是经验之果而是经验本身。正经的人们只把一件事当作正经生活，其余的如不是不得已的坏癖气也总是可有可无的附属物罢了；程度虽不同，这与吾乡贤人之单尊重上身（其实是，不必细说，正是相反），乃正属同一种类也。

戈丹（Gotham）地方的故事恐怕说来很长，这只是其中的一两节而已。

——周作人《上下身》（讽刺的）

第二编　中国现代小品文发达的原因

一、引言

中国自新文学运动以来，创作方面，在量上不能算少；尤其是小说的作者特多；诗歌、戏剧，比较地逊色。但论到成绩，却不能不推那作者稀少尚未为多数人注意的后起的小品散文了。我们翻开各种新文学的刊物，和寥寥可数的几个散文作家的专集，无论在思想上，表现上，都可以使你得到意外的收获，为其他作者与作品都较为拥挤的小说、诗歌、戏剧所没有的。所以前年东亚病夫——即曾孟朴先生在复胡适的信（见《真美善》一卷十二号）里论这几年文学的成绩说："第一是小品文学，含讽刺的，析心理的，写自然的，往往着墨不多，而余味曲包。第二是短篇小说……第三是诗……"其他也有许多和这相同的意见。可见这个观察大致不错，即欲为小说、诗、戏剧辩难者，在实际上，也是很难置喙的了。在最初，胡适之先生似乎已注意到这将要在中国新文坛放异彩奏奇功的小品散文。他在一九二二年三月写的《五十年来中国之文学》一文里，论到白话文学的成绩有几句说：

> 这几年来，散文方面最可注意的发展，乃是周作人等提倡的"小品散文"。这一类的小品，用平淡的谈话，包藏着深刻的意味；有时很像笨拙，其实却是滑稽。这一类作品的成功，就可彻底打破那"美文不能用白话"的迷信了。

那时作者确是稀少得可怜，小品文的可惊异的突然猛进的发展，却是近几年的事。这原因，当然是很复杂，不是简单的几句话可以说了，须得特别提出来讨论一番。像朱自清先生所说："三四年来风起云涌的种种刊物，都有意或无意地发表了许多散文；近一年这种刊物更多。各书店出的散文集也不少。《东方杂志》二十二卷（一九二五）起增辟'新语林'一栏也载有许多小品散文，夏丐尊、刘薰宇两先生合编的《文章作法》，于记事文、叙事文、说明文、议论文而外，有小品文的专章。去年（一九二七）《小说月报》的'创作号'（七号）也特辟小品一栏，小品散文，于是乎极一时之盛……"这只是从现象上看出小品文的进展，最近有《现代中国散文选》一书，以小品居多，而上海听涛社出版的《小品文选》（分甲乙丙三编，甲选为近代小品文，乙选为古代小品文，丙选为外国小品文的翻译），则为有计划的搜罗小品文的专集，并用为中等学校的文章读本了。要明白小品文发达的原因，它的内在的因子是不能不探讨的。

二、现代生活的趋势

前面说过，文学是不能离开人生而存在的，文学作家离了生活，也便没有真实动人的作品，文艺是人间苦的象征。现代文艺的新趋势，从几十万言的叙事诗而到三行、四行的抒情诗，从五幕二十景的复幕剧而到一幕一景的独幕剧，从百数十回的长篇小说而到一读即完的短篇小说，一方面固然因为文学自身的进步，——表现的经济，以及报章杂志的增多，读者要求短小精悍的文字；而另一方面却是现代生活的影响。——这便是小品文发达的内在原因。

现代人们的生活是怎样的呢？和小品文的发达究竟有怎样的关系呢？这在冯三昧先生的《小品文与现代生活》一文里有明白的指示，他说：

生存竞争的激烈，使现代人的生活都成恶战苦斗的生活，没有余裕的时间可以赏作长大的作物。……恶战苦斗的生活，造成了疲劳与苦闷，因此想从各种方面求取刺激与麻醉，新近的烟酒消费额的激增，便是明证。余如爱抹强烈的香料，喜用发光的饰物，都足证明刺激要求的热切。然在文字方面，真要取得强烈的刺激与兴奋，悠长的作品是不行的。美国诗人爱伦坡在他所著《诗之原理》中说："诗的价值在能兴奋读者的精神，但是精神的兴奋，是心理的必然的结果，是一时的没有永久持续的性质，所以长篇的叙事诗，毕竟不及短小的抒情诗。"又其论短篇小说云："长篇小说失之过长，非一次所能读完，时读时止，而全篇的完整之力因亦减损。盖停阅之际，世事纷繁，读者所得印象，自必受外界之影响而改变。严言之，停阅一次，真正的合一已失。但在短篇小说则不然，阅者读时，精神思想全操纵于作者，内外影响俱不能乘，厌倦欲弃之事自可免了。"这虽是爱氏对于诗和短篇小说的解释，其实可作一切小品文解的。……故在某一意义上看，洋洋数万言的大作，有时反不及一二百字的小品文。

再者，长篇巨著是非对于所欲表现的事物有长时期的观察体验与持久的毅力，不易成功的，而这在除掉专委身于文学的伟大作家却不易办到。在那灵感显现的一刹那，片断的思想的浮动，能敏捷地捉住而不使逸去，并真率的表现出来，这是小品文特有的效用，也即是它所以为多数作者所乐用的体裁，同时也适应了现代人事倥偬生活繁剧的读者们的要求的缘故。

由这几点看来，小品文正是适应着这时代人们的生活而产生的，在作者和读者两方面，都为着非常的便利而应运生长发展起来的，这恐怕便是小品文所以发达的最大原因了吧？

三、历史的背景

一种文学的产生、形成，决不是凭空的，必有其相当的历史背景。小品散文的发达，在中国虽是近几年的事，但推求它的源流，却是很远的。在第一编里，说过小品文不是新近才发生的，在作为正宗发达着的中国历代散文里，尽可找得绝好的作品，而且历史也是很悠久的，所以要研究中国现代小品文发达的原因，不能不注意到它的历史的背景，这已有好多人说到过，且引几个作者的话来看：

王世颖先生说：

所谓新形式的散文小品，在我国简直不是新的东西，周秦诸子中，你尽可以读到他们从实际生活中得来的感想，你尽可以领略到他们所亲切地看到的人生之断片，你尽可尽情浏览他们所草成的一幅幅的山水画片。这种精美的画片，直到现在，还发着镭也似的光芒，不但欧洲古代没有，即在现代也是少见的。可惜南北朝的文人，太趋重于雕饰和技巧，于是遗留了这样的一个形式而空虚了内容。然而这最能传达实感的形式，是决然没有被人遗弃的道理；唐宋以来诸作家，虽然有时会被绮丽的六朝金粉气迷住了心，究竟也还有几幅绝妙的图画般的小品，留给后人，引起后人心弦上的共鸣而发出大公无私的同情之感来。这一宗遗产，即使我们不以此来炫耀外人，至少也应该"永实用之"吧！我想。

——见《龙山梦痕·引言》

钟敬文先生说：

中国古来许多文人中，没有专门做小品文做得多而且出名的。但是这类文艺之花园中的异卉的作者，各时代都不断地生产着，只是太过稀少，并不大为人们所注意罢了。如果《庄子》不尽是伪书的话，在战国时，已颇有些美丽的小品文出来。汉魏六朝间，有几篇书翰，是当得起上顶的小品之称。陶渊明这位避世先生，不但在中土诗国中是一个杰出的人才，他的小品文，也是不可多得的佳制。《桃花源记》《五柳先生传》，这是有口皆碑的，我们也用不着来说了。不大为人所注目，而在我觉得是特别佳妙的，是那篇《与子俨等疏》。唐人如柳宗元的山水记，虽颇多客观描写成分，然用笔幽隽，作者个人情绪，复不自禁的流泛其间，所以也不能不说是逸品。明人于诗，有复古的趋向，而一般名士，却另外开拓了一个抒情的散文境地，如十六家文集中有许多真是小品的上乘，使我们读了飘飘然欲仙的。

——见《试谈小品文》

看了这两段话，就可以明白小品文实在是"古已有之"的，并且是"披沙拣金"，还往往可以"得宝"的哩！现代小品散文的蔚然兴起，虽不是全受古人的影响，但一种潜伏着的民族性的特质的遗留与复现，总不是可以掩饰的事。周作人先生称俞平伯的小品散文为现今散文一派的代表，可以与张宗子的《文秕》（刻本改名《琅嬛文集》）相比，各占一个时代的地位——见《燕知草》跋。而这风致是属于中国文学的，是那样地旧而又这样的新——《杂拌儿》跋。他比现代的散文好像是一条淹没在沙土下的河水，多少年复又在下流被掘了出来，所以与其说是文学革命的，还不如说是文艺复兴的产物。他并且说：

> 现代的散文在新文学中受外国的影响最少。……在理学与古文没有全盛的时候，抒情的散文也已得到相当的长发，不过在学士大夫眼中自然也不很看得起。我们读明清有些名士派的文章，觉得与现代文的情趣几乎一致，思想上固然难免有若干距离，但如明人所表示的对于礼法的反抗，则又很有现代的气息了。
>
> ——《陶庵梦忆》序

是已肯定的承认现代小品散文是有不可抹煞的历史的背景，而且以为现代小品散文的源头，便是明朝末年名士派的既有雅致且多反抗精神的文章，看他在《杂拌儿》序里的话便可证明。

> ……明代的文艺美术比较地稍有活气，文学上颇有革新的气象，公安派的人能够无视古文的正统，以抒情的态度作一切的文章，虽然后代批评家贬斥它为浅率空疏，实际却是真实的个性的表现，其价值在竟陵派之上。以前的文人对于著作的态度，可以说是二元的，而他们则是一元的，在这一点上与现代写文章的人正是一致，……以前的人以为文是"以载道"的东西，但此外另有一种文章却是可以写了来消遣的；现在则又把它统一了，去写或读可以说是本于消遣，但同时也就传了道了，或是闻了道。……这也可以说是与明代的新文学家的意思相差不远的。在这个情形之下，现代的文学——现在只就散文说——与明代的有些相像，正是不足怪的，虽然并没有去模仿，或者也还很少有人去读明文，……

读者至此，对于现代小品文发达的历史的背景当已了然。不过，我们要知道，一种文学形式的产生，固然自有其历史的背景，而单单靠着历史背景也是不易发达的；在这里，最紧要的就是外来文学的影响。

四、外国文学的影响

当某种文化和旁的一种文化接触时，在不知不觉中往往会改变它本来的面目，而诞生出另一种融和的新的文化来。这在中国历史上，如东晋以后因印度佛学的传入而学术界发生大变化，终于诞育出宋朝的理学来，便是很显然的例证。近数十年来，欧风东渐，西方美人已和这东亚病夫行了相见礼，在国际、政治、经济各方面，固已发生了密切的关系；而学术方面，也互相踊跃的介绍，热烈的研究，从学术文化上求国际间的多方面的了解，这实是世界和平的先声。即从文艺一项说，因了外国作品的传入，出版界便风起云涌，一切新形式的诗歌、小说、戏剧，也在腐气弥漫的中国文坛上出现。虽然是幼稚得可笑；但要说这是中国"古已有之"的，那恐怕谁也不相信罢！

同样，小品文虽是中国原有的东西，但最近所以复活的发达起来，说是受了外国文学的影响，这也是任何人都不能否认的事实。所谓历史的背景，不过是僵死的灵魂，只是指示了我们一个趋势，最多，他的躯壳的某一部分是复现在他的子孙的身上，而其内容、精神，实有待于外来文学的充实。周作人先生是中国现代最成功的小品散文作家，他虽说明现代中国小品散文的源流是从明朝出来的，但也承认有外国文学的影响。他在《燕知草》跋里就说："中国新散文的源流是公安派与英国的小品文两者所合成。"朱自清先生并以为受外国的影响比中国多，他在《论现代中国的小品散文》一文里在引周先生的《杂拌儿》序（见前）一段文字后便这样说：

> ……明朝那些名士派的文章，在旧来的散文学里，确是最与现代散文相近的。但我们得知道，现代散文所受的直接的影响，还是外国的影响；这一层周先生不曾说明。我们看，周先生自己的书，如《泽泻集》等，里面的文章，无论从思想说，从表现说，岂是那些名士派的文章里找得出的？——至多"情趣"有一些相似罢了。我宁可说，他所受的"外国的影响"比中国的多。而其余的作家，外国的影响有时还要多些，像鲁迅先生，徐志摩先生。……

这见解是很不错的，我们一检讨中国现代许多散文作家，如周作人、俞平伯、朱自清、叶绍钧诸先生以及谢婉莹、陈学昭女士的作品，要算是最富有中国的趣味的了，但已多新形式、新语调、新意境，在从前的文章里是找不到的。即周先生文章里的一种清淡隽永的风致，也是显明地受着日本作家的影响的。至于鲁迅先生的幽默的风趣与深刻的暗示力，徐志摩先生的流利轻快的笔致，浓厚得化不开的特有的句调，更显然不是"古已有之"的了。这可以证明周、朱两先生所说的中国新散文的源流，是确有实据的。

第三编　怎样做小品文

一、作者的修养与准备

小品文容易做吗？我可以绝截的回答你，不容易，不，简直是很难。冯三昧先生就说过："小品二字，听去似乎非常轻松，其实不然。用数百字或一二千字切取人生的一角，和打靶子的一发就要中的一样，决不是件容易的事情。"人生一角的切取，固然非有深刻锐敏的观察力与灵活巧妙的如速写者的手法不可；而要从一角里反映出背景的全部，从单纯的事物里暗示出种种复杂的情景，也须要对于文字有驾驭的技巧。并且有时在分量上、剪裁上要受限制，要写得恰如其分，如东坡先生的自道其作文的态度所说"行于所当行，止于不可不止"；要有所谓"曲终人不见，江上数峰青"的含蓄之致；这在毫无文学修养者简直是办不到的事。倘是以为只要篇幅短小，多用些藻绘艳丽的辞句堆垛起来，如七宝楼台似的，或只是说几句"肉麻当有趣"的滑稽的俏皮话，——没有把生活的实感表现出来——便以为是成功的小品文作者，那是何等的可笑而且失了小品文本身的价值！所以，有志做小品文的，对于相当的修养与准备，是应该注意的。

做文章时最重要的就是材料问题，材料选择的得当与否，与文章的好坏大有关系。所谓"材料"，可分两类：一是作者用为创作的内容表现的对象的一件事物的精神或生命，可称之为"题材"；一是作者用来为表达事物的意象的语言和文字，可称之为"表材"。文艺的题材本很广大而复杂，不像绘画、雕刻等艺术的单纯而有时且受物质的限制，大概可分人生、自然和超自然三种。凡内心的思想、感觉，以及耳闻目见的一切，都可用为写作的对象。自然与人生，最易动人而为文学的主要材料，大都以过去的追忆及当前的接触为内容；超自然则为未来的想象、理想，是更深的心的运用，为使自己的感情更好的表达出来时，必须有赖于此。所以，关于题材的摄取，定要具有a. 生活的吟味力，b. 深入的观察力，c. 丰富的想象力；关于表材，——尤其是小品文的表材，适当的表现算是更应特别注意的。现在分述如下：

（一）要有生活的吟味力

小品文是以表现生活抒写情调为本职的。个性的舒展，生活的告白，是小品文内容的主要部分。倘若我们对于自己的生活，无论是美满或是愁苦，没有仔细咀嚼吟味的能力，那对于自己的生活，一定感不到趣味；也就不能把这生活的内容和个己的情趣渗入于作品里，而作品也就失掉它的最重要的生命，不能感动人了。且看东坡先生的小品：

> 临皋亭下，不数十步，便是大江。其半是峨眉雪水，吾饮食沐浴皆取焉，何必归乡哉？江山风月，本无常主，闲者便是主人！闻范子丰新第园池，与此孰胜？所不如者，上无两税及助役钱耳。
>
> ——《书临皋风月》

> 元丰六年十月十二日，夜，解衣欲睡；月色入户，欣然起行。念无与为乐者，遂至承天寺，寻张怀民。怀民亦未寝，相与步于中庭。庭下如积水空明，水中藻荇交横，盖竹柏影也。何夜无月，何处无竹柏，但少闲人如吾两人耳！
>
> ——《记承天寺夜游》

> 余闻江州东林寺，有《陶渊明诗集》，方欲遣人求之，而李江州忽送一部遗予。字大纸厚，甚可喜也。每体中不佳，辄取读，不过一篇，唯恐读尽，后无以自遣耳。
>
> ——《书渊明羲皇去我久诗》

说"江山风月，本无常主，闲者便是主人"。又说"何夜无月，何处无竹柏，但少闲人如吾两人耳"。都是静者有得之言。要知无论那种生活都有它的本身的美，能领略，便能感到兴趣，随处都可捉到它的美和趣味。江上峨眉之水，月中竹柏之影，本属寻常，但在能吟味者便可傲新第园池，忘枕席之安。而以饮沐江中峨眉雪水藉慰思乡之念，逐篇的细读渊明诗以遣不适而唯恐读尽，这都是对于自己的生活很能吟味的，所谓生活的艺术化，便是这吟味力的效果。芥川龙之介氏曾说："因为使人生幸福，不可不爱日常的琐事，灵的光，竹的战栗，雀群的声音，行人的容貌，——在所有的日常琐事之中，感着无上的甘露味。"这是很有意思的话。即如日本俳句诗人小林一茶是个最有趣味的作家，他的随笔如：

> 我们埋在俗尘里碌碌度日，却说些吉祥话庆祝新年，大似唱发财的乞人的口吻，觉得很是无聊。强风吹来就会飞去的陋室，还不如仍他陋室的面目，不插门松，也不扫尘埃，一任着雪山路的曲折。今年的正月也只信托着你（系指释迦）去迎新春罢。
> 恭喜也只是中通罢了，俺的春天。

> 二十七日晴。老妻早起烧饭，便听得东邻的园右卫门在那里舂年糕，心想大约是照例要送来的，冷了不好吃，须等他勃勃地发热气的时候赏鉴才好，来了罢来了罢的等了好久，饭同冰一样的冷掉了，年糕终于不来。
> 我家的门口，像煞是要来的样子，那分送的年糕。

这本是些平凡无聊的小事，然而他能抱着趣味高高兴兴地写出来，而读者从这里并可看出作者的性情和境遇，觉得非常的动人，这便是因为作者能领略自己生活的趣味而且绝不掩饰的把它倾注入作品那里的缘故。

不但如此。语云，"境由心造"，人的内心的活跃和四围的环境是起和谐的共鸣作用的。对于自己，能细磨细琢的吟味，那末，对于森罗的万象，也就格外感到吻合，亲切，时时反顾，处处流连，这就是所谓人间的趣味。俞平伯先生说得好："我们试想：若没有飘零的游子，则西风下的黄叶，原不妨由它们花花自己去响着。若没有憔悴的女儿，则枯干了的红莲花瓣，何必常夹在诗集中呢？人万一没有悲欢离合，月即使有阴晴圆缺，又何为呢？怀中不曾收得美人的倩影，则入画的湖山，其黯然又将如何呢？……一言蔽之，人对于万有的趣味，都从人间趣味的本身投射出来的。这基本趣味假若消失了，则大地河山，及它所有的兰因絮果，毕落于渺茫了。"（见《燕知草》）所以生活的吟味力，是剖析个己爬梳万象的唯一妙法。无论是"良辰美景""赏心乐事"，或是"花落水流""酒阑人散"，能吟味便有趣味，有趣味便能引起惘惘不甘之情，那就是创作的动机，材料也就源源而来了。

（二）要有深入的观察力

除掉自己个人内在的生活情趣外，可以供给并充实我们文学创作的内容的，就要算是伟大美妙的自然界和五花八门的社会上的一切人事了。换句话说，就是要从我们经验、阅历所深入的实际生活中去理解并摄取资料。关于这方面材料的搜寻，精细而正确的观察力是最紧要的。冯三昧先生说："观察是科学家的武器，同时也是文章家的武器。有人颂赞托尔斯泰的作品，曾称他的眼睛为'鹰眼'，这便是说他的观察力和鹰一般深远。迪更斯①从喧扰的街中走过，常能背述各商店的顺序和店饰，其观察力之伟大，自可想见。路旁的小草，不是习见而又单纯的东西么？勃思铿②却能从此看出美丽的景致和花纹。故有许多事物，在常人以为不足奇的，一到敏感的人的眼中，便都成了活的书本了。"又说："所谓观察，并非狭义的限于肉眼，也不是普通人看新娘那样皮相的观察所能济事，乃是要用身心的体验，于平凡之中发现非凡，于细部之中看出全体。换句话说，就是要不拘泥于因袭的成见，不执着于现实的功利，而对世间的一切，作清新的观照和重新的估价。"（见《小品文讲话》）可见观察的重要与如何观察的要点了。小品文形既短小，不能如小说、戏剧等作品可容纳繁杂的材料；所以，对于人生各样的现象，要以我们奇警锐敏的透察力，去接触一切，感觉一切，体会一切，抓住自然和人生的生命，尤其要注意到事物的细小处，捕捉它的特色，才能适用。明代钟惺有《五看雪》诗引一篇小品：

> 雪无畅于庚辛之冬春者，看雪无博于庚辛冬春钟子之在白门者。由今想之：于木末亭，于鸡鸣寺塔下，于乌龙潭，于孝陵，于秦淮之舟。大要木末之雪秀，秀于木于烟。鸡鸣寺眺后湖，后湖之

---

① 即19世纪英国著名作家狄更斯。
② 冯三昧《小品文讲话》原文作"勒思铿"，不知何者为是。此人资料不详。

雪旷；旷于湖。乌龙潭之雪幽；幽于潭，亦于木于烟。孝陵之雪雄；雄于陵。秦淮雪舟，前此未有也，雪则蒋山，蒋山之雪活；活于从水看山。退寻追赏。作《五看雪》诗。

同一雪景，因地之异遂各呈其特殊之姿态与神韵，并看出所以各呈异态的原因；文字固然写得简练深秀，而观察的细致锐敏，也是很可取法的。大概一物都有一物的个性，即是一物在不同的境地中也会反映各样的面目。桃花的红决不是石榴花的红，也不是蔷薇花的红；山桃妖娇，杏花娇怯，海棠柔媚，樱花韶秀，千叶桃秾丽；朝雾里的山，决不是暮霭里的山，也不是星月光里的山；同是一海，阴天的海与晴天的海不同，早晨的海与晚上的海不同，夏日的海与冬日的海不同，南方的海与北方的海不同，甚至于一刻不同一刻，一瞬间千变万化，无从捉摸得住。所以我们必得从繁复的事物中略去琐屑而捉住可以代表这事物的特相，描画其印象的大体，所谓"神气"的表现，实是艺术的最高价值。

对于事物的观察，正确和精细，固然是必要的态度；但要把观察得来的印象写得动人，那末，感觉的情绪的描写是不可少的。仅仅写出某一事物的形状、性质、组合或因果的轮廓，决不能引人起感；在体会事物的形体之外，要体会事物的精神，抓住事物的生命，更进而把自己置身于万物中，与宇宙万象融合谐和神晤默契而同其情感，同其生命。如张孝祥词"尽吸西江，细斟北斗，万象为宾客"、杜少陵诗"感时花溅泪，恨别鸟惊心"所云，把万象当作宾客款待，把花鸟看为有生命的有意识的同类的人，所谓"事物人化"（拟人法），或"人事物化"，这是诗人画家在艺术创作心理上很重要的事。小品文要有诗的意境，画的神韵，那能不具有这样的观察法呢。下面举一个由观察而得的感觉描写的例：

隔着玻璃，望见两边窗角的纤弱的柳条，他们寂静地垂着，风来时也婀娜地摇曳摇曳。

从这边的窗角到那边的窗角，贯串着几条黑色的电线，在线上，寂静地息着几只小燕，他们的身子是苗条而修长的。

无论天气是晴朗还是阴晦，也无论心情是舒畅或是忧郁，我心底轻轻地唱了——或者不是唱，只是随着"自然"的节律微颤，不绝如缕地微颤。

　　所谓"自然"的节律，他就展放在我的目前：那窗外的电线，正并列得如同一个乐谱，那黑色小燕的身子，不就是一个一个的音锤么？并且，那柳条，是时舞时止着；那小燕，是时来时去，完全像琴上的键子在一起一落着。

　　——是看他？还是听他呢？是索性低着眼皮，掩着耳朵，自己轻轻数着自己心里的颤动呢？

——缪崇群《自然的节律》

　　把电线和小燕子比拟作乐谱，作者的想像真是巧妙。我们读了，仿佛身坐一角小窗中，凝视着窗外温和的春景，又如看着丰子恺先生漫画的小幅，不得不佩服作者观察的细致。至如这文里的"我心底轻轻地唱了——或者不是唱，只是随着'自然'的节律微颤，不绝如缕地微颤。""是看他？还是听他呢？是索性低着眼皮，掩着耳朵，自己轻轻数着自己心里的颤动呢？"等句，便是感觉的情绪的描写，不但画出形象，并听出声音来了。

（三）要有丰富的想象力

　　想象是一切文学的重要原素，是补充事实之不足而为作家表现情感所不可少的东西，而把生活的吟味与观察的经验表现出来，也是要通过作者的想象的。想象和空想不同：空想是纯然不根据现实的诡谲的虚构；而想象则将许多旧经验溶化、抽象，加以新组织，而后发生出来的一种心理作用。好的文学，都含有不少的想象成分，但丁的《神曲》，屈原的《离骚》，都是以奇壮的想象惊人的。

　　白居易的《长恨歌》因欲慰君王辗转反侧之思而凭空插入"忽闻海上有仙山，山在虚无缥缈间"一段故事，陶渊明因厌弃现世欲求乌托邦而作"不知有汉无论魏晋"的《桃花源记》，这都是由作者的想象作用而生，未必真有此种事实。但是在后来的读者，并不觉得形之虚构，反为之悠然神往，这便是因为它是根据旧的经验出发，虽不执着于现实，却并非与现实绝缘，故能予人以真实的感觉。

　　兰肯斯在他的《近代画家论》（Modern Painters）里把想象力分作（一）联想的想象力，（二）洞察的想象力，（三）冥想的想象力三类：第一的联想的想象力，是说艺术之溶合的状态的；第二的洞察的想象力，是说想象力之活动的；第三的冥想的想象力，是说打碎借外界的关系而成的形象，单只拔取其中的内面的关系以造成新的精神的形象的手续的。这冥想的想象力，即是表现——即形象——之理想化，是使作品自由自在不受任何外界事物的拘束，是洗涤文艺而使它成了纯洁无垢的清净体的资料，具有使我们恢复感觉和心意的本真的能力的。所谓生命，所谓美，乃至所谓同情，都是这个自由活动的结果。文艺作品的极境，便是由此而达的（见《给志在文艺者文学的本质》）。而根据自然或人生的事实现象，加以想象，写成文字，便成为文艺作者的惯技。古代的神话传说不必说，《诗经》六义的“比”的一体，即是借一种形象来表现在诗人心上所唤起的形象的一种“假象”（Semblance），也是诗歌的重要原素。所以“要表现一种高孤清洁的性格，不必定拿一个具有这样的性格像实在的人来描写，却只消用‘美人’‘芳草’一类的假的来表现。说起‘关关雎鸠，在河之洲’，就可以感想到‘窈窕淑女，君子好逑’了；说起‘参差荇菜，左右流之’，就联想到‘窈窕淑女，寤寐求之’了”（见傅东华《诗歌原理》26.P.）。描写美人则用“晚云”或“云”“雾”“烟”等来形容头发，如“晚云如髻，湖上山横翠”（苏过），“云鬟乱，晚妆残”（李后主），“雾鬓烟鬟乘翠浪”（朱景文）。用“芙蓉”“莲花”“杨柳”“山水”等来形容颜面眉目和腰肢，如“芙蓉如面柳如眉”（白居易），“腰如细柳脸如莲”（顾夐），“水是眼波横，山是眉峰聚”（欧阳修）。用“樱桃”“花蕊”等来形容口，如“一曲清歌，暂引樱桃破”（李后主），“唇一点小于朱蕊”（张先）。至如“梨花一枝春带雨”（白居易），“翩若惊鸿难定”（史达祖），则把美人的姿态举动，都比拟的象征出来了（此即上节所谓“人事物化”）。反之，以有情化的态度来观察事物，把宇宙万象都看作为有生命的活物或有意识的人，如“当路游丝萦醉客，隔花啼鸟唤行人”（欧阳修），“衰桃一树近前池，似惜容颜镜中老”（温飞卿），“泪眼问花花不语，乱红飞过秋千去”（欧阳修），“有情皓月怜孤影，无赖闲花照独眠”（黄仲则），“蜡烛有心还惜别，替人垂泪到天明”（杜牧）。（此即上节所谓“事物人化”——拟人法）把自己的灵魂从肉体中提出，移入无生命的对象的形体中而体验其生活，使之变为活物，从而描写其姿势与神气，这是文艺创作上最重要、最高贵的一步工夫，而它的完成，是有赖于想象的（参考丰子恺《文学中的写生》一文——见《中学生》杂志十一、十二两号）。

（四）要有适当的表现的工具

周作人先生说："有许多思想，既不能作为小说，又不适于做诗（此只就体裁上说，若论性质则美文也是小说，小说也就是诗，《新青年》上库普林的《晚间的来客》，可为一例），便可以用论文式去表他。他的条件，同一切文学作品一样，只是真实简明便好。"这里所谓"不能作为小说，又不适于做诗"的许多思想，便是瞬间的片断的灵感的浮现，忽起忽灭的并不深刻而迫切，不能长久持续，构成小说似的长篇巨制；又当生活的忙碌中浮到心头又复随即消失的刹那的感觉之心，倘要用讲求音节的精炼的诗句来表现，就不易真实。所以，不讲法式，可以尽情抒写的小品，便应了这需求。但是，要用怎样的工具来适当的表现这种思想？这问题，也是不能略而不论的。

所谓工具，就是作者用来表达一种事物的精神的手段。在文学，和其他姊妹艺术——绘画、音乐、雕刻、建筑——有些不同；即其他艺术，完全以实质的物品为凭借，只要用眼看、耳听、手摹，便可由物质本身，将所负着的事物的精神，由感觉引起，而材料的本身，便有引人快感的能力。如绘画以颜色、形式，音乐以音调、节拍，雕刻以形态、建筑以规准，都是根据材料而为不同的表情美，由器官的接触引起感觉，以唤起视听者之情感，是由物质而进于精神的，是直接的；文学则材料即为其内容，或者可以说即是它所要表现的对象，我们所能看见的只是曲折的笔画所凑成的写在白纸上的黑字，视之不美，听之无声，仅以代表事物的意念——非实物，——由读者"感情的掀动而回忆，以成观念"，是先有精神作用而唤起物质的本身的，是间接的。所以，用画布、颜色笔，巧妙地配合起来可以成悦目的画图；用乐器或人的发音器奏出音调、节拍，可成动人的音乐；用大理石可以雕成美的人体，用木石砖瓦可以建筑成壮观的殿宇，而用纸墨笔写成的文字，不能即成文学（因为文学是以字的意念做成而非物质的本身）。文学的材料，成为作者的目的，而文字则是他所凭借的表材，可以说是作者的手段，也就是工具。但是，语言和文字，虽不是文学的直接的材料，但没有语言文字，即使有怎样有价值的感情、思想、想象，也决不能成为文学。正如亨德所说，文学总归是"文字的表现"（Written expression），所以亚里斯多德以"适当的语言"（Adequate language）为优美的文体的条件之一，福禄贝尔对他的弟子莫泊桑也曾说：

我们所要表出的什么，这里只有唯一的字可以表出他；说明他的动作的，只有唯一的动词；限制他的性质的，只有唯一的形容词。我们不能不搜求这唯一的名词、动词及形容词，直到发见了为止。只是发见近于这字的字，也是不能满足的。这事不能以为困难，便模模糊糊地了事。

可见语言文字在文学创作上的重要了。至于如何遣辞用字，这是涉及修辞学上的问题，放在后面作法的要点里去细说，这里只想对于小品文应用怎样的语文来写的一点略说一说。

中国语是一种单音的孤立语。德国的伽伯林（Prof Gabelentz）在他所著的《汉文经纬》（Chinesische Grammatik）底序论里，曾举出印度、中国语的三特质，说在单音孤立之外更是一种"歌调的"。日本的盐谷温在《中国文学概论讲话》音韵一章里说中国语底单音在孤立的特性底文学里所发生的影响是：（一）文章简洁，（二）便于造对语，（三）音韵谐协。所以有"歌调的""音韵谐协"的特质的，是因为虽是单音而有四声（平上去入）来分高低，又善用双声（同语头音的，如"参差荇菜"之"参差"）、叠韵（同语尾音的，如"窈窕淑女"之"窈窕"），故音调和谐，近于"歌语"（Singing Language）。但是中国幅圆①太大，语言（指口语）也因之极其复杂。在现在，要写文章，当然以口语写出来为最适宜了；既用不着诘屈聱牙的秦文汉赋，也不需要浮声切响的骈四俪六。不过所谓"口语"，是用一地方的土话呢，还是比较通行的普通话呢？或是已经"欧化"了的特种口语呢？这却是个问题。方言文学自有他的价值，但不是尽人能懂的普通的东西，在思想情感的传染上，是有着障碍的了；普通话（指以北京话为主的流行的国语）比较是普遍了，但容易流于平易、圆熟，不能表出小品文特有的简明而有趣味的体式。所以周作人先生《燕知草·跋》里就说：

我也看见有些纯粹口语体的文章，在受过新式中等教育的学生手里写得很是细腻流丽，觉得有造成新文体的可能，使小说戏剧有

---

① 今应作"幅员"。

一种新发展，但是在论文——不，或者不如说小品文，不专说理叙事而以抒情分子为主的，有人称他为'絮语'过的那种散文上，我想必须有涩味与简单味，这才耐读，所以他的文词还得变化一点。

至于欧化语呢？较之单音的汉字，表现的力量当然要强些，但这也不是普遍的，而且过于"欧化"时，往往会闹出文法上的笑话。的确！小品文的须有涩味与简单味是要紧的，因为这正是小品文的特色。用普通口语平铺直叙的写来，在为灌输知识谈论道理原很便利；但在表现丰富深远的感情、想象、情绪等的文学，尤其是短小精悍的小品文字，非要有含蓄，多暗示，或者说"低徊的趣味"不可的。戈梯埃（Theophile Gautier）序波特莱耳（Bandelaire）有名的诗集《恶之华》（Les Fleurs dumal）[①]说：

> 台喀亶的文体，是富于才智的，复杂的，虽是极琐屑的意味也毫不遗漏的文体；是能使语汇极端的丰富，要表现思想上向来难以说明的东西，表现形式上向来最暧昧最易消灭的轮廓的文体。总之是超越了向来的语言的范围的文体。换一句话，台喀亶的文体是语言的最后的努力，进步到语言这东西所能达到的最高的地方。

这是台喀亶（颓废派）的文学者所唱的语言的"暧昧说"，这里引了来，并不是说写作小品应朝这方向走去，但如他说的才智、复杂、极琐屑的意味也毫不遗漏这一点，在小品文的要素上也很重要，而"使语汇极端的丰富，要表现思想上向来难以说明的东西"，"超越了向来的语言的范围"，这是我们要建设中国新小品文学十分重要的事情。无论如何，老调子是已唱完了，我们不得不努力去作新的开发！

那末，小品文究竟要以怎样的文体来写作才适宜呢？周作人先生有过一段简单而很具体的话说：

> 以口语为基本，再加上欧化语，古文，方言等分子，杂揉调和，适宜地或吝啬地安排起来，有知识与趣味的两重的统制，才可

---

① 即19世纪法国著名现代派诗人、象征派诗歌先驱波德莱尔的代表作《恶之花》。

以造出有雅致的俗语文来。我说雅，这只是说自然，大方的风度，并不要禁忌什么字句，或是装出乡绅的架子。

——见《燕知草》跋

这实是周先生自道其作小品散文的方法与经验，我们拿周先生自己所写的如《雨天的书》《谈龙集》里的文章来一读，就可知道与这里所说的"有知识与趣味的两重的统制"的"雅致的俗语文"的话是如何的吻合适切了。至于"以口语为基本，再加上欧化语，古文，方言等分子，杂揉调和，适宜地或吝啬地安排起来"的一种新文体的最成功的作者，俞平伯先生，便是唯一的代表了。如《杂拌儿》《燕知草》等，有书为证，毋庸细说。这种新的文体——小品文所独具的文体，如能发荣滋长下去，总不难独树一帜的在中国新文学的园地上，我想。

二、作法上的要点

现在来谈小品文作法上的问题，是属于表现的技巧方面的。前面说过许多小品文抒写的自由的话，似乎可不必有什么如何运用技巧的说明；但我们要知道把刹那的感觉迅速的记录下来确是作文的要诀，总不过是一个轮廓，如新闻记事一样的不能保存永久的生命，必得经数番的修削、删增，才能使情绪复活而感动读者。"想到什么就写什么，要怎样写就怎样写"，这在作某一种文章时固可适用这方法，但有时要使我们的文章能表现强烈的感情，增加动人的力量，那末技巧也是大可注意的事情。虽然人生最深切的悲欢苦乐，绝对地不能以言语形容；即使心里的"情"，用"言"表达了一二出来，放到读者的面前时，经变动与间隔，所存已很微细，却是凡有创作者所致慨的。

文学形式的大别是散文和韵文两类。英国的文却斯德（C.T.Winchester）说明这两者的成立的心底经过说："专以把思想移于读者为根本的目的，而随带着的情绪，只是为了使读者心中善于理解或了解思想而用的附属的东西，那作物便称为散文；以情绪为主眼而思想为副的，则称为律语（即韵文）。但这并不是绝对对立的。所谓'诗'往往用作被表现的感情的性质的名词的，如诗的感情，诗的想象，诗的文章等等。"（见本间久雄《文学概论》）而小品文便是这两者的混血儿，是诗的质素行以散文的东西，这在《什么是小品文》的一篇里写得很明白。哲学者斯宾塞（Herbert Spencer）曾说，律语的价值远胜于散文，以为"律语在用那修辞学上的特置法、渐层法、暗喻法、拟人法、省略法等来活动地描写着所要描写的东西这一点上，以极其韵律底构造，——这韵律底构造（rhythmical structure）是'强烈的情绪之自然的语言的理想化（an idealization of the natural language of strong emotion）'；只要不是那情绪太强烈，其语言多少总是韵律底的东西——律语或律文，能够紧张读者对于他的注意力以节约其精力。"小品文虽不讲究韵律，但也以情绪为主眼而思想为副，所以"在用那修辞学上的特置法、渐层法、暗喻法、拟人法、省略法等来活动地描写着所要描写的东西"这一点，是非常重要的。现在把关于小品文作法的要点，逐项分说在下面。

（一）即兴的题材

我们动手写文章时，第一要想到的就是"说什么"，换句话说，就是作者所要想诉诸读者的中心目的是什么，就是内容（即题材）的问题。

前面引过日本鹤见祐辅的话，说："人的真实的姿态，是显现于日常不经意的片言只字之中的。"他又说："思想是小鸟似的东西，忽地飞向空中去。去了以后，就不能再捉住了。除了一出现，便捉来关在小笼中以外没有别的法。所以我们应该如那亚美利加的文人霍桑（N.Hawthorne）一般，不离身地带着一本小簿子，无论在电车里，在吃饭时，只要思想一浮出，便即刻记下来。……所谓人生者，是这样的断零似的思想的集积。"如霍桑一般的随时随地记录刹那的思想的浮现，在中国从前的文人，尤其是诗人与骈文家的摘锦的工作，是同样的为搜集文章材料的好方法。从人生"是这样的断零似的思想的集积"的一句话上，我们还可以下一转语，就是"小品文是这样断零似的思想的集积底人生的实录"。这是触机即发，而不在乎"搜索枯肠"或是"吟安一个字，拈断数茎髭"的。俞平伯先生在《重刊〈浮生六记〉序》里说："文章事业的圆成本有一个通例，就是'求之不必得，不求可自得'。这个通例，于小品文字的创作尤为显明。我们莫妙于学行云流水，莫妙于学春鸟秋虫，固不是有所为，却又未必就是无所为。……陆机《文赋》说：'故徒抚空怀而自惋，吾未识夫开塞之所由。'这是绝妙的文思描写。"袁子才诗所谓"夕阳芳草寻常物，解用全成绝妙词"，也确是有得之言。所以厨川白村说小品文内容题材之广，有"天下国家的大事不待言，还有市井的琐事，书籍的批评，相识者的消息，以及自己的过去的追怀，想到什么就纵谈什么"的话。试翻开周作人先生的散文小品集一看：国事的感慨、社会病的指摘、学艺道术的辩论固然有，书籍的介绍批评、自己的记述追忆、友好的怀念踪迹也都有；甚至琐细如"喝酒""喝茶""故乡的野菜""北平的茶食"，不经人道如"苍蝇""虱子""死法""上下身"等，都采作题材而且极有趣味的写着。小品文实在可算是最"个人底形式"（Personal form）的自由的文体了。

有了题材，接着想起的问题，便是"怎样写起"。申言之，就是怎样从当前所涌现的灵感中捕捉那清新微妙的情绪而为工作的起点。小品文形体短小，无结构因果可言，故对于材料，必须巧为选择，与其取整个的有系统的，不如取偶发的片段的，描写事物的特色的一部分，而令读者自去体味那未写的部分。这是很合于创作的心的过程的，小泉八云（Lafcadio Hearn）在《作品的构成》一文里说："纯粹地知的著作——如历史、评论，尤其是哲学的著作——的作法，必须遵守确定的论理方式，自不待言。但诗以及其他的以情绪和想象为主的文艺，则全异其趣。诗人和小说家是不能立刻得到那个灵感的全部的；灵感是在工作的当儿渐次的发生的。作家最初的灵感，仅仅是情绪之意外的闪烁或观念之意外的冲动。因为有那个闪烁或冲动，遂引起情绪的活动。换言之，把他的睡着的情绪唤醒起来了。所以最初得着的灵感，未必就是事件之起首——或者当中，或是末了。"作者所要捕捉的便是这情绪之意外的闪烁或观念之意外的冲动，如同时有几种好的情绪或思想涌现，那便从其中最有力的或是最有兴味的部分写起好了。小泉氏并用了一个比喻说："前在日本京都看见一个画家画马，他画的很好，但他是从马尾画起的。从马头画起，乃是西方的规则，为什么他从马尾画起？我觉得是奇怪的；及经一番的思考，才明白'只要真的了解所画的对象，无论从头从尾从腰画起都可以'的道理了。"是的，只有认定所要写的对象，从任何部分写起都无关系的。

但是，什么部分是精彩的值得描写的呢？这除了努力捕捉事物或情绪的特色以外，还要以清新的眼光，观照并透视一切，抛弃一切因袭的传统的桎梏，而发现新的生命。鲁迅先生在一篇小说里形容一群围观的人说：

老栓也向那边看，却只见一堆人的后背；颈项都伸得很长，仿佛许多鸭，被无形的手捏住了的，向上提着。

朱自清先生的写一个名叫阿河的女人说：

她的皮肤，嫩得可以捏出水来。她的眼像一双小燕子，老是在滟滟的春水上打着圈儿。她的笑最使我记住，像一朵花漂浮在我的脑海里。我不是说过，她的小圆脸像正开的桃花么？那么，她微笑的时候，便是盛开的时候了：花房里充满了蜜，真如要流出来的样子。

都能捉住特色而以清新巧妙的手法写出来，和旧时写文章的"观者如堵"与"秋波""檀口香腮"等一比较，它的好坏是显然的。所以，材料的取得也许是容易的，但如何表现这材料使自己的情绪或思想真切的传给别人却很难，在初学作小品文字者尤须致力于表现的方法问题，才有写出好文章的可能。

这里，还要附带说一说题目的问题。题目的好坏，与文字很有关系，尤其是在小品文，是须要苦心推敲的。文章本有两种写法：一种是先有题目后有文字的，旧时人写文章往往如此；一种是先把所要写的感情思想或事物的印象写出后，再加以适当的题目的。两种方法中以哪一种为妥呢？不消说，在小品文，当然以后者为适宜了。周作人先生说得好："普通做文章的大都先有意思，却没有一定的题目，等到意思写出来后，再把全篇总结一下，将题目补上。这种文章里边似乎容易出些佳作，因为能够比较自由地发表，虽然后写题目是一件难事，有时竟比写本文还要难些。但也有时候，思想散乱不能集中，不知道写什么好。那么先定下一个题目，再做文章，也未始没有好处，不过这有点近于赋得，很有做出试帖诗的危险罢了。"有了题目，就不免要起承转合，随题敷衍，在即兴之笔的小品，实是要不得的。

后写题目确是件难事，有时也真比写本文还来得难。陈腐既不易令人注目，新奇则难切于内容，所以小说的作者，往往多在题目上做工夫，中国古代如谢灵运、杜少陵的诗题，便是很费推敲而后写定的。小品文的题目，要能恰当、新颖，增加文章的生气。如"雪晚归船""荷塘月色""浆声灯影里的秦淮河"（朱自清、俞平伯）等题目，便是充满诗意的，犹如一幅清丽娟秀的画图，足够人玩味。又如"两个鬼""狗抓地毯""十字街头的塔"（周作人），"一个意外的电报"（钟敬文），也是很能吸引人注意的。

（二）细处的着眼

小品文的材料，要取偶发的片断的，前面已说过了。繁复的记述，冗漫的描写，长篇巨制固须如此，但在小品文是不能胜任的。从许多断片的部分的材料中，截取最可寄托情感代表那事象的全体的，描写出来，才有精彩；所以必得从细处着眼，就极细微琐碎的部分发现材料。如苏东坡的《书寄子由》一篇短文：

> 或谓予，草木之长，常在明昧间。早起伺之，乃见其拔起数寸，竹笋尤甚。夏秋之交，稻方含秀，黄昏月出，露珠起于其根，累累然忽自腾上，若推之者；或缀于茎心，或缀于叶端，稻乃秀实，验之信然。此二事与子由养生之说契，故书以寄之。

又如钱耕莘君的《一片黄叶》：

> 注意两三天的梧桐叶上的那一片，——昨天还在临风颤抖着的黄叶，今朝不见了。
> 被风飘去呢？还是被夜雨打落了？这可没人探讨，——也许是无用探讨，不必探讨的。在这人们都在努力大事的当儿。
> 不过，我，有些惘然了！

观察稻之生长而悟养生之法，注意一片梧桐叶子的飘落而为之惘然，这都是从无人问处发现材料，即把这景象用简练的文字写出，实际上较长篇巨制更易使人乐于玩味。所以夏丏尊先生说："就事件底全体来做小品文底材料，结果只能得到点轮廓，不能得其内容。用譬喻来说，轮廓的文字，好像地图，是不能作为艺术品的。我们要作绘画样的文字，不需要地图式的文字。因为从绘画上才有情趣可得，地图上是不能得到的。"记得宋无名氏有两句诗，"蝼蚁也知春可惜，倒拖花瓣上东墙"。又欧阳修的词，"泪眼问花花不语，乱红飞过秋千去"。所谓一片落花都有人间味，小品文作者也得具有这样的法眼。

下面再举一段细致的记事的例：

> ……先生出题后，又转到别的黑板前面去，随后回来，高举着竹鞭说道："做好了的人举手。"倘若这是不大容易的算题，藤野姑娘举着手，或者并不举手，必定回过头来望着我这边。我在她的眼睛里能够明显地看出那满意的微笑；两人都举起手而丰吉不会的时候，她的眼里闪着喜悦的光；她与丰吉都不会做，只有我举手的时候，便泛着天真羡望的波；她与丰吉都举起手，只有我不会的时候，便流露出惋惜的眼光；或者两人都不会做，丰吉独自傲然的举着手的时候，美丽的藤野姑娘的面上霎时间便为暗影所遮掩了。
>
> ——周作人译石川啄木《两条血痕》

从这小节短文里，我们看出藤野姑娘对于作者的亲切的关怀，既是瞬间的举动，而情绪又是异常微妙难言的，这里却逼真而活跃的呈现于读者眼前，便是能着眼细小处的缘故。

（三）统一的情调

作者都是想把他表现的事物的印象或思想感情给予读者而能持久不变，这要怎样才能做到呢？那就是在一篇文字里，要有统一的情调，抱定一个独特的中心或者可以说是主旨，如打靶似的集中力量向这中心或主旨进行，这是一切文字都要注意的事情。倘若作者的感情，变化无方，那末读者也就如坠五里雾中，不知其中心所在；要能在千变万化的情势中有一贯的主旨与情调。如屈原的《离骚》，所叙情事，变化不可方物，而其悯己忧国之情，始终一贯。又如《孔雀东南飞》一篇最长的叙事诗，情事也是非常的繁复而曲折，但也以"矢志靡他""恩爱不渝"的感情统一全篇，故读者，但觉其情真事实，而无拉杂散漫之感。小品文字数不多，内容如再散漫无统一，又怎能动人呢？试看下例：

> 朝日初临，披衣出室。庭花浴露，其色愈妍，过其旁，注视久之，觉秋花之优美，有非春红所能及者。

旧同学君素来书，询近况；知前讯未达，遂以疏懒相责，暇当作书告之。

修室中皆用电灯，入夜白辉怒射，一室灿然。因念古人有囊萤映雪随月升屋以读者，今得此而束书不观，游谈笑谑以为乐，岂不愧对古人乎！

——《日记一则》

这一篇日记，前后所记为三事，各有命意，毫无联络，读了只感到零碎的印象而无整个的情趣，不如分开来看的好。

本来，一篇文字里材料的不统一，是没有关系的，只要贯之以一致的情调，古人所谓"百变而不离其宗"，正是这个意思。例如：专写西湖的早景，是统一的；但于一短文中兼写西湖的晨昏晴雨山水风月以至草木，如果确能表出西湖风景的特色的，在情调上仍是统一而有逼人的力量。明人袁宏道的一篇写"西湖"的短文，便是好例：

西湖最盛，为春为月。一日之盛，为朝烟，为夕岚。今岁春雪甚盛，梅花为寒所勒，与杏桃相次开发，尤为奇观。石篑数为余言："傅金吾园中梅，张功甫玉照堂故物也，急往观之。"余时为桃花所恋，竟不忍去。湖上由断桥至苏堤一带，绿烟红雾，弥漫二十余里。歌吹为风，粉汗为雨，罗纨之盛，多于堤畔之草，艳冶极矣！然杭人游湖，止午未申三时，其实湖光染翠之功，山岚设色之妙，皆在朝日始出，夕舂未下，始极其浓媚。月景尤不可言，花态柳情，山容水意，别是一种趣味。此乐留与山僧游客受用，安可为俗士道哉！

总之，要使文字的情调统一，不要忘了所要表现的中心意旨，换句话说，就是要抓住观念或情绪的顶点（climax），行文时要前后照应。在才思丰富的或写作时思想的喷涌，往往不免一发而不可收拾，所谓"放野马"；但要能如孙行者的一个筋斗十万八千里，拼命翻了一阵之后，结果还不出吾佛如来的掌中似的，凑拍得无痕迹可寻。不过，就小品文说，无论如何，总以紧缩团结为要，不宜于过事铺张，不着边际的在题外兜圈子。

（四）印象的描写

小品文是事物或思想感情的片断的精细的描写，而不是整个的有系统的详尽的叙述和说明；所以，印象的描写，是很重要的。所谓印象，就是我们与事物相对时所激发的一种感情或情调，这二者是常常错综影响着的，美的文学的描写，便是要描写我们所观察的事象的轮廓以外的感觉以及由这感觉所生的反应和流露的情绪。徐蔚南先生在《佟偲》序文里说："呆板板地说明对象的文章，是死的，不论你写得怎样美丽漂亮，至多不过像纸扎的花；至于跳荡地写出那印象来的文字，是活的，即非典丽蒿皇，仍旧是活的，如果写得好，那真是合①又芬芳，又妍美，又自然的山野里的蔷薇花一样。"所以，文学上所需要的，是作者观察所得的印象的表出，而不是实际事物的临摹，较之写生画的只能主重②目前的静的姿态形式而不能兼顾动的变化经历与情绪的美化，为更能掀动读者的感情者，即此之故。

俞平伯先生称子恺漫画说："所谓'漫画'，其妙处正在随意挥洒，譬如青天行白云，卷舒自如，不求工巧，而工巧自在。看！只是疏朗朗的几笔，然物类神态毕入彀中了。"小品文的妙处也正如此，在兴趣极浓厚时，轻轻的点上几笔，兴到神会，自然能表现出深刻的意味来。如元人马东篱的小令：

> 枯藤老树昏鸦，小桥流水人家，古道西风瘦马，夕阳西下，断肠人在天涯！

"枯藤老树昏鸦，小桥流水人家，古道西风瘦马"，只是破碎零乱的野景，但一经整理联缀起来，便觉得秋景萧条，凄然动羁旅之悲。又如释中峰的：

> 短短横墙，矮矮疏窗，一方儿小小池塘，高低叠嶂，曲水边旁，有些风，有些月，也有些香。

也只是常见的景象，虽非作者情绪的表现，但读了也自有恬静安适之感。

---

① 今应作"和"。
② 今应作"注重"。

印象描写的第一要着就是要"真"。文学作品各自有各自的境界，也各自有各自的真，要作品新鲜、有力，就要从经验的事物的印象中所得的实感忠实底描绘出来，使自己的个性、哀乐、希望、欲念、一切生于心和触于心的东西在读者的感情里复活，同时使读者从作者的世界里把情绪再生。这就是艺术的真，而非科学的或理知①的真。科学的真是事实的，论理的，分析的，根据推理和知识而得的；艺术的真则是远现实的，根据感情和想象而得多少带点神秘性的。例如一首《上邪》曲：

　　　　上邪！我欲与君相知，长命无绝衰！
　　　　山无陵，江水为竭！
　　　　冬雷震震夏雨雪！
　　　　天地合，乃敢与君绝！

　　用客观的推理来看，则"山无陵，江水为竭，冬雷震震夏雨雪，天地合"皆为不可能的事，但为要表示一种始终不渝的真挚的爱情，便非有这样夸张的写法不足以表现它的真实。又如李后主的"问君能有几多愁，恰似一江春水向东流"，李太白的"白发三千丈，缘愁似个长"，《西厢记》里的"晓来谁染霜林醉，总是离人泪"。事实上人的愁恨决不能用江水来量，白发也决不会有三千丈，眼泪更不会染红枫林，但我们读了，却并不觉得它突兀不通，反而与作者如有同感似的。所以只要是作者的实感，通过了作者的感情和想象的印象，忠实的写出，有了真，也就有了美，其能摇撼人的心情是必然的事了。

　　在修辞学上的"夸饰"的一种方法，为使印象更深切的传给读者，也是常被利用的，从上面举的几个例便可看出。又如《登徒子好色赋》里描写美人的印象说："增之一分则太长，减之一分则太短；着粉则太白，施朱则太赤。"实际上不会有这样毫无缺点的女子，但为感得美的印象，却是如此写，倒觉得是真实。不过"真"虽非即"实在"之谓，要不能使"真"成为"虚假"，作者要在外界一切的"实在"里，加以淘汰、洗涤、类化，只余整个的真的部分，把它描摹出来，才不至于成虚假的夸大，令人嫌厌。

―――――――――――――

①　今应作"理智"。

印象描写的第二要着就是要"具体"。内心的印象和微妙的情绪，往往难于表达，必得用具体的实感的文句来表现，用事物作比拟以减少抽象，并节省读者的思索，而感得更活鲜、更感觉的印象。试看下面的例：

那晚月儿已瘦削了两三分。她晚妆才罢，盈盈的上了柳梢头。天是蓝得可爱，仿佛一汪水似的；月儿便更出落得精神了。岸上原有三株两株的垂杨树，淡淡的影子，在水里摇曳着。它们那柔细的枝条浴着月光，就像一支支美人的臂膊，交互的缠着，挽着；又像是月儿披着的长发。而月儿偶然也从它们的交叉处偷偷窥看我们，大有小姑娘怕羞的样子。岸上另有几株不知名的老树，光光的立着；在月光里照起来，却又俨然是精神矍铄的老人。

——朱自清《桨声灯影里的秦淮河》

这不但把观察得的印象细腻写出，并把所有的东西都看作有生命似的活物而"拟人化"（personification）的描写着：把新月比做娇羞的少女，杨柳比做美人的臂膊或长发，老树比做精神矍铄的老人，使读者在领略轻柔潇洒的景色之外，更发生无限美感。所以，与其说春景鲜明，不如说"杂花生树，群莺乱飞"。与其说秋容惨淡，不如说"袅袅兮秋风，洞庭波兮木叶下"。又如《老残游记》里记王小玉说书一节，也是具体的印象描写的好例：

王小玉便启朱唇，发皓齿，唱了几句书儿，声音初不甚大，只觉入耳有说不出来的妙境：五脏六腑里，像熨斗熨过，无一处不伏贴；三万六千个毛孔，像吃了人参果，无一个毛孔不畅快。唱了十数句之后，渐渐的越唱越高，忽然拔了一个尖儿，像一线钢丝抛入天际，不禁暗暗叫绝。那知她于那极高的地方尚能回环转折；几啭之后，又高一层，接连有三四叠，节节高起。恍如由傲来峰西面攀登泰山的景象：初看傲来峰峭壁千仞，以为上与天通；及至翻到傲来峰顶，才见扇子崖更在傲来峰上；乃至翻到扇子崖，又见南天门更在扇子崖上：愈翻愈险，愈险愈奇。那王小玉唱到极高的三四叠后，陡然一落，又极力骋其千回百折的精神，如一条飞蛇，在黄山三十六峰半中腰里盘旋穿插，顷刻之间，周匝数遍。从此以后，愈唱愈低，愈低愈细，那声音就渐渐的听不见了。满园子的人，都屏气凝神，不敢少动。约有两三分钟之久，仿佛有一点声音从地底下发出。这一出之后，忽又扬起，像放那东洋烟火，一个弹子上天，随化作千百道五色火光，纵横散乱。这一声飞起，即有无限的声音俱来并发。那弹弦子的，亦全用轮指，忽大忽小，同他那声音相和相合。有如花坞春晓，好鸟乱鸣。耳朵忙不过来，不晓得听那一声的为是。正在撩乱之际，忽听霍然一声，人弦俱寂，这时台下叫好之声，轰然雷动。

这一节把歌声的高低曲折，抑扬顿挫，极具体极实感的写出，可以说是能充分的完成传递印象的任务的。

上面所举的两个具体的印象描写的例子，他的比拟是显然的，只要事物相类而用的得法，自可动人。还有一种比这更进一层其关系更其密切的比拟，即修辞法上的所谓"隐喻"，如石川啄木的《两条血痕》里的：

这树阴下的湿气似的，不见阳光的寂寞的半生里，不意的从天上的花枝上落下了一点的红来，那便是她这个人了。

又如丰子恺先生《儿女》一篇随笔的结末：

近来我的心为四事所据占了：天上的神明与星辰，人间的艺术与儿童，这小燕子似的一群儿女，是在人世间与我因缘最深的儿童，他们在我心中占有与神明、星辰、艺术同等的地位。

这和显明的比喻不同的地方，就是一者的关系只是"相类"，而一者则是"相合"，明显地说，一者只是"仿佛如此"，而一者则是"实在如此"。

还有一点要注意的，就是在忠实的描写自己所感受的印象时，最好不要加入你自己的解释或说明，使读者受强迫的同感，而感到不快。描写得好，读者自会领略，又何取乎作者的哓哓呢！

（五）暗示的写法

小品文的印象的描写虽只是片断的，部分的，但要把这印象传给读者时，却要将那事实或思想感情的全部的背景显示出来，在这里，暗示的写法，是非常重要的。小泉八云氏说："情绪是可以表现，也可以暗示的。但暗示比表现还要有力；因为读者想象力的活动范围由暗示而扩大了的缘故。……作者的情绪，在作品中全然没有露出，都是在行间字里隐藏着，明眼的读者，是能够于其中看出很有力的情绪的。"所以，只用几个字，即能显出一大情景来，或者轻轻几句，便可写出事物或思想感情的中心要点，省却了千言万语的叙述和说明；并且使读者有余情可味，有全体的影子可想象，这就是小品文的价值所在，也就是小品文比其他各体文字不易作的地方。

在欧洲所谓象征主义的文学者的艺术，便是以"暗示"这种技巧为根本生命。玛拉尔梅①说："暗示即幻想。完全用了这种不可思议的作用的就是象征。"所谓暗示，就是十分之中只说出三分，其余七分，任之读者的感情。读者要填足这七分时，就感着和作者创作时同样的情感。日本的短歌，多以简练含蓄的字句描写情景，有言外之意，是深得暗示的妙用的。如小林一茶的：

> 云散了，光滑滑的月夜啊！
> 在红的树叶上，摊着的寒气啊！

把月夜看作和尚头一般用"光滑滑的"四个字来形容，把寒气说得似乎是晒着的棉被而用"摊"字表出，光景活现。这是写景。抒情的如石川啄木的：

> 在什么地方轻轻的有虫啼着似的，百无聊赖的心情，今天又感到了。
> 那个人家的那个窗下罢，春天的夜里，和秀子同听过蛙声。
> 悲哀的是我的父亲！今天又看厌了新闻，在院子里同蚁子玩了。

---

① 即马拉美，19世纪法国著名象征主义诗人、散文家。

都从短小的字句中，包含着复杂的背景和多量的情绪的活跃。小泉八云说："这种方法（指暗示）的难处，并不仅在选择适当的语句，乃在选择数种的事项。在使用这种方法时，必须先行判别那个单纯的事项的本体，有没有文学的价值，即情绪的价值。"这是不错的！选择暗示的材料——文字的内容，实较选择语句为难。因为文字只是一个含糊的意念，作者便往往利用它这种含糊的意念，自由地支配以暗示他的情绪。所以愈是义界不清楚的字，愈是文学中常用的字。愈高的文学，所用的义界不清楚的字愈多，许多文学的韵味，便在这含糊的意义里。台喀亶（颓废派）的文学者所唱的"暧昧说"（Théorie de L'Obscurité）便从这里出发。文学者对于文字必得要有绝大的敏感，用适当的文字表现那思想感情的细致的阴影，在小品文作者，是非常重要的。关于用字暗示的例，在古诗词中俯拾即是。如宋祁的：

> 红杏枝头春意闹。

着一"闹"字，便将勃勃的春意，宣泄无遗。又如姜白石的：

> 数峰清苦，商略黄昏雨。

将酝酿着雨意的山峰用"商略"两字神妙的表出，确是非常真切，不能移易。近代如俞平伯先生的小品文里，对于用字颇注意，如《雪晚归船》中的：

> 于是我们遂从"杭州城内"剪湖水而西了。
> 我们都拥有一大堆的寒色，悄悄地趁残烛而觅归。

又如《碧桃与丹枫》一篇里的：

> 一抹的斜日，半明半昧地躺在丹枫身上……

一叶扁舟，向柔碧的湖面掠去，只一"剪"字，神理全出，寒色可以说是一大堆，而把"拥"字在上面一加，便觉得寒色真有一大堆似的。斜日的光，躺在丹枫身上的"躺"字，这和前面所引小林一茶的把寒气看作晒着的棉被而用"摊"字一样是不可思议而又确不可易的。这些字的义界，都是含糊而不清楚的，只要用得适当，自能增加表现的力量和文章的美。

材料的暗示，较用字的笔法的暗示为难，而以暗示的笔法写暗示的材料则尤难。中国以"比""兴"说诗，便是以材料暗示的作用。清沈德潜论七言绝句，以"语近情遥，含吐不露为主，只眼前景，口头语，而有弦外音，味中味"者为佳，其实，所有文学作品都应如此，贵曲而不贵直，宜含蓄而不宜露骨，因为人都有"自表"的冲动，若用直露的说明，把话说尽，读者便无余情可味了。试看王昌龄的《长信秋词》：

> 奉帚平明金殿开，
> 且将团扇暂徘徊。
> 玉颜不及寒鸦色，
> 犹带昭阳日影来。

用鸦色陪观玉颜，以不得见昭阳日影为憾，不言怨而其怨自见。又如郑谷的《淮上与友人别》：

> 扬子江头杨柳春，
> 杨花愁杀渡江人。
> 数声风笛离亭晚，
> 君向潇湘我向秦。

这些都是眼前景，口头语，别无何种装点，但在扑面杨花，数声风笛的景况中，自觉别恨离愁，黯黯袭来。这种材料的选择，除分析事物的本体，采取有情绪的价值的一部分外，并要把这所要描写的部分放进自己的生活中，成为生活的内容，然后欲言不言的表现出来，因为他是浸润着作者底人格的深处，所以动人。

在幽默的讽刺的小品文字中，暗示的方法尤为重要。许多好的感讽的文章，看似浅易，骨子里却含有深刻的意味，厨川白村氏所谓"刚以为正在从正面骂人，而却向着那边独自莞尔微笑着了。装着随便的涂鸦模样，其实却是用了雕心刻骨的苦心的文章"是这类深入浅出的文章很好的说明。在中国现代的作家中，所写文章能到这样的境地的，据我看来，只有鲁迅先生是唯一的了。《热风》《华盖》等集，其吸引读者与影响之大，实较作者的负盛名的小说有过之无不及。这里引西班牙塞尔纳的一篇小品，为以暗示的笔法写暗示的材料的讽刺文的例：

> 便是死了的肉，如其被肉铺切割的时候，似乎还是痛。什么都是这样的，但只有火腿不同，——火腿高兴着，觉得自己被加了盐的结果，已能变成佳品了。出身而成上等的火腿，受宠若惊了。
>
> 火腿是以其能批成薄片，或呈出举世无匹的木理之美为荣的。

（六）紧凑与机警

"简洁"是一切文字的要诀，也就是一切文字的最高的理想，因为它是把繁冗琐碎的叙述和描写加以选择删削以后的完美的东西了。小品文是体裁最短小的，除了诗歌，材料固然要从细处着眼，文字也非简洁紧凑不可；悠长的人生事件，无关紧要的闲话，只容于长篇巨著，断非小品文所能胜任。

怎样使文字能简洁而紧凑呢？且看梁实秋先生的话："散文的艺术中，最根本的原则，就是'割爱'。一句有趣的俏皮话，若与题旨无关，只得割爱；一段题外的枝节，与全文不生密切关系，也只得割爱；一个美丽的典故，一个漂亮的字眼，凡是与原意不甚洽合者，都要割爱。散文的美，不在乎你能写出多少旁征博引的故事穿插，亦不在乎多少典丽的辞句，而在能把心中的情思干干净净直接了当的表现出来。散文的美，美在适当。不肯割爱的人，在文章的大体上是要失败的。"这虽是普遍的论散文所说"割爱"的这一原则，于小品文尤其切要，因为小品文本是散文之一种——更艺术底散文。密莱说："非多所知道，多所忘却，则难于得佳作。"可为"割爱"的另一面的说明，而是确有至理的话。周作人先生主张小品文体，须得和别的文体有点分别，就是要有涩味与简单味，而这实也以文字的紧凑，肯割爱为要着。所以冯三昧先生说："小品文上的句语，说一句非有一句以上的意味不可。一语只有一语的意味，无论是在小说或戏剧上都是低级的。要明白此中道理，最好是去看少女的眼睛，它虽不声不响，却常能与人以许多甜蜜的意思。"要使作品引人入胜，并深切的感人，是非有少女的目语那样的无言之言的妙处不可的。在这一方面，周先生是最成功的作家，他的文章，确如胡适所说"用平淡的谈话，包藏着深刻的意味"。随手把那一篇《雨天的书》自序抄来看看：

今年冬天特别的多雨，因为是冬天了，究竟不好意思倾盆的下，只是蜘蛛丝似的一缕缕的洒下来。雨虽然细得望去都看不见，天色却非常阴沉，使人十分气闷。在这样的时候，常引起一种空想，觉得如在江村小屋里，靠玻璃窗，烘着白炭火钵，喝清茶，同友人谈闲话，那是颇愉快的事。不过这些空想当然没有实现的希望，再看天色，也就愈觉得阴沉。想要做点正经的工作，心思散漫，好像是出了气的烧酒，一点味道都没有，只好随便写一两行，并无别的意思，聊以对付这雨天的气闷光阴罢了。

冬雨是不常有的，日后的不晴也将变成雪霰了。但是在晴雪明朗的时候，人们的心里也会有雨天，而且阴沉的期间或者更长久些，因此我这雨天的随笔也就常有续写的机会了。

不消说，作者的性格与面目，在这里，是整个的表露出来了。而从那平淡朴素的文词中，却可看出在那冷静的态度里，含蕴着热烈的深的悲哀，虽是短短的一篇文字，它的意味确是无穷的。

小品文的遣词，固须紧凑；他的命意，也要机警才好。我们观察事物，有正面和侧面的不同，正面观察，是大家都知道的，平板而不易动人；而侧面的观察，则往往为常人所不注意。能将人所忽略的部分，从事观察，描写，文字便会机警。

《古乐府》里《艳歌罗敷行》描写罗敷之美，纯由旁观者的态度来烘托："行者见罗敷，下担捋髭须；少年见罗敷，脱帽著帩头；耕者忘其耕，锄者忘其锄；归来相怨怒，但坐观罗敷。"这几句胜过于"粉白黛绿"的描写，不说美而罗敷之美自见。

记得袁子才有一首咏"箸"的诗：

笑君攫取忙，
送入他人口。
一世酸咸中，

能知味也否？

这是个很枯窘的题目，无甚意思可说，作者却能从它的侧面着想，暗示出一种大道理来；在常人是万想不到，而一经作者道破，也会首肯或许哑然失笑起来。又如同一作者的咏"钱"诗有两句道：

解用何尝非俊物，
不谈未必定清流。

也是绝顶聪明语，这是有赖于作者的智机的活动能力的。

所谓机警，也可以作精彩的部分解。一篇文字，能够全部精彩自然不易，倘只是平铺直叙，又断难动人；要能在平常的部分，安置下一二处精彩的句子，使全文因之而振起。这种能力，在作小品文时格外重要。试看屠介涅夫的散文诗《麻雀儿》：

我从打猎回来，沿着花园的荫路行走，我的狗跑在我的前面。

忽然，他缩短步伐开始潜行，似乎在迹寻猎物。

我沿着荫路一望，见有一匹嘴部嫩黄，头生柔毛的小麻雀。它是从巢中掉下的（因为风儿正猛，狂摇着路傍的桦树），坐着不能动弹，失望地拍拍它尚未丰满的羽翼。

我的狗慢慢的走近它。当时，突然从身傍的树木上落下一匹颈毛灰黑的老麻雀，势如飞石一般，正投到他的鼻前来。它惊惶万状，倒竖了全身的羽毛，发出绝望而哀求的叫声，两次投向那齿牙发光的张大的口边。

它为救护而来；以它自己的身体庇护自己的小雀儿……但它整个的小身体为着恐怖而颤抖了！它的音调是哽咽而怪异。它虽恐怖失神，却还是牺牲自己！

在它看来，这狗是多么庞大的怪物呵！但它不能为了危险就高高地躲在树枝上……有一种比它的意志更强的力使它扑下身来。

我的铁来沙（狗名）呆呆地立住了，倒退了……他显然也认识了这一种力。

我急忙唤回了这惊愕的狗，而且感着敬意走开了。

是呀，请勿见笑。我感着敬意，对于那悲壮的小鸟，对于它那爱的冲动。

爱，我想比死或者比死的恐怖还要强烈。全靠这个，全靠爱，生命才得以团结而进步。

这文的主旨，在最后一句，精彩处，也就在此。前面的叙述，全为这最后一句作地步①的，因为是收束全篇的，所以很有力量。又如郭沫若先生的小品《山茶花》：

昨晚从山上回来，采了几串茨实、几簇秋楂、几枝蓓蕾着的山茶。

我把它们投插在一个铁壶里面，挂在壁间。

鲜红的楂子和嫩黄的茨实衬着浓碧的山茶叶——这是怎么也不能描画出的一种风味。

黑色的铁壶更和苔衣深厚的岩骨一样了。

今朝刚从熟睡里醒来时，小小的一室中漾着一种清香的不知名的花气。

这是从什么地方吹来的呀？——

原来铁壶中投插着的山茶，竟开了四朵白色的鲜花!

啊，清秋活在我壶里了!

精彩的地方，也在最后一句，如把它拿去，便无余情可味了。但有力的句子，不一定放在全文结尾，只要位置适当，都能使全文生色。至如第一编里所举鲁迅先生的《生命的路》一篇，则全篇都是警句了。

---

① 此处似可理解为"铺垫"。

第四编　中国现代小品文作家与作品（上）

一、引言

> ……就散文论散文（指小品散文），这三四年的发展，确是绚烂
> 极了：有种种的样式，种种的流派，表现着，批评着，解释着人生
> 的各面，迁流曼衍，日新月异：有中国名士风，有外国绅士风，有
> 隐士，有叛徒，在思想上是如此。或描写，或讽刺，或委曲，或缜
> 密，或劲健，或绮丽，或洗炼，或流动，或含蓄，在表现上是如此。
>
> ——朱自清《背影·自序》

　　这一段话把小品散文在中国最近几年来进展的状况，说得很详细，而且
并不是过甚其辞的夸耀，我们留心实际去考察一番，就可知道这话是如何的
确切了。但何以进展得如是迅速的呢？这是与新闻杂志等定期刊物（journal-
ism）的盛行有着密切的关系的，或者竟可以说，两者是相依为命的。本书
第二编所说，现代生活的需要，历史的背景，外国文学的影响，是小品文发
达的内在的因子，这里是说它的外缘的趋势。因为定期刊物篇幅有限，最宜
于刊登短隽的小品文字，如小品文的冲淡闲逸的风致，隽俏轻松的句调，也
最合于定期出版物读者的口味，因为他们多半是看倦了长而无味的正经书，
才来拿定期出版物松散一下。这在西欧，尤为显著。厨川白村氏论 "Essay
与新闻杂志" 有一段说：

　　起于法兰西，繁荣于英国的 essay 的文学，是和 Journalism（新
　　闻杂志事业）保着密接的关系而发达的。十八世纪的爱迪生（J.Ad-
　　dison）、斯台尔（R.Steele）的时代不待言，前世纪中，兰勃，亨德

（L.Hunt），哈兹列德（Wm.Hazlitt）那些人们的超拔的作品，也大抵为定期刊行物而作。尤其是在目下的英吉利文坛上，倘是带着文笔的人，不为新闻杂志作 Essay 者，简直可以说少有。极其佩服法兰西的培洛克（H.Belloc），开口就以天外的奇想惊人的契斯透顿（G.K.Chesterton）等，其实就单以这样的文章风动天下的，所以了不得。恰如近代的短篇小说的流行，和 Journalism 的发达有密接的关系一样。两三栏就读完的简单的文章，于定期刊行物很便当，也就是流行起来的原因之一。

——鲁迅译《出了象牙之塔》

所以，中国近代新文化运动的勃兴，一切小说、诗歌、戏剧等新形式的纯文学创作的层出不穷，就是因了新闻杂志等定期刊物的发达，也是不能例外，而且是不可掩饰的事。就小品散文说，如果没有《语丝》《晨报副刊》《现代评论》，哪有周作人先生的小品，鲁迅先生的杂感，以及徐志摩、冰心等人的美丽的文字？本编想就大家所熟知的几个已有相当成就的小品散文作家和作品，做一番概略的叙述，既不是板起脸孔像煞有介事的或是站在什么立场上的严格的批评，也不是探索什么思想、意识，做那作者传记里所有的工作。只是就自己所知道的，以及别人说的话掇拾起来，随便地排列着，使读者也知道现代中国的文坛上，有这样的作家，与这样的作品罢了。遗珠想来是不免的，说错的地方或者也有，这当然有待于读者的补正了。

二、周作人　鲁迅

谁都知道鲁迅先生（即周树人）是现代中国新文化运动的有力的前驱，思想革命的领导者，而且是最成功的小说作家；又谁都知道作人先生是精深诚恳的文学研究者，同时也是唯一的最成功的小品散文作家。这真是"难兄难弟"，是我们文坛上的双星！不过以小品散文为叙述对象的本书，不得不推作人先生坐第一把交椅，放到前面来说；虽然鲁迅先生的描写深刻、具有讽刺情趣的杂感文，和神秘的象征的诗的散文（指《野草》），也还没有第二个人能及，似乎有点委屈了老哥。可是，除此没有道儿了。

仿佛是梁实秋先生说过，散文的最高理想，就是简单。散文的美，不在乎能写出多少旁征博引的故事穿插，亦不在多少典丽的辞句，而在能把心中的情思干干净净直接了当地表现出来。散文的美，美在适当。——如以这个标准（看似容易，做起来却困难的）来评衡现代中国的散文作家的文章，那末，只有周作人先生可以说是合乎这理想而且有这种美的条件的。日本小泉八云氏在《特殊散文的研究》一文里，把艺术的散文分作两大类：一种是避免形容词，没有描写压抑感情的完整单纯底力的艺术，它的效果是完全根据于优秀的感觉与正确的判断，由于观察的好训练的。这一派的代表是北欧古代的作家和现代的蒲荣松（Bfornson）、安徒生（Andersen）。另一种是显示出与前一种极端背反的，有奢侈的装饰过度的复杂，和协的音韵，美丽的色彩的精巧的诗的艺术；它是有赖于作家的"美的内感觉"与用些精选的珍奇的字句表现这情绪的感觉力，属于主观的。这派的代表乃是英国古典文体的创作者奢托马斯布朗（Sir Thomas Browne）和法国《小散文诗》的作者波德莱（Baudelaire）。小泉氏并加以判断说："假若我们在那种北欧作家的完整单纯的文体与奢托马斯布朗的华丽的音乐和色彩的文体中间选择的话，我将一刹那都不迟疑地告诉你们，那种单纯底文体是好得多。"这是不错的！较之那以奇异的光彩炫人的文体，则简炼雅洁的"看似寻常实奇特"的文体为更能给读者以正确的思想和强有力的印象；虽然他还接着说："这些古典作家们曾公正享得了的赞美与称扬，我们不能因为这种理由便拒绝不再给他们了。"表示精美奇异的诗质的散文的美，也是不可抹煞它的真实的价值的。周先生的简朴而又流利的笔致，平淡而又深刻的情思，实近于前者，也就是所以不可及处。钟敬文君甚至推崇他说："在这类（指小品散文）创作家中，他不但在现在是第一个，就过去两三千年的才士群里，似乎尚找不到相当的配侣呢。"（见《柳花集·试谈小品文》）。虽然周先生却自谦着说："我近来作文极慕平淡自然的景地。但是看古代或外国文学才有此种作品，自己还梦想不到有能做的一天，因为这有气质境地与年龄的关系，不可勉强，像我这样褊急的脾气的人，生在中国这个时代，实在难望能够从容镇静地做出平和冲淡的文章来。"（见《雨天的书》自序）。但在荒芜的中国现代的散文的园地上，周先生是个勇敢的开辟者，而且确已获得了很好的成绩，这是谁也不能否认的。

周先生已出版的著译的书很不少，但除去翻译的，余都是短小精悍的散文小品。即《自己的生命》一书，虽是作者从前所作诗歌的小集，而他的诗也就是以写散文的态度写成的；附在后面的两篇《西山小品》，更是美好的小品。致力专而涵养深，这也是作者成功的另一原因。为叙述的便利起见，我们可以依内容把作者的文章概略的分为下面几类：

a. 谈论文艺的

这是作者写得最多而也是最好的文字。如《自己的园地》和《谈龙集》以及《永日集》里的一部分便是。对于文艺研究的认真，态度的忠实，见解的透辟，不苟：在现在的中国，并无另一个人能及。而最难能的是作者以谨严而又生动的笔调，极真实极简明的表现着自己的意见，读者所感到的是流畅、干脆、覃然的深味，永不会觉得散漫或是粗陋而生厌的。希腊的批评家戴奥尼索斯批评柏拉图的文调说："当他用浅显简单的辞句的时候，他的文调是很令人欢喜的。因为他的文调可以处处看出是光明透亮，好像是最晶莹的泉水一般，并且特别的确切深妙。他只用平常的字，务求明白，不喜欢勉强粉饰的装点。"这是很可以借用来说明作者这一类文章的优点的。作者相信"批评是主观的欣赏，不是客观的检察，是抒情的论文，不是盛气的指摘"（《自己的园地》旧序）。"真的文艺批评应该是一篇文艺作品，里边所表现的与其说是对象的真相，无宁说是自己的反应。"（《文艺批评杂话》）对于写作的态度是"始终承认文学是个人的，但因'他能叫出人人所要说而苦于不说的话'，所以我又说即是人类的。然而在他说的时候，只是主观的叫出他自己所要说的话，并不是客观的去体察了大众的心情，意识的替他们做通事"（《诗的效用》）。所以他的杂论文艺和序跋题记等短文，只是表现自己的自由的抒情的论文，庄严里有着一种趣味，这趣味令读者不忍释卷。空说无益，抄一篇来大家欣赏。

在一百五十年前，法国的福禄特尔做了一本小说《亢迭特》（Candido），叙述人世的苦难，嘲笑"全舌博士"的乐天哲学。亢迭特与他的老师全舌博士经了许多忧患，终于在土耳其的一角里住下，种园过活，才能得到安住。亢迭特对于全舌博士始终不渝的乐天说，下结论道："这些都是很好，但我们还不如去耕种自己的园地。"这句格言现在已经是"脍炙人口"，意思也很明白，不必再等我下什么注脚。但是我现在把他抄来，却有一点别的意义。所谓自己的园地，本来是范围很宽，并不限定于某一种：种果蔬也罢，种药材也罢，——种蔷薇地丁也罢，只要本了他个人的自觉，在他认定的不论大小的地面上，应了力量去耕种，便都是尽了他的天职了。在这平淡无奇的说话中间，我所想要特地申明的，只是在于种蔷薇地丁也是耕种我们自己的园地，与种果蔬药材，虽是种类不同而有同一的价值。

我们自己的园地是文艺，这是要在先声明的。我并非厌薄别种活动而不屑为，——我平常承认各种活动于生活都是必要；实在是小半由于没有这样的材能，大半由于缺少这样的趣味，所以不得不在这中间定一个去就。但我对于这个选择并不后悔，并不惭愧地面的小与出产的薄弱而且似乎无用。依了自己的心的倾向，去种蔷薇地丁，这是尊重个性的正当办法。即使如别人所说各人果真应报社会的恩，我也相信已经报答了，因为社会不但需要果蔬药材，却也一样迫切的需要蔷薇与地丁。——如有蔑视这些的社会，那便是白痴的，只有形体而没有精神生活的社会，我们没有去顾视他的必要。倘若用了什么名义，强迫人牺牲了个性去侍奉白痴的社会，——美其名曰迎合社会心理，——那简直与借了伦常之名强人忠君，借了国家之名强人战争一样的不合理了。

有人说道，据你所说，那么你所主张的文艺，一定是人生派的艺术了。泛称人生派的艺术，我当然是没有什么反对，但是普通所谓人生派是主张"为人生而艺术"的，对于这个我却有一点意见。"为艺术的艺术"将艺术与人生分离，并且将人生附属于艺术，至于如王尔德的提倡人生之艺术化，固然不很妥当；"为人生的艺术"以艺术附属于人生，将艺术当作改造生活的工具而非终极，也何尝不把艺术与人生分离呢？我以为艺术当然是人生的，因为他本是我们感情生活的表现，叫他怎能与人生分离？"为人生"——于人生有实利，当然也是艺术本有的一种作用，但并非唯一的职务。总之艺术是独立的，却又原来是人性的，所以既不必使他隔离人生，又不必使他服侍人生，只任他成为浑然的人生的艺术便好了。"为艺术"派以个人为艺术的工匠，"为人生"派以艺术为人生的仆役；现在却以个人为主人，表现情思而成艺术，即为其生活之一部，初不为福利他人而作，而他人接触这艺术，得到一种共鸣与感兴，使其精神生活充实而丰富，又即以为实生活的基本；这是人生的艺术的要点，有独立的艺术美与无形的功利。我所说的蔷薇地丁的种作，便是如此：有些人种花聊以消遣，有些人种花志在卖钱，真种花者以种花为其生活，——而花亦未尝不美，未尝于人无益。

——周作人《自己的园地》

b.谈论社会人事的

如对于文艺研究的诚恳认真的态度一样，作者对于一切的人事，社会上的种种，都毫不苟且地加以剖析、指摘、评论。尤其是对于伪道德、假道学的排斥，顽固的国民性和病态思想，封建余毒的不留余地的攻打、纠正；是具有透达的见地，正确的观察和热忱的。作者以"谈虎"名集，即因"这些小文，大抵有点得罪人得罪社会，觉得好像是踏了老虎尾巴，私心不免惴惴，大有色变之虑"（《谈虎集》序）的关系。据作者自己的意思，这得罪人得罪社会的一种喜骂人的脾气，是种因在作者没有脱去浙东人的气质——即通称的"师爷气"，有那法家的苛刻的态度，所以检阅旧作，觉得"满口柴胡，殊少敦厚温和之气"（《雨天的书》序）。但是"我们所希望的，便是摆脱了一切的束缚，任情地歌唱，无论人家文章怎样的庄严，思想怎样的乐观，怎样的讲爱国报恩，但是我要做风流轻妙，或讽刺谴责的文字，也是我的自由，而且无论说的是隐逸或是反抗，只要是遗传环境所融合而成的我的真的心搏，只要不是成见的执着主张派别等意见而有意造成的，也便都有发表的权利与价值"（《地方与文艺》）。而且作者也是有意的"希望在我的趣味之文里也还有叛徒活着"（《泽泻集》序）。何况"说着流氓似的土匪似的话"（《雨天的书》自序）的有着叛徒的精神的讽刺谴责之文，在中国这样的社会里，于所谓世道人心，也是不无裨益的呢。录《祖先的崇拜》及《钢枪趣味》两篇，以示一斑。

远东各国都有祖先崇拜这一种风俗。现今野蛮民族多是如此，在欧洲古代也已有过。中国到了现在，还保存这部落时代的蛮风，实是奇怪。据我想，这事既于道理上不合，又于事实上有害，应该废去才是。

第一，祖先崇拜的原始的理由，当然是本于精灵信仰。原人思想，以为万物都有灵的，形体不过是暂时的住所。所以人死之后仍旧有鬼，存留于世上，饮食起居还同生前一样。这些资料须由子孙供给，否则便要触怒死鬼，发生灾祸，这是祖先崇拜的起源。现在科学昌明，早知道世上无鬼，这骗人的祭献礼拜当然可以不做了。这种风俗，令人废时光、费钱财，很是有损，而且因为接香烟吃羹饭的迷信，许多男人往往借口于"不孝有三无后为大"的谬说，买妾蓄婢，败坏人伦，实在是不合人道的坏事。

第二，祖先崇拜的稍为高上的理由，是说"报本返始"，他们说："你试想身从何来？父母生了你，乃是昊天罔极之恩，你哪可不报答他？"我想这理由不甚充足。父母生了儿子，在儿子并没有什么恩，在父母反是一笔债。我不信世上有一部经典，可以千百年来当人类的教训的，只有记载生物的生活现象的 Biologie（生物学）才可供我们参考，定人类行为的标准。在自然律上面，的确是祖先为子孙而生存，并非子孙为祖先而生存的。所以父母生了子女，便是他们（父母）的义务开始的日子，直至子女成人才止。世俗一般称孝顺的儿子是还债的，但据我想，儿子无一不是讨债的，父母倒是还债——生他的债——的人。待到债务清了，本来已是"两讫"；但究竟是一体的关系，有天性之爱，互相联系住，所以发生一种终身的亲善的情谊，至于恩这一个字，实是无从说起，倘说真是体会自然的规律，要报生我者的恩，那便应该更加努力做人，使自己比父母更好，切实履行自己的义务——对子女的债务——使子女比自己更好，才是正当办法。倘若一味崇拜祖先，想望做古人，自羲皇上溯盘古时代以至类人猿时代，这样的做人法，在自然律上，明明是倒行逆施，决不可许的了。

我最厌听许多人说，"我国开化最早"，"我祖先文明什么样"。开化的早，或古时有过一点文明，原是好的。但何必那样崇拜，仿佛人的一生事业，除恭维我祖先之外，另无一事似的。譬如我们走路，目的是在前进，过去的这几步，原是我们前进的始基，但总不必站住了，回过头去，指点着说好，反误了前进的正事。因为再走几步，还有更好的正在前头呢！有了古时的文化，才有现在的文化；有了祖先，才有我们。但倘如古时文化永远不变，祖先永远存在，那便不能有现在的文化和我们了。所以我们所感谢的，正因为古时文化来了又去，祖先生了又死，能够留下现在的文化和我们——现在的文化，将来也是来了又去，我们也是生了又死，能够留下比现时更好的文化和比我们更好的人。

我们切不可崇拜祖先，也切不可望子孙崇拜我们。

尼采说："我们不要爱祖先的国，应该爱你们子孙的国。……你们应该将你们的子孙，来补救你们自己为祖先的子孙的不幸。你们应该这样救济一切的过去。"所以我们不可不废去祖先崇拜，改为自己崇拜——子孙崇拜。

——《谈虎集·祖先崇拜》

胡成才君所译勃洛克的《十二个》是我近来欢喜地读了的一本书，虽然本文篇幅本来不多。我在这诗里嗅到了一点儿大革命的气味，只有一点儿，因为我的感觉是这样的钝，不，简直有点麻木了，对于文学什么的刺激压根儿就不大觉得。但是，第十一节里有一行却使我很感动了，其文曰：

"他们的钢枪……"

这五个字好像是符咒似的吸住了我的眼光，令我心中起了一种贪欲，想怎样能够得到一枝钢枪，正如可怜的小"乐人扬珂"想得破胡琴一样。呃，钢枪！这是多么可爱的一个名词，即使单是一个名词！

有些不很知道我的人，常以为我是一个"托尔斯多扬"(Tol-stoyan)，这其实是不很对的。托尔斯多自然我也有点喜欢，但还不至于做了"扬"。而且到了关于战争这一点上，我的意见更是不同，因为我是承认战争的。我并不来提倡战争，但不能不承认他是一种不可免的事实，正如我们之承认死，这是我之所以对于钢枪不怀反感，并且还有点眷恋的缘故。但是，我喜欢钢枪，并不全在于他的实用，我实在是喜欢钢枪他本身，可以当很好的玩具看。那个有磷光似的青闪闪的枪身，真是日日对看抚摩都不厌的。在"天下太平"的时候，我想找一枝百战的旧钢枪来（手枪之类我不喜欢），挂在书房的墙壁上，和我自己所拓的永明造像排在一起，与我的凤凰三年砖同样的珍重。因为是当作玩具的，没有子弹也无妨，但有自然更好。我说"天下太平"，因为不太平我们就买不到旧刀枪，也不能让我们望着壁上所挂的玩具过长闲的日子。然而我的对于钢枪的爱着却是没有变的，好像我之爱好女人和小儿。我在南京当兵的时候玩弄过五年钢枪，养成了这个嗜好，可见兵这东西是不可不当的。

——《泽泻集·钢枪趣味》

c. 抒情的

前面已说过，作者一切文字，无论是谈论文艺或谈论社会人事的，都是抒情的。这里所谓抒情，是指较之前两类为更其表现着自己。倘若如戈尔特堡（Isaac Goldberg）批评蔼理斯（Havelock Ellis）的话说："在他里面有一个叛徒与一个隐士。"在作者谈论人事社会一类的文字里，我们看出有着叛徒的精神的；那末，现在所要说到的，便是有隐逸性的或者可以说是以趣味为主的另一类冲淡清远的文字了。《泽泻》一集，是作者自己搜集"比较地中意，能够表出一点当时的情思与趣味"的小品，里面除去《碰伤》《吃烈士》等几篇多讽刺意味的，余如《乌蓬船》《苦雨》《吃茶》《故乡的野菜》《爱罗先珂君》等篇，情思是幽深的，风格是平静的，实是抒情小品的上乘，近来颇有模仿这种文体的作者。为节省篇幅起见，拣篇幅短一点的抄下来，并非即以为代表作。

　　在东安市场的旧书摊上买到一本日本文章家五十岚力的《我的书翰》，中间说起东京的茶食店的点心都不好吃了，只有几家如上野山下的空也，还做得好点心，吃起来馅和糖及果实浑然融合，在舌头上分不出各自的味来。想起德川时代江户的二百五十年的繁华，当然有一种享乐的流风余韵留传到今日，虽然比起京都来自然有点不及。北京建都已有五百余年之久，论理于衣食住方面应有多少精微的造就，但实际似乎并不如此，即以茶食而论，就不曾知道什么特殊有滋味的东西。固然我们对于北京情形不甚熟悉，只是随便撞进一家饽饽铺里去买一点来吃，但是就撞过的经验来说，总没有很好吃的点心买到过。难道北京竟是没有好的茶食，还是有而我们不知道呢？这也未必全是为贪口腹之欲，总觉得住在古老的京城里吃不到包含历史的精炼的或颓废的点心是一个很大的缺陷。北京的朋友们，能够告诉我们两三家做得上好点心的饽饽铺么？

我对于二十世纪的中国货色，有点不大喜欢，粗恶的模仿品，美其名曰国货，要卖得比外国货更贵些。新房子里卖的东西，便不免都有点怀疑，虽然这样说好像遗老的口吻，但总之关于风流享乐的事我是颇迷信传统的。我在西四牌楼以南走过，望着异馥斋的丈许高的独木招牌，不禁神往，因为这不但表示他是义和团以前的老店，那模糊阴暗的字迹又引起我一种焚香静坐的安闲而丰腴的生活的幻想。我不曾焚过什么香，却对于这件事很有趣味，然而终于不敢进香店去，因为怕他们在香盒上已放着花露水和日光皂了。我们于日用必需要的东西以外，必须还有一点无用的游戏与享乐，生活才觉得有意思。我们看夕阳，看秋河，看花，听雨，闻香，喝不求解渴的酒，吃不求饱的点心，都是生活上必要的，——虽然是无用的装点，而且是愈精炼愈好。可怜现在的中国生活，却是极端地干燥粗鄙，别的不说，我在北京彷徨了十年，终未曾吃到好点心。

——《泽泻集·北京的茶食》

昨日傍晚，妻得到孔德学校的陶先生的电话，只是一句话，说："齐可死了。"齐可是那边的十年级学生，听说因患胆石症（？）①往协和医院乞治，后来因为待遇不亲切，改进德国医院，于昨日施行手术，遂不复醒。她既是校中高年级生，又天性豪爽而亲切，我家的三个小孩初上学校，都很受她的照管，好像是大姊一样。这回突然死别，孩子们虽然惊骇，却还不能了解失却他们老朋友的悲哀，但是妻因为时常往校也和她很熟，昨天闻信后为茫然久之，一夜都睡不着觉，这实在是无怪的。

死总是很可悲的事，特别是青年男女的死，虽然死的悲痛不属于死者而在于生人。照常识看来，死是还了自然的债，与生产同样的严肃而平凡，我们对于死者所应表示的是一种敬意，犹如我们对

---

① 问号表示对到底患什么病存疑或者不确定。

于走到标竿下的竞走者，无论他是第一者，或中途跌过几跤而最后走到。在中国现在这样状况之下，"死之赞美者"（Peisithanatos）的话未必全无意义，那么"年华虽短而忧患亦少"也可以说是好事，即使尚未能及未见日光者的幸福。然而在死者纵使真是安乐，在生人总是悲痛。我们哀悼死者，并不一定是在体察他灭亡之悲哀，实在多是引动追怀，痛切地发生今昔存殁之感。无论怎样地相信神灭，或是厌世，这种感伤恐终不易摆脱。日本诗人小林一茶在《俺的春天》里记他的女儿聪女之死，有这几句：

"……她遂于六月二十一日与蕣华同谢此世。母亲抱着死儿的脸，荷荷的大哭，这也是难怪的了。到了此刻，虽然明知逝水不归，落花不再返枝，但无论怎样达观，终于难以断念的，正是这恩爱的羁绊。诗以志哀：

露水的世呀，

虽然是露水的世，

虽然是这样。"

虽然是露水的世，然而自有露水的世的回忆，所以仍多哀感。美忒林克在《青鸟》上有一句平庸的警句曰："死者生存在活人的记忆上。"齐女士在世十九年，在家庭学校亲族友朋之间，当然留下许多不可磨灭的印象，随在足以引起悲哀，我们体验这些人的心情，实在不胜同情，虽然别无劝慰的话可说。死本是无善恶的，但是它加害于生人者却非浅鲜，也就不能不说它是恶的了。

我不知道人有没有灵魂，而且恐怕以后也永不会知道，但我对于希冀死后生活之心情觉得很能了解。人在死后倘若有灵魂的存在如生前一般，虽然推想起来也不免有些困难不易解决，但因此不特可以消除灭亡之恐怖，即所谓恩爱的羁绊也可得到适当的安慰。人有什么不能满足的愿望，辄无意地投影于仪式或神话之上，正如表示在梦中一样。传说上李夫人杨贵妃的故事，民俗上童男女死后被召为天帝使者的信仰，都是无聊之极思，却也是真的人情之美的表现：我们知道这是迷信，但我确信这样虚幻的迷信里也自有其美与善的分子存在。这于死者的家人亲友是怎样好的一种慰藉，倘若他们相信——只要能够相信，百岁之后，或者在梦中夜里，仍得与已死的亲爱者相聚，相见！然而，可惜我们不相应地受到了科学的灌洗，既失却先人的可祝福的愚蒙，又没有养成画廊派哲人（Stoics）的超绝的坚忍，其结果是恰如牙根里露出的神经，因了冷风热气随时益增其痛楚。对于幻灭的现代人之遭逢不幸，我们于此更不得不特别表示同情之意。

我们小女儿若子生病的时候，齐女士很惦念她；现在若子已经好起来，还没有到学校去和老朋友一见面，她自己却已不见了。日后若子回忆起来时，也当永远是一件遗恨的事罢。

——《泽泻集·唁辞》

还有收在《自己的生命》里两篇"西山小品"：《一个乡民的死》和《卖汽水的人》是富有诗意的叙述文，并可看出作者当时情感和理智的冲突，思想的矛盾，如在《山中杂记》里所说的。关于这，赵景深君有一篇研究的文字收在《近代文学丛谈》里，读者高兴，可自去翻阅，特此介绍。

现在谈到鲁迅先生。他是以小说创作的成功和激进的思想，占有了中国现代文坛的最高的地位的。《呐喊》和《彷徨》，几乎是每个受过中等教育的青年所必读的书了。并有人把作者和俄国最有名的短篇小说作家柴霍甫[①]作比较的观察，举出在生活、题材、思想、作风等项上两位作家的相似之点，确是颇有兴味的事。尤其是在思想一点上，两位作家虽都是悲观主义者，但都希望有美丽将来的实现而并不绝望。鲁迅先生在《呐喊》自序里便告诉我们，"至于自己，却也并不愿将自以为苦的寂寞，再来传染给也如我那年青时候似的正做着好梦的青年"，所以"往往不恤用了曲笔，在《药》的瑜儿的坟上平空添上一个花环，在《明天》里也不叙单四嫂子竟没有做到看见儿子的梦"。再看"没有吃过人的孩子或者还有？救救孩子……"（《狂人日记》）和"我想：希望是无所谓有，无所谓无的。这正如地上的路，其实地上本没有路，走的人多了，也便成了路"（《故乡》）的话，作者是如何的希望着没有吃过人的孩子的生产，并有人肯走那没有路的路，以实现那美丽

---

① 即契诃夫，19世纪俄国著名小说家、剧作家，与欧·亨利、莫泊桑并称为"世界三大短篇小说巨匠"。

的世界呵！不过作者究竟"已经不是那可歌可泣的青年时代的感伤的奔放，乃是舟子在人生的航海里饱尝了忧患之后的叹息，发出来非常之微，同时发出来的地方非常之深"（张定璜《鲁迅先生》）。自然悲观的气分①要多些，在一部分的读者，看来不免要以过于冷酷为病了。

钟敬文君在《记找鲁迅先生》一文里说："我觉得他之所以值得我们的佩服，与其说在文艺上，毋宁说在激进的思想和不屈的态度上。"的确，作者的思想对于中国青年的影响是极大的；可看张定璜君的话："他看见什么，他描写什么。他把他自己的世界展开给我们，不粉饰，也不遮盖。那是他最熟识的世界，也是我们最生疏的世界。我们天天过活，自以为耳目聪明，其实多半是聋子兼瞎子，我们视而不见，听而不闻。且不说别的，我们先就不认识我们自己，待到逢见少数的人们，能够认识自己，能够辨认自己所住的世界，并且能够把那世界再现出来的人们，我们才对于从来漠不关心的事物从新感到小孩子的惊奇。我们才明白许多不值一计较的小东西，都包含着可怕的复杂的意味，我们才想到人生，命运，死，以及一切的悲哀。"虽然作者从不以青年的导师自居，以为"凡自以为识路者，总过了'而立'之年，灰色可掬了，老态可掬了，圆稳而已，自己却误以为识路。假如真识路，自己就早进向他的目标，何至于还在做导师"（《华盖集》P52）。而且向着青年说："你们所多的是生力，遇见深林，可以辟成平地的，遇见旷野，可以栽种树木的，遇见沙漠，可以开掘井泉的。问什么荆棘塞涂的老路，寻什么乌烟瘴气的鸟导师！"（同上P54）但作者确曾使一部分的青年，受着他的影响而觉醒过来，有作者自画的招供为证：——"我曾经说过：中国历来是排着吃人的筵宴，有吃的，有被吃的。被吃的也曾吃人，正吃的也曾被吃。但我现在发现了，我自己也帮助着排筵宴。先生，你是看我的作品的，我现在发一个问题：看了之后，使你麻木，还是使你清楚？使你昏沉，还是使你活泼？倘所觉的是后者，那我的自己裁判，便证实大半了。中国的筵席上有一种'醉虾'，虾越鲜活，吃的人便越高兴，越畅快。我就是做这醉虾的帮手，弄清了老实而不幸的青年的脑子和弄敏了他的感觉，使他万一遭灾时来尝加倍的苦痛，同时给憎恶他的人们赏玩这较灵的苦痛，得到格外的享乐。"（《而已集》）弄清了老实而不幸的青年的脑子和弄敏了他的感觉，使清楚而不麻

---

① 今应作"气氛"。

木，活泼而不昏沉，这不是影响是什么？而且也就因此，使作者写作格外的认真。他说："还记得三四年前，有一个学生来买我的书，从衣袋里掏出钱来放在我手里，那钱上还带着体温。这体温便烙印了我的心，至今要写文字时，还常使我怕毒害了这类的青年，迟疑不敢下笔。"（《写在〈坟〉后面》）所以茅盾先生作的《鲁迅论》便有这样的话："我们不可上鲁迅的当，以为他真个没有指引路；他确没有主义要宣传，也不想发起什么运动，他从不摆出我是青年导师的面孔，然而他确指引青年们一个大方针：怎样生活着，怎样动作着的大方针。鲁迅决不肯提出来呼号于青年之前，或板起了脸教训他们，然而，他的著作里有许多是指引青年应当如何生活，如何行动的。在他的创作小说里，有反面的解释，在他的杂感和杂文里，就有正面的说明。"

这里放下作者的小说，只说他的杂感和杂文。这种杂感文字，正和他的小说一样，以冷静幽默的态度，对于旧礼教封建势力加以猛烈的攻击的，但更觉痛切深刻，这正因为是正面说明的缘故。读了《热风》（1918—1924）、《华盖集》（1925）、《华盖续集》（1926）、《而已集》（1927）和《坟》（1907—1925）的后半部（前半是旧作论文）的文章，看他眼光的犀利锐敏，用笔的冷隽诙谐，物无遁形的描写，和老吏断狱似的有力的评量，真是"入木三分"，是以立懦而敦薄。张定璜君说得好："鲁迅先生站在路旁边，看见我们男男女女在大街上来去，高的矮的，老的小的，肥的瘦的，笑的哭的，一大群在那里蠢动，从我们的眼睛、面貌、举动上，从我们的全身上，他看出我们的冥顽，卑劣，丑恶和饥饿。……他有三个特色……第一个，冷静，第二个，还是冷静，第三个，还是冷静。你别想去恐吓他，蒙蔽他。不等到你开嘴说话，他的尖锐的眼光已经教你明白他知道你也许比你自己知道的还更清楚。"又说："他知道怎样去用适当的文字传递适当的情思，不冗长，不散漫，不过火，有许多人费尽苦心去讲求涂刷颜色的，结果不是给我们一块画家的调色板，便是一张戏场门前的广告单。我们觉得他离奇光怪，再没什么。读《呐喊》，读那篇那里面最可爱的小东西《孔乙己》，我们看不见调色板上的糊涂和广告单上的丑陋，我们只感到一个干净。"作者对于环境观察的锐敏，文字技巧的成功，观此当可明白了。作者文字里还多的是讽刺的情趣，诙谐里藏着暗讥热讽，因之有人说他太尖刻，但"无情的冷嘲和有情的讽刺相去本不及一张纸"（《热风·题记》），作者不已说过了吗？而且他的诙谐，也是欲哭无泪的强笑，我们决不能当他是滑稽，虽然有人称他是有闲阶级，叫他为"闲暇，闲暇，第三种闲暇"。作者杂感小品好的太多了，随便抄录两篇，读者自去找了看吧。

凡有高等动物，倘没有遇着意外的变故，总是从幼到壮，从壮到老，从老到死。

我们从幼到壮，既然毫不为奇的过去的；自此以后，自然也该毫不为奇的过去。

可惜有一种人，从幼到壮，居然也毫不为奇的过去了；从壮到老，便有点古怪；从老到死，却更奇想天开，要占尽了少年的道路，吸尽了少年的空气。

少年在这时候，只能先行萎黄，且待将来老了，神经血管一切变质以后，再来活动。所以社会上的状态，先是"少年老成"；直待弯腰曲背时期，才更加"逸兴遄飞"，似乎从此以后，才上了做人的路。

可是究竟也不能自忘其老；所以想求神仙。大约别的都可以老，只有自己不肯老的人物，总该推中国老先生算一甲一名。

万一当真成了神仙，那便永远请他主持，不必再有后进，原也是极好的事。可惜他又究竟不成，终于个个死去，只留下造成的老天地，教少年驮着吃苦。

这真是生物界的怪现象！

我想种族的延长，——便是生命的连续，——的确是生物界事业里的一大部分。何以要延长呢？不消说是想进化了。但进化的途中总须新陈代谢。所以新的应该欢天喜地的向前走去，这便是壮，旧的也应该欢天喜地的向前走去，这便是死；各各如此走去，便是进化的路。

老的让开道，催促着，奖励着，让他们走去。路上有深渊，便用那个死填平了，让他们走去。

少的感谢他们填了深渊，给自己走去；老的也感谢他们从我填平的深渊上走去。——远了远了。

明白这事，便从幼到壮到老到死，都欢欢喜喜的过去；而且一步一步，多是超过祖先的新人。

这是生物界正当开阔的路！人类的祖先，都已这样做了。

——《热风·随感录（四十九）》

　　我生得太早一点，连康有为们"公车上书"的时候，已经颇有些年纪了。政变之后，有族中的所谓长辈也者教诲我，说：康有为是想篡位，所以他的名字叫有为；有者，"富有天下"，为者，"贵为天子"也。非图谋不轨而何？我想：诚然，可恶得很！

　　长辈的训诲于我是这样的有力，所以我也很遵从读书人家的家教。屏息低头，毫不敢轻举妄动。两眼下视黄泉，看天就是傲慢，满脸装出死相，说笑就是放肆。我自然以为极应该的，但有时心里也发生一点反抗。心的反抗，那时还不算什么犯罪，似乎诛心之律，倒不及现在之严。

　　但这心的反抗，也还是大人们引坏的，因为他们自己就常常随便大说大笑，而单是禁止孩子。黔首们看见秦始皇那么阔气，捣乱的项羽道："彼可取而代也！"没出息的刘邦却说："大丈夫不当如是耶？"我是没出息的一流，因为美慕他们的随意说笑，就很希望赶忙变成大人，——虽然此外也还有别种的原因。

　　大丈夫不当如是耶，在我，无非只想不再装死而已，欲望也并不甚奢。

　　现在，可喜我已经大了，这大概是谁也不能否认的罢，无论用了怎样古怪的"逻辑"。

　　我于是就抛了死相，放心说笑起来，而不意立刻又碰了正经人的钉子：说是使他们"失望"了。我自然是知道的，先前是老人们的世界，现在是少年们的世界了；但竟不料治世的人们虽异，而其禁止说笑也则同。那么，我的死相也还得装下去，装下去，"死而后已"，岂不痛哉！

　　我于是又恨我生得太迟一点。何不早二十年，赶上那大人还准说笑的时候？真是"我生不辰"，正当可诅咒的时候，活在可诅咒的地方了。

　　约翰弥耳说：专制使人们变成冷嘲。我们却天下太平，连冷嘲也没有。我想：暴君的专制使人们变成冷嘲，愚民的专制使人们变成死相。大家渐渐死下去，而自己反以为卫道有效，这才渐近于正经的活人。

世上如果还真有要活下去的人们，就先该敢说，敢笑，敢哭，敢怒，敢骂，敢打，在这可诅咒的地方击退了可诅咒的时代！

——《华盖集·忽然想到（五）》

有一本书名题着《朝花夕拾》的是作者近乎自叙传的回忆文，原题作《旧事重提》，陆续载在《莽原》上的，一共十篇，大都是儿童生活的追忆，如《阿长与山海经》《无常》《从百草园到三味书屋》等篇，都很生动而有趣；和作者小说集《呐喊》里的《故乡》《社戏》《兔和猫》等篇富有诗意的抒情文，一样的给我们对于作者感到亲切，在读了他那老辣的杂感文以后。最后的两篇《藤野先生》和《范爱农》，是追怀师友之作，从真挚的感情里所流出来的生离死别之戚，是很能摇撼读者的心灵的。《呐喊》里纪念俄国盲诗人爱罗先珂的一个断片《鸭的喜剧》，也便是这样地为读者所爱着的。

还有要郑重地提出的，便是作者不多赐予的珍贵的赠品，极其诗质的小品散文集——《野草》。这是贫弱的中国文艺园地里一朵奇花，正如这本小书的封面所绘的，在灰暗的天地间，有几痕青青悦目的小草，非常地可爱。那里面精炼的字句和形式，作者个性和人生真实经验的表现，人间苦闷的象征，希望幻灭的悲哀，以及黑而可怖的幻景，读了不由的要想起散诗的鼻祖波特来耳和他一卷精湛美丽的《散文小诗》来。我们只觉得它的美，但说不出它的所以为美。虽然有人说展开《野草》一书，便觉冷气逼人，阴森森如入古道，而且目为人生诅咒论；但这正如波特来耳的诗集《恶之华》一样是不适合于少年与蒙昧者的诵读，但是明智的读者却能从这里得到真正希有的力量。第一编里已选了一篇《好的故事》，作为瞑想的小品的例，这里再录《秋夜》《雪》《淡淡的血痕中》等三篇。

在我的后园，可以看见墙外有两株树，一株是枣树，还有一株也是枣树。

这上面的夜的天空，奇怪而高，我生平没有见过这样奇怪而高的天空。他仿佛要离开人间而去，使人们仰面不再看见。然而现在却非常之蓝，闪闪地𥅭着几十个星星的眼，冷眼。他的口角上现出微笑,似乎自以为大有深意,而将繁霜洒在我的园里的野花草上。

我不知道那些花草真叫什么名字,人们叫他什么名字。我记得有一种开过极细小的粉红花,现在还开着,但是更极细小了。她在冷的夜气中,瑟缩地做梦,梦见春的到来,梦见秋的到来,梦见瘦的诗人将眼泪擦在她最末的花瓣上,告诉她秋虽然来,冬虽然来,而此后接着还是春,蝴蝶乱飞,蜜蜂都唱起春词来了。她于是一笑,虽然颜色冻得红惨惨地,仍然瑟缩着。

枣树,他们简直落尽了叶子。先前,还有一两个孩子来打他们别人打剩的枣子,现在是一个也不剩了,连叶子也落尽了。他知道小粉红花的梦,秋后要有春;他也知道落叶的梦,春后还是秋。他简直落尽叶子,单剩干子,然而脱了当初满树是果实和叶子时候的弧形,欠伸得很舒服。但是,有几枝还低亚着,护定他从打枣的竿梢所得的皮伤,而最直最长的几枝,却已默默地铁似的直刺着奇怪而高的天空,使天空闪闪地鬼䀹眼;直刺着天空中圆满的月亮,使月亮窘得发白。

鬼䀹眼的天空越加非常之蓝,不安了,仿佛想离去人间,避开枣树,只将月亮剩下。然而月亮也暗暗地躲到东边去了。而一无所有的干子,却仍然默默地铁似的直刺着奇怪而高的天空,一意要制他的死命,不管他各式各样地䀹着许多蛊惑的眼睛。

哇的一声,夜游的恶鸟飞过了。

我忽而听到夜半的笑声,吃吃地,似乎不愿意惊动睡着的人,然而四围的空气都应和着笑。夜半,没有别的人,我即刻听出这声音就在我嘴里,我也即刻被这笑声所驱逐,回进自己的房。灯火的带子也即刻被我旋高了。

后窗的玻璃上丁丁地响,还有许多小飞虫乱撞。不多久,几个进来了,许是从窗纸的破孔进来的。他们一进来,又在玻璃的灯罩上撞得丁丁地响。一个从上面撞进去了,他于是遇到火,而且我以为这火是真的。两三个却休息在灯的纸罩上喘气。那罩是昨晚新换的罩,雪白的纸,折出波浪纹的叠痕,一角还画出一枝猩红色的栀子。

猩红的栀子开花时,枣树又要做小粉红花的梦,青葱地弯成弧形了……我又听到夜半的笑声；我赶紧砍断我的心绪，看那老在白纸罩上的小青虫，头大尾小，向日葵子似的，只有半粒小麦那么大，遍身的颜色苍翠得可爱，可怜。

我打一个呵欠，点起一支纸烟，喷出烟来，对着灯默默地敬奠这些苍翠精致的英雄们。

——《野草·秋夜》

暖国的雨，向来没有变过冰冷的坚硬的灿烂的雪花。博识的人们觉得他单调，他自己也认为不幸否耶？江南的雪，可是滋润美艳之至了；那是还在隐约着的青春的消息，是极壮健的处子的皮肤。雪野中有血红的宝珠山茶，白中隐青的单瓣梅花，深黄的磬口的蜡梅花；雪下面还有冷绿的杂草。蝴蝶确乎没有；蜜蜂是否来采山茶花和梅花的蜜，我可记不真切了。但我的眼前仿佛看见冬花开在雪野中，有许多蜜蜂们忙碌地飞着，也听得他们嗡嗡地闹着。

孩子们呵着冻得通红，象紫芽姜一般的小手，七八个一齐来塑雪罗汉。因为不成功，谁的父亲也来帮忙了。罗汉就塑得比孩子们高得多，虽然不过是上小下大的一堆，终于分不清是壶卢还是罗汉。然而很洁白，很明艳，以自身的滋润相粘结，整个地闪闪地生光。孩子们用龙眼核给他做眼珠，又从谁的母亲的脂粉奁中偷得胭脂来涂在嘴唇上。这回确是一个大阿罗汉了。他也就目光灼灼地嘴唇通红地坐在雪地里。

第二天还有几个孩子来访问他；对了他拍手，点头，嘻笑。但他终于独自坐着了。晴天又来消释他的皮肤，寒夜又使他结一层冰，化作不透明的水晶模样；连续的晴天又使他成为不知道算什么，而嘴上的胭脂也褪尽了。

但是，朔方的雪花在纷飞之后，却永远如粉，如沙，他们决不粘连，撒在屋上，地上，枯草上，就是这样。屋上的雪是早已就有消化了的，因为屋里居人的火的温热。别的，在晴天之下，旋风忽来，便蓬勃地奋飞，在日光中灿灿地生光，如包藏火焰的大雾，旋转而且升腾，弥漫太空，使太空旋转而且升腾地闪烁。

在无边的旷野上，在凛冽的天宇下，闪闪地旋转升腾着的是雨的精魂……

　　是的，那是孤独的雪，是死掉的雨，是雨的精魂。

——《野草·雪》

　　目前的造物主，还是一个怯弱者。

　　他暗暗地使天地变异，却不敢毁灭这一个地球；暗暗地使生物衰亡，却不敢长存一切尸体；暗暗地使人类流血，却不敢使血色永远鲜秾；暗暗地使人类受苦，却不敢使人类永远记得。

　　他专为他的同类——人类中的怯弱者——设想，用废墟荒坟来衬托华屋，用时光来冲淡苦痛和血痕；日日斟出一杯微甘的苦酒，不太少，不太多，以能微醉为度，递给人间，使饮者可以哭，可以歌，也如醒，也如醉，若有知，若无知，也欲死，也欲生。他必须使一切也欲生；他还没有灭尽人类的勇气。

　　几片废墟和几个荒坟散在地上，映以淡淡的血痕，人们都在其间咀嚼着人我的渺茫的悲苦。但是不肯吐弃，以为究竟胜于空虚，各各自称为"天之僇民"，以作咀嚼着人我的渺茫的悲苦的辩解，而且悚息着静待新的悲苦的到来。新的，这就使他们恐惧，而又渴欲相遇。

　　这都是造物主的良民，他就需要这样。

　　叛逆的猛士出于人间；他屹立着，洞见一切已改和现有的废墟和荒坟，记得一切深广和永远的苦痛，正视一切重叠淤积的凝血，深知一切已死，方生，将生和未生。他看透了造化的把戏；他将要起来使人类苏生，或者使人类灭尽，这些造物主的良民们。

　　造物主，怯弱者，羞惭了，于是伏藏。天地在猛士的眼中于是变色。

——《野草·淡淡的血痕中》

三、朱自清　俞平伯

　　在开始叙述这两位作者之前，要先请读者看一看下面的两篇小品，有着怎样相似的风格？

这是一张尺多宽的小小的横幅，马孟容君画的。上方的左角，斜着一卷绿色的帘子，稀疏而长；当纸的直处三分之一，横处三分之二。帘子中央，着一黄色的、茶壶嘴似的钩儿——就是所谓软金钩么？"钩弯"垂着双穗，石青色；丝缕微乱，若小曳于轻风中。纸右一圆月，淡淡的青光遍满纸上；月的纯净，柔软与平和，如一张睡美人的脸。从帘的上端向右斜伸而下，是一枝交缠的海棠花。花叶扶疏，上下错落着，共有五丛；或散或密，都玲珑有致。叶嫩绿色，仿佛掐得出水似的；在月光中掩映着，微微有浅深之别。花正盛开，红艳欲流；黄色的雄蕊历历的，闪闪的，衬托在丛绿之间，格外觉着妖娆了。枝歌斜而腾挪，如少女的一只臂膊。枝上歇着一对黑色的八哥，背着月光，向着帘里。一只歇得高些，小小的眼儿半睁半闭的，似乎在入梦之前，还有所留恋似的。那低些的一只别过脸来对着这一只，已缩着颈儿睡了。帘下是空空的不着一些痕迹。

试想在圆月朦胧之夜，海棠是这样的妩媚而嫣润；枝头的好鸟为什么却双栖而各梦呢？在这夜深人静的当儿，那高踞着的一只八哥儿，又为何尽撑着眼皮儿不肯睡去呢？他到底等什么来着？舍不得那淡淡的月儿么？舍不得那疏疏的帘儿么？不，不，不，您得到帘下去找。您得向帘中去找——您该找着那卷帘人了？她的情韵风怀，原是这样这样的哟！朦胧的岂独月呢？岂独鸟呢？但是，咫尺天涯，教我如何耐得？我挤着千呼万唤；你能够出来么？

　　　　——朱自清《温州的踪迹·月朦胧，鸟朦胧，帘卷海棠红》

这是我们初入居湖楼后的第一个春晨。昨儿乍来，便整整下了半宵潺湲的雨。今儿醒后，从疏疏朗朗的白罗帐里，窥见山上绛桃花的繁蕊，斗然的明艳欲流。因她尽迷离于醒睡之间，我只得独自的抽身而起。

今朝待醒的时光，耳际再不闻沉厉的厂笛和慌忙的校钟，惟有聒碎妙闲的鸟声一片，密接着恋枕依衾的甜梦。人说"鸟啼惊梦"；其实这样说，梦未免太不坚牢，而鸟语也未免太响亮些了。

我只以为梦的惺忪破后，始则耳有所闻，继则目有所见。这倒是较真确的呢。

　　记得我们来时，桃枝上犹满缀以绛紫色的小蕊，不料夜来过了一场雨，便有半株绯赤的繁英了。"小楼一夜听春雨，深巷明朝卖杏花。"可见自来春光虽半是冉冉而来，却也尽有翩翩而集的。来时且不免如此的匆匆；涉想它的去时，即使万幸不再添几分的局促，也总是一例的了。此何必待委地沾泥，方始怅惜绯红的妖冶尽成虚掷了呢。谁都得感怅惘与珍重之两无是处。只是山后桃花似乎没有觉得，冒着肥雨欣然半开了。我独瞅着这一树绯桃，在方棂内彷徨着。即如此，度过湖楼小住的第一个春晨。

　　　　　　　　　　　　　——俞平伯《湖楼小撷·春晨》

　　谁能辨出这是出之于两个作者的笔下呢？如果我们事先没有知道那一篇的作者是谁，看它描写的细腻，情致的缠绵，诗意的茏葱，词彩的风华，即使不是一人所作，也当是互有影响的了。原来这两位作者既同负当代的诗誉，又是极好的朋友，而小品散文的作风又是这样的相似，这里拉在一起来说，读者当不以为突兀了吧？

　　但这所谓相似，是只就印象的大体说的，仔细体味起来，就可发现各自的个性和文字的特质，有着绝不相同的面目。我们觉得同是细腻的描写，俞先生的是细腻而委婉，朱先生的是细腻而深秀；同是缠绵的情致，俞先生的是缠绵里满蕴着温熙浓郁的氛围，朱先生的是缠绵里多含有眷恋悱恻的气息。如用作者自己的话来比较，则俞先生的是"朦胧之中似乎胎孕着一个如花的笑"（《杂拌儿》P$_{40}$），而朱先生的是"仿佛远处高楼上渺茫的歌声似的"（《背影》P$_{61}$）。固然俞先生也有《冬晚的别》《卖信纸》《燕知草》等类伤感的文字，而朱先生的《女人》《阿河》《背影》等篇，也给我们以芳醇的迷醉，这种比较原不是绝对的。

　　从《背影》和《燕知草》两书里，我们可以看出两个作者的作风，是同样在转变着，与他俩先前的散文，收在《踪迹》（朱作）、《杂拌儿》（俞作）里的有着显著的差异。那就是摒弃过分繁缛的修辞和板滞的描写，而向着自然纯朴的方向走着。《背影》里如《背影》《飘零》《怀魏握青君》《儿女》等篇，都是直抒胸臆，看似清描淡写，实藏着真挚的深情。钟敬文君曾以作者和同时的散文作者比较着说："他在同时人的作品中，虽没有周作人先生的隽永，俞平伯先生的绵密，徐志摩先生的艳丽，冰心女士的飘逸，但却于这些而外另有种真挚清幽的神态。"这观察是不错的。但我个人的兴趣所在，除开周作人先生冲淡隽永的作品而外，便要以作者的幽峭高秀的风韵为最可爱了。《燕知草》全是写的杭州的事，而所着眼的是作者依恋着的几个和作者有密切关系的人而不是杭州，表现的体式是诗、谣、曲、散文都有，但抒写的只是一个题目，即是那似乎发挥着"历史癖与考据癖"的《塔砖歌》，《陀罗尼经》歌，也还是以所依恋着的人为中心的。"书中文字，颇有浓淡之别。《雪晚归船》以后之作，和《湖楼小撷》《芝园留梦记》等显然是两个境界。平伯有描写的才力，但向不重视描写。虽不重视，却也不至厌倦，所以还有《湖楼小撷》一类文字。近年来他觉得描写太板滞、太繁缛、太矜持，简直厌倦起来了；他说他要素朴的趣味。《雪晚归船》一类东西便是以这种状态写下来的"，这是朱自清先生《燕知草·序》里头的话。关于这里面说俞先生所以要变换作风的原因，我们竟可以认朱先生是为自己说的。不过趋向虽属一致，发展却分着两面：《背影》的作者用为抒情的表露，产生了《背影》《儿女》等篇情词深切而苍老的佳构；《燕知草》的作者却展向说理方面，一半儿做着，一半儿写着的，便产生了《雪晚归船》《月下》《老人祠下》等篇"夹叙夹议"的体制。它的好处，据朱先生说是："像吴山四景园驰名的油酥饼——那饼是入口即化，不留渣滓的。"即同是写景，在这里，两位作者也有轻灵幽秀和风流洒脱的各异的风致，看下面所录《荷塘月色》与《雪晚归船》两个短篇，便是很有趣的对照。

　　这几天心里颇不宁静。今晚在院子里坐着乘凉，忽然想起日日走过的荷塘，在这满月的光里，总该另有一番样子吧。月亮渐渐地升高了，墙外马路上孩子们的欢笑，已经听不见了；妻在屋里拍着闰儿，迷迷糊糊地哼着眠歌。我悄悄地披了大衫，带上门出去。

　　沿着荷塘，是一条曲折的小煤屑路。这是一条幽僻的路；白天也少人走，夜晚更加寂寞。荷塘四面，长着许多树，蓊蓊郁郁的。路的一旁，是些杨柳，和一些不知道名字的树。没有月光的晚上，这路上阴森森的，有些怕人。今晚却很好，虽然月光也还是淡淡的。

　　路上只我一个人，背着手踱着。这一片天地好像是我的；我也像超出了平常的自己，到了另一世界里。我爱热闹，也爱冷静；爱群居，也爱独处。像今晚上，一个人在这苍茫的月下，什么都可以想，什么都可以不想，便觉是个自由的人。白天里一定要做的事，一定要说的话，现在都可不理。这是独处的妙处，我且受用这无边的荷香月色好了。

曲曲折折的荷塘上面，弥望的是田田的叶子。叶子出水很高，像亭亭的舞女的裙。层层的叶子中间，零星地点缀着些白花，有袅娜地开着的，有羞涩地打着朵儿的；正如一粒粒的明珠，又如碧天里的星星，又如刚出浴的美人。微风过处，送来缕缕清香，仿佛远处高楼上渺茫的歌声似的。这时候叶子与花也有一丝的颤动，像闪电般，霎时传过荷塘的那边去了。叶子本是肩并肩密密地挨着，这便宛然有了一道凝碧的波痕，叶子底下是脉脉的流水，遮住了，不能见一些颜色；而叶子却更见风致了。

月光如流水一般，静静地泻在这一片叶子和花上。薄薄的青雾浮起在荷塘里。叶子和花仿佛在牛乳中洗过一样；又像笼着轻纱的梦。虽然是满月，天上却有一层淡淡的云，所以不能朗照；但我以为这恰是到了好处——酣眠固不可少，小睡也别有风味的。月光是隔了树照过来的，高处丛生的灌木，落下参差的斑驳的黑影，峭楞楞如鬼一般；弯弯的杨柳的稀疏的倩影，却又像是画在荷叶上。塘中的月色并不均匀；但光与影有着和谐的旋律，如梵婀玲上奏着的名曲。

荷塘的四周，远远近近，高高低低都是树，而杨柳最多。这些树将一片荷塘重重围住；只在小路一旁，漏着几段空隙，像是特为月光留下的。树色一例是阴阴的，乍看像一团烟雾；但杨柳的丰姿，便在烟雾里也辨得出。树梢上隐隐约约的是一带远山，只有些大意罢了。树缝里也漏着一两点路灯光，没精打采的，是渴睡人的眼。这时候最热闹的，要数树上的蝉声与水里的蛙声；但热闹是它们的，我什么也没有。

——朱自清《荷塘月色》

日来北京骤冷，谈谈雪罢。怪腻人的，不知怎么总说起江南来。江南的往事可真多，短梦似的一场一场在心上跑着；日子久了，方圆的轮廓渐磨钝了，写来倒反方便些，应了岂明君的"就是要加减两笔也不要紧"这句话。我近来真懒得可以，懒得笔都拿不起，拿起来费劲，放下却很"豪燥"的。依普通说法，似应当是才尽，但我压根儿未见得有才哩。

淡淡的说，疏疏的说，不论您是否过瘾，凡懒人总该欢喜的是那一年上，您还记得否？您家湖上的新居落成未久。它正对三台山，旁见圣湖一角。曾于这楼廊上一度看雪，雪景如何的好，似在当时也未留下深沉的影象，现在追想更觉茫然。——无非是面粉盐花之流罢，即使于才媛嘴里依然是柳絮。

然而H君快意于他的新居，更喜欢同着儿女们游山玩水，于是我们遂从"杭州城内"剪湖水而西了。于雪中，于明敞的楼头凝眸暂对，却也尽多佳处。皎洁的雪，森秀的山，并不曾辜负我们来时的一团高兴。且日常见惯的峦姿，一被积雪覆着，蓦地添出多少层叠来，宛然新生的境界，仿佛将完工的画又加上几笔皴染似的。记得那时H君就这般说。

静趣最难形容，回忆中的静趣每不自主的杂以凄清，更加难说了。而且您必不会忘记，我几时对着雪里的湖山，悄然神往呢。我从来不曾如此伟大过一回，真人面前不说谎。团雪为球，掷得一塌胡涂倒是真的，有同嬉的L为证。

以掷雪而L败，败而袜湿，等袜子烤干，天已黑下来，于是回家。如此的清游可发一笑罢。瞧瞧今古名流的游记上有这般写着的吗？没有过！——惟其如此，我才敢大大方方的写，否则马上搁笔，"您另请高明"！

毕竟那晚的归舟是难忘的。因大雨雪，丢却悠然的双桨，讨了一只大船。大家伙儿上船之后，她便扭扭搭搭晃荡起来。雪早已不下，尖风却渐渐的，人躲在舱里。天又黑得真快，灰白的雪容，一转眼铁灰色了，雪后的湖浪沉沉，拍船头间歇地汩然而响。旗下营的遥灯渐映眼朦胧黄了。那时中舱的板桌上初点起一支短短的白烛来。烛焰打着颤，以船儿的欹倾，更摇摇无所主，似微薄而将向尽了。我们都拥着一大堆的寒色，悄悄地趁残烛而觅归。那时似乎没有说什么话，即有三两句零星的话，谁还记得清呢。大家这般草草的回去了。

——俞平伯《雪晚归船》

　　两个作者的风格的相异，是不足怪的。我们要知道即使是一个作者，因了表现的方便，也往往有绝不相类似的两种作风。关于这一点，朱先生的较俞先生尤为显明。《踪迹》里的《航船中的文明》和《温州的踪迹》《桨声灯影里的秦淮河》，《背影》里乙辑的《旅行杂记》《海行杂记》和甲辑的《背影》《阿河》《飘零》《儿女》等风格，颇有些不同。诚如钟敬文君所说："若以后者为诗的感伤的，则前者可说是幽默的讽刺的。……此种文字，是受着流行的作风所影响的产品。……自从《语丝》诞生以来，文坛上滑稽与讽刺的作风大为盛行，到现在，真可谓泛然普及了。我们人生的思想、行动，是无时不受环境的影响而发生变化的，何况最易习染的文章上的风格呢？"虽然作者只是在"当时觉着要怎样写，便怎样写"，而"实在没有一点意思要模仿什么人"。倘要问那一类更可爱，那我可直接的回答你，当然以工夫较深的诗的感伤的一类，为更能抓住读者的心灵，虽然"幽默"的也能给人以读时的兴奋和痛快。《阿河》和《飘零》两篇有些像小说，但仍是优美酣畅的抒情之作，当作散文读为更适当，作者自己便如此说。前面已录了作者两篇写景的小品，这里再录一篇抒情的。

　　两年前差不多也是这些日子吧，我邀了几个熟朋友，在雪香斋给握青送行。雪香斋以绍酒著名。这几个人多半是浙江人，握青也是的，而又有一两个是酒徒，所以便拣了这地方。说到酒，莲花白太腻，白干太烈；一是北方佳人，一是关西的大汉，都不宜于浅斟低酌。只有黄酒，如温旧书，如对故友，真是醇醇有味。只可惜雪香斋的酒还上了色；若是"竹叶青"，那就更妙了。握青是到美国留学去，要住上三年；这么远的路，这么多的日子，大家确有些惜别，所以那晚酒都喝得不少。出门分手，握青又要我去中天看电影。我坐下直觉头晕。握青说电影如何如何，我只糊糊涂涂听着；几回想张眼看，却什么也看不出。终于支持不住，出其不意，哇地吐出来了。观众都吃一惊，附近的人全堵上了鼻子，这真有些惶恐。握青扶我回到旅馆，他也吐了。但我们心里都觉得这一晚很痛快。我想握青该还记得那种狼狈的光景吧？

我与握青相识，是在东南大学。那时正是暑假，中华教育改进社借那儿开会。我与方光焘君去旁听，偶然遇着握青；方君是他的同乡，一向认识，便给我们介绍了。那时我只知道他很活动，会交际而已。匆匆一面，便未再见。三年前，我北来作教，恰好与他同事。我初到，许多事都不知怎样做好；他给了我许多帮助。我们同住在一个院子里，吃饭也在一处。因此常和他谈论。我渐渐知道他不只是很活动，会交际；他有他的真心，他有他的锐眼，他也有他的傻样子。许多朋友都以为他是个傻小子，大家都叫他老魏，连听差背地里也是这样叫他；这个太亲昵的称呼，只有他有。

但他决不如我们所想的那么"傻"，他是个玩世不恭的人——至少我在北京见着他是如此。那时他已一度受过人生的戒，从前所有多或少的严肃气分，暂时都隐藏起来了；剩下的只是那冷然的玩弄一切的态度。我们知道这种剑锋般的态度，若赤裸裸地露出，便是自己矛盾，所以总得用了什么法子盖藏着。他用的是一副傻子的面具。我有时要揭开他这副面具，他便说我是《语丝》派。但他知道我，并不比我知道他少。他能由我一个短语，知道全篇的故事。他对于别人，也能知道；但只默喻着，不大肯说出。他的玩世，在有些事情上，也许太随便些。但以或种意义说，他要复仇；人总是人，又有什么办法呢？至少我是原谅他的。

以上其实也只说得他的一面；他有时也能为人尽心竭力。他曾为我决定一件极为难的事。我们沿着墙根，走了不知多少趟；他源源本本，条分缕析地将形势剖解给我听。你想，这岂是傻子所能做的？幸亏有这一面，他还能高高兴兴过日子；不然，没有笑，没有泪，只有冷脸，只有"鬼脸"，岂不郁郁地闷煞人！

我最不能忘的，是他动身前不多时的一个月夜。电灯灭后，月光照了满院，柏树森森地竦立着。屋内人都睡了；我们站在月光里，柏树旁，看着自己的影子。他轻轻地诉说他生平冒险的故事。说一会，静默一会。这是一个幽奇的境界。他叙述时，脸上隐约浮着微笑，就是他心地平静时常浮在他脸上的微笑；一面偏着头，老像发问似的。这种月光，这种院子，这种柏树，这种谈话，都很可珍贵；就由握青自己再来一次，怕也不一样的。

　　他走之前，很愿我做些文字送他；但又用玩世的态度说："怕不肯吧？我晓得，你不肯的。"我说："一定做，而且一定写成一幅横披——只是字不行些。"但是我惭愧我的懒，那"一定"早已几乎变成"不肯"了！而且他来了两封信，我竟未复只字。这叫我怎样说好呢？我实在有种坏脾气，觉得路太遥远，竟有些渺茫一般，什么便都因循下来了。好在他的成绩很好，我是知道的；只此就很够了。别的，反正他明年就回来，我们再好好地谈几次，这是要紧的。——我想，握青也许不那么玩世了吧。

——《背影·怀魏握青君》

　　俞先生的《燕知草》一集，有着各样的体式，前面已说过。《杂拌儿》一集的内容，也是很复杂的：有考据，有说理，有写景，有抒情，性质很不一律，和《燕知草》的虽体式不同而有统一的抒写中心的不同。但除了一小部分属于考据性质的，语意颇为简质外，大概都很丰饶着一种迷人的情味，而使我们一读就认得出是作者个性所投射的特殊风格。集中最佳的篇章，自然要推《桨声灯影里的秦淮河》《陶然亭的雪》等融洽情景于一气的文字。但此种文章做得这样有消魂的风情，似乎尚不算十分困难的事，因为这类题目，本来是颇有做成好文章的可能，如果碰到不是劣手的作者。集中如《文学的游离与其独在》《析爱》等篇，这种分析名理的文字，在平常人手下，无非是写得简当明了，就算已尽能事的，不意给作者竟这样创制成绝妙抒情妙品。我们读了，不但不会头痛，并且如吃佳馔似的，只虑其速尽。于此，我们不能不佩服作者才思的瞻美了（见钟敬文《平伯君的散文》）。在周作人先生的《杂拌儿》跋里并且说："集内三十二篇文章，确有五分之一的样子是有考据性质的。但是，正如瓜子以至果膏究竟还是同样的茶食，这些文章也与别的抒情小品一样是文学的作品。"欢喜谈名理，这也是作者的特色，尤其是在《燕知草》一书里。但这种"夹叙夹议"的体制，却并没有堕入理障中去；因为说得干脆，说得亲切，既不"隔靴搔痒"，又非"悬空八只脚"。这种说理，实也是抒情的一法（见《燕知草》朱序）。这种"洒脱"的气息，雅致的文词，也就是作者近于明朝人（指明末张岱、王思任等一派名士）的地方，姑无论《梦游》一篇，连作者的两位老师也猜为明人所作，至迟亦在清初了。现在把它抄在下面，读者看看是否非明朝人或是具有明朝人的性情行径的人所做得出的？

月日，偕友某夜泛湖上。于是三月，越日望也。月色朦胧殊不甚好。小舟欹侧袅娜，如梦游。引而南趋，南屏黛色于乳白月芒下扑人眉宇而立。桃杏罗置岸左，不辨孰绯孰赤孰白。着枝成雾淞，委地疑积霰。花气微婉，时翩翩飞渡湖水，集衣袂皆香，淡而可醉。如是数里未穷。南湖故多荷芰，举者风盖，偃者水衣。舟出其间，左萦右拂，悉飒不宁贴，如一怯书生乍傍群姝也。行不逾里，荷塘柳港转盼失之，惟柔波汩汩，拍桨有声，了无际涯，渺然一白，与天半银云相接。左顾，依约青峰数点出月雾下，疑为大力者推而远之，凝视仅可识。凉露在衣，风来逐云，月得云罅，以娇脸下窥，圆如珍珠也；旋又隐去，风寒逼人，湖水大波。迥眺严城，更漏下矣。

月，山阴偏门舟次忆写。

四、徐志摩　落华生

这里所要说到的两位作者（又是两位），前面一位是在当代负着很大的诗誉，以新奇的形式，曼丽的词句，作官能的描写的诗歌为青年们所热烈的欢迎着；而后面一位则在文学研究会时代用精美的文字描写异国情调的小说散文曾为读者所注意，年来以创作的稀少，似乎渐渐被人忘记了的。那末为什么要放在一起来说呢？这原因是：因这两位作者在散文的成就上是同样的以美丽的词藻、新奇的装饰，显示着特异的风格而成为奢侈的、贵族的、情绪的滋补品。没有作人先生的隽永，也没有鲁迅先生的幽默，自清先生的深秀，平伯先生的洒脱，在这两位作者的作品里也找不出相似的来。这里所有的是浓艳珍贵的古典的炫饰，正如中国山水画的北宗一样，是以金碧相尚的，与南宗的淡墨浅绛，显然有浓淡的分别。

《自剖》和《巴黎的鳞爪》是志摩先生的散文集。它的特色是新的形式，欧化的错落的句法，清妙婉转的格调，读了真有些令人飘飘然，正如某批评家评作者的思想说："他是没有稳定的思想的，只如天空的一缕轻烟，四向飞扬，随风飘荡而已。"作者散文的风格也正是如此，《想飞》一篇，便是最具体的例。作者似乎有意的在形式的技巧上做工夫，喜欢堆砌，尽量搜罗采用叠句和排句，如作者自己所说"浓得化不开"，而且常常在"笔头上扭了好半天，结果还是没有结果"的，这种"华而不实"的东西，也无怪站在唯物史观的立场上的批评家要指摘为彻头彻尾是一个进步的资产阶级作家了。虽然作者曾经"自剖""再剖"，以至"求医"，求医无效，则"想飞"，想飞不成还是"迎上前去"，迎上前去的结果是如何呢？聪明的作者还没有告诉我们。可是接着便是"北戴河海滨的幻想"，幻想的结果，却是过去和现在的一切"幻术似的灭了，灭了，一个可怕的黑暗的空虚……"作者究竟给予以我们些什么呢？我们不知道。但这一篇幻想，到[①]很可代表着作者异于一般作家的技巧，不妨录在下面作引证。

　　他们都到海边去了。我为左眼发炎不曾去。我独坐在前廊，偎坐在一张安适的大椅内。袒着胸怀，赤着脚，一头的散发，不时有风来撩拂。清晨的晴爽，不曾消醒我初起时的睡态；但梦思却半被晓风吹断。我阖紧眼帘内视，只见一斑斑消残的颜色，一似晚霞的余赭，留恋地胶附在天边。廊前的马樱、紫荆、藤萝、青翠的叶与鲜红的花，都将他们的妙影映印在水汀上，幻出幽媚的情态无数；我的臂上与胸前，亦满缀了绿荫的斜纹。从树阴的间隙平望，正见海湾：海波亦似被晨曦唤醒，黄蓝相间的波光，在欣然舞蹈。滩边不时见白涛涌起，迸射着雪样的水花。浴泉内点点的小舟与浴客，水禽似的浮着；幼童的欢叫，与水波拍岸声，与潜涛呜咽声，相间的起伏，竞报一滩的生趣与乐意。但我独坐的廊前，却只是静静的，静静的无甚声响。妩媚的马樱，只是幽幽微颤着，蝇虫也敛翅不飞，只有远近树里的秋蝉在纺纱似的缫引他们不尽的长吟。

　　在这不尽的长吟中，我独坐在冥想。难得是寂寞的环境，难得是静定的意境；寂寞中有不可言传的和谐，静默中有无限的创造。我的心灵，比如海滨，生命初度的怒潮，已经渐次的消翳，只剩有

---

①　今应作"倒"。

疏松的海砂中偶尔的回响，与残缺的贝壳，反映星月的辉芒。此时摸索潮余的斑痕，追想当时汹涌的情景，是梦或是真，再亦不须辨问，只此眉梢的轻绉，唇边的微哂，已足解释无穷奥绪，深深的蕴伏在灵魂的微纤之中。

青年永远趋向反叛，爱好冒险；永远和如初度航海者，幻想黄金机缘于浩淼的烟波之外；想割断系岸的缆绳，扯起风帆，欣欣的投入无恨的怀抱。他厌恶的是平安，自喜的是放纵于豪迈。无颜色的生涯，是他目中的荆棘；绝海与凶巇，是他爱取自由的途径。他爱折玫瑰：为她的色香，亦为她冷酷的刺毒。他爱搏狂澜：为它的壮严与伟大，亦为他吞噬一切的天才，最是激发他探险与好奇的动机。他崇拜冲动：不可测，不可节，不可预逆，起，动，消歇皆在无形中，狂飙似的倏忽与猛烈与神秘。他崇拜斗争：从斗争中求极烈的生命之意义，从斗争中求绝好的实在，在血染的战阵中，呼唤胜利之狂欢或歌败丧的哀曲。

幻象消灭是人生里命定的悲剧；青年的幻灭，更是悲剧中的悲剧，夜一般的沉黑，死一般的凶恶。纯粹的，猖狂的热情之火，不同阿拉亭的神灯。只能放射一时的异彩，不能永久的朗照；转瞬间，或许，便已敛息了最后的焰舌，只留存有限的余烬与残灰，在未灭的余温里自伤与自慰。

流水之光，星之光，露珠之光，电之光，在青年的妙目中闪耀，我们不能不惊讶造化者艺术之神奇：然可怖的黑影，倦与衰与饱的黑影，同时亦紧紧的跟着时日进行，仿佛是烦恼，痛苦，失败，或庸俗的尾曳，亦在转瞬间，彗星似的扫灭了我们最自傲的神辉——流水涸，明星没，露珠散灭，电闪不再！

在这艳丽的日辉中，只见愉悦欢舞与生趣；希望，闪烁的希望，在荡漾，在无穷的碧空中，在绿叶的光泽里，在虫鸟的歌吟中，在青草的摇曳中——夏之荣华，春之成功。春光与希望，是长驻的；自然与人生是调谐的。

在远处有福的山谷内，莲馨花在坡前微笑，稚羊在乱石间跳跃，牧童，有的吹着芦笛，有的平卧在草地上，仰看变幻的浮游的白云，放射下的青影在初黄的稻田中缥缈地移过。在远处安乐的村中，有妙龄的村姑，在流涧边照映她自制的春裙；口衔烟斗的农夫三四，在预度秋收的丰盈，老妇人们坐在家门外阳光中取暖，他们的周围有不少的儿童，手擎着黄白的钱花在环舞与欢呼。

在远——远处的人间，有无限的平安与快乐，无限的春光……

在此暂时可以忘却无数的落蕊与残红；亦可以忘却花荫中掉下的枯叶，私语地预告三秋的情意；亦可以忘却苦恼的僵瘫的人间，阳光与雨露的殷勤，不能再恢复他们腮颊上生命的微笑；亦可以忘却纷争的互杀的人间，阳光与雨露的仁慈，不能感化他们凶恶的兽性；亦可以忘却庸俗的卑琐的人间，行云与朝露的丰姿，不能引逗他们刹那间的凝视；亦可以忘却自觉的失望的人间，绚烂的春时与媚草，只能反激他们悲欢的意绪。

我亦可以暂时忘却我自身的种种：忘却我童年期清风白水似的天真；忘却我少年期种种虚荣的希冀；忘却我前次的生命的觉悟；忘却我热烈的理想的寻求；忘却我心灵中乐观与悲观的斗争；忘却我攀登文艺高峰的艰辛；忘却刹那的启示与澈悟之神奇；忘却我生命朝流之骤转；忘却我陷落在危险的旋涡中之幸与不幸；忘却我追忆不完全的梦境；忘却我大海底里埋着的秘密；忘却曾经刲割我灵魂的利刀，炮烙我灵魂的烈焰，摧毁我灵魂的狂飙暴雨；忘却我的深刻的怨与艾；忘却我的冀与愿；忘却我的恩泽与惠感；忘却我的过去与现在……

过去的实在，渐渐的膨胀，渐渐的模糊，渐渐的不可辨认；现在的实在，渐渐的收缩，逼成了意识的一线，细极狭极的一线，又裂成了无数不相联续的黑点……黑点亦渐渐的隐翳。幻术似的灭了，灭了，一个可怕的黑暗的空虚……

——《自剖·北戴河海滨的幻想》

散文的文调，应该是活泼，而不是堆砌。奢侈的装饰，过度的繁复，因新奇、造作而陷于晦涩，不通，文胜于质，乃使读者生厌，这都是要不得的。而且因了描写的过分，在把作者的感情传染给读者的一种共鸣的感兴上，也是有着莫大的障碍的。但正如一个人的坏处，往往即是他的好处一样，一个作家文字上的缺点，有时也就是他的优点所在；我们的作者虽不免为技巧所累，但如《巴黎的鳞爪》《我所知道的康桥》《济慈的夜莺歌》《曼殊斐儿》等篇，它所呈露给我们的是那样的芳馨浓郁，令人迷醉！如要形容它究竟是怎样的令人迷醉，那最好还借作者自己的话来为恰当，你看，"香草在你的脚下，春风在你的脸上，微笑在你的周遭。不拘束你，不责备你，不督饬你，不窘你，不恼你，不揉你。它搂着你，可不缚住你：是一条温存的臂膀，不是根绳子。它不是不让你跑，但它那招逗的指尖却永远在你的记忆里晃着。多轻盈的步履，罗袜的丝光随时可以沾上你记忆的颜色！"它是"像一床野鸭绒的垫褥，衬得你通体舒泰，硬骨头都给薰酥了的"。你的给它迷醉是万分可能的了，像这样的作者，在现代中国新文坛上实是不多见的。

《空山灵雨》的作者落华生（即许地山），虽以作品的奢侈的，贵族的，同样为情绪的滋补品而和徐志摩先生相提并论；但文字的内容和技巧，也有明显的差异。最近沈从文先生有一篇《落华生论》登在《读书月刊》的创刊号上，语颇扼要，节录如下："在中国以异教特殊民族生活，作为创作基本，以佛经中邃智明辨笔墨，显示散文的美与光，色香中不缺少诗，落华生为最本质的使散文发展到一个和谐的境界的作者之一（另外周作人、徐志摩、冯文炳诸人当另论）。这调和，所指的是把基督教的爱欲，佛教的明慧，近代文明与古旧情绪，揉合在一处，毫不牵强的融成一片。作者的风格是由此显示特异而存在的。最散文底诗质底是这人的文章。佛的聪明，基督的普遍的爱，透达人情，而于世情不作顽固之拥护与排斥，以佛经阐明爱欲所引起人类心上的一切纠纷，然而在文字中，处处不缺少女人的爱娇姿式，在中国不能不说这是唯一的散文作家了！"这一段话，我们可用作者的作品来证实。

我常得着男子送给我的东西，总没有当他们做宝贝看。我底朋友师松却不如此，因为她从不曾受过男子底赠与。

自鸣钟敲过四下以后，山上礼拜寺底聚会就完了。男男女女像出圈底羊，争要下到山坡觅食一般。那边有一个男学生跟着我们走，他底真名字我忘记了，我只记得人家都叫他做"宗之"。他手里拿着一枝茶蘑，且行且嗅，茶蘑本不是香花，他嗅着，不过是一种无聊举动便了。

"松姑娘，这枝茶蘼送给你。"他在我们后面嚷着。松姑娘回头看见他满脸堆着笑容递着那花，就速速伸手去接。她接着说："很多谢，很多谢！"宗之只笑着点点头，随即从西边的山径转回家去。

"他给我的这个，是什么意思！"

"你想他有什么意思，他就有什么意思。"我这样回答她。走不多远，我们也分途各自回家了。

她自下午到晚上不歇把弄那枝茶蘼，那花像有极大的魔力，不让她撒手一样。她要放下时，每觉得花儿对她说："为什么离弃我？我不是从宗之手里递给你，交你照管底吗？"

呀，宗之底眼、鼻、口、齿、手、足、动作，没有一件不在花心跳跃着，没有一件不在她眼前底花枝显现出来！她心里说："你这美男子，为甚缘故送给我这花儿？"她又想起那天经坛上底讲章，就自己回答说："因为他顾念他使女底卑微，从今而后，万代要称我为有福。"

这是她爱茶蘼花，还是宗之爱她呢？我也说不清，只记得有一天我和宗之正坐在榕树根谈话的时候，她家底人跑来对他说："松姑娘吃了一朵什么花，说是你给她底，现在病了。她家底人要找你去问话咧。"

他吓了一跳，也摸不着头脑，只说："我哪时节给她东西吃？这真是……！"

我说："你细想一想。"他怎么也想不起来。我才提醒他说："你前个月在斜道上不是给了她一朵茶蘼吗？"

"对呀，可不是给了她一朵茶蘼！可是我哪里教她吃了呢？"

"为什么你单给她，不给别人？"我这样问他。

他很直截地说："我并没有什么意思，不过随手摘下，随手送给别人就是了。我平素送了许多东西给人，也没有什么事；怎么一朵小小的茶蘼就可使她着了魔？"

他还坐在那里沉吟，我便促他说："你还能在这里坐着吗？不管她是误会，你是有意，你既给了她，现在就得去看她一看才是。"

"我哪里有什么意思？"

我说：“你且去看看罢。蚌蛤何尝立志要生珠子呢？也不过是外间的沙粒偶然渗入他的壳里，他就不得不用尽工夫分泌些黏液把那小沙裹起来罢了。你虽无心，可是你的花一到她手里，保管她不因花而爱起你来吗？你敢保她不把那花当做你所赐给爱底标识，就纳入她底怀中，用心里无限的情思把她围绕得非常严密吗？也许她本无心，但因你那美意的沙无意中掉在她爱的贝壳里，使她不得不如此。不用踌躇了，且去看看罢。”

宗之这才站起来，皱一皱他那副冷静的脸庞，跟着来人从林箐底深处走出去了。

——《空山灵雨·荼蘼》

我底生活好像一棵龙舌兰，一叶一叶慢慢地长起来。某一片叶在一个时期曾被那美丽的昆虫做过巢穴；某一片叶曾被小鸟们歇在上头歌唱过。现在那些叶子都落掉了！只有瘢楞的痕迹留在干上。人也忘了某叶某叶曾经显过底样子；那些叶子曾经历底事迹惟有龙舌兰自己可以记忆得来，可是他不能说给别人知道。

我底生活好像我手里这管笛子。他在竹林里长着底时候，许多好鸟歌唱给他听；许多猛兽长啸给他听；甚至天中的风雨雷电都不时教给他发音底方法。

他长大了，一切教师所教底都纳入他底记忆里，然而他身中仍是空空洞洞，没有什么。

做乐器者把他截下来，开几个气孔，搁在唇边一吹，他从前学底都吐露出来了。

——《空山灵雨·生》

“作者用南方国度，如缅甸等处，作为背景，所写成的各样文章，……使我们感到一种异国情调。读《命命鸟》，读《空山灵雨》那一类文章，总觉得是另外一个国度的人，学着另外一个国度里的故事（虽然在文字上那种异国情调的夸张性却完全没有）。他用的是中国的乐器，是我们最相熟的乐器，奏出了异国的调子，就是那调子、那声音、那永远是东方底、静底、微带厌世倾向的、柔软忧郁底调子，使我们读到它时不知不觉发生悲哀了。”

同作者一样，志摩先生的文章里也是充满着异国情调，介绍了几处可爱的去处给我们认识而向往，但那乐器，却不是我们听熟了的中国乐器，而且是含有多量的夸张性的。在文字方面，虽都是极其诗质底的，但倘是说志摩先生的有些过于铺张，那末，作者却正相反而是无比的精炼的。"用最工整细致的笔按着纸，在纸上画出小小的螺纹，在螺纹上我们可以看出有聪明人对人生的注意那种意义，可以比拟作者'情绪古典的'工作的成就。"这实在是很恰当而有意味的评语。我们且来欣赏这些工整细致的小小的螺纹：

　　在高可触天底桄榔树下。我坐在一条石磴上，动也不动一下。穿彩衣的蛇也蟠在树根上，动也不动一下。多会让我看见他，我就害怕得很，飞也似地离开那里，蛇也和飞箭一样，射入蔓草中了。

　　我回来，告诉妻子说："今儿险些不能再见你的面！"

　　"什么原故？"

　　"我在树林里见了一条毒蛇：一看见他，我就速速跑回来：蛇也逃走了。……到底是我怕他，还是他怕我？"

　　妻子说："若你不走，谁也不怕谁。在你眼中，他是毒蛇，在他眼中，你比他更毒呢。"

　　但我心里想着，要两方互相惧怕，才有和平。若有一方大胆一点，不是他伤了我，便是我伤了他。

　　　　　　　　　　　　　　　　　　　　——《空山灵雨·蛇》

　　他们还在园里玩，也不理会细雨丝丝穿入她们底罗衣。池边梨花底颜色被雨洗得更白净了。但朵朵都懒懒地垂着。

　　姊姊说："你看，花儿都倦得要睡了！"

　　"待会我来摇醒他们。"

　　姊姊不及发言，妹妹底手早已抓住树枝摇了几下。花瓣和水珠纷纷地落下来。铺得银片满地，煞是好玩。妹妹说："好玩啊，花瓣一离开树枝，就活动起来了！"

　　"活动什么？你看，花儿底泪都滴在我身上哪。"姊姊说这话时，带着几分怒气，推了妹妹一下。她接着说："我不和你玩了；你自己在这里罢。"

妹妹见姊姊走了，直站在树下出神。停了半晌，老妈子走来，牵着她，一面走着，说："你看，你底衣服都湿透了；在阴雨天，每日要换几次衣服，教人到那里找太阳给你晒去呢？"

落下来底花瓣，有些被她们底鞋印入泥中；有些粘在妹妹身上，被她带走；有些浮在池面，被鱼儿衔入水里。那多情的燕子不歇把鞋印上底残瓣和软泥一同衔在口中，到梁间去，构成他们的香巢。

——《空山灵雨·梨花》

春光在万山环抱里，更是泄漏得迟。那里底桃花还是开着；漫游底薄云从这峰飞过那峰，有时稍停一会，为底是挡住太阳，教地面底花草在他底荫下避避光焰的威吓。

崖下底荫处和山溪底旁边满长了薇蕨和其他凤尾草。红、黄、蓝、紫的小草花点缀在绿茵上头。

天中底云雀，林中底金莺，都鼓起他们的舌簧。轻风把他们底声音挤成一片，分送给山中各样有耳无耳底生物。桃花听得入神，禁不住落了几点粉泪，一片一片凝在地上。小草听得大醉，也和着声音底节拍，一会倒，一会起，没有镇定底时候。

林下一班孩子正在那里检桃花底落瓣哪。他们检着，清儿忽嚷起来，道："嗄，邕邕来了！"众孩子住了手，都向桃林底尽头眺望。果然邕邕也在那里摘草花。

清儿道："我们今天可要试试阿桐的本领了。若是他能办得到，我们都把花瓣穿成一串璎珞围在他身上，封他为大哥如何？"

众人都答应了。

阿桐走到邕邕面前，道："我们正等着你来呢。"

阿桐底左手盘在邕邕底脖上，一面走一面说："今天他们要替你办嫁妆，教你做我底妻子。你能做我底妻子么？"

邕邕狠视了阿桐一下，回头用手推开他，不许他底手再搭在自己脖上。孩子们都笑得支持不住了。

众孩子嚷道："我们见过邕邕用手推人了！阿桐赢了！"

邕邕从来不会拒绝人，阿桐怎能知道一说那话，就能使她动手呢？要是春光的荡漾，把他这种心思泛出来呢？或者，天地之心就是这样呢？

你且看：漫游底薄云还是从这峰飞过那峰。

你且听：云雀和金莺底歌声还布满了空中和林中。在这万山环抱底桃林中，除那班爱闹的孩子以外，万物把春光领略得心眼都迷濛了。

——《空山灵雨·春底林野》

这种工整细致的古典美的艺术品，是尽人能做到的吗？那是不可能的，即是要欣赏它，也非有与作者有同一教养的头脑不能尽量感受。因为这和作者的生活是有密接关系的。据沈先生说："对人生所下诠解，那东方底、静底、柔软忧郁的物质，反映在作者一切作品上，在作者作品以外是可以得到相当的说明的。作者似乎为台湾人，长于福建，后受基督教之高等教育肄业北京之燕京大学，再后过牛津，学宗教考古学，识梵文及其他文字。作者环境与教育，更雄辩地也更朗然地解释了作者作品的自然倾向了。"也就是因此，作者在作品里虽表现了古典美的特质与优长，但作者的心情，文字的效力，是离远了"大众"：与"时代"起了分解，便很容易的被世人忘却了。

五、冰心　绿漪　陈学昭

冰心是一个诗人，她的散文有许多是诗的，许多一霎那就要风过的诗意，她都捉来放在她的散文中了。绿漪大约是一个温柔和蔼的人，她的散文有时是像小阳春天气，有些醉人；有时却又像春天，使人觉得世界上几乎无一处不是美的，不是可爱的。至于说到作者（按指陈学昭）她的散文有时是秋天——如像她以前的《倦旅》和《烟霞伴侣》等集，无处不带着一种肃杀的气氛。可是这本（按指《忆巴黎》）却像是冬天，我们听得见那里怒号的北风，好像是等待春天的来临，而又不耐的觉得它姗姗来迟的哀怨。

这是康嗣群君在评《忆巴黎》（见《读书月刊》一卷六期）里面的一段话，把三位女作家放在一起作比较的观察，写出她们在作风上的不同的具体印象，虽然是很简单的，浮面的观察。这里便想把这三位作者叙述一番，上面的一段话，借用来做个引子。

冰心女士是谁都知道的中国现代最名贵的诗人兼小说家，真姓名是谢婉莹，冰心是她的笔名。诗集《繁星》《春水》，小说集《超人》《往事》，都是有了定评的，不必多说。总之，作者是个冰雪聪明的女子，在她的作品里，处处显示着女性的特有的依恋，母亲的爱和童年天真的爱，琐屑的往事的追写；而文字是那样的清新隽丽，笔调是那样的轻倩灵活，充满着画意和诗情，真如镶嵌在夜空里的一颗颗晶莹的星珠。又如一池春水，风过处，漾起锦似的涟漪。以这样的情致和技巧，在散文上发展，是最易成功的。所以作者的小诗，多的是哲理，特点也不过是"用字的清新，回忆的甜蜜"（赵景深论《繁星》）。这正是作者散文的长处；《超人》《往事》两集里，可称为小说的实在不多，大半是用流利曼妙的文笔，抒写那作者自家的甜蜜的回忆和思量，如《超人》里的《笑》，《往事》里的《往事》《梦》《到青龙桥去》《六一姊》等篇，都是诗质的美丽的散文，当作散文读是更为适宜的。把《笑》和《梦》两个短篇录在下面：

雨声渐渐的住了，窗帘后隐隐的透进清光来。推开窗户一看，呀！凉云散了，树叶上的残滴，映着月儿，好似萤光千点，闪闪烁烁的动着。——真没想到苦雨孤灯之后，会有这么一幅清美的图画！

凭窗站了一会儿，微微的觉得凉意侵人，转过身来，忽然眼花缭乱，屋子里的别的东西，都隐在云光里；一片幽辉，只浸着墙上画中的安琪儿。——这白衣的安琪儿，抱着花儿，扬着翅儿，向着我微微的笑。

"这笑容仿佛在那儿看见过似的，什么时候，我曾……"我不知不觉的便坐在窗口下想——默默地想。

严闭的心幕，慢慢地拉开了，涌出五年前的一个印象。——一条很长的古道。驴脚下的泥，兀自滑滑的。田沟里的水，潺潺地流着。近村的绿树，都笼在湿烟里。弓儿似的新月，挂在树梢。一边走着，似乎道旁有一个孩子，抱着一堆灿白的东西。驴儿过去了，无意中回头一看。——他抱着花儿，赤着脚儿，向着我微微的笑。

"这笑容又仿佛是那儿看见过似的！"我仍是想——默默的想。

又现出一重心幕来，也慢慢的拉开了，涌出十年前的一个印象。——茅檐下的雨水，一滴一滴地落到衣上来。土阶边的水泡儿，泛来泛去的乱转。门前的麦陇和葡萄架子，都灌得新黄嫩绿的非常鲜丽。——一会儿好容易雨晴了，连忙走下坡儿去。迎头看见月儿从海面上来了，猛然记得有件东西忘下了，站住了，回过头来。这茅屋的老妇人——她倚着门儿，抱着花儿，向着我微微的笑。

这同样微妙的神情，好似游丝一般，飘飘漾漾的合了拢来，绾在一起。

这时心下光明澄静，如登仙界，如归故乡。眼前浮现的三个笑容，一时融化在爱的调和里看不分明了——

——《超人·笑》

她回想起童年的生涯，真是如同一梦罢了！穿着黑色带金线的军服，佩着一柄短短的军刀，骑在很高大的白马上，在海岸边缓辔徐行的时候，心里只充满了壮美的快感；几曾想到现在的自己，是这般的静寂，只拿着一枝笔儿，写她幻想中的情绪呢？

她男装到了十岁。十岁以前，她父亲常常带她去参与那军人娱乐的宴会，朋友们一见都夸奖说，"好英武的一个小军人！今年几岁了？"父亲先一面答应着，临走时才微笑说，"他是我的儿子，但也是我的女儿。"

她会打走队的鼓，会吹召集的喇叭，知道毛瑟枪里的机关，也会将很大的炮弹，旋进炮腔里。五六年父亲身畔无意中的训练，真将她做成很矫健的小军人了。

别的方面呢？平常女孩子所喜好的事，她却一点都不爱。这也难怪她，她的四围并没有别的女伴。偶然看见山下经过的几个村里的小姑娘，穿着大红大绿的衣裳，裹着很小的脚，匆匆一面里，她无从知道她们平居的生活。而且她也不把这些印象，放在心上。一把刀，一匹马，便堪了尽一生了！女孩子的事，是何等的琐碎烦腻呵！当探海的电灯射在浩浩无边的大海上，发出一片一片的寒光，灯影下，旗影下，两排儿沉豪英毅的军官，在剑佩锵锵的声里，整齐严肃的一同举起杯来，祝中国万岁的时候，这光景是怎样的使人涌出慷慨的快乐的眼泪呢？

她这梦也应当到了醒觉的时候了！人生就是一梦么？

十岁回到故乡去，换上了女孩子的衣服。在姊妹群中，学到了女儿情性：五色的丝线，是能做成好看的活计的；香的美丽的花，是要插在头上的；镜子是妆束完时要照一照的；在众人中间坐着，是要说些很细腻很温柔的话的；眼泪是时常要落下来的。女孩子是总有点脾气，带点娇贵的样子的。

这也是很新颖很能造就她的环境——但她父亲送给她的一把佩刀，还长日挂在窗前。拔出鞘来，寒光射眼，她每每呆住了。白马呵，海岸呵，荷枪的军人呵……模糊中有无穷的怅惘。姊妹们在窗外唤她，她也不出去了，站了半天，只掉下几点无聊的眼泪。

她后悔么？也许是，但有谁知道呢！军人的生活，是怎样的造就了她的性情呵！黄昏时营幕里吹出来的箫声，不更是抑扬凄惋么？世界上软款温柔的境地，难道只有女孩儿可以占有么？海上的月夜星夜，眺台独立倚枪翘首的时候：沉沉的天幕下，人静了，海也浓睡了，——"海天以外的家！"这时的情怀，是诗人的还是军人的呢？是两缕悲壮的丝交纠之点呵！

除了几点无聊的英雄泪，还有什么？她安于自己的境地了！生命如果是圈儿般的循环或者便从"将来"又走向"过去"的道上去，但这也是无聊呵！

十年深刻的印象遗留于她现在的生活中的，只是娇强的性质了——她依旧是喜欢看那整齐的步伐，听那悲壮的军笳，但与其说她是喜欢看喜欢听，不如说她是怕看怕听罢。

横刀跃马和执笔沉思的她，原都是一个人，然而时代将这些事隔开了……

童年，只是一个深刻的梦么？

——《往事·梦》

作者最近的创作，如《第一次的宴会》（见《新月》）、《三年》（见《小说月报》），题材与作风似已有了转变，这想是受了结婚生活的影响。同时也是旧的材料发挥到了极点，致不得不转移，目光向新的境地去搜求。但作者文字和技巧上的优点，却始终保持着没有改变。

以上是从作者的小说里看出作者对于散文技巧的特长，但我们如要研究并欣赏作者的充满诗情画意的小品散文，那末，《寄小读者》一书是作者唯一的代表作。这是作者去国旅美时漫游的记录，是"花的生活，水的生活，云的生活"的描写，作者在四版自序里告诉我们："假如文学的创作，是由于不可遏抑的灵感，则我的作品之中，只有这一本是最自由，最不思索的了。这书中的对象，是我挚爱恩慈的母亲。……她的爱，使我由生中求死——要担负别人的痛苦；使我由死中求生——要忘记自己的痛苦。""这书中有幼稚的欢乐，也有天真的眼泪！"是很忠实的自白。这和作者的诗歌小说，还是本着一贯的主旨，而且更透彻明了的抒写着。我们读那里面的《通讯十》《通讯十二》《通讯十三》《通讯十五》等篇，正如那时许多青年，为读了《超人》一篇小说而流泪，一样受着很大的感动。但是，在这里，我们同时可以看到作者不常写的另一面，如《通讯三》的"我这时心中只憧憬着梁山泊好汉的生活，武松、林冲、鲁智深的生活，我不是羡慕什么分金阁，剥皮亭，我羡慕那种激越豪放，大刀阔斧的胸襟"。《通讯四》的"我很失望，我竟不曾看见一个穿夜行衣服，带镖背剑，来去如飞的人"。《通讯二十七》的"一败涂地的拿破仑，重过滑铁卢，不必说他有无限的忿激，太息与激昂！然而他的激感，是狂涌而不是深微，是一个人都可抵挡得住。而建了不世之功，退老闲居的惠灵呑，日暮出游，驱车到此战争旧地，他也有一番激感！他仿佛中起了苍茫的怅惘，无主的伤神。斜阳下独立，这白发盈头的老将，在百番转战之后，竟受不住这闲却健儿身手的无边萧瑟！悲哀，得胜者的悲哀呵！"《通讯二十二》的"每天黄昏独自走到山顶看日落，看夕阳自戚叩落亚的最高峰尖下坠，其红如火！连那十八世纪的老屋都隐在丛林之中时，大地上只山岭纵横，看不出一点文化文明之踪迹！这时我往往神游于数百年前，想此山正是束额插羽，奔走如飞的红人的世界，我微微的起了悲哀。红人身躯壮硕，容貌黝红而伟丽，与中国人种相似，只是不讲智力，受制被驱于白人，便沦于万劫不复之地！……"羡慕大刀阔斧的胸襟，想望带镖背剑的夜行者，含菇胜利者的悲哀，致慨于红人的沦亡，这是怎样的一种精神啊！由此我们可以理会得作者怎会写出《到青龙桥去》那样的文字，也不得不相信"十年深刻的印象，遗留在她现在的生活中的，只是矫强的性质了"的一句话，是真实的了。谁说作者只是个描写童年的天真的爱的孩童文学作家呢？

作者的文字里常用的背景是海，写到海的地方也都成为好文字，这因为海是作者儿时的朋友，永远留着亲切的恋念的缘故。在《山中杂记》里，作者写了一篇很详细的山和海的比较观，丑诋着山而竭力赞扬着海，她说："海是动的，山是静的；海是活泼的，山是呆板的。昼长人静的时候，天气又热，凝望着青山，一片黑郁郁的连绵不动，如同病牛一般。而海呢，你看她还有一刻静止！从天边微波粼粼的直卷到岸边，触着崖石，更欣然的溅跃了起来，开了灿然万朵的银花！"又说："四围是大海，与四围是乱山，两者相较，是如何滋味，看古诗便可知道。比如说海上山上看月出，古诗说，'南山塞天地，日月石上生。'细细咀嚼，这两句形容乱山，形容得极好，而光景何等臃肿，崎岖，僵冷，读了不使人生快感。而'海上生明月，天涯共此时'，也是月出，光景却何等妩媚，遥远，璀璨！"最后甚至说出"假如我犯了天条，赐我自杀，我也愿投海，不愿坠崖"的极端的话来。又把海与湖相比，说："海好像我的母亲，湖是我的朋友，我和海亲近在童年，和湖亲近是现在。海是深阔无际，不着一字，她的爱是神秘而伟大的。我对她的爱是归心低首的。湖是红叶绿枝，有许多衬托。她的爱是温和妩媚的。我对她的爱是清淡相照的。"（《通讯七》）将海比作母亲，可见作者对于海的爱之深切了。岂但是归心低首而已呢？并以此为身后归宿的乐土哩。你看："脚儿赤着，发儿轻松的挽着，躯壳用缟白的轻绡裹着，放在一个空明莹澈的水晶棺里，用纱灯和细乐，一叶扁舟，月白风清之夜，将这棺儿送到海上，在一片挽歌声中，轻轻的系下，葬在海波深处。……从此穆然，超然，在神灵上下，鱼龙竞逐，珊瑚玉树交枝回绕的渊底，垂目长眠：那真是数千万年来人类所未享过的奇福！"（《往事》（一）之二十）这是何等灵妙洒脱的想像！作者真不愧为"海化的诗人"了。

细腻清丽的景物的描写，也是《寄小读者》里的特色。如《通讯七》《通讯九》《通讯十四》《通讯十八》，以及十篇《山中杂记》，都是很可珍贵的珠玉。作者自己说得好："假如我是个作家，我只愿我的作品，在世界中无有声息，没有人批评，更没有人注意，只有我自己在寂寥的白日或深夜，对着明明的月，丝丝的雨，飒飒的风，低声念诵时，能以再现几幅不模糊的图画，这时我便要流下快乐之泪了。"我们还有什么更好的话来称颂珍贵的作者呢。

下面几篇小品，是从《山中杂记》里选出来的：

我小的时候，也和别的孩子一样，非常的小胆。大人们又爱逗我，我的小舅舅说什么《聊斋》，什么《夜谈随录》，都是些僵尸，白面的女鬼等等。在他还说着的时候，我就不自然的惴惴的四顾，塞坐在大人中间，故意的咳嗽。睡觉的时候，看着帐门外，似乎出其不意的也许伸进一只鬼手来。我只这样想着，便用被将自己的头蒙得严严地，结果是睡得周身是汗！

十三四岁以后，什么都不怕了。在山上独自中夜走过丛冢，风吹草动，我只回头凝视。满立着狰狞的神像的大殿，也敢在阴暗中小立。母亲屡屡说我胆大，因为她像我这般年纪的时候，还是怯弱的很。

我白日里的心，总是很宁静，很坚强，不怕那些看不见的鬼怪。只是近来常常在梦中，或是在将醒未醒之顷，一阵悚然，从前所怕的牛头马面，都积压了来，都聚围了来。我呼唤不出，只觉得怕得很，手足都麻木，灵魂似乎蜷曲着。挣扎到醒来，只见满山的青松，一天的明月。洒然自笑，——这样怯弱的梦，十年来已绝不做了，做这梦时，又有些悲哀！童年的事都是有趣的，怯弱的心情，有时也极其可爱。

——《我怯弱的心灵》

山中的生活，是没有人理的，只要不误了三餐和试验体温的时间，你爱做什么就做什么，医生和看护都不来拘管你。正是童心乘时再现的时候，从前的爱好，都拿来重温一遍。

美国不是我的国，沙穰不是我的家。偶以病因缘，在这里游戏半年，离此后也许此生不再来。不留些记念，觉得有点过意不去，于是我几乎每日做埋存与发掘的事。

我小时候，最爱做这些事，墨鱼脊骨雕成的小船，五色纸粘成的小人等等，无论什么东西，玩够了就埋起来。树叶上写上字，掩在土里。石头上刻上字，投在水里。想起来时就去发掘看看，想不起来，也就让它悄悄的永久埋存在那里。

病中不必装大人，自然不妨重做小孩子！游山多半是独行，于是随时随地留下许多纪念，名片，西湖风景画，用过的纱巾等等，几乎满山中星罗棋布。经过芍药花下，流泉边，山亭里，都使我微笑，这其中都有我的手泽！兴之所至，又往往去掘开看看。

有时也遇见人，我便扎煞着泥污的手，不好意思的站了起来。本来这些事很难解说。人家问时，说又不好，不说又不好，迫不得已只有一笑。因此女伴们更喜欢追问，我只有躲着他们。

那一次一位旧朋友来，她笑说我近来更孩子气，更爱脸红了。童心的再现，有时使我不好意思是真的，半年的休养，自然血气旺盛。脸红那有什么爱不爱的可言呢？

——《埋存与发掘》

沙穰的小朋友替我上的Eskimo的徽号，是我所喜爱的，觉得比以前的别的称呼都有趣！

Eskimo是北美森林中的蛮族，黑发披裘，以雪为屋，过的是冰天雪地的渔猎生涯，我那能像他们那样的勇敢？

只因去冬风雪无阻的在林中游戏行走，林下冰湖正是沙穰村中小朋友的溜冰处，我经过，虽然我们屡次相逢，却没有说话。我只觉得他们往往的停了游走，注视着我，互相耳语。

以后医生的甥女告诉我，沙穰的孩子传说林中来了一个Eskimo。问他们是怎样说法，他们以黑发披裘为证。医生告诉他们说不是Eskimo，是院中一个养病的人，他们才不再惊说了。

假如我是真的Eskimo呢，我的思想至少要简单了好些，这是第一件可美的事。曾看过一本书上说："近代人五分钟的思想，够原始人或野蛮人想一年的。"人类在生理上，五十万年来没有进步，而劳心劳力的事，一年一年的增加，这是疾病的源泉，人生的不幸！

我愿终身在森林之中，我足踏枯枝，我静听树叶微语。清风从林外吹来，带着松枝的香气。白茫茫的雪中，除我外没有行人。我所见所闻，不出青松白雪之外，我就似可满意了！

出院之期不远，女伴戏对我说："出去到了车水马龙的波士顿街上，千万不要惊倒，这半年的闲居，足可使你成个痴子！"

不必说，我已自惊悚，一回到健康道上，世界已接踵而来，……
我倒愿做Eskimo呢。黑发披裘，只是外面的事！

——《Eskimo》

绿漪女士是苏梅（雪林）女士用在创作集《绿天》和《棘心》上的笔名，在她发表的旧诗词和考据文字如《李义山的恋爱事迹考》《蠹鱼生活》上，则署名"苏梅"或"雪林女士"。她是兼研新旧文学而都有成功的一个非常的女作家。她的旧诗诚如东亚病夫所称"全身脱尽铅华气，始信中闺有大苏"，富有男性的气魄；而在散文创作中，却不乏女性特有的温柔，幽丽的气质，如其他凡有女作家所表现的。《绿天》一书，是作者结婚后甜蜜生活的记录，真如一幅幅精美的小画图，"像小阳春天气，有些醉人；有时又像春天，使人觉得世界上几乎无处不是美，不是可爱的"。在《真美善》杂志上编"女作家号"的张若谷君于《绿天》曾有一段评述，录在下面：

"从《绿天》中，读者可以得到对于作者的印象，伊是'爱热闹，但是对于尘嚣则厌恶'的一个女性，爱作白日之梦的幻想者，伊有一颗'像一个小小轻气球'的心儿，渴求光明香芬，和平与爱情。《小小银翅蝶的故事》要算是《绿天》中最精采的一篇，那一只高傲的小小银翅蝴蝶，就是作者的自道，可以把作者在法国时代的生涯印证，不信，不妨把《棘心》之七《丹乡》来对照。听说作者在法国的某时期内，起过一阵热烈的宗教信仰，虽则没听见伊有过进修道院的誓愿，但是这篇小说，总是有作者的本事隐藏其内的。高傲的小蝴蝶，不爱高雅的诗人夏蝉，不爱著（蛀）过等身书的学者蠹鱼，也不爱勤敏的虫蚁，与外貌似乎难看性情却极温良的蜥蜴。伊是爱学习工艺的蜜蜂；伊抛弃多少机会，拒绝多少诱惑，从蝼蛄紫蚓的修道院中出来，方得保全了自己神圣芳洁的爱情，郑重赠给蜜蜂。……我个人最倾倒赞叹蝴蝶向紫蝴女士临别一段谈话：'我们蝴蝶的生命，全部都是美妙轻婉的诗，便是遇到痛苦，也应当有哀艳的文字。'这决不是寻常的小小银翅蝴蝶所能说得出，这恰如娄梅德说的'女性们的自身就是纯粹的诗歌'，可以算是不谋而同的了。

"《鸽儿的通信》，第二封信中，从红叶儿一交跌在溪水里起，与第三封信中蜀葵、鸡冠花与八哥等的对话这两段描写，似乎很受都德《磨房文牍》与《月曜故事》作风的影响，第十三封信中关于青玉、灰瓦、大黑鸽的报告，可以看出作者观察力的精微，寓意想象的巧妙有味。

"从《我们的秋天》中，又可以发现伊是擅长于绘画的，因为那样描写景物的精致，真好像是几幅美丽的画，非对于绘画研究过的，决写不来的。"

自从暑假以来，仿佛得了什么懒病，竟没法振作自己的精神，譬如功课比从前减了三分之一，以为可以静静儿的用点功了，但事实却又不然，每天在家里收拾收拾，或者踏踏缝纫机器，一天便混过了，睡在床上的时候，立志明天要完成什么稿件，或者读一种书，想得天花乱坠似的，几乎逼退了睡魔，但清早起床时，又什么都烟消云散了。

康屡次在我那张画稿前徘徊，说间架很好，不将他画完，似乎可惜。昨晚我在园里，看见树后的夕阳，画兴忽然勃发，赶紧到屋里找画具！呵，不成，画布蒙了两个多月的尘，已变成灰黄色，画板，涂满了狼藉的颜色，笔呢，纵横抛了一地，锋头给油膏凝住，一枝枝硬如铁铸，再也屈不过来。

今天不能画了，明天定要画一张，连夜来收拾；笔都浸在石油里，刮清了画板，拂去了画布的尘埃，表示我明天作画的决心。

早起到学校授完了功课，午睡后到街上替康买了做衬衫的布料，归家时早有些懒洋洋的了。傍晚时到凉台的西边，将画具放好，极目一望，一轮金色的太阳，正在晚霞中渐渐下降，但他的光辉，还像一座洪炉，喷出熊熊烈焰，将鸭卵青的天，煅成深红。几叠褐色的厚云，似炉边堆积的铜片，一时尚未销镕，然而云的边缘，已被火燃着，透明如水银的融液了，我拿起笔来想画，呵，云儿的变化真速，天上没有一丝风，——树叶儿一点儿不动，连最爱发抖的白杨，也静止了，可知天上确没有一丝风——然而他们像被风卷飑着推移着的，形状瞬息百变，才氤氲蓊郁的从地平线袅袅上升，似乎是海上涌起的几朵奇峰，一会儿又平铺开来，又似几座缥缈的仙岛，岛畔还有金色的船，张帆在光海里行驶。转眼间仙岛也不见了，却化成满天灿烂的鱼鳞，崛强的云儿呵，那怕你会变化，到底经不了烈焰的热度，你也销镕了！

夕阳愈向下坠了，愈加鲜红了，变成半轮，变成一片，终于突然的沉了，当将沉未沉之前，浅青色的雾，四面合来，近处的树，远处的平芜，糊模融成一片深绿，被胭脂似的斜阳一蒸，碧中泛金，青中晕紫，苍茫眩丽，不可描拟，真真不可描拟，我平生有爱紫之癖，不过不爱深紫，爱浅紫，不爱本色的紫，爱青苍中薄抹的一层紫，然而最可爱的紫，莫如映在夕阳中的初秋，而且这秋的奇光变灭得太快，更教人恋恋有"有余不尽"之致，荷叶上饮了虹光将倾泻的水珠，垂谢的蔷薇，将头枕在绿叶间的暗泣，红葡萄酒中隐约复现的青春之梦，珊瑚枕上临死美人唇边的微笑，拿来比这时的光景，都不像，都太着痕迹。

我拿着笔，望着远处出神，一直到黄昏，画布上没有着得一笔！

——《画》（《我们的秋天》之二）

我们的好邻居汤君夫妇于暑假后迁到大学里去了。因为汤夫人养了一个男孩，而他们在大学都有课，怕将来照料不便，所以搬了去。今天他们请我和康到新居吃饭，我们答允，午间就到他们家里。

上楼时，汤夫人在门口等候我们，她产后未及一月，身体尚有些软弱，但已容光焕发，笑靥迎人，一见就知道她心里有隐藏不得的欢乐。

坐下后，她从书架上抽出一本书，说是美国新出的婴儿心理学，我不懂英文，但看见书里有许多影片，由初生婴儿到两岁时为止，凡心理状态之表现于外的，都摄取下来，按次序排列着。据说这是著者自己儿子的摄影，他实地观察婴儿心理而著为此书的。又有一本皮面金字的大册子，汤夫人说是她阿姑由美国定做寄来，专为记录婴儿生活状况之用，譬如某页粘贴婴儿相片，某页记婴儿第一次发音，某页记婴儿第一次学步，以及洗礼，圣诞，恩物，为他来的宾客……都分门别类的排好了，让父母记录。我想这婴儿长大后，翻开这本册子看时，定然要感到无穷的兴味，而且借此知道父母抚育他的艰难，而生其爱亲之心，这用意很不错，中国人似乎可以效法。

婴儿哺乳的时候到了，我笑对汤夫人说，我要会会小汤先生，她欣然领我进了她的寝室，这室很宽敞，地板拭得明镜一般，向窗处并摆了两张大床，浅红的窗帏，映着青灰色的墙壁和雪白的床单，气象温和而严洁。室中也有一架摇篮，但是空的，小汤先生睡在大床上。

掀开了花绒毯子和粉霞色的小被，我已经看见了乍醒的婴儿的全身，他比半个月前又长胖了些。稀疏的浅粟色发，半覆桃花似的小脸，那两只美而且柔的眼，更蔚蓝得可爱，屋里光线强，他又初醒，有点羞明，眼才张开又阖上，有如颤在晓风中的蓝罂粟花。

汤夫人轻轻将他抱起来，给他乳喝，并且轻轻的和他说着话，那声音是沉绵的，甜美的，包含无限的温柔，无限的热爱，她的眼看着婴儿半闭的眼，她的魂灵似乎已融化在婴儿的魂灵里。我默默的在旁看着，几乎感动得下泪，当我在怀抱中时，母亲当然也同我谈过心，唱过儿歌使我睡，然而我记不得了。看了他们，就想自己的幼时，并想普天下一切的母子，深深了解了伟大而高尚的母爱。

记得汤夫人初进医院时，我还没有知道。有一晚，我在凉台上乘凉，汤先生忽然走过来，报告他的夫人昨日添了一个孩子。

我连忙道贺，他无言，只微笑着一鞠躬。

又问是小妹妹呢，还是小弟弟，他说是一个小弟弟。我又连忙道贺，他无言只微笑着又一次鞠躬。

在这无言而又谦逊的鞠躬之中，我在他眼睛里窥见了世界上不可比拟的欢欣，得意。

现在又见了汤夫人的快乐。

可羡慕的做父母的骄傲呵！有什么王冠，可以比得这个？

一路回家，康不住在我耳边说道：我们的小鸽儿？喂！我们的小鸽儿呢？

——《小汤先生》（《我们的秋天》之五）

——这株梧桐，怕再也难得活了！

人们走过秃的梧桐下，总这样惋惜地说。

这株梧桐，所生的地点，真有点奇怪。我们所住的屋子，本来分做两下给两家住的，这株梧桐，恰恰长在屋前的正中，不偏不倚，可以说是两家的分界碑。

屋前的石阶，虽仅有其一，由屋前到园外去的路却有两条，——一家走一条。梧桐生在两路的中间，清阴分盖了两家的草场。夜里落下雨，潇潇渐渐打在桐叶上的雨声，诗意也两家分享。

不幸园里蚂蚁过多，梧桐的枝干，为蚁所蚀，渐渐的不坚牢了。一夜雷雨，便将它的上半截劈折，只剩下一根二丈多高的树身，立在那里，亭亭有如青玉。

春天到来，树身上居然透出许多绿叶，团团附着树端，看去好像一棵棕榈树。

谁说这株梧桐，不会再活呢？它现在长了新叶，或者更会长出新枝，不久定可以恢复从前的美阴了。

一阵风过，叶儿又被劈下来，拾起一看，叶蒂已啮断了三分之二——又是蚂蚁干的好事，呵！可恶！

但勇敢的梧桐，并不因此挫了它的志气。

蚂蚁又来了，风又起了，好容易长得掌大的叶儿又飘去了，但它不管，仍然萌新的芽，吐新的叶，整整的忙了一个春天，又整整的忙了一个夏天。

秋来，老柏和香橙还沉郁地绿着，别的树却都憔悴了。年近古稀的老榆，护定他青青的叶，似老年人想保存半生辛苦贮蓄的家私，但那禁得西风如败子，日夕在耳边絮聒？——现在他的叶儿已去得差不多，园中减了葱茏的绿意，却也添了蔚蓝的天光。爬在榆干上的薜荔，也大为喜悦，上面没有遮蔽，可以酣饮风霜了，他脸儿醉得枫叶般红，陶然自足，不管垂老破家的榆树，在他头上瑟瑟的悲叹。

大理菊东倒西倾，还挣扎着在荒草里开出红艳的花，牵牛的蔓，早枯萎了，但还开花呢，可是比从前纤小，冷冷凉露中，泛满浅紫嫩红的小花，更觉娇美可怜，还有从前种麝香连理花和凤仙花的地里，有时也见几朵残花，秋风里，时时有玉钱蝴蝶，翩翩飞来，停在花上，好半天不动，幽静凄恋，他要僵了，他愿意僵在花儿的冷香里！

这时候，园里另外一株梧桐树，叶儿已飞去大半，秃的梧桐，自然更是一无所有，只有亭亭如青玉的干，兀立在惨淡斜阳中。

——这株梧桐，怕再也不得活了！

人们走过秃梧桐下，总是这样惋惜似的说。

但是，我知道明年还有春天要来。

明年春天仍有蚂蚁和风呢？

但是，我知道有落在土里的桐子。

　　　　　　　　——《秃的梧桐》（《我们的秋天》之七）

《棘心》是作者第二本创作集，这书里的第一页上，写着下面几句话："我以我的血和泪，刻骨的疚心，永久的哀慕，写成这本书，纪念我最爱的母亲。"意在悼念亡母，而作者赴法的生活的波折，心理的变迁，也详细的刻画着，是很好的自叙传，虽然并没有用第一身的叙述法。在《绿天》里，我们感到一种温馨柔甜的空气，但《棘心》除了幽丽的写景和细腻的心理剖析还不缺少外，却带来了缕缕悲凉的秋意，遣词命意也更深刻了些。还有，作者的文字里，有着很浓厚的旧文学的气息，为我们所最熟悉的调子，这想是因作者浸淫于旧文学甚深的缘故。

这里要说到的第三位女作家——陈学昭女士，是擅长于作小品散文，已有好几本可爱的小品集献给读者们的。《倦旅》是作者"出世二十周岁的小小纪念品"，也即是第一本创作集。内容是作者"歌咏我的流浪"的生涯，"其间是经过了不尽的高山，不尽的森林，不尽的野花与蔓草，不尽的山泉……"，伊"觉得人生已是这么浮萍浪花一样的漂泊着"，"人的一生梦幻一般的去了来了"。"人们既无相同的心，相同的环境，相同的思想，……要人们的澈底理解，自然是不可能的。"这是作者所见到的人生；但作者还说："所留在白纸上的仅仅是墨痕……却不是她心里原要透露的意思。""她是一个非常强硬的人，她是一个被情调燃烧而烈性的人。"所以《倦旅》决不是作者整个的思想与艺术的表现，它是留给我们以作者的"一切流离颠沛困苦艰难之赠赐"的纪念。第二本小品文集《烟霞伴侣》共收《山里》《湖上》《海边》三篇。《山里》是在"绍兴女师范校担任教课"时写成的；《湖上》是"在西湖写的；正值初夏时光"。伊对于西湖的赞美，可以包括在这几声讴歌中："这里有青山围抱着碧水，这里有秧浪悠悠如催眠，明月星星为祷祝，夜莺常来伴幽独。何处非涯，不是飘零客？好梦勿遗去，白云是仙旌！"《海边》是作者"回家过夏，……每天海滨散步归来，倦倚凉榻，在月下风前之沉思中写成的"。第三本是作者纪念着病卧的母亲而以《寸草心》为名的三十二篇感想游记小品集。这里还继续着作者对于一切的怀疑，生活的厌倦，人生的诅咒，情调总是那样的哀婉凄切，动人深思，文字则更精炼而圆熟了。如《我的母亲》《琐细的回忆》《佳节》《寒山》《忆道村之夏夜》《无题》《春》等篇，描写有如漫画，抒思有如诗歌，正如孙福熙先生所称道："作者是很细致的，有许多细心之处，为我所未曾见于他人。""对于人家毫不为意的事物，他能同情，而且感觉到极大的悲哀。"所以她没有冰心女士轩轩霞举的飘逸潇洒的风致；也没有绿漪女士如饮芳醇的覃然醉人的暖意，但也正是"别有系人心处"。比如说，"杂花生树，群莺乱飞"的阳春烟景，固然可爱；"空山无人，水流花开"的空灵妙境，也能使人意远；而"哀猿叫月，独雁啼霜"的凄凉的乐曲，更是人事之常，易为人情所理会，激起深切的感兴来。录《佳节》《寒山》两篇：

　　夜晚从西城归来，一路寒风刮着，街灯暗淡，光焰闪闪，阴森而静寂。这时候车正经过中央公园的门前道上，仿佛长途的行客，经过一个热闹的村落似的。一阵车夫的脚步声缓缓地过去，一阵寒风吹刮，灰土的气息又飞起，像老翁默立的大树下，蔓长的草堆里，悠婉细小的虫声，断断续续引得人凄切极了！

　　初上的新月高高悬挂着，杂缀了稀稀的星星，光明而深沉，这境地下，不禁令我想起：

　　眉月一弯夜色新，画屏深处宝鸭麝烟浓，唧唧唧唧唧唧唧唧秋虫绕砌鸣，小睡凉多睡味清。

　　真的，谁又能预料呢？在去年，我躺着在院子里凉榻上唱过这首曲，那时东南战争阻着我不能赴上海，今年这时到了北京，并且现在这时的车上又记起这首曲了。

　　每当金风一起，落叶纷飞，这时候有两个联想使我结在一起，就是这一年一度的两个佳节，中秋过后便是国庆，——岂但此呢，国庆过后，接着又是重阳了！

　　自从常常离别家乡，四方奔走，所谓令节与我是早没有关系了的；即使客中枯寂，陡然想起，则兴趣索然，徒增惆怅！这些时来，家变国变，五年前对于令节的欢乐，云散烟消，不留残影，世事尽是一天一天的转换，所受的恶劣的刺激也一天一天的增多，生活更是一年不如一年了！

想起去年此时，东南战争正烈，全国人心惊惶，预料将有牵动大局的形势到来，过去的经验告诉他们：无望了，换来换去尽是残暴！而江浙两省人民更伏居在丘八刀枪之下，莫敢奈何，在"夜未央"中度过了这两个令节；风声鹤唳，草木皆兵，这些恐怖的印象也足够令人领受了！——偏偏的，我是厌恶家庭生活的，虽然奔走于我不是快乐，似乎有了力量总想用一用，有了走的机会总要踏步走；这时行又不得，留又不乐，一刻是颓废，一刻又忿懑！

现在呢，东南战争固然结束了，但别个地方又起来了，无所谓大局，一直是转换变态，也尽是糜烂而已！我们都在漫漫的长夜里：除了乌丛丛的黑暗，阴森森的鬼气，四周只有明晃晃的白的刀光与红的血流，如那五月卅日的南京路的一幕。

我是飘浮到北京来了！然而这岂是我的飘浮，乃在飘浮的国，飘浮的家的情势之下，我自然是一个勇于飘浮的囚犯了！

——《寸草心·佳节》

公共汽车到了，大家上去，乘客满座，车极颠覆；小朋友受不住了；但是我却觉得极舒服，这是因为在我站立了好久以后而更加舒服的。车子如飞般的前去，两旁的景色如飞般的后逝，我无言可以形述：流水淡，碧天长，路茫茫。

下车后步行至今是中学复约了同游，车至碧云寺在一条迂回的道上行去，万寿山的亭阁是望不到了，两旁疏落的树林，林外的麦陇，陇外的曲溪，远近均在我的倦眼里；渐渐入山了，秋山尽是黄色，隐藏着几丛青柏。严冬的景象真肃杀呵。然而在我心里却联想春景来了："轻鲦出水，白鸥矫翼，露湿青皋，麦陇朝雊。"呀！我神往于过去的春天，我更幻想于未来的春天了。

碧云寺前的石桥架着两山，很深的涧里淙淙的流着绿水，两旁是高高的葱葱的苍柏，是高伟，是深沉，是淡泊。我想：在这里曾有诗人们来歌颂，曾有文人们来描述，曾有科学家们来收集实验，而今在寺顶，在山巅，留着中山先生的遗体，先生是合理知情感最调和的一人，数十年勇进改革的精神如一日。一个做事业的人，不必有好的环境，而不好的环境，更足以使他有事业可做。我们曾经看到那些享受得很好的人，然而他们为自己，为别人，为社会，为一切，曾经做了些什么呢？做事业，只是人的问题，而不是环境的问题；然而我好像有所期待似的，我好像自己暗暗的在说：到了某一个时候，我可以做事情了。这是什么时候呢？我是何等的懒惰呵！地上没有天国，天上没有乐园，人生无日不在奋斗挣扎中：物质与精神的矛盾，爱与憎的矛盾。

饭后的时间更急促了，匆匆地绕走了香山的一角，此游时间太短，然而在我心深处，却留着极长的梦痕。

夕阳在山外，归鸦也一阵一阵的旋飞回巢，玉泉山的淡装，万寿山的浓丽，在我们面前。返而仍往今是中学走了一转，我是因了间接的间接而领受到了招待的盛意，我将向谁致谢呢？人类是这么共通的，则我何言乎间接。

在公共汽车里，远望天边浮着一轮皓月。直到在电车里，我还想：同是天边的月，照着山，照着水，照着大地，照着大地上的一切蠕动的众生；我的心岂不能也如明月，远远的遍照一切，不管人间的悲欢离合，也不管人间的忌恨嫉怨，天边的光明一线，远离着一切，又不舍弃一切。人间呀！这是我的梦痕么。

——《寸草心·寒山》

作者初次去国前的旧作，除上述三书外，还有《如梦》《海滨》也不细说了。从法国回后，写了一部长篇小说《南风的梦》，富于异国情调的描绘与歌咏，叙述着极委婉尽致的恋爱故事。可注意的是用"野渠"的这个笔名题作《忆巴黎》的一个散文集，一共包含二十二个片断，大半是抒写作者旅法后的生活和思想。同时，也可以叫我们看见一个女青年在国外生活的概况。这中间可以使我们注意到的，就是作者在这书中如何表现了一个现代的中国女性的才思，以及在这书内，讨论到对于人生的态度，如同他们所谈的婚姻和生活等问题。同时，作者却并没有放弃她那种诗的情绪的描写和对于母性的一种赞美与称扬。如其中的《秋风海上已黄昏》和《忆江南》是属于前一类的；《沉默着为母亲的英勇》和《呈献给我的爱母》则是属于后者的。

家里恬静的空气，真把我倦客的心绪沉醉了！白天听着那从街头抑扬而过的叫卖零售的各种声音，仿佛是空谷中传来的佳音，使我有无限的向往与追旧的情绪，那是儿时的故乡的甜蜜的情绪呵！凉凉的微含冷意的天风从我的室前、廊上拂过，有如一个飘逸的灵魂，隐在这烦俗的人间！"你想要些什么？想吃些什么？"的隔壁房中老母的唤声，懒懒的回答一个"随便！""我不想吃什么！"左壁便有融姊的话声"来吃苹果罢！"好！拿着一只大苹果，一刀切成三四块，急着将皮剥去了，一口塞到嘴里。闲着没事做，捉住小兔与小龙（我的两个新生的小侄儿）。常常都是小兔，硬劲捉住了他的两臂，尽他的嫩白得比熟蛋还滑嫩细腻的小颊上乱吻着，他便咿呀咿呀的喊！"叫我一声罢，"——"阿——呀，伯！——啊，伯！伯！"咿咿啊啊的他便从嘴里迸出了一大堆。忽然他的头连连的摇了数下，急喊道："尿！尿！"我着急得跳起来了，"快点啊！"于是满屋里便盈着了轻快的笑声。

"踏！踏！踏！"他的两脚在我膝头乱跳，他的两只小手却抓住我的颈，好像是爬虫似的，痒痒的只是怯笑了。于是只好抱他坐到风琴边，打开琴盖，拉出了塞木，我两脚于踏动时，他的两只小小的脚却尽往琴键上乱跳着，我说他真像一只小兔儿，我那可爱的小侄儿！

一到近晚，那电灯厂里的机器的转动的声音，夜涛似的悠远似的响着，四壁都已静寂了，催人入梦的曲调啊！屡屡使我梦想到，如海行的船机的拨动之声！呵，那凄凉的曲调！融姊房里的那只小小八音琴钟响着那轻快而活泼的德国小曲！每听着这个，使我忆想，不止是忆想，使我的意绪完全模糊，仿佛还在巴黎时一样的心绪了。

那时，去年这时候，我还住在萌日路的金光旅馆。我所住的一室是靠近着院子，在院子下，是用毛玻璃遮盖的屋，就是萌日饭店的厨房了，那是一家中国饭店。每到晚上，从院子里吹送来的故国的音乐，靡靡之声，同着萧条的晚秋的客况，我那不安的旅魂，是常常的跟随着它而长逝的！在这样失眠之夜，我心头万千遍温理那寂寞，如儿时读熟能背诵的书句，我密密地抿着那哀感，如抚弄那已经曲调模糊了的琴弦！在此时节，千百次咒诅了自己，却也千百次慰安了自己！窗帷是深深的垂着，室内是寂寂的，夜的巨神，两翼遮抚了这大地，这一切！我那不安的旅魂偏不受它的遮抚，在漆黑里放射出死白色的微光！

虽然是这样的被烦扰的夜，而最不能令我安心的，是那倦怠的午后的时光了，凝视了桌面的书本念法文，那些陌生的字个儿！每一天，后来甚至于按照了一定的时间来光顾的发冷与发热，使我常常是放下了书本，躲到床里去！像这样的日子，我一想起便觉恐怖，直到我搬出萌日路，直到我搬出杜尔纳富路，直到我移往塞纳河边的时候。

可是，巴黎对于我毕竟是可爱呀！试想，走到这街道上，那辽阔的旁路与树荫，多么地洁净而清静呵，抬起头来，望着那常是飘着一些白云的天，多么高伟！多么阔大！哦！它老是在我头上，它老是照着我的，呵！我多么快慰，我居然常常被拥在它的怀里，哦，还有什么希求呢？我安慰了！更是那可爱的跟着秋同来的薄雾天气，它——薄雾，将我们丑恶的可怕的脸面及一切都遮掩了起来，——我常常见着一切丑恶可怕的面目！而恨我的脸面及眼睛不能用纱遮起来。——这时候，我便登在薄雾里，模糊了一切，我披上我的外衣，走上卢森堡园，登上那平台时，树林与小池隐在雾里如海一样，雾里的卢森堡园如海一样。

我便想念我那故乡，普通称为海的钱塘江！月余海航归来的我，再回到那海的故乡，听着依然汹汹的涛声，怒潮东来西逝不息的激动之波浪！青山是隐隐的，碧天是渺茫的！

如今是远了！如今是远了！巴黎的雾的海啊！远在天涯，远在地角，我将不能见着那闪耀在街角的白日雾中的灯光如鬼火一样的，呵！我的心情沉着，我的精神与它一样的悒悒，我厌恶那光明的白日，我爱那阴沉，它才是我所永怀的不忘的故人呵！如今是远了！如今是远了！巴黎的雾的海呵！然而永怀在我的心头，近近的，近近的呵！

——《忆巴黎·秋风海上已黄昏》

作者现在又已到了她所爱恋忆念着的巴黎了，希望她再回故国时，更能给我们一些更好的礼物，多在中国小品散文的园地里种下几株美好的花。（本节材料，大部分采自张若谷《中国现代的女作家》和康嗣群《读〈忆巴黎〉》）

第五编　中国现代小品文作家与作品（下）

　　除了上述的九位作家以外，还有些作品虽不多而也曾写过些小品文字的，或以他种创作见称于世而以小品随笔一类文字为其余事的；但零珠碎玉，别有精彩，也是非常难得的。现在只把我所知道的介绍几位给读者们，想到就写，并无轩轾于其间。

　　叶绍钧——圣陶先生是有名的写实主义小说家，读过他的《隔膜》《火灾》《城中》以及最近完成的长篇《倪焕之》等小说集的，都可知道他对于人生的观察，是如何的细微深入，描写的态度，是如何的冷静而忠实，尤其是对于他所曾从事的亲近的——教育界的内幕，儿童生活的描写，是得了更大的成功。在现代中国文坛上，站在教育家的立场上去表现教育的实际及其各方面的问题，并且有这样的成就的，还没有第二个人。他的散文小品并不多见，一部分收在作者与平伯先生合刊的《剑鞘》里，共十二篇；其他散见于《我们的六月》与《星海》等书里。除谈论文艺的如《读者的话》等外，所作大都富有诗趣。有抒情颇细微而活跃的，如《客语》；有清淡而隽永的，如《藕与莼菜》，风致颇似周作人先生。这篇的末一节解释怀乡的心理，说得极透澈，不妨引了来。

　　　　向来不恋故乡的我，想到这里，觉得故乡可爱极了。我自己也不明白，为什么会起这么深浓的情绪？再一思索，实在很浅显：因为在故乡有所恋，而所恋又只在故乡有，就萦着系着不能割舍了。譬如亲密的家人在那里，知心的朋友那里，怎得不恋恋？怎得不怀念？但是仅仅为了爱故乡么？不是的，不过在故乡的几个人把我们牵系着罢了。若无所系，更何所恋？像我现在，偶然被藕与莼菜所系，所以就怀念起故乡来了。

所恋在哪里，哪里就是我们的故乡了。

但我却尤爱那刊登在《我们的六月》里的一篇有著美妙的诗境与细致的心理的描写的题作《暮》的短文，对于这淡淡的哀愁与冥漠空虚之感，在有纤柔的灵感的读者，是很能理解的。我想抄在这里即以为作者小品的代表作，虽然是主观的偏爱。

西窗的斜阳才欲退隐，所有的色彩似乎黯淡了一点。主人翁觉得不耐了，"来，把灯开了！"拍的一旋，成串挂着的电灯如同闭了眼好久骤然张开来似地一耀，什么都仿佛更涂上了一重油彩。这谁说不是快适的享用，文明生活这题目中的应有之义呢？

那工场中的地下室，围固在几百间房间里的单人客舍，百货商店的柜台橱架之间，以及沉没在烟里雾里的什么什么铺子和人家，电灯成日成夜地亮着，简直把大地运转的痕迹抹掉了。这是个实际问题，暗了必得它亮；否则为着生存，为着生存（写到第二个"为着"，以为总该换一个别的，却觉得只有"为着生存"最妥当，所以又写了一个，就此为止，不再写第三个了）的种种活动不就停顿了么？

我不反对有快适的享用的文明生活，实际问题尤其是无可反对。但我不禁为处于这等境界中人惋惜，他们有的是优游的，有的是劳顿的，却同样地失去了一种足以吟味的美妙的诗境了。有如对于音乐一般，某甲则心领而神会，某乙却无异对琴之牛：感受与不感受固截然有别，即使感受，又大有程度之差；然而没有音乐送到耳边，始终不给你接触的机会，这无论在某甲某乙，都该是一个缺憾吧。

这种美妙的诗境就是"暮"。

所谓暮者，乃指太阳已没到地平线之下，而黑暗的幕还没有拉拢来，一切景物承着太阳的残余的弱光这期间。这自然不是"斜阳暮"了。在这时候，我们可以玩味那暮的特有的颜色。充满空际的是淡淡的青。若比晴朗的长天，没有那么明，若比清澄的湖水，没有那么活，这是微暗的，轻凝的，朦胧的，有如卷烟徐徐袅起的烟缕，又教人想起堆在枕旁的美人的蓬松的长发。这青色蒙上屋檐、窗棂、庭树、盆花，以及平田、长河、密林、乱山等等，任是不协调的也给调和了，消融了各具的轮廓和色彩，在神秘的苍茫中存在着，凝合为一气。

自然，我们也给这青色蒙住了，若从超人间的什么眼看来，我们就在这一气之中，正如一滴水之于大海。但是我们有我们的我执，便觉这淡淡的青有一种压迫的力量，轻轻的，十二分轻轻的，然而总会教我们感觉着。这力量似乎离头顶一尺的光景，——不，似乎触着了头顶，——不，压到眉梢了，——也不，竟然四肢百体都压到了。虽然是压迫，不但轻，而且软，仿佛靠着木棉花的枕头，裹着野鸭绒的被褥。被压得透不转气来自是没有的事，而使神经略微受点刺激，同喝这么一盏半盏酒似的，不是醉于美德，不是醉于欢爱，不是醉于旁的一切；而醉于暝色之中了。

"暝色入高楼，有人楼上愁。"

这醉的滋味就是愁。是怎样的愁呢？这愁不同于夕阳将下，淡黄的光懒懒的映在屋半腰树半梢那时候所感觉的。那时候感到一种哀零的情味，莫名地惋惜，莫名地惆怅，扼要称说，当然逃不了一个"愁"字。而在暝色之中，依恋是沉下去了，更无所谓惋惜，驰骛是停止住了，更无所谓惆怅。只有一种微茫的空虚之感，细细碎碎的又似乎无边无外的，在刺着我们的身体，渗入我们的心。这也是愁呀，但不涉困穷，非关离别，侵掠到劳人思妇以外，所以更是原始的，潜在的。在含着上两句的那首词的下半阕有一句道：

"何处是归程？"

是何处？是何处？实在无所归呵！于是那词人发愁了。

我们想像那"日暮倚修竹"的佳人，她那时候一定不在想身世的遭际和恋爱的问题，等而下之如关于服装饰物那些事情。暝色笼住了她，修竹发出瑟瑟的低音，那种微茫的空虚之感渗入她的任何部分：无所归呵！无所归呵！她只有默默地倚在那里了。

又试念李后主的句子：

"独自莫凭栏，无限江山。"

江山无限，在苍茫的暝色之中更能体会。但是，归向何处呢？

江之东，江之西呢？山之南，山之北呢？全都不是归路，只有一句"无所归呵"的回答！这是李后主当时的愁绪。至于国亡家破之感，他当然是有的，但这时候归于浑忘了。他卸去了彩色斑斓的愁的衣服，看见了赤裸的潜在的原始的愁了。

犹之潸然滴泪的时候，心酸是微微地脉脉地，乍一念起，觉得这是个微妙的境界，其中有说不出的美。暝色之中的愁思正有同样的情形，所以我说它足以吟味。

如其不是独自在那里，旁边伴着的有爱人或至友，想来也只有默默相对吧。在这样的境界之中，有什么可说呢？有什么可说呢？

郭沫若——作者是中国新文化运动以来最成功的一个诗人，如《女神》那样的富于灵感的有力的诗集确是新诗中的瑰宝，是曾震撼过无数青年的心灵的。作者也写了许多小说、戏剧，都是富有诗情的；尤其是戏剧，如《三个叛逆的女性》《孤竹君之二子》等，在戏剧的形式中浑含诗的质素。即是随笔杂记的文字，也多表现牧歌生活情趣的描写：如《山中杂记》里的《三诗人之死》《鸡雏》；《行路难》中的《飘流插曲》《新生活日记》等。《牧羊哀话》里的第二节也是很精美的。下面从《路畔的蔷薇》六章（现收入《沫若小说戏剧集》第六辑）里抄下三个短篇，以见作风的一斑。

我携着三个孩子在屋后草场中嬉戏着的时候，夕阳正烧着海上的天壁，眉痕的新月已经出现在鲜红的云缝里了。

草场中牧放着的几条黄牛，不时曳着悠长的鸣声，好像在叫它的主人快来牵它们回去。

我们的两匹母鸡和几只鸡雏，先先后后地从邻寺的墓地里跑回来了。

立在厨房门内的孩子们的母亲向门外的沙地上撒了一握米粒出来。

母鸡们咯咯咯地叫起来了，鸡雏们也啁啁地争食起来了。

——"今年的成绩真好呢，竟养大了十只。"

欢愉的音波，在金色的暮霭中游泳。

——《夕暮》

昨晚从山上回来，采了几串茨实、几簇秋楂、几枝蓓蕾的山茶。

我把它们投插在一个铁壶里面，挂在壁间。

鲜红的楂子和嫩黄的茨实衬着浓碧的山茶叶——这是怎么也不能描画出的一种风味。

黑色的铁壶更和苔衣深厚的岩骨一样了。

今早刚从熟睡里醒来时，小小的一室中漾着一种清香的不知名的花气。

这是从甚么地方吹来的呀？——

原来铁壶中投插着的山茶，竟开了四朵白色的鲜花！

啊，清秋活在我的壶里了！

——《山茶花》

许久储蓄在心里的诗料，今晨在理发店里又浮上了心来了。——

你年青的，年青的，远隔河山的姑娘哟，你的名姓我不曾知道，你恕我只能这样叫你了。

那回是春天的晚上罢？你替我剪了头，替我刮了面，替我盥洗了，又替我涂了香膏。

你最后替我分头的时候，我在镜中看见你替我拔了一根白发。

啊，你年青的，年青的，远隔河山的姑娘哟，飘泊者自从那回离开你后又飘泊了三年，但是你的慧心替我把青春留住了。

——《白发》

钟敬文——作者从事于民众文学的研究，但对小品散文的写作，也曾努力过而且成绩也不算差的。以我所知，作者已出版的有《荔枝小品》《西湖漫拾》《湖上散记》等几个小品散文集；在作者寥寥的现代中国散文文学界，这已是多量的贡献，作者的功绩是不会掩没的。关于作者散文的作风，作者自己说得很明白，请他自己来说就得："我个人特别的癖好，那似乎是在情思幽深不浮热，表现上比较平远清隽的一派……我自己三四年来，写的一些文字，也正如我所癖好的一样，在情思和风格上，大抵都是比较冲淡静默的，——自然不敢说怎样深远而有余味。——朋友们谓他没有强烈的刺激性，这就是个绝好的证明。"（《西湖漫拾自叙》）这是不错的，作者的文字，无论是叙事写景，或抒情，都是清淡明畅的；不用辞藻，不讲修饰，犹如村女簪花，风致天然。所以，一部分很有近似周作人先生的处所，作者也承认是或许受了周先生的影响，而并非有意的模仿。他在《荔枝小品题记》里便说："我的文章，很与周作人先生的相像，几位朋友都是这样说过。去冬聂畸从俄京来信云：'你的《旧事一零》我读了……除了《旧事一零》以外，我还看了你其他的一些短篇。你的文章，冲淡平静，是个温雅学人之言，颇与周岂明作风近似。'日昨王任叔在香港来信也说：'你的散文是从周作人《自己的园地》里走出来的。……不过周作人的散文冲淡而整齐，含意比较深，你的散文冲淡而轻松，含意比较浅。这怕也是年龄的关系吧。'"王任叔君的评语是非常恰当的，作者能做到清淡平静的境地，而深远则犹未；这不仅是年龄的关系，学养是不可勉强的。而且，像鲁迅、作人两先生的那样深刻有力的文章，多少带些地方性，有浙东人特有的气质而不容藐视的。

作者一部分文章的作风，固然有近似周先生之处（如"荔枝"之辑），但另外还辑有一种风格与此很不同的作品（如"临海的旅店上"之辑），是颇含有伤感性而耐人寻味的。现在将这两类文字各录一篇来作个比较。

　　　秋风清，

　　　秋月明，

　　　落叶聚还散，

　　　寒鸦栖复惊。……

　　这是十多年前念过的李太白的一首"三五七言诗"之前四句，下面的，再也记不清楚了。说也奇怪，在那个时候，念起李氏的诗来，不知何故，总喜欢他这一首诗。依现在的揣测，大概由于这诗中所表现的景况，易于为我那时稚弱的心灵所经验到，所以便独具只眼的欣赏起它来了。于此，我们可得到一个训示，就是文艺的取材，不必一定要怎样高深，平常容易为人所经验到的事物，能够拈摄了出来，便很可摇撼人的情感了。——呸！今宵只可谈风月，这些闲话唠叨它何为？

　　话说，这几天以来，一到了黄昏时分，月亮便特别的朗耀起来，在这旷野的地方，加以近来天气的清爽，于伊那乳色的光罩之下，悠然地低徊着，真再没有生活得比较这更艺术的了，在这样扰攘的人寰。月亮这东西，虽说无月不有，但除了雨天，阴天，能够如此明朗着的时候，也复无几。况人生多故，不是害病，便是没空，或者心绪不宁，这都可以使我们不能够在伊的幽光之下，优游地欣赏着伊的明媚清妙的。从无病，得空，而且心绪平静，而一身客寄，——如此刻的我——触景生情，眼前风光反而成了酿愁的资料了。从容地赏鉴月亮之举，究竟谈何容易呢。其实，不但兹事为然，一切一切，都可作如此观。人生，这东西，根本就是恶趣的，好好地生活着，而玩味了一切的美妙与神奇，这在现在的人世间，简直，简直就近于奇迹！虽然众生中，仅有的如此梦想着，但梦想终究是梦想，细小的，无力的人生，又有什么奇妙法子，推翻了这铁铸成了的无形的宇宙之黑律呢？

夜已深沉了，月亮的幽光，在窗外轻舒着；我却独坐在火油灯下，用笔写着这寡味的文章，是不是无聊极了吗？还写什么，睡觉好了。不能优游地欣赏着当前的好景，为什么反要为了伊的勾引，把瞌睡的时光牺牲了，而尽管用这秃毫蘸写着心中的孤闷呢？……

——《秋宵写怀》

前几天，接到王独清君来信，说他在这一二个礼拜内，要离开广州，回到北方去。日昨会见了他，谓等上海轮船一到，便将和郭夫人安娜同行。王君非伟人政客，又非学者名流，——只一个流浪的诗人而已——他的去留，自然不会惹起什么人的关怀，欢送会，不用说是送不到他的，只要人们少赐些严毒的咒诅够了。但我是刚和他一样的"零余者"——自然我不配说是诗人——对他未免深怀着同情，于其行也，会感到冷寞与酸楚之加重，也是当然不过的。

王君是一个流浪的诗人，我重复着这样说。他的生命，就是一首"美丽的诗"，更用不着细味他的作品。他住过樱花漫烂的日本，他住过百合花芬芳的法兰西，他住过山水妍碧的意大利。不但住过，并且在那里深深的销磨着他轻青的年华与美梦。富士山的烟云，巴黎的加非，罗马皇城女郎的柔情，他都尽情地狂吻过，陶醉过，啊哟，够美啦。这样的一付"诗的生命"！

他到广州来将近一年了，他在这里受到不少的焦土的干燥，邱墓的空虚，更有，那是毒蛇的待遇！他被反对，他受嘲笑。但这于他会有什么损伤呢，"可怜的孩子"，只有使我们的诗人，攒着眉这样惋叹而已。

他去了，他现在去了，恨恶他的人，想正乐得心花怒放，说着"莫予毒也矣"的快语，在置酒高会呢！但这于王君损伤了什么？

我是个和他一样的"零余者"，——照鲁迅先生的话讲，我大概是读了《沉沦》的，其实，这毫不费他老揣测，在几年前，我确是读过它并且很爱好——对于他未免深表同情，于其行也，会感到冷寞与酸楚之加重，也是当然不过的。

穷人的送行，没有礼物，也没有酒肴，只凭着一颗凄楚之诚心，默祝其海上平安而已！

——《送王独清君》

作者有时过于使文字平淡酣畅，往往多不必要的废话，因之减少了文字的紧凑与力量，破坏了组织的完整，流于芜杂而不能明净。这一点仿佛作者自己也觉得，在《试谈小品文》一文的末段便说及的。

王世颖——作者除了写成《龙山梦痕》和《倥偬》两个散文集外，似乎没有其他的创作。《龙山梦痕》是和徐蔚南合著的抒写他俩同客绍兴时的踪迹的追念而成的二十篇抒情述景的小品。山阴是中国历史上有名的胜地，稽山镜水之间，曾经多少文人的歌颂；龙山在若耶溪的上游，唐代诗人元稹曾称之为仙都，把他比作蓬莱（有"我是玉皇香案吏，谪居犹得住蓬莱"，"仙都难画亦难书，暂合登临不合居"之句），虽然是今不如昔，但经两位作者用了灵妙轻快的笔墨美妙地描绘着他俩的梦痕，于是满缀着无数土馒头濯濯然的童山（见刘大白先生序文）也美化了，文人的笔，原是超过造化的象外的。作者在这一册小书里，如《火灾的前后》《深夜胡笳》等篇，情景相融，笔致也很凝练而优美。这种控制小品文体的才能，到作者的第二散文集《倥偬》里，得了充分的发展。全书包含《佟偬之什》《焦土凄弦》《尘嚣里》《尘嚣外》《珠江散记》《鉈江之春》等六个断片，是作者游踪所及，随手写下的，据作者自己说，所以把这印了出来是"单愿意贡献一点这佟偬底意味，此外便没有什么希求"；然而这许多幅精美的画片，在读者眼中，竟是"添了一份美奂的财产"（该书引言中语），这不得不向作者致甚深的谢意。下面两个短篇，是从《珠江散记》里选出的。本书第一编里引来为例的一篇《除夕》也是这里面的。

　　船到虎门外，因为领港的不曾来，便泊在那儿一天有半，怪腻烦的，我似乎要诅咒这种生活了。可是船到虎门以后，我便将以前受得的苦闷，散泻得干干净净。

　　真不愧是"虎门"两字，这是个多么险峻的一个形势呵！矗耸山峰之间，夹着一带滚滚的长流。山峰是一排排沿江壁立，把个江水，监视得十分严固。在兵家说是要塞，在游客们看来却是壮严雄厚，具有侠骨的山水。

　　山上是一个个的小洞，洞里据说是一尊尊的大炮。每个形势险要的山，都有如此的设备。有的山顶上面有房屋旗帜，有的上面盖了茅亭，有的筑了堡垒。

　　船在虎门夹道中驶去，猛然看见对面堡垒上几个擘窠大字，上面写着"帝国主义是洪水猛兽""打倒帝国主义"字样。大字原不希罕，在上海，"当""押""酱园"一类的字每条街上都是熟见的；但那些字连续起来，漫说是大，便是六号小铅字，看了也有些触目惊心呢！

　　有几个青年，情不自禁地对着大字欢呼，喝采起来，像是找到了新生命似的。

——《虎门》

　　船到了白鹅潭，便和几个萍水相逢的朋友，一共雇了一只小艇，驶向长堤，这是个夜晚亥刻时分了。

　　这时正好下一点微雨，蒙蒙的飞向襟上来，江上灯光荧荧，橹声欸乃，此时我乃入了诗境。

除了撑篙的以外，其余四个摇橹的都是女子，伊们底勇敢不让于男子，而六寸以上的圆肤，更引起了我底爱慕。爱慕伊们善用其足，不象我们的裹尸一般，斫丧在鞋里袜里。我底视觉可以帮助着嗅觉，证明伊们底脚除美以外，虽不见得真是抒情诗人所说的那般有肉香，至少总全无郁结着的汗臭。

雨很大了，还夹着冷风，伊们从船舱里取出箬笠来，戴在头上，赤着的足，在微光里觉得更滑泽。伊们底步伐和谐地跟着有节奏的橹声前后左右走着，共谈家常，闲情自适。在翕和的氛围里溯江而南，长堤在望了。

不料南方气候，竟是这般寒冷，甚至凝住了我底心！

——《驾娘》

徐蔚南——在说到前面的一位作者时，便已提到而且自然会联想起现在所要说的这位作者来，他们是相知的朋友，而文字的风致又是那样的相似，同是灵妙而轻快的。如《龙山梦痕》里的《若耶溪底神话》《山阴道上》《快阁的紫藤花》等篇，都是很能引人兴味的。近又见一题作《春之花》的散文集出版，也是可注意的一本书，下面《莫辜负了秋光》一篇，即出于此。

朋友们，我们早又到了秋天了，秋天是一个美好的季节，是一个美术的季节。只要望望夜间的明月，不论他像金钩那般娇小，不论他象团扇那样痴肥，他那一般清澈的光辉，照在你的眼前，映在你的心里，你能不感觉得美吗？能不感觉得爱吗？只要听几声晚上的虫声，不论他是尖的锐的，不论他是幽的细的，他那一般抑扬的节奏，远远近近，又像波浪，又像云影，飘飘荡荡，你能不感到美吗？能不感到爱吗？秋夜是这般的，诗的，美术的。就是秋季的白天，何尝不是诗的美术的呢？一片晴空，高高的；罗纱样的云，薄薄的。太阳最温暖不过，还夹着一点轻风。这样的天气，说冷不冷，说暖不暖。我们再不像暑天那样多汗，自然也用不到吃冰其林；我们可以悠然地喝一杯不红不绿香喷喷的珠兰茶，我们可以愉快地呷一口清淡的勃兰地。我们也不像冬天，穿了皮袍还觉寒气入骨，自然也不用生炭火。你要多穿一点衣衫，就穿夹袍；少穿一点，就穿单衫。既然在这样充满着美，充满着爱的季节，诗人实在大可不必做什么悲秋的诗，做什么秋怨的词了。

我们中国的秋天，尤其是江南的，比起欧洲的秋天来，着实好得多。他们在这时候，九十月间，恐怕天空已经阴惨地罩着暗云了，人人心慌着雨雾大驾的光临。我们在这时候，虽则有时也曾遇到一点雨，但是晴快的日子总比较多，就是暑天少雨的年份，或许也不会例外。所以如果说秋天是美术的季节，那末我们中国的秋天，更是美术的季节了。以前我有位先生，他是南欧人，曾对我说："你们中国的秋天，实在比你们春天好。秋天凉爽晴快，不象春天那样潮湿多雨。"我觉得他的说话真有些对。

自然界既给我们人类这样美术的季节，我们人类难道甘于辜负他不成。不甘的，像如今在法兰西，多多少少的画家、雕刻家，都在跃动他们生命的火焰，挥动他们的彩毫，运用他们的刀锤，努力地在创作艺术品了。美丽的裸体女呀，鲜艳的花呀，纯洁善良的天使呀，秀色可餐的河山呀，都不朽在他们的许多艺术品里了。他们要创造出艺术品来，使人间美化、爱化、诗化。一到十一月初，"秋季的沙龙"一开，真不知有多少的青年男女，给这些美术品感化了，陶醉了，清净了！

东邻的日本，的确肯向前进。他们的艺术家也知道不可辜负这个美术的季节的秋，到了秋，大家便也努力创作；到了秋，他们也就有许多"沙龙"了，像"帝展""二科会""院展"，都是名震日本全国的了，或许也可说已名震全世界的了。

我们中国的艺术家呢？是不是被战争恐吓而忘却了美术的季节？是不是被生活逼迫而忘却了感谢秋光？不，不尽然的，我们中国努力的艺术家也在废食忘寝地创作。就我知道的，像晨光美术会会员就是这样，他们过了若干时，也将有个"沙龙"展开在我们面前了。

但是我们不要只让艺术家不辜负美术的季节，我们大家起来努力跃进，就在这一九二六年美术的季节里开始创造个充满着美，充满着爱，并且康健，并且悦乐的生活。

孙福熙——中国从前称诗做得好的说"诗中有画"，其实，文章写得好的，有时也真是画所不到呢。如果是个画家，以锐敏的观察力作温柔细致的描写，这里面不缺少诗，不缺少爱；有自己的个性，也有自然的真。"乍看岂不是淡淡的？缓缓咀嚼一番，便会有浓密的滋味从口角流！你若看过瀼瀼的朝露，皱皱的水波，茫茫的冷月，薄薄的女衫，你若吃过上好的皮丝，鲜嫩的毛笋，新制的龙井茶，你一定懂得我的话。"（见《我们的六月》P₂₂₁）这样，便是作者的文章。《山野掇拾》一书是作者旅法时所记，写的并非是特著的胜地，脍炙人口的名所；而是"大陆的一角""法国的一区"的乡村风景，风俗和乡民底生活。这里面有风吹不绝的柳树、水珠飞溅的瀑布、绿的蚱蜢、黑的蚂蚁等山野自然的风物，有具有那纯朴、温厚、乐天、勤劳的性格的原始的村人，也有看似琐屑、腻烦而实是悠闲的乡村生活的写实；同时也就表现了一个有那平和冲淡的性格和细磨细琢的工夫的亲切的人——作者自己的影子。所以有人批评说："这本书好像青天上细碎的星星，好像电线柱下可以闻到的声音，好像千朵万朵娇小可爱的花儿，好像慈母底心海，它会牵动每一个人的心，沉醉在美妙的幻地里！"这是很具体的比拟。作者的游记散文是很富的，除了上述一书外，还有《北京乎》《大西洋之滨》《归航》等集。在《归航》中，那种琐屑腻烦的地方是少了，笔致也比较精炼，画意也更浓厚了。我们看下面一节文字——红海上的一幕——是何等细致而精美的图画呵！

太阳做了竟日普照的事业，在万物送别他的时候，他还显出十分的壮丽。他披上红袍，光耀万丈。云霞布阵，换起与主将一色的制服，听候号令。尽天所覆的大圆镜上，鼓起微波，远近同一节奏的轻舞，以歌颂他的功德，以惋惜他的离去。

景物忽然变动了，云霞移转，歌舞紧急，我战战兢兢的凝视，看宇宙间将有何种变化；太阳骤然躲入一块紫云后面了。海面失色，立即转为幽暗，彩云惊惧，屏足不肯喘息。金线万条，透射云际，使人领受最后的恩惠，然而他又出来了。他之藏匿是欲缓和人们在他去后的相思的。

我俯首看自己，见是照得满身光彩。正在欣幸而惭愧，回头看见我的青影。从船上投射海中，眼光跟了他过去，在无尽远处，窥见紫帏后的圆月。岂敢信他是我的影迎来的！

天生丽质，羞见人世，他启幕轻步而上；四顾静寂，不禁迟回。海如青绒的地毯，依微风的韵调而抑扬吟咏。薄霭是紫绢的背景，衬托皎月，愈显丰姿。青云侍侧，桃花覆顶，在这时候，他预备他灵感一切的事业了。

我渐渐的仰头上去，看红云渐淡而渐青，经过天中，沿弧线而下，青天渐淡而渐红，太阳就在这红云的中间。月与日正在船的左右，而我们是向正南进行——海行九天以来，至现在始辨方向。

我很勇壮，因为我饱餐一切色彩；我很清醒，因为我畅饮一切光辉。我为我的朋友们喜悦：他们所属望的我在这富有壮丽与优秀的大宇宙中了！

水面上的一点日影渐与太阳的圆球相接而相合，迎之而去了，太阳不想留恋，谁也不能挽留；空虚的舞台上惟留光明的小云，在可美的布景前闪烁，听满场的鼓掌。

月亮是何等的圆润呵，远胜珠玉。他已高升，而且已远比初出时明亮了。他照临我，投射我的影子到无尽远处，追上太阳。月光是太阳的返照，然而他自有风格，绝不与太阳同德性。凉风经过他的旁边，裙钗摇曳，而他的目光愈是清澈了。他柔抚万物，以灵魂分给他们，使各各自然的知道填入诗句，合奏他新成的曲调。此时惟有皎洁，惟有凉爽，从气中，从水上，缥缈宇内。这是安慰，这是休息。这样的直至太阳再来时，再开始大家的工作。

郑振铎——作者于西洋文学极有研究，是一个极好的编辑家，所编《文学大纲》四大册，文笔流丽畅达，且不乏趣味。创作小说有《恋爱的故事》《家庭的故事》，随笔集有《山中杂记》。这是一册小小的画，作者避暑莫干山的回忆录，共只十篇，但如《月夜之话》《蝉与纺织娘》《苦鸦子》《不速之客》等篇，都是优美可爱的。

你如果有福气独自坐在窗内，静悄悄地没有一个人来打扰你，一点钟、二点钟的过去，嘴里衔着一支烟，躺在沙发上慢慢地喷着烟云，看它一白圈一白圈的升上，那末在这静境之内，你便可以听到那墙角阶前的鸣虫的奏乐。

那鸣虫的作响，真不是凡响；如果你曾听见过曼杜令的低奏，你曾听见过一枝洞箫在月下湖上独吹着，你曾听见过红楼重幔中透漏出来的弦管声，你曾听见过流水淙淙的由溪石间流过，或你曾倚在山阁上听着飒飒的松风在足下拂过，那末，你便可以把那如何清幽的鸣虫之叫声想像到一二了。

虫之乐队，因季候的关系，而颇有不同，夏天与秋令的虫声，便是截然的两样。蝉之声是高旷的，享乐的，带着自己满足之意的；它高高的栖在梧桐树或竹枝上，迎风而唱，那是生之歌，生之盛年之歌，那是结婚曲，那是中世纪武士美人大宴时的行吟诗人之歌。无论听了那"叽……叽……"的曼长音，或"叽格……叽格"的较短声，都可同样受到一种轻快的美感。秋虫的鸣声最复杂。但无论纺织娘的咭嘎，蟋蟀的唧唧，金铃子的叮令，还有无数无数不可名状的秋虫之鸣声，其音调之凄抑却都是一样的；他们唱的是秋之歌，是暮年之歌，是薤露之曲。他们的歌声，是如秋风之扫落叶，怨妇之奏琵琶，孤峭而幽奇，清远而凄迷，低徊而愁肠百结。你如果是一个孤客，独宿于荒郊逆旅，一盏荧荧的油灯，对着一张板床，一张木桌，一二张硬板凳，再一听见四壁唧唧知知的虫声间作，那你今夜便不用再想稳稳的安睡了，什么愁情，乡思，以及人生之悲感，都会一串一串的从根儿勾引起来，在你心上翻来覆去，如白老鼠在戏笼中走轮盘一般，一上去便不再想下来休息。如果你不是一个客人，你有家庭，你有很好的太太，你并没有闲愁胡想，那末，在你太太已睡之后，你想在书房中静静的写些东西时，这唧唧的秋虫之声却也会无端的窜入你的心灵，翻掘起你向不曾有过的一种凄感呢。如果那一夜是一个月夜，天井里统是银白色，枯秃的树影，一根一根的很清朗的印在地上，那末你的感触将更深了，那也许就是所谓悲秋。

秋虫之声，大概都在蝉之夏曲已告终之后出现，那正与气候之寒暖相应。但我却有一次奇异的经验，在无数的纺织娘之鸣声已来了之后，却又听得满耳的蝉声。我想我们的读者中有这种经验的人必是不多的。

我在山中，每天听见的只有蝉声，鸟声还比不上。那时天气是很热，即在山上，也觉得并不凉爽。正午的时候，躺在廊前的藤榻上，要求一点的凉风，却见满山的竹树梢头，一动也不动，看看足底下的花草，也都静静地站着，如老僧人入了定似的。风扇之类既得不到，只好不断的用手巾来拭汗，不断的在摇挥那纸扇了。在这时候，往往有几缕的蝉声在槛外鸣奏着。闭了目，静静的听了他们在忽高忽低，忽断忽续，此唱彼和，仿佛是一大阵绝清幽的乐阵，在那里奏着绝清幽的曲子，炎热似乎也减少了，然后，朦胧地朦胧地睡去了，什么都不觉得。良久，良久，清梦醒来时，却又是满耳的蝉声，山中的蝉真多！绝早的清晨，老妈子们和小孩子们常去抱着竹干乱摇一阵，而一只二只的蝉便要跟随了朝露而落到地上了。每一个早晨，在我们滴翠轩的左近，至今是百只以上的蝉是这样的被捉，但蝉声却并不减少。

常常的，一只蝉两只蝉，叽的一声，飞入房内，如平时我们所见的青油虫及灯蛾之飞入一样。这也是必定被人所捉的。有一天，见有什么在槛外的倒水的铅斗中咯笃咯笃的作响，俯身到槛外一看，却又是一只蝉，这当然又是一个停虏了。还有好几次，在山脊上走时，忽见矮林丛中有什么东西在动，拨开林丛一看，却也是一只蝉。它是被竹枝竹叶挡住了不能飞去，我把它拾在手中。同行的心南先生说："这有什么稀奇，放走了它吧，要多少还怕没有！"我便顺手把它向风中一送，它悠悠扬扬的飞去很远很远，渐渐的不见了。我想不到这只蝉就是刚才在地上拾了来的那一只！

半个月过去了；有的时候，似乎蝉声略少，第二天却又多了起来。虽然"叽……叽……"的不息的鸣着，却并不觉喧扰；所以大家都不讨厌它们。我却特别的爱听它们的歌唱，那样的高旷清远的调子，在什么音乐会中可以听得到！所以我每以蝉声将绝为虑，时时的干涉孩子们捕捉。

到了一夜，狂风大作，雨点如从水龙头上喷出似的，向槛内廊上倾倒。第二天还不放晴，再过一天，晴了，天气却很凉，蝉声乃不再听见了，全山上在鸣唱着的却换了一种"咭嘎……咭嘎……"

的急促而凄楚的调子，都是纺织娘。

"秋天到了。"我这样说着，颇动了归心。

再一天，纺织娘还咭嘎咭嘎的唱着。

然而第三天早晨，当太阳晒得满山时，蝉声却又听见了！且很不少。我初听不信；"叽……叽……叽咯……叽咯……"那确是蝉声！纺织娘之声又潜踪了。

蝉回来了，跟它回来的是炎夏。从箱中取出的棉衣又复放入箱中。下山之计遂又打消了。

谁曾于听了纺织娘歌声之后再听了蝉之夏曲呢，这是我的一个有趣的经验。

————《蝉与纺织娘》

丰子恺——作者是谁都知道的漫画家，艺术的造诣是很深的。他有佛的睿智，天真的童心，在《儿女》一篇随笔里，告诉我们，他的心是为四事所占据着：天上的神明与星辰，人间的艺术与儿童。他以为"天地间最健全的心眼，只是孩子们的所有物，世间事物的真相，只有孩子们能最明确，最完全地见到"。"他能撤去世间事物的因果关系的网，看见事物的本身的真相。他是创造者，能赋给生命于一切的事物。他们是'艺术'的国土的主人。"所以儿童在他心中占有与神明、星辰、艺术同等的地位。他怜惜生物，小时候的杀蚕、杀蟹、杀鱼，都使他因回忆而生永远的忏悔。又看透大账簿似的宇宙，怜悯这大账簿里一个沙粒似的人类。他仿佛看见这世间有一个极大而极复杂的网，大大小小的一切事物，都被牢结在这网中，所以我们想把握某一种事物的时候，总要牵动无数的线，带出无数的别的事物来，使得本物不能孤独地明晰地显现在我的眼前，因之永远不能看见世界的真相。非得把这个网尽行剪破，然后才得认识世界的真相；而剪破这"世网"的剪刀，据作者的意见，便是艺术与宗教。"如有这样的一个世界，天下如一家，人们如家族，互相爱，互相助，共乐其生活。"这便是作者所憧憬的世界（以上所引均见《缘缘堂随笔》）。作者的文笔也很明净飘逸，看下面所举题作《秋》的一篇便可知。

我的年岁上冠用了"三十"二字，至今已两年了。不解达观的我，从这两个字上受到了不少的暗示与影响。虽然明明觉得自己的体格与精力比二十九岁时全然没有甚么差异，但"三十"这一个观念笼在头上，犹之张了一顶阳伞，使我的全身蒙了一个暗淡色的阴影，又仿佛在日历上撕过了立秋的一页以后，虽然太阳的炎威依然没有减却，寒暑表上热度依然没有降低，然而只当得余威的残暑，或者霜降木落的先驱，大地的节候已从今移交于秋了。

实际，我两年来的心情与秋最容易调和而融合。这情形与从前不同。在往年，我只慕春天。我最欢喜杨柳与燕子。尤其欢喜初染鹅黄的嫩柳。我曾经名自己的寓居为"小杨柳屋"，曾经画了许多杨柳燕子的画，又曾经摘取秀长的柳叶，在厚纸上裱成各种风调的眉，想象这等眉的所有者的颜貌，而在其下面添描出眼鼻与口。那时候我每逢早春时节，正月二月之交，看见杨柳枝的线条上挂了细珠，带了隐隐的青色而"遥看近却无"的时候，我心中便充满了一种狂喜，这狂喜又立刻变成焦灼，似乎常常在说："春来了！不要放过！赶快设法招待它，享乐它，永远留住它。"我读了"良辰美景奈何天"等句，曾经真心地感动。所有古人都太息一春的虚度，前车可鉴！到我手里决不放它空过了。最是逢到了古人惋惜最深的寒食清明，我心中的焦灼便更甚。那一天我总想有一种足以充分酬偿这佳节的举行。我准拟作诗，作画，或痛饮，漫游。虽然大多不被实行；或实行而全无效果，反而中了酒，闹了事，换得了不快的回忆；但我总不灰心，总觉得春的可恋。我心中似乎只有知道春，别的三季在我都当作春的预备，或待春的休息时间，全然不曾注意到它们的存在与意义。而对于秋，尤无感觉：因为夏连续在春的后面，在我可当作春的过剩；冬先行在春的前面，在我可当作春的准备；独有与春全无关系的秋，在我心中一向没有它的位置。

自从我的年龄告了立秋以后，两年来的心境完全转了一个方向，也变成秋天了。然而情形与前不同：并不是秋日感到像昔日的狂喜与焦灼。我只觉得一到秋天，自己的心境便十分调和。非但没有那种狂喜与焦灼，且常常被秋风秋雨秋色秋光所吸引而融化在秋中，暂时失却了自己的所在。而对于春，又并非像昔日对于秋的无感觉。我现在对于春非常厌恶。每当万象回春的时候，看到群花的斗艳，蜂蝶的扰攘，以及草木昆虫等到处争先恐后地滋生繁殖的状态，我觉得天地间的凡庸、贪婪、无耻与愚痴，无过于此了！尤其是在青春的时候，看到柳条上挂了隐隐的绿珠，桃枝上着了点点的红斑，最使我觉得可笑又可怜。我想唤醒一个花蕊来对它说："啊！你也来反复这老调了！我眼看见你的无数的祖先，个个同你一样地出世，个个努力发展，争荣竞秀；不久没有一个不憔悴而化泥尘。你何苦也来反复这老调呢？如今你已长了这孽根，将来看你弄娇弄艳，装笑装颦，招致了践踏、摧残、攀折之苦，而步你的祖先们的后尘！"

实际，迎送了三十几次的春来春去的人，对于花事早已看得厌倦，感觉已经麻木，热情已经冷却，决不会再像初见世面的青年少女地为花为幻姿所诱惑而赞之，叹之，怜之，惜之了。况且天地万物，没有一件逃得出荣枯，盛衰，生灭，有无之理。过去的历史昭然地证明着这一点，无须我们再说。古来无数的诗人千遍一律地为伤春惜花费词，这种效颦也觉得可厌。假如要我对于世间的生荣死灭费一点词，我觉得生荣不足道，而宁愿欢喜赞叹一切的死灭。对于前者的贪婪、愚昧与怯弱，后者的态度何等谦逊、悟达而伟大！我对于春与秋的舍取，也是为了这一点。

夏目漱石三十岁的时候，曾经这样说："人生二十而知有生利益；二十五而知有明之处必有暗；至于三十的今日，更知明多之处暗亦多，欢浓之时愁亦重。"我现在对于这话也深抱同感；同时又觉得三十的特征不止这一端，其更特殊的是对于死的体感。青年们恋爱不遂的时候惯说生生死死，然而这不过是知有"死"的一回事而已，不是体感。犹之在饮冰挥扇的夏日，不能体感能围炉拥衾的冬夜的滋味。就是我们阅历了三十几度寒暑的人，在前几天的炎阳之下也无论如何感不到浴日的滋味。围炉，拥衾，浴日等事，在夏天的人的心中只是一种空虚的知识，不过晓得将来须有这些事而已，但是不能体感它们的滋味。须得入了秋天，炎阳逞尽了威势而渐渐退却，汗水浸胖了的肌肤渐渐收缩，身穿单衣似乎要打寒噤，而手触法兰绒觉得快适的时候，于是围炉，拥衾，浴日等知识方能渐渐融入体验界中而化为体感。我的年龄告了立秋以后，心境中所起的最特殊的状态便是这对于"死"的体感，以前我的思虑真疏浅！以为春可以常在人间，人可以永在青年，竟完全没有想到死。又以为人生的意义只在于生，而我的一生最有意义，似乎我是不会死的。直到现在，仗了秋的慈光的鉴照，死的灵气钟育，才知道生的甘苦悲欢，是天地间反复过亿万次的老调，又何足珍惜？我但求此生的平安的度送与脱出而已，犹之罹了疯狂的人，病中的颠倒迷离何足计较？但求其去病而已。

我正在搁笔，忽然西窗外黑云弥漫，天际闪出一道电光，发出隐隐的雷声，骤然洒下一阵夹着冰雹的秋雨。啊！原来立秋过得不多天，秋心稚嫩而未曾老练，不免还有这种不调和的现象，可怕哉！

缪崇群——这是一位新进的青年作家，在几个新出的文艺刊物上，以清新的形式与笔调写下来的小说、小品随笔与读者相见而露出头角来。作品散见于《现代文学》《文艺月刊》等定期杂志上，虽然不多，却是很可注意的。编者在介绍之余，希望作者努力，在中国如鸿荒初辟的小品文园地里，多栽下几株珍异的花树来。下面几篇小品，见于《文艺月刊》一卷四期。

过去的三个多月，我把整个的生涯消磨在一个船舱般的小屋里，白昼与晚间，同样使人感到阴霾与隘窄。我没有钟表，我只是看着一线的阳光来分辨一天之内的时辰。……

当我完全浸在黑暗的浓液之中——浓得几乎凝结了的黑暗之中；我知道是夜了；并且是深更的时刻。我的周遭，听不见夜莺的歌声，也看不见一颗闪烁的星；不拘有几声互相应答的犬吠，或是从远远的地方，偶尔传来一阵摩托飞驶过沥青马路上的风声，……但，夜并没有失去他的宁静的灵魂。在这宁静的深夜里，万物都在疲倦后安息着，万物都为了恢复他们明日的活动力而安息了。

夜的面目，恐怕只有那些不眠的人们才能知道。——虽然他们也不能够指明出什么象征；也说不出他们来自那里，又向什么地方去了。

不眠的人，委实地，怕还没有那些合着眼睛酣睡人们所见得多呢。在同样黑黝黝的世界里，他们每每看见盛开着朵朵的蔷薇，也许竟和一些穿着白衣的仙女们一同蹈舞；他们会在最快活的梦境里，尽情地唱，尽情地歌，尽情地痛哭或狂笑；他们可以得无限的拥抱，无限的慰安。……

然而不眠的人们，他们辗转着，辗转着，好像一团女人的头发，越来越把他的心孔填满，越来越把他的眸子缠紧了；他们好像一个顽皮的孩子在用心作画，可是这幅画儿越画越密簇了，结果连水带墨泼成了一片模糊的颜色。

他们由焦燥而安宁下去，他们由安宁而挚诚地期待着什么了。……

渐渐地，四壁映起铅灰色了，渐渐地，由铅灰而银白了。……这或者是不眠的人们挚诚期待的结果罢？他们好像把那一团黑发，一根一根地理开了，一根一根地舒展了，把那一幅乌墨的图画，慢慢地用清水洗净。……

邻鸡和麻雀都啼叫了，好象都在庆祝这个世界的重明。

也许，他们是对我道"夜安"罢？我漠然地想。

不眠的人是幸福的，虽然他们眼睛没有合拢，可是他们不知道"今日"是怎么来的，"昨日"是怎么去的；他们找不着"昨日"的尸骨埋在那里，也从不曾听见"今日"诞生时候的哭声。与其说他们和今日相近，还不如说是和昨日相亲一些了；昨日的一切，仿佛在不眠人们的脑中延宕着他们的不死的生命。……

然而，倘使昨日真地是不死的东西，那么人类怎么会留下了那般悠长的历史呢？

爱情，没有不渝的，青春，没有不逝的，一切的一切，都在静悄悄的里面消逝了！

如果真地能把晨鸡当作对我是道"夜安"的，那么我的一切也无所谓过去了；我的一切都依然存在着。……

如果没有人说我这是"聊以自慰"，那么我将永远膜拜我的上帝。……膜拜在黑暗中不起了！

我愿望着和我一样不眠的人们同呼一声"阿门"罢！

——《不眠》

在夜更深的时候，我忽然醒觉了。不知从什么地方，正传过一阵一阵的哀乐，那是悠长的——低郁的——如诉如泣的。我谛听了一会，我不知怎么自然而然地在黑暗里偷偷啜泣了。

我想不是我自己要醒觉来的，这哀乐，这悠长低郁的哀乐，它悄悄把我灵魂的双扇敲动了！

古今都是一样的，富人的生，是荣华；富人的死，也是荣华。他们生死都一样的荣华。贫人呢，生是寂寞，死是寂寞，恐怕生比死还要寂寞！

这哀乐，死者不能复听了，恐怕，只是为了表示富人们的子孙，虽哀犹荣罢？

让我感谢，我要感谢，它是没有代价的施舍，它施舍给我们贫困的生者以悲哀的情调与寂寞的节奏。

我已经忘却了我的啜泣，我在黑暗里睁着我的两只眼睛——啊，眼睛是睁在黑暗里。

——《哀乐》

低低的门，高高的白墙；当我走进天井，我又看见对面许多小方格子的窗眼了。

拾阶登到楼上，四周是忧郁而晦黯的，那书架，那字画，那案上文具，……没有一样不是古香古色——虽然同我初遇，但仿佛已经都是旧识了。

我默默地坐下，我暗自赞叹了。

——啊，这静穆和平的家，他是爱的巢穴，心的归宿，他是倦者的故林，渴者的源泉。……

我轻轻地笑了，在我心底；我舒适地睡了，睡在我灵之宫里；一切，都好像得其所以了！

但是只有一瞬，只有一息，我便又蓦地醒来了。这家，原不是我的。坐在对面的友人，他不是正在低首微笑么？他是骄傲的微笑呢？还是怜悯的微笑呢？

——啊，在这个世界上，我是一个永远飘泊的旅人，我没有爱的巢穴，我也无所归宿；故林早已荒芜，源泉也都成了一片沙漠。……

倘如，我已经把这些告诉了他，那么，他的微笑，将如何地给我一种难堪呢！……

我庆欣，我泰然了，我由自欺欺人的勾当，评定了友人的微笑了！这勾当，良心或者不致过于苛责的？因为它是太渺小而可怜了。……

低低的门，高高的白墙，小小的窗格……这和平静穆的家，以前，我似乎有过一个的；以后，也许能有一个罢？

我仿佛又走进冥冥的国度了，虽然身子还依旧坐在友人之"家"里。

——《家》

苍茫的天，阴霾的四周，看不到一条雨丝，但见檐瓦津津地潮湿了。

窗外，正落着牛毛般的细雨——我揣测定了。

呷着苦酒，嚼着鲜蟹，朋友说：

"还没有到蟹肥的时节。"

——中秋早已过去了，我默默地想，没有回答什么。

苦酒一杯一杯地饮了下去；望到窗外，才想起天气也许变凉了。

苍茫的天，阴霾的四周，在朦胧的眼中望去，更苍茫，更阴霾了。

牛毛般的细雨，本来没有声音，也无须有声音。

更寂静了。

有了凉习习的西风，有了静悄悄的细雨，够了够了，谁都知道这是什么时节了；但朋友说：

"似乎还缺少一点什么声音。"

"寡……寡……"一只大雁，正掠空而过。

是他么？我想问，但朋友正倾着耳。

菊花的影子，印在壁上，朋友说：

"影比花，还好看。"

我想说，无声比有声更令人生感。

是灯火亲人的时候了。

——《秋夕》

△ 民国时期通师校门
▽ 民国时期通师宿舍楼

张謇创办的南通师范学校全景

其他

《月亮上升》

这是一幕喜剧，是一个历史上的事迹。

在爱尔兰滨海某村的码头旁边，凄清的月光照着，一切都在恬谧幽默中。在这里有一位警长守着，他守着谋恢复故国从狱中逃出的"格兰纳党"的首领。因为他是一个了不得的人物，他定下了全党一切的计划，"在他的头上有一百磅"。

月光下，远远地来了一个衣衫褴褛的卖歌者，他就是"格兰纳党"首领化装的，他俩谈话中，激起了革命的思潮，他的理智起共鸣了，虽然自己的责任是保护法律的。虽然发觉他就是悬赏捉拿的"要犯"，终于把这人放走。——这就是如他所说的——在你年青的时候，你穿上制服，不是保护法律的，而是保护人民的吧！

"好，再会吧！同志，我谢谢你！你今夜帮了我的忙，我很感激你，说不定我将来会报答你：那时候被压迫的民众，升了上去，压迫民众的倒了下来——那就是当我们的地位统要掉转过来，黑暗消灭，月亮上升的时候！"这是他临别的赠言。同时矛盾的念头又涌上他的脑际，警长一读悬赏的广告，又悔恨没有把他提住，失去了一个升官发财的好机会！

——载1932年6月南通《枫叶》①旬刊第四期，署名：质。

---

① 《枫叶》文艺旬刊由赵丹、顾而已等于1932年5月9日创办，发表的大多数是反映群众斗争或倾向进步的文学作品和木刻作品。"同年（一九三二年）六月，南通小小剧社在南通举行公演，主要演出宣传抗日的话剧《乱钟》，同时还演出了《南归》、《月亮上升》、《可怜的裴迦》等话剧。""赵丹担任《月亮上升》中的主要角色卖唱者。""周育姝扮演《月亮上升》中的警察乙。"（钦鸿《南通小小剧社始末》，载《濠南集——南通现代文坛漫笔》，文化艺术出版社2000年12月版）

通 信

春苔①先生：

　　闻先生之名而慕先生之文采也久矣，既无缘以识荆，乃复未能得间以致拳拳之忱，憾何如之！顷读《艺风》，知先生为之主撰，挥洒日月驱逐风云，清芬所播，当为爱好艺术者所共欢慰而感激。仆虽不敏，窃有志于文艺，间有写作，聊以自怡。未敢以色相示人，自知评花论月，迩类有闲；画角描头，无当大雅。所以秘而不宣者，既免革命文学家为之齿冷，并以藏拙云耳。《艺风》出世，未尝以主义为标榜，复无奉旨写作之八股，盖既不愿为御用之文匪，乃多称心的言论，仆之敢以拙文奉呈台端而窃望于《艺风》占一角之地者，即以此也。冒昧陈词，尚祈鉴宥不吝赐教为祷匆草匆备。

　　顺颂

撰祺！

后学所北敬白

三月廿八日

——载1933年4月1日上海《艺风》第1卷第4期。

---

① 即孙福熙（1898-1962），字春苔，浙江绍兴人，现代散文家、美术家。曾任《艺风》杂志（1933年1月1日创刊）主编。

新车（译文）

"爸爸！"芬兰丝带着气忿[1]的神情向她父亲说："怎么这样的吝啬？"说过以后，她在父亲的额上亲爱地吻了一下，又在他的右额上轻轻的抚击了一下。她继续说下去："你知道巴贝和我是如何的想念一辆新车。你知道，你的一切，我们已经如何的为你打算过。"说到这里，她气忿得很，两脚在地上踯躅不已："爸爸！你不知道我是如何失望呀？"

"芬兰丝，是巴贝叫你到我这里来说的吗？"

"不，确实的，巴贝是非常大量的。我所告诉你的事，他没有说过，也没有思想过。爸爸，这完全是我的意见，这也是你的过错。你常常纵容我，养成了我自私的心理。你常常，或者不是常常，允许我所希望的东西。"

"我奇怪，芬兰丝。"她的父亲很慈爱地说。

"我说什么，我的意义就是什么。但是，有的时候，我说过一件事以后，马上就很难过，因为那本来的意见，并不和我所说的一样。这样，有时说的是真实的话，也常引起别人的怀疑误会，认为不是真实的。我时常感觉到，我说了不应当或虚伪的话以后，我的舌头会被牙齿咬破似的。我知道，你不是这个意思，亲爱的爸爸！"最后，她用一种乞怜的声调说道："但是我们实在希望买那辆车子。"

"好，芬兰丝，世界上有许多东西，比你和巴贝所需要的更为重要。我们现在所要的，并不是一辆新的车子。"

"假使，"芬兰丝叹息地说，"你告诉了我们不能购买新车的原因，我们也可以不至于这样的想念它。你在这个村坊里，有比一切人更好的地位和收入。别人每年都能够得到一部新的车子，那是什么原因？爸爸！"

安得生先生没有马上回答她！等了一刻，转身向着她说："如果你和巴

---

① 今应作"愤"。

贝在今天晚餐以后，能够破费半点钟的时间，我就可以告诉你们这个原因。"

"好的，爸爸！"芬兰丝很快乐地回答他："我们一定在那里等候你。"她说完以后，很快的跑去找她的哥哥去了。

"巴贝，"当她找着了他的时候喊道，"你很厌恶我么？"

"不，"巴贝回答她，"比以前有进步么？一直到现在，你又做过了一些什么恶作剧的事？"

"我做过的，"芬兰丝坦白的承认，"我将爸爸作弄了一会，并且他还允许今天晚上把那不肯买车子的理由告诉我们。"

晚餐以后，在安德生先生的书室里面。芬兰丝坐在她父亲脚下的坐垫上面。红色燠热的灯光，从天花板上反射下来，照在安德生先生慈和的脸上，分外觉得光彩。就是在座的人的脸上，也泛出一层金黄的色彩。

"好多年以前，"安德生先生开始说，"有一个人，一个很好的人，他是十分的爱他的妻子、儿女、家庭。某年十一月底的一天，他的妻子向他说：'约翰，我们应当为圣诞节购买一架钢琴。'但是，这个时候，他正有其他重要的事件，所以拒绝考虑这个问题。他的妻子，是一个很固执的人，后来她反对他的稳健的意见。于是他为顺从她的欲望而让步，为她付了购买钢琴的第一期款项。等到圣诞节快到的时候，钢琴第二期付款的时期也到了。他没法子，只得把应当缴付人寿保险的款子，移作购买钢琴的费用。于是，他这一点重要的唯一的财产，也就完全损失了。'或者'，当时他想，'在将来，我能够重复将它得回来的。'

"在他没有把已经损失了的财产得回来之前，他就由寒热病变成肺炎症而死亡了。"安德生先生暂时中止了故事的叙述，取下他的眼镜，揩拭一下。

"他有四个孩子，"他重新开始说，"在那些日子，如同现在一样，需要金钱来维持家庭，来谋孩子们的衣食住等，——关于他们的教育，更谈不到了。

"一天，他的妻子在他的书桌的故纸堆中，发觉了一张人寿保险单。这样，她赶快写信给人寿保险公司，报告她丈夫已经去世了，请求他们依照保险单的数目，将这笔钱寄给她。

"回信来了，保险公司告诉她，他们曾经用了各种方法劝告他，鼓励他，保持这张保险单的效力，但他没有这样做，这样保单就因为未付保费而被取销①，失去了效力。他们十分抱歉，不能付这笔款项给她。

"她接到这封回信以后，神经受了重大的刺激，疯狂似的又马上写了一封信给公司里，告诉他们，现在她是分文没有，非常穷苦，假使公司不肯付给这笔款项，那么，她和她的全家一定要冻馁而死了。

"保险公司第二次的回信来了，仍然不肯付这笔款项，说当她的丈夫死亡的时候，保单已经失去了效力。依照法律的规定，是不允许付款的。他们无力救济帮助她，觉得异常的抱歉。

"在丈夫死亡和断绝家庭进款的双重打击之下，她感受的刺激和悲痛，实在是过于剧烈了。不久以后，她也就追随她的丈夫于地下。她的孩子也就因此星散而留养在亲友和邻居的家中。

"巧得很，"安德生先生继续地说下去，"在四个孩子当中，有一个男孩子，聪明而有美丽的头发，蔚蓝色的眼睛，被他的姑母——父亲的姐姐带到家里去留养了，她虽然是一个情性暴躁的人，但是对于这个无父无母的孤儿，非常的热忱爱护。她待他一切都非常之好，他所享受的，为他的其余兄弟姊妹们所未曾享受的。然而，他那弱小的心灵，仍旧感到孤寂和悲哀。

"一天，这个孩子向他的姑母说：'姑母，我为什么要离开我的兄弟姊妹，同你住在一起？我想，我们住在一起，多么快乐欢喜。为什么我不能回家去？'他的姑母回答他：'亲爱的孩子，因为你的父亲没有好好的保持他的人寿保险单的效力。'

"他长成得很快，在他能够担任相当工作的时候，他常常到外面去做点事，赚一点意外的钱。他所得意外收入，完全交给他的姑母，她为他装在一个小盒子里面，不许他用去一个铜元。渐渐的积起了一小部分的金钱。

"光阴一年一年，像流水般的过去，小孩子的年龄也一天一天增长起来。这个时期，他的姑母常常把他父亲死亡的故事告诉他，并且告诉他，倘若你父亲是能好好的保持人寿保险单的效力，那么，你们现在是如何的幸福快乐。

"有一天，一个人寿保险公司职员到他们家里来，在客室里和他的姑母谈了很久的话，这个小孩子坐在椅子的边上，静听他们的谈论。在这个时候，问了许多问题，一一把它记录下来。最后，他的姑母将那小心谨慎储蓄起来的钱盒，交给这个保险公司职员。几天以后，这个小孩子就成为他有生

---

① 今应作"消"。

以来第一张保险单的所有人了。

"人寿保险公司经理人走了以后，姑母向他说：'孩子，你生命中第一件的义务，就是缴付那张保单的保费。无论如何，你必定要保持你的人寿保单的效力，你如果这样做，你以后永远不会懊恼。它是你一个永久的朋友，当一切好像叛离违反你的时候，它仍然是忠诚的对待你。假若在你的经济状况改善的时候，你应当尽量的增加你的保单和保额，你如果依照我所说的去做，你必定能够从烦恼、痛苦、忧虑中，将你自身拯救出来；但是，还有重要的，就是你挚爱的人，你也可以从穷愁苦痛中拯救他们出来。'"

"这个小孩子对于姑母给予他的教训，并没有忘记。自从用他从艰苦中得来的金钱购买了第一张储蓄保单以后，他又继续添购了不少保单。后来，一部分保单到期之后，他把这些款项支取出来，变成现金。它们——现金帮助他做了不少事业，如创立商业、购买房屋等。有的时候，因为环境的关系，使他不能负担这样多的保费，但是，他始终没有改变他的意志，而丧失其中的一张。

"现在，他有家属妻子依赖他，同时，在这种不景气的年头，他看他的保险，比较任何事业还重。有时候，好像不能负担这么多的保费，但是他所享有的保单，不久就可以得一笔巨大的款项。很久以前，他厌倦了他的事业的活动而退休，但是他晚年生活，完全依赖保单的收入，并且过得非常惬意舒适。

"最近几年来，他的主要思想就是，如果他遇到了什么重大的变故，他的妻子和家属，是会很平安的，他们是有稳妥的保障的。"

安德生先生说完以后，接着一个长时间的寂静。芬兰丝忽然用一种自怨自艾的声调，向她的父亲说："我很抱歉，亲爱的爸爸。我今天早晨是如何的不应该，我向你所说的一切，现在我非常的悔恨。世界上再没有一个像你这样可爱的爸爸。"

温文、欢乐、刚毅的表情，充满了她那短发蓬松的额前。安德生先生慈爱地望着他的爱女，用着音乐般的音调说着："那是，我爱你们过甚，那是，我过于自私的心理，要你们爱我，常常的爱我。"

——载 1934 年《妇女旬刊》第 18 卷第 31 期，署名：达。

《爝火》杂志编者按语

编前与编后

大家高兴要编印这么一个小刊物，于是就着手做了。目的呢？也没有什么新鲜的，还不过是交换知识，练习写作而已。

偶然想到"爝火"二字，觉得很好，就做了这小刊物的名，好在何处也说不出；总之，名是有了，取便称颂而已。

我们还都是初中的学生，因了经验和知识的限制，当然难有什么好意思好文章贡献于读者：可是已经尽了我们的力量来从事于此，好歹要请读者们大量包涵。

这一期里的"速写"栏所刊各篇，是以今夏的旱象为描写的中心的。"人物素描"则是较有趣味的一栏，范围只限于同学方面，按期刊载两篇或三篇。

素伯先生襄助本刊的编辑事务，睪吾先生赐题本刊的封面，我们在此敬致甚深的谢意。还望同学们多多赞助，使小小的《爝火》长明不息！（编者）

——载1934年12月1日南通《爝火》第1卷第1期。

这一期（编者的话）

这一期的印出，恰当民国廿四年的元旦，照理应得有几篇应景的文章，或歌颂，或感叹。可是没有，一篇也没有。这原因，也并非如L·S先生所说："逢国耻日而悲杨柳，遇五一节而忆蔷薇"的那样，有所忌避；实在是因为我们说不来，写不出，所以只好给它一个空白。虽然这一个新年，听说是很可庆祝的。

行素先生为我们特写《开夜车》一文，眼前事，意中语，在读者们当倍感亲切有味，而微旨所在，尤望读者勿轻易看过。对于行素先生，以及赐给我们以《我们分别时》的译诗的永刚先生，一并在此谢谢！还有梅安先生也允许为我们撰稿，下一期当可刊出，特此预告，想也是读者们所乐闻的吧。

这一期的内容，除原有各栏及上面说过的"特写"外，添了《散文·小品》《诗歌》和《风俗漫谈》。我们觉得，无论是在实质上，或是在韵味上，总要比第一期来得充实，这是可以告慰于读者之前的。自然我们此后当更求充实，有生气；同时也更切望读者诸君的热忱的指导与爱护。

因为稿挤，《人物素描》和《文选》只好临时抽去，而篇幅已是超过原定的了。

最后，本社编辑同人，谨祝读者诸君新年进步！

——载1935年1月1日南通《爝火》第1卷第2期，署名：无言。

编者告白

因为寒假在即，原定二月一日出版的本刊第三期便提早了半个月印出，好赶得及给爱读本刊的同学和先生们带了家去，围炉捧读，以消严寒。

这一期里应得郑重地向读者诸君推荐的，是老怡先生的《谈谈"体验人生"》，和梅安先生的《象征副词》这两篇文章，这是两位先生在新年中贻给我们的贵重的礼物。我们在以衷心的欢喜领受之余，还要不知足的盼望两位先生能常常有礼物送来，以餍足我们饕餮的馋吻。

《科学小品》一栏又是新添的。名称很时髦，抱歉的是"实"不副"名"，只能说是聊备一格。但我们确没有趋时的意思：像样的研究是应该望之于专家的，我们所知道的不过如此，实在是"有志未逮"，"学习"是必然的，谁又能说我们的作者永不会写出像样的文章来呢？

本刊再与读者诸君相见时，当在来学期了，就此告一小别，并祝寒假努力！

——载1935年2月15日南通《爝火》第1卷第3期。

编者言

在这一个短短的寒假期中，我们度过了只有在我们这国家里所有的第二个的"新年"：这一期本刊所载的文字，也便是这假期中的产物，所以在内容的题材方面，大部分是与这"新年"有关的。但也还不配称之为什么"专号"。

新诗这东西，是我们大家都爱好而又觉得神秘难懂，且是不易写作的，这里有谷神、所北两位先生赐给我们的两篇诗作，表现着新颖的姿态，值得我们来细细吟味。《读书随笔》栏里的一篇《臧克家的烙印》，是对于中国现代青年诗人臧克家的第一部诗集《烙印》的批评和介绍，观点是正确的，批评也还中肯，虽然只是指出并说明著作者诗作的好的一方面而略了可商量讨论之点，但总算已尽了介绍之责了。

近时中国社会上的复古空气，是浓厚极了，日前报载，被称为"沪上妄人"的江亢虎竟连络了一班尸居余气的遗老们组织什么"存文会"，目的是"保存文言"，真是所谓中国之大，无奇不有了。本期选了曹聚仁先生的《什么是文言》一文，给大家认识认识所谓"文言"，究竟是什么东西？我们得知道，较五四运动更要前进一步的新文化启蒙运动在目前的时代是怎样刻不容缓的事了。

——载1935年3月1日南通《爝火》第1卷第4期。

编者言

咱们中国的事情总是很难索解的，单就所谓知识阶级所玩的把戏来说，一方面既有些准遗老们组织什么"存文会"，诚惶诚恐的想以"文章报国"；一方面又有些教授老爷发表什么"中国本位文化建设宣言"，变相的继承那"中学为体西学为用"精神，为复古派张目，真是所谓"戏法人人会变，各有巧妙不同"。可是，这些又都是障眼法，用显微镜一照，也还是别有用意的！这一期里力一先生的《江亢虎存文救国》一文，便是抉发所谓存文会的"别有"的"用意"的。

"读书问题"近来也是甚嚣尘上，这里无言先生发表了他个人的意见，说法似乎不大正经，且有偏激之嫌，但希读者勿以辞害意。

本校师一同学赴镇参加集中军训出发已有半月，但我们相信这里的几篇赠言还是可以得到诸位同学欣然的采纳，不会看作"明日黄花"。

本期的"速写"以露营为中心。"人物素描"则为本校教师的印象记，以后还络续有得发表。想为读者所欢迎。

——载1935年5月1日南通《燎火》第1卷第6期。

编者言

本刊第六期上登出了几篇赠给赴镇参加集中军训的本校师一同学的文章，接着我们便得到师一同学自营地寄给我们的一封长信，这真使我们快慰，可惜本刊篇幅过小，不能把这封极有意义的信刊出，这是要向正在受训的师一同学们道歉的。这里刊出了怡生师写给师一同学的两封信，这里面所指示的各点，我们认为凡是青年都应当聆受而且实践的。

一瞬间，这一学期又过去了，我们这小刊物，在半年里也竟能出到了八期，这不能不使我们又喜又愧。喜的是能够有始有终，虽经挫折，并未夭折，精神也似乎越来越好；愧的是我们能力究竟有限，要说成绩，仅此而已。对于读者，实在不敢说什么有所贡献的话，然而，交换知识，练习写作，这目的的部分地实现，在我们自己却要引以自慰的，自然并非即以此自满。

随了学年的结束，这小刊物到这一期止也要和爱护本刊的诸君小别些时，将来或将以另一新面目重与读者相见，关于编制及内容方面，我们正在计划着，但暂不露布，不兑现的支票我们是不愿滥发的！

"星星之火，可以燎原"，我们怎能不保爱而且善用这富有生命力的火种呢？

——载1935年6月17日南通《燎火》第1卷第8期。

编辑后记

本刊从这二卷一期起，实行增加篇幅，添印封面，并竭力使内容充实，以副爱护本刊的读者诸君的期望。

编完了这一期，在这排印将成功之际，感到无限的愉快。觉得无论是从形式或从内容方面去看，较之第一卷的各期，确实要进步得多；但自然也还希望读者的好意的批评，作为继续改进力求完善的指针。至于无聊的吹毛求疵，我们即使听到了，也只有一笑置之，决不去争这闲气。

我们竭诚感谢怡生先生、谷神先生和所北先生赐予本刊以极有价值的稿件，为本刊增光不少。劲丞先生和梅安先生也允许给本刊撰稿，一时赶不及，当待下期与读者相见，先此预告。至于刘子美先生在百忙中为本刊作封面的木刻，尤使我们觉得光荣。

还有，这一期里的创作如《虫》《笑》《婚变》等篇，都从现实取材，写出社会的一角或人生的片段。因为是名副其实的"创作"，技巧当然未能圆熟，但只是着眼于现实的这一种态度，或可邀得读者的注意；吟风弄月的时代是已经过去的了！

——载1935年11月1日南通《燼火》第2卷第1期。

致刘振缨、史友兰函

振缨、友兰二兄如握：

日前专赴贵校观光展会，忽接此间电话催归，匆匆未能饱赏，殊以为憾。孰知返校探询之下，所谓家中来人者，乃为蜀芝兄。当时彼亦适往贵校参观，遂造成此种错误，亦云巧矣。然于吾心，不无戚戚耳。

个簃先生画未收到，或为校役所误，乞振缨兄代为查询是感。

《爝火》自出版以来，屡烦清神，得广为传播，实深铭感。兹第八期已印出，仍奉上四十份，乞代销售。此为第一卷最后一期，将来是否续刊，尚难预料也。

专此顺问近佳。

弟素伯敬白。六月廿日。

子美、禹昌、行一、苇一诸兄均此。

——作于1935年6月20日

读书笔记辑存

一、这一切酿就了春色，又断送流年

晓来风，夜来雨，晚来烟。是他酿就春色，又断送流年。
——张惠言《水调歌头·春日赋示杨生子掞》五首之五

料峭的风，廉纤的雨，地上凝聚着落梅的残瓣，枝头吐逗着夭桃的新蕾，鹅黄缕缕的是杨柳，鸭绿粼粼的是春水，玲珑一树玉如烟的玉兰，难藏春色出墙来的半株红杏。这一切酿就了春色，又断送流年。

二、卧看牵牛织女星

别浦今朝暗，罗帷午夜愁。
鹊辞穿线月，花入曝衣楼。
天上分金镜，人间望玉钩。
钱塘苏小小，更值一年秋。

——李贺《七夕》

银烛秋光冷画屏，轻罗小扇扑流萤。
天阶夜色凉如水，卧看牵牛织女星。

——杜牧《秋夕》

迢迢牵牛星，皎皎河汉女。纤纤擢素手，札札弄机杼。
终日不成章，泣涕零如雨。河汉清且浅，相去复几许？

盈盈一水间，脉脉不得语。

——无名氏《迢迢牵牛星》

经过了几番潇潇淅淅的秋雨，蒸郁的溽暑之气早已消解。宇宙间顿然清明爽朗。空气里总挟着柔润的气息，府绸衫子也已是不禁风了。已凉天气未寒时，这正是一年中最好的季候了。在这样的黄昏时分，晚凉新浴，庭前闲坐。夜是异样的静，风是异样的清，蝉不嘶，池蛙停鼓，只有熠熠的流萤在空间倏忽地幽灵似的飘漾，带来了梦一般的幻影。

碧天如水夜云轻。

三、七夕

金风玉露一相逢，便胜却人间无数。——北宋·秦观《鹊桥仙》
长安城中月如练，家家此夜持针线。——唐·崔颢《七夕词》

牛郎唱：
只要闭上眼睛，就会想起那颗星星；清风从河东吹来，一定知道情形。
连忙来打听，听又听不清。
看风已经吹过，连着起一道波。不时想着要去看她，只恨隔条银河。
到底忆时多，恨时没奈何。
就挑支歌来唱，把笛横在牛背；只要金风肯听话，不怕她不来赏。
地上也拍掌，拍得千山响。
不管浪怎样高，你看仙鹤也来朝；如同河中云不散，合伙儿横成桥。
欢呼起周遭，和着万里涛。
织女唱：
你吹笛的是谁，吹得我心儿碎；还招来这多的鸟，羽毛都是点翠？
放出了光辉，射到我这里。
一织要织到头，坐在机中不自由；风来吹开了愁眉，怅望着那条牛。
牛还一声牟，落在笛里浮。
笛声这样温存，如同百花来吹春；又像轻雷敲出笋，河也荡着波纹。
玉阶凝着云，天堂不关门。

一年在相思中，如今不能不相逢；仙鸟已经来搭桥，把羽毛铺到东。
晚些停了风，鸟要联成虹。

四、书女侠秋瑾事

秋女士瑾，字璿卿，别号竞雄，浙之山阴人。女士幼承家学，甫笄涉通经史，喜为歌诗，然多感世之辞。年十九嫁湖南王氏，育一子一女。女士喜读书，尤喜读史记刺客传，尝叹曰："近世暴君污吏，横行不法，独恨无荆轲聂政之流复出现于世，以扫除此恶魔也。"常置身卷里，以其中之豪侠自拟，故又自号鉴湖女侠。庚子拳乱起，女士适在京，目睹危状，深痛之，知革命之不容再缓。乃脱簪珥为学费，别其夫，送其子。若女受鞠于外家，孑身走东瀛留学。时京中诸女士相识者，置酒于城南陶然亭饯之，以壮其行。东渡后与同志组织共爱会，奔走国事益力。凡新书新报，莫不披览，以图深明世界大势，而受外潮之激刺遂日深。痛中国女权之旁落，时以提倡女学为己任。返国后，为绍郡明道女校教员。复创设女报，力倡男女平权主义。中国之有女报，自女士始也。民国纪元前五年，徐锡麟起义于皖城，事败，锡麟流血死，清政府令各省捕治余党，株连甚。因女士与锡麟为表兄妹，捕之，陷为同党，遂被害于轩亭口。人多冤之。女士被捕时，讯官逼令自书供状，女士书西文数字。讯官不解，令作汉文，女士乃书一"秋"字。复坚逼之，乃又增以数字，视之，则"秋风秋雨愁煞人"七字也。女士流血后，其同志徐寄尘、吴芝英诸女士为营墓庐于杭州西湖。立石墓表，建亭于其上，名之曰"风雨亭"。徐天啸曰："女侠之死，人多冤之。"

予谓：吾女同胞正不必为女侠冤，而当念女侠之因何而致死。夫满清时代之抱革命宗旨者，皆抱必死宗旨者也。女士固有志革命者，当时即不为徐烈士案所牵连，其后亦乌肯默尔而息，无所建树？终必触当道之忌，置之死而后已。先死与后死，等耳。名隶党人之籍，身上断头之台，从容就义，慷慨捐生。在女侠且自谓死得其所，吾侪亦何必因彼死非其罪，而代为之呼冤耶？所惜者，壮志未偿万一，身已丧于贼臣之手，九原有知，当不瞑目。狱成七字，惨招东市之魂；名足千秋，香葬西湖之骨。嗟嗟！女侠已矣，吾二万万之女同胞试思：女侠之所以极力提倡平权者，何为乎？曰："为同胞谋幸福也。"女侠之所以甘心牺牲生命者，何为乎？曰："为同胞谋幸福也。"卒之革命告成，民国堕地，头颅不空掷，热血不空流，武汉起义诸烈士功诚伟矣。然，非有未成事之诸先烈为之开其光而树之基，恐成功未必若是之易也。则今日吾女同胞亦得出此沉沉无底之黑狱，扬眉吐气于共和政府之下者，饮水思源，何莫非女侠所赐乎？吾愿吾女同胞勿享已成之幸福，而忘女侠之流血。黑暗界虽放光明，参政权尚无把握。急起直进，达到目的，后死者之责也。女同胞其勉之，其勿自甘堕落。九仞之功，亏于一旦，而使西湖之水呜呜咽咽，常有不平之声也。

五、无题

倪瑞璿女士吊方正学墓：碧血一区埋十族，青山千古护孤坟。

左宗棠字季高。曾国藩尝以姓名出一联使左属对，联云："季子敢言高，与余意见辄相左。"左应声曰："藩臣徒误国，问伊经济有何曾。"其敏捷尤不可及。

嘉道间伊秉绶为惠州太守，宋芷湾时以寒士会试，欲求资助。伊曰："可。赠我七言联能藏东、南、西、北四字，当以三百金为赠。"宋援笔立成，云："南海有人瞻北斗，东坡此地即西湖。"伊大喜，欣然予之。

钱牧斋晚年自称逸老。有人于其耦耕堂大书一联，曰："逸居无教则成，老而不死是为。"此歇后语也首嵌"逸老"两字，尤为难得。

昔有一贫士欲与其友上寿，无从得酒，但持水一瓶称觞。谓友人曰："请以歇后语为寿。"曰："君子之交淡如。"友应声曰："醉翁之意不在。"妙极妙极！

六、钱谦益与柳如是

甲申三月之变作，柳私询钱所以自处者，钱不能决。及弘光帝即位南京，拜钱为大宗伯。清兵陷南京，弘光北去，钱与王铎等出城迎降，寻脱身逃归。柳遂从容进言，讽之殉节。钱嘿然不答。柳乃明妆丽饰，呼画舫与钱载酒游尚湖。中流饮酣，出望湖水，碧波风静，素练沉沉。酹酒慷慨顾钱曰："美哉！洋洋乎水。神州陆沉，谁为击楫？大江已无生色，此水将得君而清光千古矣。"钱又嘿然不答。柳复曰："君之踌躇再四，得毋以妾故耶？"乃携钱手将欲沉。钱逡巡不果，且持柳急。柳流涕曰："君如是，妾无望也！何生为？"既而度。钱终不悟，乃笑曰："当时仰钱虞山为泰山北斗，今竟何如哉？名节自是丈夫事，非妇人之所当问也。"即命回舟。自是绝口不谈国事矣。至清康熙时，钱以疾卒。家故丰于财，其宗人或艳之，拥众造其门，颇有所索。柳出语诸人，令勿躁，当不虚来意。众姑诺之待，人不出，则柳已闭户自缢，众始惊审而散。钱之不致身死而家破者，柳之力也。（录姚云章悼《柳夫人传》）

噫！柳盖爱国女子也。明末诸臣之殉国死者，视前代为盛。而贪生畏死如钱谦益者，亦复不少。柳如是于国亡后屡讽钱以殉节，其志操之高洁，其举动之慷慨，其言辞之委婉而激烈，非真爱国者不能。使当时尚湖一洼水得遂其志而毕命其中，其名可压倒屈大夫矣！所恨者钱既贪生畏死，不能用柳之言，又不许柳以独死，使肝肠如铁之爱国女子仅仅以一死保其家。余不得不悲其愚，人之不淑矣。

七、虞山行 [1]

虞仲山上柳垂丝，虞仲山下唱柳枝。

行人折柳相视笑，借问道旁唱者谁。

为言山中旧宗伯，吴越琼枝名藉籍。

艺苑敦盘狃主盟，江左风流先夺席。

汉家下诏征贤良，公孙晁董群翱翔。

春殿胪传榜花发，吴兴占得状元郎。

吴兴早恨江潭放，虞山独立凤池上。

禁苑鹜看蛱蝶飞，清流笑逐桃花浪。

鸣珂委佩登玉京，一点清蝇白璧轻。

东国人伦拟月旦，西川豪杰漫齐名。

世路险巇羊肠狭，宦海风涛起苕霅。

世仪满腹空精神，太真行酒多鳞甲。

明王有梦行旁求，好将名姓覆金瓯。

雷霆一震日麻怀，胥靡仍向岩间游。
岩间高卧休惆怅，且在山中做宰相。
丝竹亭台别样新，虞山顿负东山望。
闲来画舫五湖滨，烟月风花是主人。
长醉青樽倾北海，自开东阁傲平津。
门前忽有停车客，群玉山头未曾识。
安仁掷果何处来，叔宝神清欣入室。
空中幻出天花女，粲然一笑摩登伽。
天花不落柳花落，飞来飞去到君家。
君家红楼矗天起，画栋珠帘高莫比。
安妃携得绛云归，紫微喜唱齐牢礼。
楼上媚妩云欲浮，楼下新歌云不流。
夜珠远自鲛宫至，鸿宝先从蛤蚧收。
朝朝暮暮欢未了，温柔乡里真堪老。
仙丹未见望尘多，龙门共幸登堂早。
梦断春明十七年，灵光此日尚岿然。
吴兴状元归宿早，吴兴宰相随寒烟。
轩辕台崩天柱折，金陵王气半明灭。
未及江干奉代来，已见秩中跻九列。
舜华有女赋同车，正是河东旧校书。
桃叶渡头来迎汝，莫愁湖上欲愁予。
乌啼哑哑白门柳，博山香暖长携手。
蜃市楼台曾几时，青溪小姑复何有。
一朝铁骑横江来，荧惑入斗天门开。
群公浦伏迎狼蠢，元臣拜舞下鸢台。
挂冠戴笠熏风里，耳后生风色先喜。
牛渚方蒙青盖尘，更向龙井钓龙子。
名王前席拂朱缨，左拍宗伯右忻城。
平吴利得双逢俊，投汉何曾有少卿。
靡靡北道岁云暮，朔风吹出蚩尤雾。
趋朝且脱尚书屧，洛中那得司空座。

回首前朝一梦中，黄扉久闭沙湜空。

终朝褫职嗟何及，挂帆归去及秋风。

风景不殊红颜在，重吟白头双鬓改。

南国当年国已倾，佳人今日人难再。

再到山中问草堂，猿悲鹤怨生凄凉。

麻姑有爪堪搔背，碧海无人谁种桑。

虞山复举东山燕，巢由稷契重相见。

拂水岩前闻洗耳，芙蓉庄上分娇面。

晚年携杖照青藜，梵夹诗谶次第齐。

校雠偏记词臣字，雕管纤纤手自题。

路旁女子歘相遇，云往东海糜家去。

雨师风伯动地来，绛云缥缈归何处。

吁嗟盛名古难成，子鱼佐命褚渊生。

生前莫饮乌程酒，死来休见石头城。

死生恩怨同蕉鹿，空问兴亡恨失足。

诗卷终当覆酒瓿，山邱何用嗟华屋。

可怜薄命度残春，终随死祭委芳尘。

山上虽无望夫石，谷中还有坠楼人。

泉路悠悠朝露重，宗伯前行少妇送。

他日应题燕子楼，从今醒却巫山梦。

君不见：东皋草堂千载悲，岭头碧血啼子规。年年杨柳悲离别，惟有虞山似旧时。

原注有云：钱与同邑瞿式耜齐名。甲申首倡逢迎者，钱与忻城伯赵子龙也。瞿公殉难粤西，比皆称之。东皋草堂，瞿公别业也。

[1] 见国变难臣钞附录中，不知作者姓氏。

八、杨廷枢维斗舟中诗

人生自古谁无死？留取丹心照汗青。

正气千秋应不散，于今重复有斯人。

浩气凌空死不难，千秋血泪未能干。

夜来星斗中天灿，一点忠魂在此间。

社稷倾颓已二年，偷生视息亦何颜。

只今浩气还天地，方信平生不苟然。

骂贼常山有舌锋，日生炯炯贯空中。

子规啼血归来后，夜半声闻远寺钟。

九、陈函辉绝命词八首

生为大明之人，死作大明之鬼；笑指白云深处，箫然一无所累。

子房始终为韩，木叔生死为鲁；赤松千古成名，黄蘖寸心独苦。

父母恩无可报，妻儿面不能亲；落日樵夫湖上，应怜故国孤臣。

臣年五十有七，回头万事已毕；徒愁赤手擎天，惟见白虹贯日。

去夏六月廿七，虚度一生世法；但严心内春秋，莫问人间花甲。

斫尽一生情种，独留性地灵光；古衲共参文佛，麻衣泣拜高皇。

手著遗文千卷，尚存副在名山；正学焚书亦出，所南心史难删。

慧业降生文人，此去不留只字；惟将子孝臣忠，贻与世间同志。

十、张煌言苍水甬东道上诗

国破家亡欲何之，西子湖头有我师。
日月双悬于氏墓，乾坤半壁岳家祠。
惭将赤手分三席，特为丹心借一枝。
他日素车来浙路，怒涛岂必是鸱夷。

又绝命诗

海甸纵横二十年，孤臣心事竟茫然。
桐江只系严光钓，震泽难回范蠡船。
生比鸿毛犹负国，死留碧血欲支天。
鲁戈莫挽将颓日，敢望千秋青史传。

十一、石达开诗

太平军兴，传檄各地有云："忍令上国衣冠，沦于异族；相率中原豪杰，还我河山！"为后世所传诵。相传此檄文为翼王石达开手笔。翼王少有大志，富于民族思想，尤娴于文学。曾国藩曾招之降。翼王赋诗答之，有一首云：

扬鞭慷慨莅中原，不为仇雠不为恩。
只觉苍天殊愦愦，莫凭赤手拯元元。
三年揽辔悲羸马，万众梯山似病猿。
我志未酬人亦苦，东南到处有啼痕。

太平诸王中，翼王其麟凤哉。惜乎苍天愦愦，劫运未终，遂令此英姿飒爽、心地光明之好男儿壮志未酬，赍恨以殁。今日者河山还我，日月重光，王如有知，应亦含笑九原，不复啼痕狼藉矣乎。

十二、秋侠之遗诗

《黄海舟中感怀》云：

> 片帆破浪涉沧溟，回首河山一发青。
> 四壁波涛旋大地，一天星斗拱黄庭。
> 千年劫烬灰全死，十载淘余水尚腥。
> 海外神山渺何处，天涯涕泪一身零。
> 闻道当年鏖战地，至今犹带血痕流。
> 驰驱戎马中原梦，破碎河山故国羞。
> 领海无权悲索莫，磨刀有日快恩仇。
> 天风吹面泠然过，十万烟云眼底收。

《长崎晓发口占》云：

> 曙色推窗入，岚光扑面来。
> 行行无限意，搔首一徘徊。
> 我欲乘风去，天涯咫尺间。
> 何当登帝阙，一叩九重关。

《题南海乐天词丈〈春郊试马图〉》云：

> 长亭话别太匆忙，衫影鞭丝映夕阳。
> 百战乾坤成感慨，十年脂粉剧苍茫。
> 楼台烟雨新诗句，花月湖山旧酒场。
> 楚尾吴头渺何处，自携书剑去扶桑。

按：女侠生平喜为诗歌，尤多感世之作。在京时摄有舞剑小影，又作《宝刀歌》《剑歌》等篇。吴芝英女士称其有上下千古慷慨悲歌之致，惜已散佚，不可得见矣。

十三、巧对

日晒雪消天落无云之雨，
风吹尘起地生不火之烟。

踢倒磊桥三块石，
剪开出字两重山。

烟锁池塘柳，
灯铺浒墅桥。

天上月圆人间月半月月月圆逢月半，
今朝年尾明日年头年年年尾接年头。

十四、破颜录

孙权使太子嘲诸葛恪，曰："元逊食矢马①一石。"恪答曰："臣得戏君，子得戏父，答明太子未敢。"权曰："可。"恪曰："乞太子食鸡卵。"权问曰："人令卿食马矢，卿令人食鸡卵，何也？"恪曰："所出同耳。"

谢传夫人刘不令公有别房。公颇欲立妓妾，令侄等微达此旨，共讯夫人，因称"关雎、螽斯有不妒之德"。夫人问："谁撰此诗？"答曰："周公。"夫人曰："周公是男子，相为耳。使周佬②撰诗，当无此句。"

张融尝乞假还，武帝问所居。答曰："臣陆居无屋，舟居无水。"上未解。他日问其从兄绪，绪曰："融东出未有居处，权牵小船于岸上住。"上大笑。

高敖曹酷好为诗，尝作杂诗三百首。云："冢子地握槊，星夜天围棋。开坛瓮张口，卷席床剥皮。"又云："相逢重相送，相送至桥头。培堆两眼泪，难按满胸愁。"又云："桃生毛弹子，瓠长棒槌儿。墙歙壁亚肚，河冻水

---

① 疑应为"马矢"。
② 此处"佬"疑为"姥"字之误。

生皮。"往往传以为笑。

郑元礼，雀昂妇弟也。魏收，昂之妹夫。昂持元礼数诗示卢思道，曰："元礼比来诗咏，亦不减魏收。"思道曰："未觉元礼贤于魏收，且知妹夫疏于妇弟。"

李崇为尚书，令仪同三司，富倾天下，僮仆千人，而性多俭吝，恶衣粗食，食常无肉味，止有韭菹。崇客李元祐语人云："李令公一食十八种。"人问其故，元祐曰："二韭十八。"

熙宁始尚经术，说诗者竞为穿凿，如："伊其相谑，赠之以芍药。"谓此为淫佚之会，必求其为士赠女乎？女赠士乎？刘贡父曰："芍药能行血破胎气，此盖士赠女也；若'视尔如荍，贻我握椒'，则为之赠士也。本草云：'椒，性温、明目、暖水脏。'故耳。"闻者绝倒。

王荆公在熙宁中作《字说》，妄意杜撰。东坡因见而及之，曰："丞相颐微育穷，制作私不敢知；独恐每每牵附，学者承风，不胜其凿。姑以'犇''麤'二字言之：牛之体壮于鹿，鹿之行速于牛。今积三为字，而其义皆反之，何也？"又戏谓曰："以竹鞭马为'笃'，不知以竹鞭犬有何可'笑'？"又尝举"坡"字问荆公何义。公曰："'坡'者，土之皮。"坡公笑曰："然者，'滑'者水之骨乎？"荆公并无以答。

南岳李岩老好睡。众人食罢下棋，岩老辄就枕。阅数局乃一辗转，云："我始一局，公几局矣？"东坡笑曰："岩老常用四脚棋盘，只着一色黑子。昔与边韶敌手，今被陈抟饶先。着时自有输赢，着了并无一物。"

米芾方择婿。会建康段拂，字去尘，芾择之，曰："既拂矣又去尘，真婿也。"以女妻之。米芾作诗云："饭白云留子，茶甘露有兄。"人问"露兄"故实，乃曰："只是甘露哥哥耳。"

贺方回尝作《青玉案》词，有"梅子黄时雨"之句，人皆服其工。士大夫谓之"贺梅子"。郭功父有《示耿天骘》[①]一诗，王荆公尝为书之。其尾云："庙前古木藏训狐，豪气英风亦何有？"方回晚倅姑孰，与功父游，甚欢。方回寡发，功父指其髻，谓曰："此真贺梅子也！"方回乃捋其须曰："君可谓郭训狐矣。"功父白髯而胡，故有是语。（《竹坡诗话》）

---

① 此段文字出自周紫芝《竹坡诗话》。按通行的说法，《示耿天骘》为王安石所作。但也有人认为此诗非王安石所作。

王祁有竹诗两句，最为得意。为苏东坡诵之，曰："叶垂千口箭，干耸万条枪。"苏笑曰："好则好矣，要是十条竹竿一个叶儿也。"（《坡仙集》）

苏子瞻守杭日，有妓名琴操，颇通佛书，解言辞。子瞻喜之。一日游西湖，戏语琴操曰："我作长老，汝试参禅！"琴操敬诺。子瞻曰："何谓湖中景？"对曰："落霞与孤鹜齐飞，秋水共长天一色。""何谓景中人？"对曰："裙拖六幅湘江水，髻挽巫山一段云。""何谓人中景？"对曰："随他杨学士，鳖杀鲍将军。如此究竟何如？"子瞻曰："门前冷落鞍马稀，老大嫁作商人妇。"琴操泣下，大悟，遂削发为尼。

明顾元庆曰：欧阳文忠公晚年常自定平生所为文，用思甚苦。夫人胥氏止之曰："何自苦如此，尚畏先生嗔耶？"公笑曰："不畏先生嗔，却怕后生笑。"

十五、顾吴优劣

吴梅村祭酒为一代诗人，直绍唐贤之学，而身为贰臣，名为之杀。当时身复出仕，涕泣谓人曰："余非负国，徒以有老母，不得不博升斗供菽水耳。"当国变之初，吴平西[1]为圆圆被虏，愤怒借名复仇，祭酒作诗刺之，有"全家白骨成灰土，一代红妆照汗青。痛哭六军俱缟素，冲冠一怒为红颜"等句。作此诗时，设想未尝不佳，及身历其境，未能随遇而安，乃推诿以文其诈。若谓家贫亲老，则昆山顾亭林先生境非富饶，堂上亦有老亲，何以数诏不赴？且观其《日知录》《郡国利病书》，经济宏深，岂不肯为世用者？先生尝勖其甥徐立斋相国曰："有体国经野之心，而后可以登山临水；有济世安民之略，而后可以考古论今。"何等抱负，胜梅村远矣。

十六、阿桂之将略

阿文成公立功绝域，将材相业，冠绝一朝。相传公在行营，每军务倥偬，帐中独坐，饮酒吹淡巴菰，秉烛竟夜，或拍案大呼，或喟然长啸，拔剑起舞，则次日必有奇谋。尤善擢拔人材，每散僚卒伍，一二语即知其器识，辄登荐牍，故人乐为用。尝识兴奎于军校，奇其状貌，令攻某寨，即日授副

---

[1] 吴三桂于清初被封为平西王，人称"吴平西"。

将。海超勇权奇自负，同时无一当其意，独服公驱使，辱骂惟命，遇他帅虽礼下之，不乐为用。文成恂①不愧名将矣。

阿文成征金川，一日安营已定，忽传令迁移。诸将以天晚力阻，公随发令箭云："违者立斩。"合营虽从之，而不免怨诽。迨昏夜大雨，前此营基，水深丈余，几为漂没，咸诧为神奇。公曰："我有何异术，特见群蚁移穴，知地热将雨耳。"按文成此举，不难于先前，而难于实言。稍有权术者，必又以为遁甲奇门矣。健儿虽莽，肯受吾绐?

十七、鄂尔泰警世之言

文端尝语人曰："大事不可糊涂，小事不可不糊涂，若小事不糊涂，则大事必至糊涂矣。"见张文和②《澄怀园语》。按，文端生平识量渊宏，规画久远。此数语大有阅历，足以警世之积谷把柁者。若夫胸无远猷，疏阔偾事，辄藉口于不拘小节，则转不知谨守绳尺之士，犹不至祸人国而害及苍生也。

十八、彭刚直之知遇

彭刚直公不能作楷书，试卷誊正，往往出格，九应童试，皆坐是被斥。时浙人高某，视学湖南，尝微行物色佳士不可得。最后过刚直故里，闻读书良苦，循审所习，似非制艺，异焉。再视屋宇甚陋，门有联曰："绝少五千柱腹撑肠书卷；只余一副忠君爱国心肝。"书势雄杰，不颜不欧，似未曾学者。叩邻右得刚直名姓，及其家世，知必应试，遂心志之。是岁按临长沙府属，得一卷，书势雄杰，似曾经眼，怳然有所感触，竟拔置第一。迨揭晓，果系刚直，大悦。参谒时，历述所见告之，刚直感恩知己，请列门墙，执师生礼。高致仕后，子若孙倦读淫博，不能世其家，而彭已贵，为择地筑园报之，即今高庄是也。

---

① 应为"洵"。
② 张文和，即清代名臣张廷玉，谥文和。文端的话即出自张文和的《澄怀园语》。澄怀园，雍正三年到咸丰朝南书房和上书房翰林的值庐。

十九、汤文正之清廉

汤文正公斌，抚吴莅任时，夫人公子皆布衣，行李萧然如寒士，日给唯菜韭。

公一日阅簿，见某日市只鸡，愕问曰："吾至此，未尝食鸡，谁市此者？"仆以公子对。公怒，立召公子责之曰："汝谓苏州鸡贱于河南耶？汝思啖鸡，便可归去，世无有士不能咬菜根，而能作百事者。"并笞其仆而遣之。又公抚吴时，有司报湖荡有莲芡，公驳还，吏固以例请，公曰："例自人作，宽一分则民受一分之惠，且莲芡或不岁熟，一报部，即为永额，欲去之得乎？"常熟某氏奴，讦告其主国初时得隆武伪札，迫主远遁，欲据其主母，公曰："国家屡更大赦，此草昧事，何足问？而逆奴乃以讦其主乎？"焚其札，毙奴于杖，中外快之。近时颇有人诋文正诸人为伪学者，使士大夫人人能如汤之洁己奉公，又何致天下事不可收拾哉？

二十、记宝竹坡父子

前清之季，宗室中最明达者，无若宝竹坡父子。竹坡君名宝廷，痛朝政不纲，于浙督学任内，娶江山船妓女，复上疏自劾，部议落职。竹坡往来西山，以诗酒自娱，洒然有遗世之念。尝有句云："微臣好色详天性，只爱风流不爱官。"其佗傺可想。其子寿富字伯福，官庶常，《告八旗子弟书》中有句云："民权起而大族之祸烈，戎祸兴而大族之祸更烈。"所谓大族者，即指八旗，亦若逆知庚子之变与某年革命之事者。当时八旗人士骂伯福者盈耳，指为妖妄者，十人而九也。伯福既为书告八旗子弟，又与吴彦复君保初创"知耻学会"于宣武城南，奔走叫号，所至强聒，而一般士大夫，率掩耳而走。戊戌政变后，徐荫轩指为妖人，以宗室故得免诛戮，而令其妻父联元严加约束。伯福既常居岳家，以诗酒自晦，间为联元陈说时局大势，联元甚韪之。拳乱起，联元力陈拳不可恃，遭骈戮。伯福痛其外舅为己而死也，则大恸。联军入京，遂与其弟富寿仰药偕殉，濒死为绝句二首云："衮衮诸王胆气粗，竟轻一掷丧鸿图。请看国破家亡后，到底书生是丈夫。""薰莸相杂恨东林，党祸牵连竟陆沈。今日海枯见白石，两年重谤不伤心。"

玩其词踌躇满志，真有视死如归之乐。伯福为人，勇于自任，虑一事，发一言，千人非笑，不顾也。通州张季直赠诗中有句云："坐阅飞腾吾已倦，禁当非笑子能雄。商量旧学成新语，慷慨君恩有父风。"可以为伯福写照。

二十一、记立山联元

养心殿者，前清御朝之所也。严冬窗破，北风吹面，景帝不能自支，因语立山，以纸糊之。时立山方有宠于那拉后，悯景帝苦寒，遂不请诸那拉后，糊之以纸。明日那拉后大怒，召景帝切责曰："祖宗起漠北，冒苦寒立国，汝乃听朝而畏风耶？"午后召立山，批其颊，祸且不测。李莲英素厚立山，即大呼曰："立山滚出。"立山悟，因仰跌地上，果翻转数四，直出帘外，那拉后为之莞然。

庚子拳匪祸作，浙西三君以抗拳骈戮，而满洲联元、立山继之。联元本崇绮门下士，向亦空谈性理。其婿寿伯福与言欧美治术，始渐开通。拳事起，联官内阁学士，抗疏劾拳。捧章至东华门，遇崇绮于途，具道所以。崇厉声曰："君满人，亦效汉儿卖国耶？"联不顾，拂衣而入。少顷崇入对，严劾联，奉旨著步军统领衙门拿捕正法。方联之就刑也，忽有数骑自顺治门冲出，径赴菜市，其一骑马足缚一人，拖曳数里，面目皆损败不可辨，盖即立山也。立山，内务府旗籍，汉姓杨，为内府堂郎中二十余年。饶于财，性豪侈，凡菊部名伶，北里歌伎有声誉者，皆为之脱籍。有妓绿柔者，名噪都下，立山与镇国公载澜同昵之。澜虽公爵，然处闲散，绌于财，以故绿柔恒善立山而绌载澜，澜大恨之。至是拳变作，适立山有请毋攻使馆之奏。澜即矫朝命缚赴市曹，哲妇倾城，亦可畏哉！然立山之死，门客星散，独所善伶人十三旦往收其尸，经纪其丧事。彼虽伶也，愧士大夫多矣。

但不知种祸之绿柔君，能如绿珠之坠楼否？

二十二、彭刚直之刚直

彭刚直公刚介绝俗，然至性过人。幼而失怙，事母至孝，居贫奉养，先意承志。外祖母居怀宁，无子孙，公时恃佣书为活，岁不足衣食。以太夫人忧念艰难，跋涉往返五千里，迎至衡阳。太夫人得奉母终天年，所谓孝思不匮者也。邹夫人以朴拙失姑爱，终身无房室之欢。自太夫人卒后，遂不相面。其弟某游客秦豫，遭乱隔绝廿年。及公授安徽巡抚，见邸钞，识其名，始间关至军中相见，哭失声。

护爱甚笃，与共寝食。而弟久客州县，服药烟成瘾。公军中犹严禁烟，以情告，公大怒，立予杖四十，斥出之曰："不断烟瘾，死无相见。"弟感愧自恨，卧三日夜濒死，竟绝不更服，复为兄弟如初。以其习商业，令行盐，致赀巨万，公一无所取。弟亦豪迈挥霍，恤贫笃义，乡人流落江淮者，悉收恤资之，岁散数金，亦先卒。遗妾女与公子妇同居，以孤孙见绥。

后之公自领内湖水军，及后总全军，军饷无所出，不以烦公家，前后惟领银十七万两作盐本。军饷外所应得公费，悉出以佐义举。凡出资助本县学田银两千，宾兴费银两千，育婴公费两千，修县志书独供笔札刻资银五千，独建船山书院银万二千，衡清试馆银一万两。其濂溪墓、昭忠祠、京师及各直省湖南衡永会馆，凡募助公举者，动以千计。所部有功者，凯撤时及疾笃时，均举赠各万金，凡费银十万两。族中老者，岁有馈，以计丁口遍资给之，凡数万金。计其兄弟所散财几满百万，而当轴要人，无一字之问，十金之遗，以孤洁无援自喜。至于对于朋友，协和群帅，煦煦恂恂，未尝有倾轧骄倨之心。五十以前，有气陵之者，必胜之而后已。其后望重年者，人皆推敬，亦深自敛抑。诱接文士，尤能折节。素工画法，兰入妙品，而尤喜画梅，全树满花。

所至辄奋笔泼墨，海内传者过万本，藏于篋者，一牛车不能载。尤恶浮华，厌绝馈遗。治军广东时，民士恐饷不继，共辇银十七万送军中，谢不受。及归，众以金排万人姓名，列二伞志感颂，其直万金，悉谕令各还其主，且戒其奢焉。其绣字颂功者，送海幢寺中。治军严肃，恒得法外意，所诛者必可以正民俗。安庆候补副将胡开泰，召倡女饮，而使妻行酒，其妻不可，遂抽刀剖其腹。街巷汹汹，事闻院司，方聚议谋所以处。公适至，闻之曰："此易耳。"遣召之来，但询名姓居止，便令牵出斩之，民大欢。

湖北忠义前营营官总兵衔副将谭祖纶，诱劫其友张清胜妻，清胜访之，阳留居密室，出伪券索偿债。得遁去，诉营将，州县皆为祖纶地，置不问，因诉于公。公先闻黄州汉阳道路藉藉，欲治之无端，得清胜词，为移总督，先奏劾祖纶，且遣清胜赴武昌质之。诏公与总督即讯，祖纶令人微伺清胜于轮船，挤之溺水死，饵其妻父母及妻刘氏反其狱。忠义营统将方贵重用事，总督昌言诱奸无死罪，谋杀无据。公揣祖纶根据盘固，不可究诘。

适总督监临乡闱，即骤至武昌，檄府司提祖纶至行辕，亲讯。忠义营军倾营往观，祖纶至，佯佯若无事。公数其情事，支离狡诈及谋杀踪迹，祖纶伏罪，引令就岸上正军法，一军大惊，然已无所及。夹江及城上下观者数万人，欢叫称快。故公之所至，老幼瞻迎。长江闻其名字肃然相戒，牧令辑其隶役曰："彭宫保至矣。"

非独威声使然，所行事深感民心，庶乎不侮瘝寡者也。

二十三、琵琶考

琵琶出自胡中，为马上所鼓，推手前曰琵，引手却曰琶。初非汉中固有之乐器也。自汉胡一家，国人乃以琵琶为国乐之一，而据为己有。琵琶发明之时代，尚无正确之查考。《古今乐录》云：出于弦鼗。杜挚以为，秦末苦于长城之役，故百姓弦鼗而鼓之。《汉书》云：王昭君初适匈奴，在路愁怨，遂于马上弹琵琶寄恨，其曲即著名之《昭君怨》。观以上两证，则可略知琵琶入汉中必在秦汉时。至于晋成公绥作《琵琶赋》，唐白居易作《琵琶行》，则琵琶之入汉中已久，初不必以之为证据也。

琵琶之名称不一，初作批把，因弹琵琶用左右手，故皆有挑手三方。后改为琵琶，不知所昉。又号秦汉子，更名"枇杷"之二字，即"批把"之误。今人称北里曰"批把门巷"，原先元稹诗："万里桥边女校书，琵琶花下闭门居。"今人不称"琵琶门巷"而曰"枇杷"，验即"批把"，"琵琶"之误欤。琵琶之形式也，多不一致。隋时有圆体，修颈而小之琵琶，号秦汉子。唐《乐志》云："高丽伎有琵琶，以蛇皮为槽，有鳞甲，楸皮为面，象牙为捍拨，画国王形。"又有唐开元中乐工贺怀智之琵琶，以石为槽，鹍鸡筋作弦，用铁拨弹弦。东坡诗"鹍丝铁拨世无有"，盖即咏此。唐天宝中官白秀真自使蜀回，得琵琶以献，其槽以沙檀为之，温润如玉，有金缕红文，蹙成双凤，贵妃每抱琵琶奏之。故蒯愚律诗有"玉奴琵琶龙香拨，停歌促酒娇声悲"之句。《通典》云："武后时，蜀人郑朗于古墓中得铜器似琵琶，其说多古怪。且豪贵于形式，当无明白之说明。"唯《皇朝通考》之《乐器篇》有云："琵琶曲首长颈，广腹圆背，四弦。自颈端至腹末，长二尺四寸二分七厘二毫，为四倍夹钟之度。颈端山口厚四分八厘五毫，高三分〇二毫。曲首方一寸零九厘二毫，长三寸二分四厘。匙头长三寸六分四厘五毫，阔一寸九分四厘四毫。腹阔八寸零九厘，边阔厚四分八厘五毫。背厚一寸二分一厘三毫。颈阔为腹阔十之一。凤枕高与背厚长九分一厘,阔七分二厘九毫。覆手外边阔三寸六分四厘五毫,内边阔二寸五分九厘二毫,长一寸二分一厘三毫。内边距面高二分零二毫。弦长二尺一寸六分,为三倍商数,亦为四倍徵数。曲首中开枢以设弦轴,枢阔三分二厘四毫,轴长三寸八分八厘八毫。四象十三品按分取声:第一象一尺九寸二分,为本弦寅分;第二象一尺八寸二分二厘五毫,为本弦卯分;第三象一尺七寸零六厘六毫,为本弦辰分;第四象一尺六寸二分,为本弦巳分。第一品一尺四寸四分,为本弦未分;第二品一尺三寸六分六厘八毫,为本弦申分;第三品一尺二寸八分,为本弦酉分;第四品一尺三寸一分五厘,为本弦戌分;五品为全弦之半;六品为第一象之半;七品为第二象之半;八品为第三象之半;九品为第四象之半;十品为第一品之半;十一品为第二品之半;十二品为第三品之半;十三品为第四品之半。体用桐木覆手,曲首匙头用樟木,象用黄杨,品用竹山口,弦轴并四象上下取用紫檀心,内系细铜条为胆。”此段于尺寸分数言之纂详,惟觉太拘泥于度数之说。《皇朝通考》内又有一段云:“琵琶之制大小不等,又四象十三品,多以意为,迁就弹者难之。”今以三分损益定其度,则上中下三等皆可按度以求声。语其弦分,虽为四倍徵三倍商,而考其声首,则十二律品无不悉协也,较上段似确切而简便。

琵琶之指法,在古时并非用指甲弹弦,即如上述乐工贺怀智用铁拨弹弦。后裴洛儿废铁拨用手,遂后传至今。但北派在十年前依旧用义甲(雕鹅膀首为之)拨弹。后北派国手王心葵先生发明以弹挑代南派之勾,以搓代南派之摇,以分代南派之遮,于是南北化一矣。然南、北派虽化而为一,而南派中又分上出轮与下出轮二派。

前人善琵琶者甚多。《世说》:“谢仁祖在北牕下弹琵琶,有天际之意。”刘宋范晔亦善琵琶,文帝欲闻之,屡讽以微旨,晔伪为不晓,终不肯为帝弹。贞观中,裴洛儿即废铁拨用指弹。《古今乐录》说:“古之善琵琶者,朱生、阮咸,又有孙放、孔伟。”阮咸所弹者为铜琵琶,唐开元中改木制,名月琴。杜佑以为晋七弦谓之阮咸。唐贞元中,康昆仑善琵琶,尝登街东保楼①弹一曲。后遇一女子优好,康遂奉为师。女子即僧段师之化装也。段师尝谓康弹琵琶带邪声。王猷定之《汤琵琶传》,亦甚有名。清初山阳刘守一,

---

① 应为“东采楼”。

能弹《广陵散》半曲，在沧浪亭鼓此曲，游鱼出听，曲终，悠然而逝，此其尤善者也。

二十四、惆怅录

《王氏谱》：廞字伯舆，亦称长史，尝登茅山大恸哭曰："琅琊王伯舆终当为情死。"

《卫玠别传》：叔宝仕晋，为太子洗马。初欲渡江，语云："见此茫茫，不觉百端交集。未免有情，谁能遣此！"

《汉书》：文帝时，翟公罢廷尉，宾客皆去，门外可设雀罗。后复为廷尉，宾客欲往，公大署其门曰："一贵一贱，交情乃见。"

《世说》：苏颋年五岁，裴谈尝过其父，颋方诵《枯树赋》，云"昔时杨柳，依依汉南；今看摇落，凄怆江潭。物犹如此，人何以堪！"颋避"谈"字讳，因易曰："昔时杨柳，依依汉阴；今看摇落，凄怆江浔。物犹如此，人何以任！"

桓谭《新论》：雍门周以琴见孟尝君，先曰："臣窃悲千秋万岁后，坟墓生荆棘，狐兔穴其中，樵儿牧竖，踯躅而歌其上。"孟尝君承睫涕出，泪下沾襟。

《晋书》：江东诸名士登新亭，藉卉宴游，周顗叹曰："举目有江河之异。"相视流涕。

李素伯的通师教师校徽

李素伯的刻铜墨盒

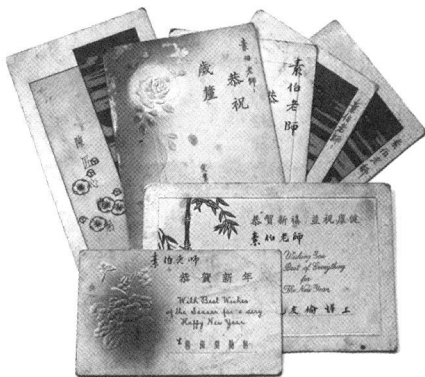

学生赠送李素伯的明信片

附录

李素伯评传

慰 秋

本时期（中国现代小品文的昌盛时期，主要指二十世纪三十年代抗战前的时期）的重要成果便是多部系统的小品文理论专著的诞生，并带有"空前绝后"的特征。其中最先出现的、最有代表性的著作是李素伯1932年1月在上海出版的《小品文研究》（新中国书局）。它第一次较为全面、系统、深入地论述了"五四"以来小品文创作和研究的特点和成绩，并为此后的发展开拓了道路。

——李宁：《中国现代小品文概观》

李素伯的《小品文研究》，是中国现代文学史上关于小品文研究的第一本专著。它既是对"五四"以来小品文创作和研究的一个全面总结，又为此后的发展开拓了道路，其重要意义是不容忽视的。可以这样说，李素伯的《小品文研究》是我国小品文研究的开辟草莱之作，其筚路蓝缕之功，泽及后世，这是南通现代作家兼学者李素伯对现代文学作出的突出奉献。

——陈辽：《开启南通现代文艺殿堂之门——读〈濠南集——南通现代文坛漫笔〉》

20世纪30年代逐渐形成了以言志说散文批评、社会学散文批评和文本说散文批评为标志的三足鼎立的批评格局。言志说散文批评以周作人、林语堂为领衔人。社会学散文批评以鲁迅为领衔人。文本说散文批评以朱自清、李素伯为领衔人。

——尹頔：《20世纪中国散文批评概观》

历史似乎把李素伯这位散文批评家遗忘了。他的生命很短暂，仅仅生活了三十个春秋。他没有妻室儿女，身后萧条。但他留下了散文批评专著《小品文研究》，给散文理论研究宝库增添了宝贵财富。我们只要站在散文批评的银河中前后扫描一下，就会发现，李素伯在这银河中是一颗耀眼的星星，因为他是这样重要，在二十世纪散文批评中，他是真正系统地自觉地研究散文的少数几个人中的一个。

——范培松：《中国散文批评史》

本文所要介绍的，就是这位在中国现代文学史上开中国现代小品文研究先河的李素伯。

穷且益坚　不坠青云之志

李素伯（1908.10.7—1937.03.02），江苏启东人。原名李文达，又名李绚，字素伯，别字质庵，号梦秋、梦秋子，主要笔名所北。他是现代诗人、散文家，还是散文理论家，对小品文的研究卓有建树。

李素伯的老家，原在长江下游的北岸，现在的启东市太安港向西南十多华里处。这地方在20世纪20年代就已坍入长江之中。李素伯在1935年写的《家》这篇小品文中描述了故乡的美景："最使我不能忘记的还是那个住所的环境的优美。那时的家濒临一泻千里的大江，在一条小港旁边，跨着港口有一架不很阔大的桥，桥两边有成排的瓦房，成了个小小的市集。最有趣的是江上的风光：在月光下一片浩渺如练的江波上，风帆缥缈，沙鸟翱翔，远远隐现着淡灰色的一点，那是峙立江心的崇明岛。明朗的日子，会辨得出那'如荠'的一团团绿树；偶然风雨横来，怒涛汹涌，也着实惊心骇目……十岁离开那里，几年后据传闻所得，那个小市集子整个迁移，小桥曲港，遗迹难寻，我的家当然也唯有永存在我的记忆中了。"

李素伯的童年时代，适逢辛亥革命前后。那时，农村中的私塾很多，他们所教的书，仍然是《百家姓》《三字经》《古文观止》等。而大一些的市镇都开设了所谓"洋学堂"，所教的科目有语文、算术、音乐、图画、体育、手工等，能接受更多的现代科学和新思想的熏陶。李素伯9岁上洋学堂学习。

那所学校名"三镇公学",校长叫黄仲丹,是崇明人,教师有六七个。虽然规模不大,但很注重学校管理和教育质量。他们学校的口号是:"东吹育英,西过日兴盛。"("三镇公学"东有"育英校",西有"日兴盛校")李素伯读书特别勤奋,每逢下课时,大多数学生在操场上打球、跳绳、踢毽子,做各种游戏,而他往往独自坐在教室里看书写字,好像唯有读书才是他的本分。每次考试,他总是名列前茅,因而经常得到奖品。

李素伯家境贫寒,一家四口人(李素伯有一个哥哥,名李文奎,是1927年前后第一次大革命时期的共产党员,参加过垦牧地区的地下斗争)的生活,全靠父亲帮人家做酒店伙计、母亲帮人家做针线来维持。收入低微,生计维艰。即使如此,父母亲仍尽心竭力,送他们兄弟俩上学。

李素伯7岁时,父亲去世了。李素伯在《府君述》一文中回忆道:"府君讳选青,字飘庵,性廉洁,喜饮酒,不屑屑治家人生计。宅前有隙地数弓,暇辄携铲芟草,植芜菁之属,青翠肥泽。间植樱桃、月季数本,甚茂盛。优游数十年。以嗜酒得疾,卒年仅五十有一。时达年七岁,犹记府君貌甚奇伟,鬈鬈有须,居恒默默不与人接。视其意,若有不与人言者,岂其中有不自得者欤。自府君之卒,家益落,乃迁于通之垦牧乡。"

1918年,一则因生计所迫,二则因塌江将及,李素伯全家迁移到当时属于南通的垦牧乡,即现在的启东市海复镇,在那里受到了姨母姨父的照应。可惜仅过一年,母亲又辞世,兄弟二人就成了孤儿。虽然有姨母的悉心照料,但李素伯家从其父亲以上三代单传,本家近枝基本没有;初到垦牧乡,也没有朋友。幼失怙恃,忧患频加,李素伯有云:"空有六尺之躯,曾无一椽之托。犹如浮萍,年年漂泊;无殊燕子,处处为家。"(《〈伤春三叠〉序》)"贫贱有兄弟,艰难复乖离。诗书得穷饿,少壮乃羁栖。"(《寒食得兄书悲愤交集怅然有作三首》)难兄难弟俩的境况可想而知。

到海复镇后,李素伯先入海复学堂读书,13岁时进通师附小——垦牧校学习。约于1923年9月,李素伯以优异成绩考入南通师范。1927年通师改为私立张謇中学,随后转入省立南通中学师范班(通师称这个班为戊辰级)。李素伯在通师苦读五年,先后受业于当时有南通"四大才子"之称的顾怡生、徐益修、曹勋阁、顾贶予先生门下,"皆得亲炙而请益",使他"略知学术途径"(李素伯语)。现保存在南通博物苑里的李素伯在通师学习时期的作文本上,有曹勋阁老师的评语:"隽拔,殊不易得也""劲句,非老手不办"

"有此质地，它日当得占词章一席"，等等。更有老师称他为"后起秀中之秀"（顾怡生语）。可见他当时受益之深，也足见学生时代的李素伯已是才情不凡。

1928年，李素伯从通师学成毕业后，历任南通实验小学、南通乡村师范学校国文教员。1933年秋回到母校通师执教，直至1937年3月去世。

李素伯一生未婚。但以他那样青春焕发的年华和诗人所特有的浓郁敏锐的情感，他不可能是个与恋爱无缘的"绝欲主义者"。我们从他的一些诗文作品中可以发现一些蛛丝马迹——他曾经的追求与幻灭的苦涩。例如，他在一首词中写道：

> 思往事，凄绝首重回。楼上高寒灯影小，相逢不语夜迟迟，似梦之依依。（《江南好》）

又在一首诗中写道：

> 春风又绿鸳鸯谱，目断江云无尺素。花前絮后记同行，月冷灯昏成独坐。思量别有愁千缕，燕燕归来难与诉。春枫有梦原相随，红萼无人谁作主？（《玉楼春》）

这些缠绵悱恻的诗句绝非无病呻吟、无的放矢，而是确有恋爱的甘甜与失恋的痛苦的。这种难以排遣的痛苦与悲哀也深深地刻印在他的小品文中，如：

> 我贮满了盈眶热泪，这泪是我几年来孤单、飘零、痛苦的生活酿成的，我要在真心爱我的人的面前尽量挥洒，我想在这里得到我的报酬和安慰。可是，我向何处去找真心爱我的人呢？孤单、飘零、痛苦的生活将终我的一生，弱小的我，何能避免命运的鞭策！真心爱我的人或者还有，但是，上帝啊！我将怎样去找寻呢？（《燃起了守岁烛》）

感伤至极的情调中透露出他追求和憧憬的那个"真心爱我的人"应该是

实有其人的。据他的学生回忆，李素伯在1930年前后曾经追求过一位姓马的同学的姐姐（一位中学生），有一段时期常常到她家去。但后来因为女方的家长不同意而未能如愿，原因可能就是瞧不上这位小学教员的清寒家境和卑微的地位。正如他在《伤春怨》中写的："门外有青山，遮断夕阳归路。"除此而外，李素伯还追求过什么人，我们不得而知。然而，其结果都是"孤帆望断水空流"，只落得"人生有恨几时休"？（李素伯《浣溪沙》）

李素伯在"情场"上也许是个失败者，但他把真挚纯洁的爱倾注在天真可爱的学生身上，把全部的心血奉献给了文学创作和教育事业——他在事业上取得了成功。

开辟草莱　首创《小品文研究》

李素伯离开学校，踏上社会，面对蓬勃发展的新文学浪潮，作为一个心系天下、追求进步的青年知识分子，他放弃了古体诗文的创作，迅速地转入了对新文学的研究，并取得了卓越的成就。

初入中国现代文学的殿堂，李素伯就倾力于现代散文小品的研究与创作。散文文学，向来是作为文学正宗发达着的；而小品文这种中国传统的文学样式，更是源远流长。"五四"新文化运动中产生的中国现代小品文，是对中国传统小品文的继承和发展。由于鲁迅等人创办了《语丝》等小品文杂志，小品文作者大量涌现，名家迭出。

中国现代文学史上的三十年代，是产生鸿篇巨制的时代，也是产生绚烂多彩、争奇斗艳的散文小品的时代。鲁迅先生甚至断言：五四运动以后，"散文小品的成功，几乎在小说戏曲和诗歌之上。"（《小品文的危机》）但对于中国现代小品文理论的研究，从来是一个缺项。因此，李素伯的《小品文研究》不仅适应了当时文坛的需要，而且开了中国现代小品文研究的先河，在中国现代文学史上占有重要的地位。

1932年1月由上海新中国书局出版的《小品文研究》，是李素伯的处女作，亦为成名作，当时他还不到25岁。此后，他又以《小品文漫谈之一》《小品文漫谈之二》《小品文漫谈之三》为副标题编排次序的形式，连续发表研究小品文的专论，进一步深化和完善了他对小品文的研究。

李素伯致力于"在中国新文坛放异彩奏奇功的小品文"（见《小品文研

究》）的研究并取得丰硕成果，有其多方面的原因。他有精深的古文底子，加上受中国现代新文学的长期熏陶，以及对外国文学这一异域营养的孜孜吸收，为他对中国现代小品文的研究打下了坚实的基础。

李素伯的这本《小品文研究》虽然是前无古人的开创之作，却并非粗疏浅陋的应景之作。作者思接千载，目及四海，以开阔的视野，宏博的识见，对兴盛一时的中国现代小品文创作作了全面而深入的审视和阐述。

李素伯对小品文研究的主要贡献，首先是对小品文下了明确的定义。他指出："小品文是散文里比较简短而有特殊情趣和风致的一种"，"小品文是须富有艺术性而不是如论文杂记之类枯燥的东西"，"把我们日常生活的情形，思想的变迁，情绪的起伏以及所见所闻的断片，随时的抓取，随意的安排，而用诗似的美的散文，不规则的真实简明地写下来，便是好的小品文"。

在李素伯看来，"文学是不能离开人生而存在的"，"文学是表现人生批评人生的"，而小品文又是"纯以抒情为目的而不受任何内容或形式上的限制的"。两者之间有无矛盾呢？他认为没有矛盾，"小品文是以表现生活书写情调为本职的"，对生活的再现和表现，对个人感情的再现和表现，都是表现人生，批评人生，又都是抒情，两者是统一的。用今天的批评用语来说，李素伯在二十世纪三十年代初期，既坚持反映论，又反对机械论。这在小品文研究中是独树一帜的。

其次，李素伯深入探讨了中国现代小品文发达的原因。他指出：现代小品文的发达，一是由于现代生活的趋势，现代小品文的兴盛，正"适应了现代人人事倥偬生活繁剧的读者的要求"；二是因为历史的背景，是"一种潜伏着的民族性的特质的遗留与复现"；三是外国文学的影响，"小品文虽是中国原有的东西，但最近之所以复活、发达起来"，明显地"受了外国文学的影响"，这便使许多小品文作家的作品，虽然"最富有中国的趣味"，"但已多新形式、新语调、新意境，在以前的文章里是找不到的"，"至于鲁迅先生的幽默的风趣与深刻的暗示力"，"更显然不是古已有之的"。他的这些看法，经受了时间和小品文创作实践的考验。

作为小品文研究的专家，李素伯还对怎样写好小品文作了细致深入的研究。他以成功的小品文作家的创作实践为依据，结合他自己的真知灼见，提出了小品文写作的"四要六重点"。"四要"：要有生活的吟味力，要有深入的观察力，要有丰富的想象力，要有适当的表现的工具。"六重点"：即兴的题材，细处的着眼，统一的情调，印象的描写，暗示的写法，紧凑与机警。这虽非小品文写作要旨的全部，却也道出了写好小品文的基本奥秘。

再次，李素伯对中国现代文坛卓有成就的小品文作家鲁迅、周作人、朱自清、俞平伯、冰心等十八位作家的小品文作了评述，其中不乏精彩独到之见。从其在全书中所占的比例和精彩程度来看，这部分内容确是本书的重点所在。这对当时以及后来的小品文研究和创作，均是一个有力的促进。

在此，我们简略地介绍一下李素伯对几位小品文大家的评价。李素伯高度赞扬鲁迅的小品文，他说：鲁迅小品文"眼光的犀利锐敏，用笔的冷隽诙谐，物无遁形的描写，和老吏断狱似的有力的评量，真是'入木三分'，是以立懦而敦薄"；鲁迅的"极其诗质的小品散文集——《野草》"，"是贫弱的中国文艺园地里的一朵奇花"，"我们只觉得它的美，而说不出它的所以为美。虽然有人说展开《野草》一书，便觉冷气逼人，阴森森如入古道，而且目为人生诅咒论"，"但明智的读者却能从这里得到真正稀有的力量"。李素伯驳斥一种偏见，他说：鲁迅文学里多的是讽刺的情趣，诙谐里藏着暗讥热讽，因之"有人说他太尖刻"。李素伯为之辩解道："但'无情的冷嘲和有情的讽刺相去本不及一张纸'（鲁迅《热风·题记》），作者不已说过了吗？而且他的诙谐也是欲哭无泪的强笑，我们决不能当他是滑稽。"由此看来，李素伯和鲁迅的心是相通的。所谓长歌当哭，血泪控诉，嬉笑怒骂皆成文章，同样是对现实的强烈不满和反抗，李素伯的作品中很少强装笑脸的诙谐，而多的是"放声一号啕""同声一哭"式的呼天抢地的真性情的流露。手法尽管不同，殊途依然同归。李素伯这种对鲁迅精神以己度人的透骨分析，是很恰切而又警辟的。

对周作人的评价，也是恰如其分的。在对周作人、鲁迅作比较研究时，李素伯写道："谁都知道鲁迅先生（即周树人）是现代中国新文化运动的有力的前驱，思想革命的领导者，而且是最成功的小说作家；又谁都知道作人先生是精深诚恳的文学研究者，同时也是唯一的最成功的小品散文作家。这真是'难兄难弟'，是我们文坛的双星！不过以小品散文为叙述对象的本书，不得不推作人先生坐第一把交椅，放到前面来说；虽然鲁迅先生的描写深刻，具有讽刺情趣的杂感文，和神秘的象征的诗的散文（指《野草》），也还没有第二个人能及，似乎有点委屈了老哥。可是，除此没有道儿了。"在20世纪20年代能有如此敏锐独到的公允评价，实属不易。

李素伯能从作品中揣摩出作家的人品，常常使对作品力透纸背的评述，转化为对作家人品气质的绝妙写照。如他认为朱自清的创作"具有幽娟高秀的风韵"，这就不仅体现了朱自清作品诗画交融、文质并美的特点，又把作家纯洁高尚的精神气质勾画了出来。

　　李素伯认为冰心的作品"真如镶嵌在夜空里的一颗颗晶莹的星珠。又如一池春水，风过处，漾起锦似的涟漪"。因冰心"凡写到海的地方也多成为好文字"，而称冰心为"海化的诗人"。文如其人，因文识人，他因此认为冰心是个"冰雪聪明的女子"。如此等等，其剖析都有独到之处。

　　在评述朱自清和俞平伯的作品时，李素伯运用了对比的方法。他以朱自清的《温州的踪迹》和俞平伯的《湖楼小撷》为例，指出"同是细腻的描写，俞先生的是细腻而委婉，朱先生的是细腻而深秀；同是缠绵的情致，俞先生的是缠绵里满蕴着温熙浓郁的氛围，朱先生的是缠绵里多含有眷恋悱恻的气息。如用作者自己的话来比较，则俞先生的是'朦胧之中似乎胎孕着一个如花的笑'（《杂拌儿》P$_{40}$），而朱先生的是'仿佛远处高楼上渺茫的歌声似的'（《背影》P$_{61}$）"。这种细微透辟而简洁明了的比较，文中还有多处。他往往把两个作家（如徐志摩、落华生），甚至三个作家（如冰心、绿漪、陈学昭）放在一起进行比较分析，同中求异，异中求同，这确是简捷而有效的好方法。

　　李素伯对作家的评论是多角度多层次的，有时纵向有时横向地进行观察。如介绍朱自清，注意到他的创作是由"过分繁缛的修辞和板滞的描写"，转向自然纯朴方向的过程。相反，冰心文字和技巧的优点，即使在作品内容变更时仍"始终保持着不变"。论及绿漪，说她作品文字里有着很浓厚的旧文学的气息。（以上是纵向的）分析鲁迅，就先谈他小说创作上的历史功绩、中国新文化运动有力的前驱及思想革命、现代文坛领袖的地位。丰子恺是漫画家，所以艺术造诣很深。郭沫若是中国新文化运动以来最成功的一个诗人，所以他的小品文学"也多表现牧歌生活情趣的描写"。郑振铎于西洋文学极有研究，是一个极好的编辑家。（以上是横向的）

　　文学批评应该是优者说优，劣者说劣，明白如以镜鉴人。李素伯以他鞭辟入里的分析和真知灼见的发现，给中国现代小品文创作的竞技者以赞扬和鼓励，从而推动现代小品文创作的发荣滋长。但他并不因此而回避问题，故意护短，一味地唱着赞美的颂歌。相反，对某些作家艰苦创作劳动中的缺点，也予以直率的批评。他指出：徐志摩好堆砌，华而不实，文胜于质，笔头上扭了好半天，结果还是没有结果。落华生因离远了"大众"，与"时代"起了分解，便易被世人忘却了。钟敬文有时过于使文字平淡酣畅，往往多不必要的废话，减少了文字的紧凑与力量，等等。无论是文坛名人，还是新进的青年作家，是以写散文小品为主的作家，还是把小品文作为副产品的作家，李素伯都一视同仁地作着客观冷静的分析。联想到那些"公文体、总结腔、表态式"以及倒人胃口的"吹喇叭""抬轿子"的庸俗捧场式的文艺评论，怎能不叫人佩服李素伯的批评胆识与学术良心。

《小品文研究》以其开创性奠定了李素伯在中国现代文学史上的地位。因该书受到读者的广泛欢迎，1932年1月初版后不到一年，于1932年11月再版。过了不到两年，于1934年第三次出版。时隔60多年，江苏教育出版社于1996年又重排发行。2006年11月南通市文学艺术界联合会出版《春的旅人——李素伯诗词散文文论选》，再次把该书纳入其中。2011年，台湾文听阁图书有限公司也再版了《小品文研究》（中国国家图书馆有藏）。

技艺精湛　锤炼散文精品

李素伯在发表他的传世之作《小品文研究》的前前后后，身体力行地写出了一定数量具有较高水平的小品文作品。作为小品文理论研究的专家，李素伯在小品文创作上也自有其精湛的技艺和深厚的功力。他的小品散文，注重现实人生，不作无病呻吟；文字隽永清丽，富有动人魅力；抒情诚挚真切，意蕴深邃悠远。篇篇都是上乘之作，读之如饮甘醇，如品佳馔，只虑其速尽。

李素伯小品文的成就，首先体现在对文字语言的驾驭功夫上，真可谓到了炉火纯青、运斤成风的境界。他的小品文语言，以北京话为基础，再加上古语、方言、民谚、俗语、欧化语，以至外语，杂糅调和，巧妙安排，显得既细腻委婉、精练圆熟，又幽娟高深，明净飘逸。

其次，如文章的结构上，修辞的手法上，意境的设置上，以及叙事、抒情、描写、议论诸方面，都具有大家风范。

博大处，古今中外，旁征博引，信手拈来，波澜迭出；

细微处，娓娓道来，舒徐自在，如诉衷肠，感人肺腑；

精美处，诗文相间，串合无痕，笔墨传神，玲珑剔透；

动人处，情景交融，情文并茂，信笔所至，无不尽意。

那清新的笔调，脱凡的意境，处处弥漫着涓涓细流似的感情。

请看，他作品中的美妙之处：

　　时时有阵阵丝竹和着的歌声透过帘幕骑在夜风的背上渡水而来。（《观万流亭之夜》）

　　一株高杨树披着绿发伸长颈项在半空里喘气，在它因受不住蒸郁的氛围的紧压约束而想挣扎摇摆起来时，便散出丝丝的凉意。（《夏之乐曲三章》）

　　我们的诗人总不离伤春悲秋的老调，春既可伤，秋更可悲。'悲哉秋之为气也'一句随便的话，遂开千古怨端。于是，一花一叶，尽化作恨蘖愁苒。（《秋树》）

这种随处可见的笔墨美吗？美！寻常人恐怕很难作就的。

　　茅盾先生说过，看一个作家的思想发展，最可靠的是研究他的作品。我们从李素伯的小品文作品，无论是叙事的、记人的，抑或是抒情的、议论的，都可以窥见其思想发展的鲜明轨迹。李素伯整个创作历程不长，从初登文坛到逝世，总共约十年时间。大约早期的作品多清新浪漫之作，字里行间透露着活泼乐观的情趣；中期作品往往"直抒性灵"，着重于挖掘内心世界，感伤、烦闷、孤寂、颓丧的成分居多，不管多么精致的艺术装饰也难以掩盖；而后期，随着民族救亡运动的高涨，作家逐渐融入社会，面向现实，悲苦消极情绪便见减少，文风也趋向质朴，思想面貌达到了一个全新的境界。

　　李素伯早期的小品文创作，是他在发表《小品文研究》一书之前的准备，可以说是他小品文理论研究的副产品。

　　这个时期，他刚从学校毕业，便走上了"粉条黑板作讲师"的工作岗位。虽身为一介穷书生，却有建功立业的宏愿，而无怀才不遇的牢骚。于是乎，拿起那支不在案头、即在手头的温热的笔，喜洋洋、乐融融地写起了桃花、流水，远山、塔影，微雨、朝暾，坠露、落英，晚蝉、市虎，淡云、暖日，以及与友人的离情别绪，与孩童的赏心乐事，等等。笔调轻松，情趣盎然。然而，这种带有"超脱""闲适"意味的小品文，在他的整个创作中只是短暂的美妙前缀。即使在这种好心情中写出来的作品，也还是透露着某种伤感的信息——他愿终老于有着可餐秀色的"温柔乡"，而"不愿再返那急攘攘乱茫茫的尘世了"。身处良辰美景，仍不免有前度刘郎，他日再来，"其能免春风人面之悲欤？其能免春风人面之悲欤？"的慨叹。

李素伯中期的小品文创作趋向成熟，笔触由表象向内心深层开掘，其思想内容也产生了显著的质的变化——由"活泼乐观"而转向"苦闷孤寂"。

中国现代知识分子在"五四"时期，内心中普遍充满着"苦闷感"和"孤寂感"。这是时代的先觉者在几千年封建历史的重压下必然产生的一种心态。他们似乎陷在无物之阵里，在无形的封建罗网中像幽灵般转圈、冲撞。直到1925年至1927年的大革命运动，才找到了一个喷火口。一时如熔岩奔突，不可掩遏。而到了20世纪30年代，似乎又进入了一次新的轮回，又进入了一个"苦闷""孤寂"的生发期。个人"苦闷感"与对这种苦闷氛围的冲决，个人"孤寂感"与摆脱这种寂寞的努力，展示了20世纪30年代知识分子的精神历程。李素伯生逢其时，也不可避免地陷入了这种混沌之中。

李素伯家境贫苦，父母早亡，一生孤苦飘泊，依靠其姨母的扶持，得以完成学业。走上社会，"饥来驱我"，于是做了教师。他怀抱利器，书画诗文俱工，加之小资产阶级知识分子的孤傲与敏感的习性，凄凉身世与寄人篱下的伤感不能有一刻熄灭。他时时在探寻"自我"，探寻"自我"与时代的联系，探寻"自我"在社会整体结构中的位置，探寻"自我"在历史生活中的价值。这种探寻的无着以及由此而产生的迷惘，在他作品中的体现就是强烈的"自我表现欲"——对"苦闷感"的宣泄。

作者那觉醒的灵魂在"苦闷"中挣扎，请看：

> 谁又想得到呢？生命的创痕与隐痛，是如泥里的草根一样"野火烧不尽，春风吹又生"的！……梦影迷离，幽思无穷，勾起了灵魂深处的创伤，掀起了已逝的血泪之幕，自然是一番悲凉的意绪，引起丝丝的热泪。

……我的盈眶热泪，又待洒向何处？孤独、飘零、痛苦的生活将终我一生，弱小的我，何能避免命运的鞭策！

这悲哀不知来自何方，只潜伏在我的心头不死。(《燃起了守岁烛》)

李素伯中期的小品文作品中，也时时展现着自己处境及心境的孤寂。"自古圣贤皆寂寞，何况我辈孤且直"，知识者的"孤寂感"，几乎是古往今来世界性的文学主题。"孤寂感"成了不分地域、不分时期的知识者共同的"家族纹章"。李素伯认为，这种"孤寂感"，实有它的"艺术之美"，应用"欣赏的态度"来消受这种美感。作者写道：

死的沉默笼罩着我，和我的影子。

潸然的清泪，扑簌簌的流落，是辛酸的，同时也是痛快的。呵！凄清的寂寞之感与孤独的悲哀呵！(《燃起了守岁烛》)

我真寂寞地过了这青青的一段，没有花，没有光，也没有爱。(《念五自序》)

李素伯孜孜于内向，但并不浸润在"苦闷感""孤寂感"里不能自拔。他挖掘着自己心灵深处十倍的"苦闷感"与"孤寂感"，实在是隐含着对现实社会百倍的不满。作者以呼天抢地的方式，无所忌惮地宣泄着这种"苦闷感"与"孤寂感"，令人感到一种无可逃避的沉重的压抑。而那种挣脱苦闷的锁链，冲破孤寂的牢笼的意向，也在潜移默化中导致了人们的革命要求。这正如作者在《小品文研究》一书中所说的，是小品文"因了作者的痛烈的苦闷的呻吟，象征化的表现出来，同时，也便深深的打动了读者的心"的缘故。

李素伯后期的小品文创作，正值"九·一八"事变之后，国民党反动政府对外实行不抵抗主义，对内加紧镇压人民革命，国难当头，民生凋敝。时代在呼唤着知识者，知识者在呼唤着民众。此时，人们需要的不是低诉和微吟，而是匕首，是投枪，是"能和读者一同杀出一条生存的血路的东西"。（鲁迅《小品文的危机》）李素伯的目光和笔触迅速地由"向个人"转为"向社会"，他要向人们指出向上一路，携人们一起前行。记录他思想大转折的《春的旅人》，今天重读，仍以一种理想主义的力量震撼着人心。

《春的旅人》刊载在1934年《中学生》杂志"随笔"栏内。年轻的李素伯向人民、尤其是向他的青年伙伴们喊出了发自肺腑的呼声：

流浪吧！如小燕子似的自由地流浪吧！

春之舞台尊贵的来宾——勇敢的旅人燕子，它们追求的是什么？是自由的流浪，流浪的自由，向着春天的去向。而这种自由的取得，绝非轻而易举之事，要勇于摆脱安适平淡生活的诱惑，要敢于凌驾万里长风，超越千重山海，穿过浓雾氛围，掩蔽汹涌涛澜，"飞呵，飞呵，自由地飞呵"！这种质朴得近乎天真，坦白到过于单纯的呼喊鼓动，明智的读者，自会从中得到启示。

"九·一八"事变，日本帝国主义悍然出兵侵占东北；"一·二八"事变，日军进攻上海；1933年2月，日军侵占热河省。中华民族处于生死存亡的关头。蒋介石的"不抵抗"政策激起了全国人民的愤慨。1933年10月，蒋介石更逆天行事，推出其"攘外必先安内"的反动政策，调集一百万兵力，向革命根据地发动了第五次"围剿"。1934年10月，红军被迫实行战略转移，开始了举世闻名的二万五千里长征。

一面是对入侵外敌的不抵抗，一面是对内的残酷镇压，政治反动，国将不国。革命者在黑暗中摸索，在反抗中流血。全国广大善良的老百姓则"在寂寞的重围里度着止水似的生活"。出路在哪里？人们在寻找着。坐等上帝的安排，安于眼前的小天地，算是只有做亡国奴一条路了。对此，李素伯感到无法忍受的痛苦，"你说这春光美么，为什么我只能闻到血腥"？他向他的读者们问道："朋友，这还能耐么？"

他呼喊道："摆脱这寂寞的气氛，逃出这止水似的生活。"

他鼓动着："到远方去，如小燕子似的永远追求着春的去向而流浪吧！"而作者自己也跃跃欲试，兴致勃勃地要"一箫一剑，游艺中原"去了。

作者胸中深邃的海浪在涌动，作者笔下激情的江流在奔泻，其间所蕴含着的巨大能量，无疑会对近于麻木的人心产生撞击，对止水般的社会生活起推动作用。

作者满腔热情地赞颂燕子，既表达了作者本人的革命热情，也反映了当时全国革命人民，尤其是广大革命知识青年寻求出路的心态。历史告诉我们，作者正是以他的表现时代精神、歌颂革命理想、洋溢着革命激情的战斗诗篇《春的旅人》，迎接了以"一二·九"运动爆发为起点的全国抗日民主运动的新高潮。

李素伯的作品受日本文艺评论家厨川白村的象征主义影响较深，《春的旅人》显然也是采用了象征主义的写作手法。同时，我们可以感觉到其中发散出来的庄子《逍遥游》的浓厚韵味，也可以捕捉到扑面而来的高尔基《海燕》的某种信息。

李素伯的《春的旅人》发表在1934年第四期《中学生》杂志上。在不到一个月后出版的第五期《中学生》杂志上，他又发表了新作《血写的历史》。这是一篇充满着火药味的战斗诗篇。作者在这里不再用曲笔，而是直面人生，"图穷匕见"了。请看：

血的潮，血的海，造成了这惨淡悲凉的"多难之月"，我们的民族，也就在血海的涛头中浮沉、挣扎。

这三年来，始之以"九一八"的东北失守，继之以"一二八"的沪战媾和，国难益深，覆亡堪虞。

我们国家和民族的存亡的重负，无疑的是担在现代的一班有着新生力量的青年们的肩上。

血写成的历史的污迹仍得以血来洗涤，但是，青年们，我们的力量在哪里呢？

一个大大的问号掷出，文章戛然而止。答案是不言自明的——唯有拿起武器，团结战斗。作者的凛然正气和忧国忧民之心跃然纸上，我们仿佛可以看到，作为向恶势力进击的千军万马中的一员，他目光如炬，高举着战斗的旗帜，操着匕首与投枪，不顾流汗流血，吼叫着咆哮着冲锋陷阵。一反过去那种病态的呻吟、无助的哀诉。他把随时可能招致的险恶、现实的威胁和打击置之脑后，全然顾不上什么语言的含蓄和笔调的幽默，而是直面人生，直抒胸臆。在那国家兴亡的紧要关头，哪一位有爱国心有正义感的读者不为之产生心灵的共鸣呢？

李素伯的小品文作品并不多，但他以他精心创作的小品文实践着他的小品文理论。他的小品文，达到了他自己提出的理想境界，即："一花一世界，一叶一如来""尺幅之中有千里之势"。

顺便提及，李素伯在他的小品文中频繁引用古诗文名句，信手拈来，文从字顺，平添了作品的书卷气，却丝毫没有"掉书袋"之嫌。这既是李素伯小品文创作的一大特色，又是一大亮点。

李素伯的小品文作品，多发表在《中学生》（夏丏尊、叶圣陶等主编）、《艺风》（孙福熙主编）、《文学》（王统照主编）以及《学艺》《人言周刊》等杂志上。这些当时在全国影响颇大的刊物周围聚集着一批为挽救民族危亡、为追求个性解放而致力于文化启蒙运动的进步文人学者。李素伯作为"后起秀中之秀"，颇受钱杏邨、夏丏尊、孙福熙、王统照等大家的赏识。

李素伯以精湛技艺锤炼出来的小品文精品，是他对中国现代文坛作出的又一重要贡献。

怒目金刚　时代正义斗士

从李素伯的散文创作中，我们看到了李素伯的真实形象——他不但是一个饱读诗书、才气过人的作家和学者，更是一个以天下为己任、一身正气的热血志士。正如他在《旧调重弹》一文中所言：

> 人们但见陶公"采菊东篱下，悠然见南山"之态度闲适，而不知尚有"刑天舞干戚，猛志固常在"之别有怀抱。

他并不以陶渊明自况，但很赞赏陶渊明的处世态度。

他在《触目》一诗中写道：

他乡羁旅悲摇落，故国苍茫半夕阳。落尽书生忧国泪，中原大事费商量。

他在《自己的话》一文中写道：

当这大动乱的时代，我们不仅是能愤激，而且要能抗争，不仅要有革命的热情，而且要有勇于临阵的战士。

他在《感赋一章答谢谢勋阁师赠言即依原韵》一诗中写道：

俯仰空六合，下视帝庭卑。聊作蝇声细，怒吼待神狮。

忧国忧民的李素伯，随时准备做临阵的战士，做怒吼的神狮。

1933年，李素伯重返母校执教。那年深秋的一天，通州师范的地下党组织遭到破坏，有3个学生和1位工友横遭反动派逮捕。反动军警还突然搜查了学校油印室，李素伯对此大为愤慨，直接语正辞严地向训育处提出了口头抗议。当时学校中一片白色恐怖，人心惶惶。面对白色恐怖，李素伯无所畏惧，毅然在自己的宿舍门上贴出了一首诗："方丈前头挂草鞋，流行坎止任安排。老僧脚底从来阔，未必骸骼就此埋。"以示愤懑和抗争。

李素伯班上的林炜彤同学在《爝火》第六期"野营生活"专辑上刊登了《我们底童军教师》一文，开头有这么几句话："长长的脸儿，中等的身材，穿一双破旧皮靴，走起路来略有些跳，两足像是有弹性的，一到冷天便穿上一件黑色的下边挂着几根纱线的外套，远看几乎疑他是一个工人。"刊出不久，林炜彤同学被学校训育主任叫到办公室，训斥之为侮辱老师。林炜彤同学不服气，辩驳了几句，引起主任大光其火，唠唠叨叨训了一堂课时间，才放林炜彤同学离开办公室。当天午饭时，只见李素伯红着脸，领口微敞着，一只手叉在腰间，一只手按在桌子上，气呼呼地站着，像个斗士。训育主任则一声不吭，管自低头吃饭。原来，李素伯知道林炜彤同学被训之后，很气愤，中午只吃了半碗饭，便去责问训育主任："文章错在哪里？是我改过的，不关学生的事。"训育主任说："这对郭老师不尊敬。"于是，在"尊师还是不尊师"的问题上争吵起来。下午，全校师生议论纷纷，对训育主任颇有微词，说他"不学无术""多管闲事"。此事既是为了维护学术的尊严，也是为了维护学生的权益，李素伯以一介书生的迂僻，自然要不畏权势，据理力争。

1935年冬天，北平爆发"一二·九"学生运动后，南通学生为声援北平学生的救亡行动，也纷纷上街游行，并向国民党政府递交了书面抗议书，提出了抗日要求。李素伯不但在口头上支持学生的爱国行动，而且不顾自己羸弱的病体毅然投身于游行的洪流，表现出了一个中国知识分子刚正不阿的品格和拳拳爱国之心。

与此同时，李素伯在课堂上有针对性地讲授鲁迅的《记念刘和珍君》《为了忘却的记念》，怒斥反动派的凶残下劣。

李素伯十分敬重鲁迅，热爱鲁迅，称鲁迅是"中国的高尔基"。李素伯的诗作中有"生成傲骨难偕俗，枉道无心铁石坚"之句，还有"不以时易操，不随俗俯仰，贫贱能安，富贵能素"等，可见，李素伯与鲁迅是心意相通的。1936年10月19日，鲁迅先生逝世时，李素伯正沉疴复发，病重住院。他得知这一噩耗，躺在病床上泪流满面，在去探望他的学生面前也毫不掩饰悲痛的感情。他在病床上拟定了几副挽联，叫人送到上海鲁迅先生治丧委员会去。其中的三副挽联传颂至今：

其一：

夕拾朝华应信灵魂长不死；
南腔北调从今呐喊永传声。

其二：

是艺术家亦是革命家奋斗近卅年自有精诚昭后世；
为文坛惜更为国族惜萧条当九月竟挥热泪哭先生。

其三：

是世界文学革命家嘱儿辈无为文学空头使我玩索不已；
为文章劳动大众化得先生嗟为大众吐气何妨毁誉由人。

三副挽联文字精炼，内涵丰富，既准确地概括了鲁迅的伟大精神，又抒发了痛失导师的悲哀之忧。

这说明，现实生活中的李素伯并不总是以谦谦君子的形象示人，有时也展现其"怒目金刚"的一面。

勇于开拓　语文教改先驱

李素伯自1928年从通师毕业后，一直担任教师工作。他短暂的一生最主要的精力是花在教育上的。他是一位辛勤的园丁，也是一位勇于改革的好老师。他热爱教育事业，把一生献给了教育事业。

他在《燃起了守岁烛》一文中写道："粉条黑板作讲师，我从此得了新生。"他热爱学生竟然到了如此程度："他们的影子占了我的心，无从抛却，也不能抛却"，只要几天不见学生，"我的心便悬着，起了轻微的焦躁，还蒙着一层淡淡的悲哀"，"终是盘踞了我的整个心田"。他备课、上课、处理学生的包括作文、日记、课堂札记、阅读笔记、课外随笔甚至书法练习在内的许多作业，都是一丝不苟，绝不懈怠。

李素伯是语文教学改革的先驱。当时，学校教材使用的是全国统一的"部颁教材"，李素伯敢于冒天下之大不韪，果断摒弃了由周佛海题写书名的国家教科书，而是以他独到的眼光和深厚的学力，把开明书店、北新书局的活页文选作为基础，自己编撰了一套语文教材。这套教材的编选原则极其严谨而富有创造性，由浅入深、循序渐进地分成若干单元，每个单元的思想性与艺术性各有侧重，合起来每学期又自成体系。文章的体例非常全面，有政论、美学、哲学、文艺理论、小说、散文、戏剧、新旧体诗词、日记、书信、序跋等。文言文、语体文相间，而以语体文为主。每学期厚厚的一本，比部颁教材的容量要大几倍。这套教材真可谓古今中外兼容并蓄，既有传诵千古的世界名著和我国历代名家名篇，也有当时胡适、陈独秀等人的文学评论，俞平伯、周作人、冰心、徐志摩诸家的散文诗歌，并把重点放在鲁迅、郭沫若、茅盾等进步文人的战斗作品上，特别是鲁迅的作品分量颇重。有鲁迅的《故乡》《社戏》《一件小事》《药》《阿Q正传》《为了忘却的记念》《拿来主义》；有茅盾的《林家铺子》《大泽乡》；有朱自清的《荷塘月色》《桨声灯影里的秦淮河》等。外国的作家，诸如屠格涅夫、莫泊桑、契诃夫、高尔基、有岛武郎、厨川白村、夏目漱石、菊池宽等。每一学期，精读、略读以及浏览的作品，都在150篇以上。较之于近世中学生每学期只读30篇左右的作品，真是不可同日而语了。

这种教材改革，引进了"五四"新文化的新思想、新观念和新文风，冲破了传统教学的固有模式和反动统治对青年学生的思想禁锢，对教育和引导莘莘学子与旧传统、旧思想、旧观念决裂，紧跟时代前进的步伐、求取真才实学，是大有裨益的。

不仅自编别开生面的教材，在教学方法上，李素伯也完全抛弃了味同嚼蜡的旧教法，创造出一套完整而又先进的符合青少年特点的国文教学法，如启发式、对照比较法、精讲精练、因材施教、精读与略读相结合、长文短教等，既灵活多变，又自成体系。

例如，他将颇难理解的鲁迅的《阿Q正传》全文，仅在短短的几节课里，作了鞭辟入里的分析，使十几岁的初中生基本掌握其精髓，以至终身难忘。例如，讲朱自清的《背影》，李素伯先把朱自清对父亲的深挚情感和朱父的爱子深情阐述得十分清晰深透，然后用一口标准而流利的普通话，以清晰的口齿、深情的语调，范读了课文中抒情较多的段落，感动得学生们立刻鼻酸眼涩，几乎落下泪来。一堂课下来，李素伯就征服了大家的心，博得了每个学生的钦佩与尊敬。因此，一些高年级的师范生，也常常三五成群地慕名前来，站在窗外听他讲课。

在讲课之余，李素伯还指导学生编辑出版文艺期刊《爝火》（刊名取自庄子的话："日月出矣，而爝火不息。其于光也，不亦难乎！"）。李素伯说："这是黎明前的火把，被除邪恶，星火燎原。"《爝火》专门刊登学生的优秀习作。该刊在编辑栏内列名的均是学生，主编李素伯并不具名。他就是用这种方法，把学生推到编辑、写作的第一线，让他们通过实践来提高语文水平。当时担任编辑的同学在征稿、审稿、编辑、送排、校对、发行等工作中，都是非常卖力的。但事事都经过李素伯的指导，实际上文章最后过目、定稿的，一直是李素伯。《爝火》约一个月出一期，每期印一千份，销往南通市各大、中学校。在李素伯的指导下，《爝火》一共出了两卷9期（现被中国国家图书馆收藏，并被列入了张静庐编的《中国现代出版史料》）。

此外，李素伯还在他编辑的《南通报》副刊上编发过不少学生习作。在李素伯的悉心培养和引导下，许多学生奠定了坚实的文学基础，其中不少学生后来成为优秀的作家、编辑、教育工作者。

> 树人树木百年事，春雨春风千载心。（李素伯《次韵谢怡师赠言》）

> 病来还把嫁衣缝，度尽神针不计功。辛苦春风剪裁后，回黄转绿可能同。（李素伯《偶成》）

李素伯作为一个教师，无怨无悔地奉献了他毕生的精力和才华。在中国现代教育史上，既是教师，又是学者、作家的人，有朱自清、鲁迅、周作人、叶圣陶、夏丏尊、俞平伯等，李素伯凭借其实力自可侧身其列。杨桂青在《一位中学语文教师的文化追求——访北京大学附属中学特级教师程翔》中曾指出，"今天的中学教师，能把这三者完美地结合在一起的人，几乎没有"，而这恰恰"是一个几乎中断了的现代中学语文教师的传统"。一般的语文教师只是别人作品的传声筒，学者、作家型的语文教师，才是真正的够格的语文教师。

哲人云亡　勋业长存天地

1937年3月2日，李素伯因病情恶化，百医莫救，不幸与世长辞。他原先患痔疮，曾入南通基督医院割治，未能根治。后由友人介绍，去西亭一个专治痔病的郎中处求医。那个医生用挂线烂的法子医治，谁知烂破了血管，一直出血。而那个医生不懂扎血管的办法，任其放血。后来转院到南通，给他输血。谁知输入的血液中有毒素，他全身各处起了块粒，成了不治之症。一代英才李素伯年仅三十，微疾而殁，殊为可惜。

> 方富贾傅之年，遽短颜回之命，是造物者之忌才，而有心人所共悼者也。（李素伯《追悼王万陈三君子》）

> 方听秋蝉，又聆春鹍。黄粱难熟，朝露堪惊。君何不达，而伤

厌生。大好河山，魂其犹萦。（李素伯《祭沈宗礼文》）

这些李素伯当年对其同时代人的挽词，今天看来，何尝不是他的自挽之词呢？

在治丧过程中，他的学生都停了课，日夜在遗体旁守灵。李素伯的老师、银髯飘拂的通师老教导主任顾怡生先生在灵前几次失声恸哭。他对守灵的学生们说："素伯无后，你们就是他的儿子啊！"学生们都号啕大哭，一齐跪倒在老师的灵前。当老师的灵柩运回启东时，学生们都扶着椽舆失声痛哭。当棺木装上船，运走了，学生们还哭泣着跪在河边久久不忍离去。

当时，《南通报》刊登了李素伯的老师曹勋阁先生挽李素伯联：

征兆在平日孤怀，凉夜一棺陈，苦雨凄清吊荒塔；
期望犹十年旧说，来生诸福具，朝暾灿烂暖春潮。

李素伯逝世后，他的学生以及家乡人民没有忘记他。他的棺木先是葬在启东海复镇附近。战时和动乱中，其墓曾多次遭到毁坏。直至20世纪70年代中期，由启东市民政局出面，其学生集私资，在海复镇公墓为李素伯重修了坟墓。

李素伯在文学创作和研究方面的成就，一直受到文学理论界的重视。1936年袁勇进编《现代中国作家笔名录》、20世纪70年代美国朱宝梁编《二十世纪中国作家笔名录》、80年代钦鸿等编《中国现代文学作者笔名录》、1987年广西人民出版社《中国现代文学辞典·散文卷》（第二卷）、1992年《中国文学家辞典》现代第五分册、1997年《中国散文大辞典》、1997年《中国文学大辞典》、2000年《中国文学大辞典·下册》、2010年《二十世纪中国人物传记资料索引·上篇》等文学工具书均收录了李素伯的资料。

《人民日报》（海外版）、《解放日报》《人民政协报》《福建师大学报》《教学与研究》《新文学史料》等刊物陆续刊登了纪念和研究李素伯的文章。

李素伯的传记被收入《海复乡志》《启东市志》《启东市教育志》《南通市志》《南通市教育志》《江苏省志》《江苏省教育志》以及《江苏省艺文志》。

一些大学的中国现代文学教材以及部分中学的语文教材中，也充实了有关李素伯的资料。如：《中国散文批评史》（中国现当代文学专业研究生教材）、《中国现代散文小品理论研究十六讲》（中国现当代文学专业研究生课程教学丛书）、《中国现代文学研究史》（中国现代文学研究导师、博士生、研究生用书）等。

1985年2月，李素伯的学生陈象新（原江苏省海门中学校长）等人在海门汇编油印了《李素伯诗文选》一书。

1987年11月，海门县政协文史工作委员会编辑出版的《海门县文史资料》第六辑中，编入了"李素伯专题"。

1988年9月，启东市政协文史资料研究委员会编辑出版了《启东文史》第九辑——《李素伯专辑》。

1990年1月，李素伯的学生王建白（曾任扬州市教育局局长）在扬州由江苏广陵古籍刻影社出版了《李素伯诗词集》。此集由李素伯的生前好友郑彤（康伯）为之作序，序曰："素伯先生对新旧诗词，均所擅长，每以言志抒情，殇咏为乐，颇多劲句。其诗高风逸调，潇洒清丽，摇曳生姿，蕴藉有致。盖先生饱尝世味，故其诗作皆词短韵长，声发于心，情溢于怀，令读者倍感亲切。"

1996年3月，江苏教育出版社再版了李素伯的《小品文研究》。

1997年3月2日，南通师范高等专科学校（原通师）隆重地召开了"李素伯先生逝世六十周年纪念大会"，南通市领导、文艺界代表、李素伯的学生、通师师生等五百多人参加了会议。

1999年12月，李素伯的较为详尽的资料（包括《李素伯年表》）被收入江苏省政协文史资料委员会、南通市政协学习文史委员会编的《文海星光——南通文化名人（一）》中。

2006年11月，南通市文学艺术界联合会编辑出版了《春的旅人——李素伯诗词散文文论选》。

2016年5月9日，启东市李素伯研究会成立。

李素伯年谱

李克东

1908年（戊申年）　　1岁

10月7日（农历九月十三日），出生于江苏省海门县长江边的中和镇。原名李文达，又名绚，字素伯，别字质庵，号梦秋、梦秋子，主要笔名所北，曾用笔名素伯、素、绚、质庵、梦秋、梦秋子、文达、达、悔存、无言、力一等。祖父李松圃，祖母钱氏。父亲李选青（1863—1915），字飘庵，店员。母亲陈佩萱（1863—1919）。长兄李宝琳与长嫂顾氏早亡。兄李文奎（1905—1997），1927年加入中国共产党，从事地下工作。1930年因当地党组织遭到破坏，与上级党组织失去联系，后开店谋生。

中和镇是长江口北岸江边的一个热闹的乡村集镇，在现在的启东市太安港向西南10多华里处。中和镇还有一个名字叫"一号头"，因为向东三里有一个镇名"东一号"，所以中和镇又叫"西一号"。先生的家有两间草房，屋后是一条横河（与通长江的港河呈丁字形），横河上有两架小桥，往北通镇区和学校。屋前是人行大道，大道南侧有一小块土地，是先生的父亲选青公种植花草之地。在中和镇正北方约3里许，有一座天主教堂，上面的十字架，远在七八里外也能看到。

1913年（癸丑年）　　6岁

当时，启海地区受大都市辐射影响，开化风气较先，谈新思想，赶新潮流的人很多。先生看在眼里，听在心里，思想就发生了变化。一次，作为弟弟的先生主动向哥哥李文奎提出："我们这个尾巴（指头上的辫子）一定要剪掉它！"说着，就拿起剪刀把头上的辫子剪去，同时也替哥哥剪了辫子。

那个年代，在相对偏僻的乡村集镇上能有这样的举动，即使是成年人，也是需要有一定的识见与勇气的。

开春，兄弟俩常到江边游玩。踏在家乡的土地上，东望长江出口处，但见海燕纷飞，水天一色；隔江南望崇明岛，但见树影时隐时现，犹如浮沉于大江之中；西望长江上游，但见白浪滚滚东流，似无尽期。当时身临其境，少年老成的先生对哥哥认真地说："看到此情此景，真觉得气象万千，心胸为之畅快。"

在1935年所作的小品文《家》里，先生对家乡的美景也有描述："最使我不能忘记的还是那个住所的环境的优美。那时的家濒临一泻千里的大江，在一条小港旁边，跨着港口有一架不很阔大的桥，桥两边有成排的瓦房，成了个小小的市集。最有趣的是江上的风光：在月光下一片浩渺如练的江波上，风帆飘渺，沙鸟翱翔，远远隐现着淡灰色的一点，那是峙立江心的崇明岛。明朗的日子，会辨得出那'如荠'的一团团绿树；偶然风雨横来，怒涛汹涌，也着实惊心骇目。在黑夜里，尤其是细雨迷蒙的黄昏，坐在自家屋里，在黯淡的油灯光中可以遥望江岸沙滩上星星的鬼火，绿莹莹的一点点飘忽上下，忽聚忽散，有时聚得很多，成了一团火，熊熊地烧了起来，我们把这叫做'鬼烧窑'。那时我也不怕，并且很爱看，常常陪着母亲望到夜深方睡。"

曹勋阁老师在1934年4月写的《赠李素伯》诗中赞道："美哉子故里，海波腾天池。浴光数摇动，云霞晨与嬉。"

顾怡生老师在1935年4月写的《赠素伯》诗中赞道："巨海当门汝旧家，朝暾日日沐天华。天人因应华成果，人益坚强果益嘉。"

1915年（乙卯年）　8岁

1月30日（农历甲寅年十二月十六日），父选青公去世。

十年后，在《府君述》一文中追述："府君讳选青，字飘庵，性廉洁，喜饮酒，不屑屑治家人生计。宅前有隙地数弓，暇辄携铲芟草，植芜菁之属，青翠肥泽，间植樱桃月季数本，甚茂盛。优游数十年，以嗜酒得疾，卒年仅五十有一。时达七岁，犹记府君貌甚奇伟，髯髯有须，居恒默默不与人接，视其意，若有不可与人言者，岂其中有不自得者欤。"

在二十年后写的《家》一文中回忆道："我的父亲留给我的印象很浅薄，他永离我们时我还只七岁，但我还记得他的脾气很好，从没有和母亲淘过气；他整天在外，不很管我们，我们只有兄弟俩，没有小同伴，不会撒野。家里的空气是和暖的。"

1916年（丙辰年）　9岁

　　秋，进"三镇公学"（是公办学校，当地人称之为"洋学堂"）读书。"三镇公学"的校长叫黄仲丹，是崇明人，在当地很有影响力。学校里有六七位老师，其中，薛丕仁老师教图画课，功底深厚，教学得法，引起先生对绘画的极大兴趣，是先生在绘画上的启蒙老师。而龚步高老师则是先生在国文上的启蒙老师。当时"三镇公学"的校歌中有"三镇三镇，设在中和镇。东吹育英，西过日新盛"之句。"育英"，是指学校东面的"育英小学"；"日新盛"，是指学校西面的"日新盛小学"。可见当时学校教育竞争之激烈。

　　当时学校里教的歌曲，有的接近生活，有的紧跟时代；前者教化人心，后者鼓舞民气。前者如：《燕子歌》《下雪歌》《扫地歌》《春雨歌》《秋之歌》《缠足歌》《新婚歌》；后者如：《瓜分中国歌》《扬子江歌》《辛亥革命歌》。《瓜分中国歌》歌词："江苏一省，上海地方闹盈盈。吴淞口子泊兵船，最怕来瓜分。哥哥呀，弟弟呀！快点醒来！快点醒来！最怕来瓜分。"《辛亥革命歌》歌词："天下雄，丈夫称战功；天下乐，英雄破列国。幸诸君，发愤起义兵；享共和，全仗铁与血。彼满清，誓不愿共和；假议和，狡猾真恶毒。你看他，美国华盛顿；血战后，终脱英束缚。"歌曲悠扬悦耳，歌词雄浑奔放；唱来慷慨激昂，听来血脉贲张。下午放学，也有放学歌："夕阳西，晚鸦啼，缓缓回家去。"歌词既现实而又富于诗意。

　　少年时期，先生性情就好静而严肃，一副庄严的色相。看似落落寡合，但每遇到知己好友时，就高谈阔论，滔滔不绝。读书极为用功，大多数同学在操场上打球，跳绳，踢毽子，做各种游戏，而先生往往独坐课堂看书写字。每次考试，总是名列前三名，因而常常获得奖品。哥哥李文奎早两年进"三镇公学"读书，由于学习不用功，时常遭到父亲选青公的责骂。后兄弟俩一起上学，受先生影响，哥哥李文奎也开始用功起来。兄弟俩一起用功上进，使母亲感到欢欣。

　　每逢清明、中秋等节日，老师都要带学生到郊外列队游行（又名踏青）。游行的队伍在柳荫麦浪中前进时，大家同声齐唱平日学校所教的歌曲，歌声是悠扬悦耳，队伍是整齐严肃。行进到大江边，大家散队，自由活动。面对浩瀚大江，先生常喟叹不已。一次，先生对哥哥李文奎说："如此大好河山，眼看要被列强瓜分侵占，我们都要做亡国奴了。我们全国人民宜团结起来，奋发图强，切不可含糊了事的。"这种忧国忧民的思想，在他后来的作品（如《触目》《言怀》《双十节之感言》《有不为斋记》《春的旅人》《血写的历史》）以及实际行动中得到了充分的发扬。

1917年（丁巳年）　10岁

江岸坍塌将及。家住海复镇的姨母看到他们母子三人处境艰难，于岁末接他们全家迁居南通县垦牧乡（现在的启东市海复镇）。那里有姨母姨父的照应，生活相对安定。

"江岸离我们的家不到二里路，坍得很厉害，泥土崩裂着，受不起江潮的冲激，便大块大块的陷落下去。我们常从睡梦中听到轰然的响声。十岁离开那里，几年后据传闻所得，那个小市集整个迁移，小桥曲港，遗迹难寻，我的家当然也唯有永存在我的记忆中了。"（李素伯《家》）

据哥哥李文奎回忆，在他们举家迁移海复镇十多年后，中和镇北边的天主堂也坍入长江之中。

1918年（戊午年）　11岁

兄弟俩进海复镇初级小学读书。晚上，兄弟俩住在学校，请老师另外教他们读《古文观止》等书。先生珍惜这样的学习机会，尤其用心，常常钻研到深夜。

自幼由父母作主定了一门亲事，对象是舅父家的女儿，先生的表妹。表妹没有文化，且其貌不扬，因此感到不满意，一直持反对态度。向姨母一再表态，要求解除婚约。而对方是自己的舅父母，也不勉强，就把女儿另嫁给人家了。

1919年（己未年）　12岁

12月22日（阴历十一月初一日），母亲陈佩萱去世。

目睹父母双亲的相继去世，幼小的心灵上留下了终身挥之不去的阴影。

从此，兄弟俩的读书与生活，全赖姨母、姨父作主安排。哥哥李文奎中止学业，被送到商店当学徒。先生则继续求学。

1920年（庚申年）　13岁

清末状元张謇决定在"南通师范学校"垦牧学田基产所在地——"通海垦牧公司"河南小圩兴建"垦牧乡高等小学"（即现在的"东南中学"四合院）。"其建设之资本，则由'南通师范'于其所得公司捐助地产收入数内拨出，此'垦牧乡高等小学校'之所由成。"（见张謇《"垦牧乡高等小学"开校演说》，载通州市政协学习文史委员会编《张謇与故乡》，中国文联出版社2006年10月出版）

1921年（辛酉年）　14岁

3月，"垦牧乡高等小学"开办，招生一个班。先生成为该校第一届学生。在开学典礼上，67岁高龄的创校人张謇亲自发表演讲，规定校训，并为该校校歌作词。

母亲去世后，家里原有一块生田无人耕种，转租给人家，每年有微薄的租金收入，作为先生的入学费用，不足部分，由姨母补贴。

本年，开始广泛搜集、阅读、抄写古今人诗。

1922年（壬戌年）　15岁

2月，"垦牧乡高等小学"竣工。张謇之子张孝若任第一任校长。

7月，作五绝《子夜歌》（二首）（儿时情窦初开时戏作）。

10月，作七律《九日感怀》。

1923年（癸亥年）　16岁

8月，"垦牧乡高等小学"更名为"通州师范学校第二附属小学"，简称"通师二附"（"通师一附"于1906年2月开办，在南通市区）。

秋，以优异成绩毕业，保送江苏省第一代用师范学校（即通州师范）。受业于有"南通四才子"之称的曹勋阁、顾怡生二先生。

继续广泛搜集、阅读、抄写古今人诗，并开始文学创作，以旧体诗为主。同时钻研绘画、书法。绘画师从陈效韩，书法师从黄睾吾，陈、黄皆为当时通师教师，书画界名家。

1924年（甲子年）　17岁

3月，作五律《晓起》："身逐朝禽起，东窗一派红。行随径诘曲，衣沾露溟蒙。菊润今朝雨，梧衰昨夜风。芙蓉二三树，红过小桥东。"初露才华。

4月，通师学生发起组织"篆刻研究会"。在"篆刻研究会"，认识学兄张永定（书法家、篆刻家），从此成为知己。在10年后写的一篇文章《怀永定》中说道："在寥若晨星的我的友好之中，张永定君是我所最不能忘掉的一个。……他会镌很好的印章，写得一手好字。……"

张永定先后为先生治印多枚，如：名章"素伯""李绚""李绚素伯""质庵"；闲章"有所不为""粘蝉""东南西北之人""飘零身世冷淡心肠"等。这些印章在先生的书画以及文学创作中经常用到。

同月，作五言排律《月夜独立三元桥有感》，彰显其羞于随俗浮沉，不为名利驱遣的品性。

5月，参加通师学生组织"晨光社"成立大会。该社以研究学术，养成团队精神为宗旨，下设读书、讨论、执行、调查等部。

7月末，作五律《雾夜舟行》："大地雾蒙蒙，舟行夜色中。村灯和月白，渔火贴波红。乡梦摇摇落，家山历历空。归人眠未稳，坐听片帆风。"此诗抒写在假期里往还于家乡海复镇与学校南通师范之间的路途感受。当时交通不便，虽然也有汽车往来，但由于路况不好，加之车票又贵，坐船仍是一种比较普遍的出行方式。

8月，作旧体诗《海游操二首——甲子七月望海作》。

9月，作七律《秋日杂感二首》。

10月，作七律《触目》。诗中云："他乡羁旅悲摇落，故国苍茫半夕阳。落尽书生忧国泪，中原大事非商量。"

10月10日，文言小品《双十节之感言》在南通《通海新报》发表，此系首次发表作品。

11月，作五律《秋夜独坐达旦》。

又作七律《寄孙永刚》。

又作七律《言怀》（二首），诗中有"乱世无才原是福，文章憎命岂非天。生成傲骨难偕俗，枉道无心铁石坚"句。

"诗成甲子当编集（予学诗自甲子始），生后庚寅合有辞。"（李素伯《〈伤春三叠〉序》）本年为甲子年，已创作了大量诗词，可以编成"诗集"了。这些诗作现大多散佚。

1925年（乙丑年）　18岁

3月，作五言排律《春日早起偶作》。

3月，作《湘侨师传》。通师国文教员李南苏（湘侨）于本年2月12日（农历正月二十日）去世，享年30岁。

4月，通师学生为已故国文教员李苏南（湘侨）出版遗集。

同月，作七律《塞下曲四首（拟唐人）》。

同月，作七律《边庭四时怨（拟唐人）》。

同月，作四言体长诗《拟祭江浙将士文》。

同月，作山水画，并作题画诗《题湖山烟雨图》，此画已佚。

5月9日，通师学生发表《"五·九国耻纪念日"敬告青年》，呼吁取消一切不平等条约，先生积极参与各项活动。

5月22日，通师学生捐款资助朝鲜来通难民，并邀其代表来校笔谈，先生参与活动。

同月，作画"东坡像"，并作题画诗《自题画东坡像》。此画已佚。

同月，作文言小品《书三君子事》。

6月4日，通师学生为声援"五卅运动"，成立救国委员会，并参与组织南通学生"上海'五卅血案'后援会"。先生积极投身各项工作，并参与停课、游行、集会等活动。

同月，做七律《中秋夜月甚明玩赏久之慨然有作》，诗中有"支离皮骨赢诗句，破碎山河想霸才"之句。

同月，作文言小品《沈君复初传》，传曰："……又尝同登五琅之山，纵眺大江，白练环绕，界神州为二，东瀛浩渺，目及无穷。君谓余曰：如斯山川，吾人将何以自振？昔太史公周游四海名山大川而为文益奇，余辈日处斗室，致蒙斗蛙之诮。他日有暇，当裹粮出游，北渡河，东上泰山，西历衡山、太行、太岳、嵩华而临终南，以吊汉唐之故墟；揽帕米尔之巅，顾盼欧亚，俯仰古今，将毋怆然于华夏之沉寂乎。于是浮江而下，出三峡，济乎洞庭，窥乎庐霍，循东海，历天台雁荡，过西太二湖，向往太伯子胥之遗烈，然后渡江而归，庶不负此大好河山，亦增我浩然之气……"

同月，通师建校二十周年纪念亭落成。

7月，作文言小品《纪渔父言》。

8月，作文言小品《字质庵说》。

9月24日，病中作文言小品《桂花咏》，颂师范学校时孙堂前桂花。

本月，作七律《登三元桥远眺感而赋此》。

本月，参加学生自发组织的"金石书画研究会"、"韵文研究会"等学生文化社团。

本月，作文言小品《府君述》。

10月24日，编竣诗集《独赏集》，收录古今人诗作四千余首，编为16卷，共8册，命工装订。并为之作序，署名：梦秋李文达。《独赏集》涉猎的面极为广泛，有古代的，也有近现代的（如从《新申报》抄录）；有中国的，也有外国的（如朝鲜、日本等）；有全国性的，也有地方性的（如通、海地区名人诗作）。还从《红楼梦》、《儿女英雄传》等小说中抄录许多脍炙人口的诗作，真所谓"吟风弄月之篇，讽时怀古之章，美人香草之思，雄浑苍凉之气，无美不臻，无奇不有"（《〈独赏集〉序》中语）。该诗集未付印，现大多散佚，仅剩一册残简。

10月30日，作七律《乙丑重九后四日十八初度感赋》（四首）。

12月23日，作文言小品《寿松堂记》。

1926年（丙寅年） 19岁

1月，作文言小品《寓言一则》。

2月，作四言古诗《祭沈宗礼文》。

同月，作长联《挽宗礼》。

2月4日，作五律《立春日野望》。

3月29日，通师召开学生大会，为"三·一八血案"声讨段祺瑞政府，并选举学生会执行委员会。先生积极参与各项活动。

3月，作五绝《过旧送别处》（爱情诗）。

同月，作七言排律《早春寄永刚》。

同月，作五律《春晴》。

同月，作《寓言一则》。

同月，作《〈伤春三叠〉序》，文曰："仆也海曲畸人，陇西家世。潘仁工病，吴质长愁。少失怙恃，诵《蓼莪》而涕零。生而多情，吟《蒹葭》而遥想。空有六尺之躯，曾无一椽之托。有如萍梗，年年漂泊；无殊燕子，处处为家。阮籍穷途之哭，良有以也；杨朱歧路之悲，岂无故哉。而况华夏沉沦，中原鼎沸，带甲一天，哀鸿满目。贾谊有过秦之论，王粲作登楼之赋。天宝纷纭，杜少陵所以痛哭。宋室靡敝，陆放翁唯有悲歌。"

4月，作山水画，并作题画诗《题画》（二首）。此画已佚。

同月，作《追悼王、万、陈三君启》。

4月25日，通师学生在校东文峰塔下五福寺设奠，为王、万、陈三君作招魂之举。

同月，作五律《春夜怀人》。

同月，作五言排律《后楼望雨》。

5月22日，作文言小品《有不为斋记》，文中有"噫！中原鼎沸，国运衰微。干戈无已，疮痍满目。当祖国转石累卵之日，正志士投笔请缨之时"之句。

5月30日，参与通师学生组织的"五卅惨案"一周年纪念活动。发表《告民众书》，高呼"打倒帝国主义！""废除不平等条约！"等口号，提出

"建设合民意的政府"等主张。

同月，作七律《读散原精舍诗有作》。

同月，作七律《读海藏楼诗有作》。

同月，作旧体诗《采桑曲》（爱情诗）。

6月，作七律《柳絮》（八首）。

7月，作七律《野步》。

同月，作七律《荷亭夜坐》。

同月，作文言小品《书施雨亭》。

同月，学兄兼好友、书画篆刻家张永定君毕业，先生作诗一首以致留念。

8月24日，通师创始人、校长张謇病故，享年74岁。

9月9日，姨丈沈志辉过世。

9月19日，作文言小品《姨丈沈公志辉家传》。

9月21日，作七绝《公园桥夜步有感二首》。

9月21日，中秋节，作七律《中秋夕观万流亭小集》。

秋，作七律《念周纪念亭夜坐》。

10月20日，作文言小品《祭沈公志辉文》。

10月25日，通师学生社团"学艺研究会"会刊《学艺》杂志第1卷第1期出版。

10月29日，参加在南通县公共体育场举行的"南通各界张謇追悼会"。

同月，作题照诗《十九初度自题小影二绝句》。

同月，作《铭文四篇》，分别为《琴铭》《笔铭》《砚铭》《镇纸铭》。

冬，与同学合作花鸟画一幅。题画："东南第一花开早，常占高枝到白头。丙寅冬，素伯作花，永汉补鸟，于通师金石书画协进会。"此画为学友新婚贺礼。现藏启东市档案局。

本年，编成《海门耆旧传》，凡二卷，附《列女传》一卷，并作《〈海门耆旧传〉序》。该序中有寻根自述，文曰："余李姓，唐尚庵公于武氏之乱起义扬州，不克，偕骆宾王宵遁海上。中宗复辟，征赴阙。寻归，子孙隶海门。自后代有闻人，至达将二十余世。今为此传，强半我宗，附膺自问，不觉汗下，既以自励，又欲令异世之承学治国者得以览焉。"该书稿未付印，现已佚。

1927年（丁卯年）　20岁

2月，通师学生宿舍一律改用电灯。

5月，积极参与第一代用师范学生"新剧团"活动，在校内外表演话剧。

6月15—16日，参与新剧《革命血》在南通更俗剧场的演出，宣传"三民主义"，慰劳北伐军，并筹集平民教育基金。

9月，因通师改为私立张謇中学，先生所在班级师范二年级（相当于高二年级）学生42人转入"中央大学区立南通中学"师范科，受业于有"南通四才子"之称的顾贶予、徐益修二先生。同时，顾民元（1927年加入中国共产党。抗日战争爆发后，任启东县政府第一科科长、启东县抗日民主政府县长等职。1941年2月24日被误杀，同年4月被追认为革命烈士，年仅三十岁）升入高二年级。江上青（由顾民元发展入团，从此走上革命道路。两次被捕受刑，身体遭受摧残，出狱后继续革命。1939年8月，在安徽泗县小湾村壮烈牺牲，年仅28岁）考入南通中学高一年级，三人成为同学兼知交。

1928年（戊辰年）　21岁

4月15日，南通"新民剧社"成立，被推为执行委员。南通以"话剧之乡"著称，"五四"以后，南通的进步话剧运动波澜壮阔，涌现了不少优秀人才，其骨干成员大多数在教育界任职。

7月，先生所在的南通中学师范科第1届师范班（通师称这班为"戊辰级"，为通师第22届）38人毕业。拍了一张半身照以作纪念。同时改名李素伯（此前学名为"李文达"）。

8月，去南通实验小学工作。以一口标准的普通话讲课，声音洪亮，吐字清晰；以一手秀丽的粉笔字板书，整洁美观，条理分明，深受学生喜爱。

8月20日，文言小品《曹君觉先生五十寿言》在《南通报·文艺副刊》发表。后曹文麟（字勋阁，号君觉）老师作七律《谢李素伯赠言》有云："愿祝它时君五十，云霄嗤我囿笼樊。"

9月，任六年级国文教员并任该班"级任老师"（班主任），兼学校文书股工作，负责保管学校文书档案。

本年，"为了自己性之所好和职务上的需要，我陆续购买了也就看了不少关于小品散文的理论与创作"。（李素伯《关于散文·小品》）开始了对现代小品文的研究与创作。

1929年（己巳年）　22岁

3月11日，五律《睡味》在《南通报副刊·文艺》第6号发表。

3月15日，七律《别施韬》在《南通报副刊·文艺》第7号发表。

3月27日，词作《采桑子·渡江至润州》在《南通报副刊·文艺》第10号发表。

4月4日，词作《浪淘沙·登燕子矶》在《南通报副刊·文艺》第12号发表。

4月8日，五律《春夜怀人》在《南通报副刊·文艺》第13号发表。

4月16日，七绝《十九初度自题小影》在《南通报副刊·文艺》第15号发表。

4月20日，五律《晓步》在《南通报副刊·文艺》第16号发表。

4月28日，词作《剔银灯》在《南通报副刊·文艺》第18号发表。

本月，带领本班学生"远足五山"，这是一种开放式教育改革尝试。以此次游踪为素材，后写成小品文《黄泥山下看桃花》。

5月2日，题画诗《自题画松》在《南通报副刊·文艺》第19号发表。

本年，不满足于课堂上的讲解分析，指导学生排演鲁迅的散文诗《过客》，郭沫若的剧本《棠棣之花》等，并在学校组织的"同乐会"上登台演出。

1930年（庚午年）　23岁

1月，在一场大病之后，开始写作《小品文研究》。

8月下旬，哥哥李文奎（1927年加入中共地下党组织，受江允昇单线领导，从事革命斗争。江派李文奎打入海复镇公安局，伺机夺枪后举行暴动。1930年8月11日上午，通海垦牧公司买通国民党省保安队，大批省保安队突然开进海复地区。江允昇与其他3名党员被捕，在兵田校遭受了一夜刑讯。

江对党的秘密一字未吐，第二日晨被枪杀。李文奎逃过劫难，却从此与党组织失去联系）来信告知江逸昇被害之事，先生对革命非常同情。

夏，先生与同事兼好友虞诗舟、张乐淘、丁守谦四人合影留念。

同年，曾经追求一个姓马的学生的姐姐（一位中学生），有一段时间常到她家里去。后因女方家长不同意，棒打鸳鸯，未能如愿。

1931年（辛未年）　　24岁

1月，时论《说三民主义相互的关系》在《安徽教育月刊》第2卷第1期发表。

春，调南通县乡村师范学校，任毕业班班主任兼国文教员。在南通县金沙镇相对幽静闲逸的环境中，其书画、文学创作进入了巅峰时期。

4月16日，词作《伤春怨》在《南通报副刊·文艺》第19号发表。

4月，作五律《寒食得兄书悲愤交集怅然有作三首》，后在南通某报发表。

5月1日，词作《浣溪沙》在《南通报副刊·文艺》第22号发表。

5月7日，词作《玉楼春》在《南通报副刊·文艺》第23号发表。

5月21日，词作《十六字令》在《南通报副刊·文艺》第26号发表。

8月，《小品文研究》一书脱稿，交付上海新中国书局排版。

9月，写成散文《观万流亭之夜——苦茶草之二》。

10月，作七绝《素伯念五自述集龚之一》，并将此诗题写于相册中自己的照片旁。

11月，写成小品文《黄泥山下看桃花——苦茶草之一》，系追写1929年5月之游踪。

本年，因长时间坐姿搞创作，罹患痔疮。

1932年（壬申年）　　25岁

1月，小品散文理论专著《小品文研究》由上海新中国书局出版。

3月，作画《抚朽道人山水图》。该画1935年赠好友管劲丞，现藏南通博物苑。

5月，南通中公园举办书画展览会，有多幅作品参与展出。

6月24日，新诗《镜子和影人》在南京《时代公论》第13期发表。

6月，介绍外国剧本的文章《〈月亮上升〉（剧本）》刊载于南通《枫叶》旬刊第四期。

本月，南通"小小剧社"在南通举行第6次公演。演出剧目中有《月亮上升》。赵丹担任主要角色卖唱者，周育蛛扮演警察乙。

9月20日，写成文艺随笔《关于散文·小品——新散文的派》（上）。

10月初，收到《新月》杂志第4卷第3期。在该期的"书报春秋"栏里，有署名"棠臣"的一篇书评，介绍、评论《小品文研究》，对《小品文研究》第四、第五编中评论对象的人选问题提出了质疑。

10月12日，作七律《壬申重九后四日念五初度自述八首（集龚）》。后该诗收录于1933年出版的《南通报文艺汇刊》。

10月17日，写成文艺随笔《关于散文·小品——遗珠》，该文回顾了自己创作《小品文研究》一书的简要经过和创作过程的艰辛，并对《新月》杂志第4卷第3期中棠臣先生提出的该书中评论对象的人选问题作了回应与检讨。

10月25日，写成文艺随笔《关于散文·小品——新散文的派》（下）。

11月1日，时评《所谓东亚门罗主义》在上海《商兑》第1卷第1期发表。

11月15日，时评《我们的出路——实事求是》在上海《商兑》第1卷第2期发表。

本月，《小品文研究》再版，封面由紫色改为蓝色，封面图案未变。

本年，李蜀芝（江苏南通人，国文、书法都很有造诣。曾任泰州市教育局长）与顾怡生老师在一次讨论南通各校国文师资时，怡师极口赞赏先生的诗文，誉之为"后起秀中之秀"。

本年，被南通学界誉为"南通四才子"之一，列居魁首。

1933年（癸酉年） 26岁

2月，改定小品文《观万流亭之夜——苦茶草之二》。

4月1日，小品文《黄泥山下看桃花——苦茶草之一》在上海《艺风》第1卷第4期发表。

同日，通信《致春苔先生》（孙福熙，字春苔，现代散文家、美术家，《艺风》杂志主编）在该期《艺风》上刊出。信中赞美《艺风》杂志道：

"《艺风》出世，未尝以主义为标榜，复无奉旨写作之八股，盖既不愿为御用之文匪，乃多称心的言论，仆之敢以拙文奉呈台端而窃望于《艺风》占一角之地者，即以此也。"

4月，读后感《读〈铁甲车〉》在上海《现代出版界》第12期发表。

4月30日，文艺随笔《关于散文·小品》（由两章组成，分别为《新散文的派》和《遗珠》）在上海《文艺茶话》第1卷第9期发表。

同时，旧体诗《念五初度自述八首》（手迹）刊载于上海《文艺茶话》第1卷第9期。

5月1日，小品文《观万流亭之夜——苦茶草之二》在上海《艺风》第1卷第5期发表。

同月，通师为纪念开校三十周年，编印《通州师范学校三十周年纪念册》；同时建造"三十周年纪念塔"。

6月，新民剧社与小小剧社联合举行公演，演出洪深编剧的《五奎桥》，积极参与策划。此剧广告刚发，便立即招来国民党当局的禁演令，说《五奎桥》宣扬赤色的阶级斗争。

6月17—18日，通师在创校人张謇八十诞辰之日举行"开校三十周年纪念大会"。与校友近千人一起回校祝贺。

夏，得通师回母校执教的邀请。当时邀请的单位有好几个，思来想去，最后决定应母校之聘，回母校执教。住通师时孙楼东侧二楼。为居室取名"餐英簃"（取自《楚辞》中"朝饮木兰之坠露兮，夕餐秋菊之落英"），"餐英簃"三字由书法家黄羍吾书写于一块柚木横条上，柚木横条镶嵌在寝室门框上。

担任两个班（每班40多名学生）的国文老师和一个班的级任（班主任）。

7月1日，散文《夏之乐曲三章》（《夜的巡游者》《蝉的呐喊》《吮血者》）在上海《艺风》第1卷第7期发表。

7月8日，时评《世界一周间》在上海《大声周刊》第1卷第15期发表。

7月15日，时评《希特勒往何处去？》在上海《大声周刊》第1卷第16期发表。

7月26日，写成文艺随笔《"自己的话"》。

7月29日，时评《留学生的义务律师》在上海《大声周刊》第1卷第18期发表。

10月1日，新诗《妈妈倚着门槛在望》在上海《文艺茶话》第2卷第3

期发表。该诗体例规整,形式新颖,讲求韵律,意蕴深远,是现代新诗创作的有益尝试,也是对自己新诗理论的成功实践。

11月,学兄兼好友、篆刻家张永定回母校,数日间与之相聚甚欢。

12月1日,散文《燃起了守岁烛——苦茶草之三》在上海《艺风》第1卷第12期发表。

同日,词作《思往事八解——调寄江南好》在上海《艺风》第1卷第12期发表。

本年,与顾民元、吴天石、刘延陵等革命青年交往甚密。

本年,《心理的优越》在上海《持志》杂志发表。

回母校执教后,大胆进行语文教学改革,精心选编文质兼美、内容广泛、题材丰富、形式多样、切合时代精神的古今中外名家名作作为教材,以白话文为主,间以文言文。五个学期共计五百多篇。据2000年4月出版的《江苏省志·教育志》记载:"通州师范学校语文教师李素伯、李也止等坚决抵制教育部的规定,从不使用全国统一的'审订教材',而采用开明书店、北新书局的活页文选为教材,所选篇章包括古今中外名作,并以'五四'运动以后进步的白话文作品为主。他们的行动受到广大学生的敬仰和爱戴,对启发学生的思想觉悟、提高学生的语文水平都起了积极的作用。"

本年,因长期坐姿看书、备课、批作业、搞创作,更且夜以继日,时常忙碌到深夜,星期日也很少休息,致痔疮痼疾渐趋严重。

1934年(甲戌年) 27岁

1月1日,小品文《念五自序——苦茶草之四》在上海《艺风》第2卷第1期发表。

同日,国画《恐飞红吹到他边去惹伊泪落》在上海《艺风》第2卷第1期发表。

同日,文艺随笔《"自己的话"》在上海《文艺茶话》第2卷第6期发表。

春节期间,因旧病复发,未曾回启东海复镇老家过年,在校以读书写诗消磨时光。作《绮怀十绝句(集定公诗词)》,诗后自述:"甲戌春假,痼疾复发,寂处楼头,倍极无聊。风雨如晦,爱而不见,时动酸楚之怀,不无秋水之思。偶读定公诗词,撷成绮怀十绝,词近侧艳,譬诸口淫,风怀难求其本事，锦瑟无劳乎笺注。哀乐无端，笑啼皆幻，亦曰梦呓而已。五月八日抄录一过，爱识数语。素伯于乐无知室。"

4月1日，新诗《春之夜》《信》在上海《艺风》第2卷第4期发表。

同月，曹勋阁作五言《赠李素伯》在南通《学艺》甲戌卷之一发表，诗中有"大文在天地，无古无今兹。境广无弗蕴，山重安能移"之句，是对《小品文研究》一书的极高评价。

同日，五言长律《感赋一章答谢勋阁师赠言即依原韵》在南通《学艺》甲戌卷之一发表，诗中有"俯仰空六合，下视帝庭卑。聊作蝇声细，怒吼待神狮"之句。

同月，文艺随笔《"自己的话"》再次刊载于南通《学艺》甲戌卷之一。

同月，小品文《春的旅人》在上海《中学生》第4期（总第44期）发表。该文后被收入上海北新书局出版的《北新活页文选》，不少学校用作语文补充教材。

同月，补成尤无曲、丁守谦合作的山水画并为该画题诗（此画现存南通博物苑）。

同月，《小品文研究》第三版出版。封面图案作了变更，底色改为黄色。

5月1日，时评《我们应该怎样应付酝酿中的世界大战》在上海《新社会》第6卷第9期发表。

5月，小品文《血写的历史》在上海《中学生》第5期（总第45期）发表。该文是当时通师全体学生参加作文竞赛后的一篇教师范作，曾被部分学校选作国文教材。

上半年，通师全校以《五月》为题进行作文竞赛，初中部三个年级三百多名学生取前十名，先生所教的两个班夺得包括第一名在内的七个名次。

7月1日，七绝《绮怀十绝句——集定公诗词》在上海《艺风》第2卷第7期发表。

7月7日，文艺评论《旧调重弹》在上海《人言周刊》第1卷第20期发表，该文第一次公开点名批评周作人。

8月11日，时论《谈读书》在上海《人言周刊》第1卷第26期发表。

10月，指导通师初二年级学生组织文艺团体"爝火社"，并筹划创办纯文艺刊物《爝火》杂志。

11月1日，小品文《怀永定——苦茶草之五》在上海《艺风》第2卷第

11期发表，文末附张永定为先生所治印七枚。

12月1日，《爝火》月刊创刊号出版发行。在创刊号上发表文艺随笔《小品与有闲——小品文漫谈之一》。

12月，随笔《关于席勒》在上海《新垒月刊》第5卷第1期发表。

本年，《南通报》辟《新文艺》、《新语》副刊，先生与郑彤应邀任编辑。

本年，痔疮痼疾时常发作，有时站着讲课都有困难，只好坐着讲。说是坐着，实际上是左右半个屁股轮换着挨着凳子。即使这样，仍然不请病假，坚持上课。备课，批作业，搞创作，常常工作到深夜。

本年，国文教学的选材有了明显的变化，几乎把活页文选中所有鲁迅的作品都选了，相反，周作人的作品则大幅缩减。而且，在教学中特别强调思想内容和战斗精神。

本年，文学创作的内容与风格也有了根本的转变，由过去刻意渲染内心的凄伤苦闷，孤寂彷徨，转而面向现实，面向社会，面向时代，写出了《春的旅人》《血写的历史》那样的富有战斗力的作品，是一颗颗掷向现实社会的重磅炸弹。

1935年（乙亥年）　28岁

1月1日，《爝火》第1卷第2期出版发行。在该期发表文艺随笔《小品与大品——小品文漫谈之二》，并发表新诗《落叶之梦》。

2月，利用寒假，去南通基督医院治疗痔疮。医生为之割治，但疾患没有得到根治。

本月，通师编印《通州师范学校校友录》，其中《现任教职员录》载："李素伯，授国文、儿童文学。"说明此时先生教学科目新增一个内容——"儿童文学"，工作负荷加重。

2月15日，《爝火》第1卷第3期出版发行。在该期发表文艺随笔《旧调重弹》。

3月1日，《爝火》第1卷第4期出版发行。在该期发表新诗《街之夜乐》。

3月，与哥哥李文奎合影。题照："廿四年三月偕奎哥摄于南通。"

4月1日，文艺随笔《小品与大品》在上海《艺风》第3卷第4期发表。

4月10日，《爝火》第1卷第5期出版发行。在该期发表小品文《春阴》，七律《柳絮》（四首）。同时，该期发表了顾怡生老师的七律《赠素伯》，诗中有"有诗有画有文章，诗亦时抒新旧长。道艺一元曾记取，庖丁妙解拜蒙庄"之句。

4月20日，写成《庭院之春》。

5月1日，《爝火》第1卷第6期出版发行。在该期发表七绝《次韵谢怡师赠言》（四首），诗中有"树人树木百年事，春风春雨千载心。但使春光长普照，花还成果叶成荫"之句；并发表《谈读书》以及时论《江亢虎存文救国》。

5月17日，《爝火》第1卷第7期出版发行。在该期发表七律《重来濠上》（三首）。

6月初，上海"中学生社"出版发行《中学生杂志丛书》之二十四《没字的书·随笔集》，《春的旅人》和《血写的历史》二文收录其中，署名李素伯。该书中还收录了丰子恺、叶圣陶、夏丏尊、茅盾、胡愈之、谢六逸、章锡琛、林语堂、朱自清、俞平伯、傅东华、徐懋庸、郁达夫、陈望道、孙福熙等名家的作品。

6月17日，《爝火》第1卷第8期出版发行。

6月20日，写《致刘振缨、史友兰函》（载2003年6月出版的《刘云阁存稿》），因王个簃寄来的画稿丢失，请求帮助查询。

6月，小品文《庭院之春》在上海《中学生》第6期（总第56期）发表。

上半年，先生所教班级在南通六校作文竞赛中，得个人第一与总分第一。这年，全省中学生征文竞赛，全班也得了好成绩。

7月30日，通师"爝火社"将其所出版发行的《爝火》杂志1~8期合订为第1卷。

初夏，管劲丞（1896—1996）40岁生日，以在金沙时之旧作《抚朽道人山水图》赠予。题词为："劲丞夫子大人四十寿辰即持旧作以献藉表贺忱并允教正　乙亥初夏素伯识。"该画现藏南通博物苑。

10月，小品文《国庆之话》在上海《生活知识》创刊号发表。

10月17日，通师校长张孝若在上海寓所遇刺身亡。

同月，为悼念张孝若校长，安排学生们写作文，题目为《迎柩记》。

同月，小品文《家》在上海《中学生》第10期（总第58期）发表。

11月1日，《爝火》第2卷第1期出版发行。在该期发表小品文《家》《秋树》。

此后，痼疾复发，病况加重，辗转病榻，痛苦莫名。《爝火》杂志因此而停刊。

《爝火》共出2卷9期，被列入张静庐编《中国现代出版史料》（中华书局1959年11月出版）、徐迺翔编《中国现代文学词典》（广西人民出版社1989年出版）。中国国家图书馆、南通市图书馆、南通师范图书馆有藏。

11月24日，写成文艺随笔《中国诗人与自然》。

12月1日，小品文《秋树》在上海《艺风》第3卷第12期发表。

12月中旬，南通大中学生为声援北平学生的正义行动，举行了示威游行。先生已经患病较重，步履维艰，仍坚定地站在青年学生一边，带病参加通师学生的游行示威活动，从上午8时起坚持到下午3时以后，才和大家一起回校。嗣后，因通师进步学生、工友遭到国民党政府逮捕，愤而在寝室门上贴出"方丈前头挂草鞋，流行坎止任安排。老僧脚底从来阔，未必骷髅就此埋"的诗句，以示抗议。并在课堂上选讲鲁迅先生的《记念刘和珍君》，因无法控制自己的满腔积愤，恣肆叱咤，以至于语不成声。

本月，文艺随笔《中国诗人与自然》发表于南通《学艺》乙亥卷之二。同期发表七律《重来濠上》（三首）、七绝《挽庄弟》（四首）以及七绝《偶成》（三首），其中有"病来还把嫁衣缝，度尽神针不计功。辛苦春风裁剪后，回黄转绿可能同"之句。

1936年（丙子年）　　29岁

初春，经友人介绍，得知南通县西亭镇有个专治痔疮的医生，就去西亭就医。那个医生用挂线烂的法子医治，谁知烂破了血管，一直流血。医生不懂扎血管止血的办法，任其放血。哥哥李文奎得知信息，连忙从海复镇赶来，雇了一条小船，送先生到南通医院救治。谁知输入了有问题的血，种下致命病根。此后，一直辗转病榻，与病魔斗争，再也没能回到三尺讲台。

病重期间，哥哥李文奎一直在医院陪侍，有三四个月时间。到6月份，先生身体逐步好转，脸色日见红润。一天，先生对哥哥李文奎说：我这里有护士看护，现在你可以回去了。于是哥哥李文奎回了启东。

6月，抱病与青年朋友组织"南通文学会"，并于当月20日出版纯文艺刊物《南通文学》（双月刊发动号第1期），在该期上刊登小品文《春的旅人》，并为该期作《冠语》。

10月2日，五律《自灵隐寺至黄龙洞》在南通《通通日报》艺文副刊发表。

10月19日，惊悉鲁迅先生逝世，十分悲伤，以至恸哭失声，即使在去看望他的学生面前，也毫不掩饰这种悲伤的情绪。在病榻上拟就三副挽鲁迅联，叫人送"上海鲁迅治丧委员会"：

是艺术家，亦是革命家，奋斗近卅年，自有精诚昭后世；
为文坛惜，更为国族惜，萧条当九月，竟挥热泪哭先生。

是世界文学革命家，嘱儿辈无为文学空头，使我玩索不已；
为文章劳动大众化，得先生嗟为大众吐气，何妨毁誉由人。

夕拾朝华，应信灵魂长不死；
南腔北调，从今呐喊永传声。

同时，应南通某报之邀，在病榻上写作了一篇介绍鲁迅的文章发表。

同时，在病榻上指导班里的学生开展"读书会"等悼念鲁迅的活动。

10月27日（农历九月十三日），先生在南通紫琅照相馆拍半身照一张，并题照："素伯念九初度日，摄于大病后，时重九后四日也。念五年十一月二十日补志。"这是先生拍摄的最后一张照片（现存南通博物苑）。

本年，取部分诗笺及手抄本《清六家词选》留赠好友黄稚松。并作七律《赠稚松》。

1937年（丁丑年） 30岁

1月1日，文学评论《漫谈新诗》在上海《文学》月刊第8卷第1期发表。此系生前发表的最后一篇文章。

2月初，年近农历岁末，写信给哥哥李文奎，说要回海复镇老家过年。

2月9日，哥哥李文奎叫了一辆小汽车到南通去接先生。

2月10日，从南通回海复时，适逢下雨，小汽车在路上颠簸难行，一般人坐在车中尚觉不适，何况是病人。到家后就感到身体不适。不几天，臂上、背上、胸前都起了一小块一小块的块子。据说这叫流子，系血液中有毒所致，乃不治之症。

2月15日（农历正月初五），哥哥紧急叫了一只船（因为不敢再坐汽车），把先生送到南通就医。

2月16日（农历正月初六），南通医院医生诊断后说，危险得很，恐怕无法治好了。

2月末，嘱将极为珍贵的图书资料一千多册捐赠母校通师图书馆。（据顾巴彦《悼李素伯》，载《涛声》1948年复四卷。）

3月2日（农历正月二十日），在南通医院与世长辞。丧事在南通市文峰塔五福寺中举办（棺木葬老家启东市海复镇。1958年大跃进，迁墓至海复镇公墓。1986年，先生的学生集私资为先生修墓立碑）。

当时的《南通报·副刊》刊登了曹勋阁老师的挽联：

征兆在平日孤怀，凉夜一棺陈，凄风苦雨吊荒塔；
期望犹十年旧说，来生诸福具，朝暾灿烂暖春潮。

3月，短论《中国百科全书事业瞻望》在上海《书人月刊》第1卷第3号发表。

4月15日，文艺随笔《中国诗人与自然》、散文《絮语散文三篇》（《家》《秋树》《春阴》）在《写作与阅读》第1卷第6期发表。挚友顾民元作编者按语："素伯只活了三十岁，今年三月二日对于我是一个悲惨的日子！他的死是我们的刊物的损失。素伯和我同学时的精敏，勤苦使我钦佩。后来我们都从事语文教学，他的自强和真挚又温和的态度换来的成功使我羡慕。……这里选刊他的遗作三篇，是我们向死神提出的抗议；我们用展读他的遗作纪念他。素伯研究小品文下过一番功夫，因而自己写的能够畅适地显示自己的全人格：《家》有切身的感觉，《秋树》有丰秀的情思，《春阴》有积极的生活态度，这些一定会造成永久的爱敬。让陌生的读者和我们一样地悼念他吧！明园谨志。"

2016年3月12日草成

2017年3月22日改定

启东历史名人园中的李素伯铜像

李素伯先生墓地

后记

在中国现代文学史的记忆中，对李素伯其人其文的印象是零星而疏浅的。然而，无论在文学理论研究方面，还是在小品散文、新旧诗歌创作方面，李素伯都可凭其足够的才华和实力在中国现代文坛占得一席之地。李素伯在通师学习时的国文老师曹勋阁（民国初期"南通四大才子"之一）在李素伯《〈伤春三叠〉序》一文的批语中写道："有此质地，它日当得占词章一席。"金子总会发光，囊锥自能露颖，李素伯到底没有辜负勋阁师的殷殷期盼，他以他的勤奋努力，实践了先师的预言。

研究中国现代散文批评史的权威范培松教授在中国现代散文理论研究的扛鼎之作《中国散文批评史》（江苏教育出版社 2000 年 4 月出版）中评价李素伯："他留下了散文批评专著《小品文研究》，给散文理论研究宝库增添了宝贵财富。我们只要站在散文批评的银河中前后扫描一下，就会发现，李素伯在这银河中是一颗耀眼的星星。"如此赞誉恰如其分，昭示了李素伯在中国现代文坛应有的历史地位。

1937 年 3 月，李素伯正骐骥之初骋，期青云而直上。岂意庸医误治，微疾而殁；悠悠半世心血，一朝奄忽。由于他的遽然早逝，其散见于当年各地报纸杂志上的作品未能结集出版，大多散佚。古人云："名者，实之宾也。"没有文集面世，学界识者寥寥，故而声名不彰，也在情理之中。为了还历史本来面目，给中国现代文坛添彩争光，李素伯其人其文的相关资料亟待我们抢救性发掘整理。

收集李素伯佚作的工作发轫于 20 世纪 80 年代初。那时，李素伯的学生陈象新、王建白、张俊城等相继从各自的工作岗位上退休，时间充裕而精力充沛。经过一段时间的聚会磨合，他们认为与其流着眼泪缅怀先师，不如做一些实实在在的事情。于是，他们决定开展如下四项工作：其一，集私资修缮恩师墓园；其二，出《启东文史·李素伯专辑》纪念恩师；其三，收集恩师佚作结集出版；其四，再版恩师的《小品文研究》。李素伯的学生心如老骥，任齿鬓之将衰；志比精金，恒兀兀以穷年。历经整整十四个年头的不懈努力，终于得遂心愿，四项工作一一完成。其中第三项工作最为漫长而艰辛，大江南北，杖履蹒跚；寒暑交更，风雨不辍。其最后的成果体现在海门陈象新主编的《李素伯诗文选》和扬州王建白主编的《李素伯诗词集》上，这是他们集体努力的结晶。嗣后，南通市文学艺术界联合会在此三本书（《小品文研究》《李素伯诗文选》《李素伯诗词集》）的基础上，于2006年11月编辑出版了《春的旅人——李素伯诗词散文文论选》。编辑者钦鸿老师在该书《编后》中坦言："这些作品集和资料集，凝聚了人们对李素伯的深切怀念，也为今天整理出版李素伯的诗文集打下了良好的基础。"此言透辟，洞中肯綮。

2016年5月9日，"李素伯研究会"成立，决定出版一本较为齐全的《李素伯文集》，于是，继续搜集李素伯佚作的工作紧张而有序地展开。由于年代久远，加之经历多次战乱、动乱，李素伯存世的佚作本来已属不多，此次搜集到的更为凤麟矣。现在编入本书的作品，估计仍只占李素伯全部创作的二分之一弱。因此，如今呈献于读者诸君面前的，只能是这本相当于"李素伯全集"而又并不完全的《李素伯文集》。

在这次搜集工作中，我们得到了南通师范高等专科学校、南通博物苑、南通市图书馆、南通大学本部、南通大学医学院、如皋市档案馆、上海市图书馆、中国第二历史档案馆、中国现代文学馆、中国国家图书馆以及启东市委宣传部、文史办、档案局等部门的领导和同志的大力支持。其间，我们也得到了许多热心人士（如苏州大学的范培松，南通博物苑的赵鹏，上海知青协会的成根荣，北大的张明瑟，北师大的颜婧、代航英，同济大学的王野华等）的积极帮助。启东市委、市政府有关领导极为重视《李素伯文集》的出版工作，多次协调处理有关问题，并把《李素伯文集》的出版经费列入市财政支出。朱锦文、王平同志担任了校对工作。书稿整理既竟，承范培松教授为之作序、李素伯的侄孙女张路路封面题签并扉页题字。在作家出版社的领导和编辑同志的热心指导协助下，本书得以顺利出版。

本书在编辑校订过程中，遵循如下几项原则：其一，鉴于李素伯先生当时仍处于白话文运动的探索时期，有些文字使用方法（如结构助词、人称代词、词类活用、叠字构词）、行文表述形式（如体例格式、纪年方式、落款时间）等尚未定型，在标点运用方面也尚未规范，故而带有明显的时代特征和个人印记。在编校时，除对原文中个别语序颠倒、标点错漏、错字漏字等直接订正，以及繁体字统一改为简体字（除不允许更改的人名、地名）外，其余一仍其旧，而不以现代的标准加以改动。尽量尊重作者的原文，尽可能保持作品原貌，给读者一个可信的文本。其二，有些带有普遍性的情况，在该现象首次出现时作一脚注说明，此后不再标注。其三，各部分作品的排列，以创作时间（未发表）或刊载时间（已发表）为顺序（《小品文研究》一书作为已经出版的单行本例外）。其四，凡"作者注"，均放在文中或文末；凡"编者注"，均作脚注处理。

我们谨代表李素伯的亲属，向所有支持、帮助本书出版的单位和同志表示诚挚的谢意！

李克东、李品廉

2018年2月16日

图书在版编目（CIP）数据

李素伯文集 / 李克东，李品廉编 . -- 北京：作家出版社，2018.10

ISBN 978-7-5063-9956-2

Ⅰ. ①李… Ⅱ. ①李… ②李… Ⅲ. ①小品文 – 文学研究 – 中国 – 现代 ②诗集 – 中国 – 现代 ③散文集 – 中国 – 现代 Ⅳ. ① I207.65 ②I216.2

中国版本图书馆CIP数据核字（2018）第052259号

李素伯文集

编　　者：李克东　李品廉
责任编辑：向　尚
特约编辑：郭晓斌
装帧设计：王汉军
出版发行：作家出版社
社　　址：北京农展馆南里10号　　　邮　　编：100125
电话传真：86-10-65930756（出版发行部）
　　　　　86-10-65004079（总编室）
　　　　　86-10-65015116（邮购部）
E-mail:zuojia@zuojia.net.cn
http://www.haozuojia.com（作家在线）
印　　刷：三河市北燕印装有限公司
成品尺寸：170×240
字　　数：496千
印　　张：30.75
版　　次：2018年10月第1版
印　　次：2018年10月第1次印刷
ISBN 978-7-5063-9956-2
定　　价：59.00元